国家社科基金项目"社会体制视野下的《小说月报》
研究（1910—1931）"（17CZW054）阶段性成果
云南师范大学学术精品文库

视野、限度与途径

现代文学机制与《小说月报》研究

人民东方出版传媒
People's Oriental Publishing & Media
东方出版社
The Oriental Press

李直飞 ·············· 著

图书在版编目（ＣＩＰ）数据

视野、限度与途径：现代文学机制与《小说月报》
研究 / 李直飞著. —北京：东方出版社，2022.7
ISBN 978-7-5207-2790-7

Ⅰ.①视… Ⅱ.①李… Ⅲ.①中国文学—现代文学—
文学研究 ②小说—期刊—研究—中国—近现代 Ⅳ.
① I206

中国版本图书馆 CIP 数据核字（2022）第 082742 号

视野、限度与途径：现代文学机制与《小说月报》研究
（SHIYE、XIANDU YU TUJING：XIANDAI WENXUE JIZHI YU XIAOSHUO YUEBAO YANJIU）

著　　者：李直飞
策划编辑：鲁艳芳
责任编辑：朱兆瑞
出　　版：东方出版社
发　　行：人民东方出版传媒有限公司
地　　址：北京市西城区北三环中路 6 号
邮政编码：100120
印　　刷：北京文昌阁彩色印刷有限责任公司
版　　次：2022 年 7 月第 1 版
印　　次：2022 年 7 月北京第 1 次印刷
开　　本：710 毫米 ×1000 毫米　1/16
印　　张：19.75
字　　数：308 千字
书　　号：ISBN 978-7-5207-2790-7
定　　价：88.00 元
发行电话：（010）85924663　85924644　85924641

代　序

跨越与弥合

布小继

直飞兄坚邀我为其新著《视野、限度与途径——现代文学机制与〈小说月报〉研究》撰写一篇序言，我踌躇良久。一者手头事情太多、怕耽误；二者自觉直飞研究的领域在我这里颇有些陌生感，而他积多年之功，已出版了《中国现代文学转型的政治经济学维度》等专著，论文也有多篇，且在各级各类项目上多有斩获。静下心来拜读了该著作之后，又觉新意迭出，对《小说月报》与现代文学的关系研究上多有高见。

事实上，学界同人在有关现代文学外部关系的研究上已有不少著述，无论是政治、经济、文化，还是法律、传媒和教育，对它们在现代文学发生、发展和成熟过程中的影响、作用、价值、意义之讨论，也早就高论频现，雄辩滔滔者也所在皆是。直飞兄该著作的高见之可贵，恰好就在这里——努力从众多的"山峰"中露出一头来，而且令人印象深刻，这是极不容易的。这可从以下三个方面来说。

一是切入角度巧妙。他在精心辨析新文学、现代文学和二十世纪中国文学等诸多概念的前提下，对"现代文学"概念之合理性做了深入的思考，将其与"现代文学机制"关联起来，进而认为"'现代文学机制'的提出不仅仅是一种观念的提倡，更是一种具体的认知视角和研究范式，或者说是一种'进入'问题的角度"。显然，"现代文学机制"作为一个切入角度是非常巧妙的。这不仅体现在其解释效力上，有助于解释长期以来就一直存在着的、在现代文学发展过程中难以厘清的文学与其外部关系的问题，而且能够回归到文学本位，把现代文学及其发展状况作为整个解释的中心来加以探讨，其标准既有内在的规定性，即文学自身的发展规律与现实状况，又顾及了外部可以施加的必要影响，即外部的各种情势在文学发展过程中的呈现和表征。作为一个新的阐释系统，"现代文学机制"已经内在地包含了能够对现代文学的复杂性、丰富性和多元性作出解释的可能，其原因就在于它具有对中西交流、朝野互动、制度内外连通、各种文学力量（组织、派别、社团、机构等）勾连的权力，其被赋予的功能具有可延伸、可拓展、可变通的特点，是一个综合性强、容纳量大的范畴。当然，最重要的还在于其跨越了以前"一元论"或"二元论"的封闭视野，以开放性的姿态、相对成熟的理念和有效的观察来定义或回溯以往的定论中未能说明及说而未明的地方，弥合了一些长久以来的歧见。

二是分析适当。众所周知，作为新文学第一个社团"文学研究会"的会刊和推出新人、发现作家的第一个重要平台，《小说月报》在现代文学史上的意义是不言而喻的。直飞充分利用了《小说月报》的这些特点及其与商务印书馆、文学研究会的紧密关联，着力讨论了围绕其发生的诸多关系。在经济视域下，重点讨论了其运行机制、作者群体、读者群体，尤其是发现了传统作家转型的尴尬之处，细致考察和辨析了包括主编王蕴章、林纾、包天笑等人在特定年头可能获得的稿费收入，在与清朝前中期作家对比基础上发现三类文人（传统文人、留学回国人员和市场化文人）不同的价值观念取向及其转型之艰难。借助对1920年《小说月报》后几期的广告与1921年《小说月报》前几期的广告之细致对比来论述广告运营跟内容编辑之关系，又细致分析了《小说月报》在沈从文成长为一名著名作家的道路上起到的巨大作用。这样，也就从经济角度解释了沈从文在1926年至1931年间作品量发表直线上升且基本上都是小说的原因。

同样，作者又从现代政治维度来看《小说月报》里的现代政治，从现代法律的角度来看《大清著作权律》在现代文学转型中的作用，从现代传媒的角度看（早期）广告与《小说月报》之间的关系（特别关注了《小说月报》的云南传播问题），以商务印书馆的小学教科书为例来看现代教育与文学读者培养的关系，以徐玉诺为例具体探讨了《小说月报》一类的现代期刊对作家的"塑造"问题。这些分析探讨无一不透露着作者思考的明晰指向和对问题的精细剖析，既有细部历史事实的铺陈展开，又有归纳和演绎。在借助回到历史现场情境中的细节来深入发现围绕《小说月报》形成的"利益相关方"之间的"博弈"和活动，不单单是细节本身，就是这些考辨也具有极强的说服力。

三是架构完整。该论著注重论述架构的相对完整性。在设定"现代文学机制"这一切入视角后，从与之相关的经济、政治、法律、传媒、教育等多层面充分展开。直飞在对以上各层面涉及的已有著述进行勾勒与评论时，不仅仅留意到了现代文学研究在既定研究视野之下的发现，也关注到了其限度，又在此基础上开掘出新的研究途径。这种讨论问题的方式看起来有些笨拙，至少不够讨巧，但它一方面证明了作者对前人研究的熟稔，对研究中发现的这些问题的重视；另一方面对基本观点、研究思路和研究方法的梳理，亦不失为使研究者保持清醒、避免"炒冷饭"的重要一环。在剖析大的问题如现代文学与现代经济关系的前提下，再以作为研究对象之一的《小说月报》介入讨论，既从《小说月报》角度去探讨相关视域中的系列问题，也通过个案从相关视域去讨论《小说月报》中的系列问题，构成了一种双向互看，彼此"对视"的研究思路和研究方法。这种回环内窥式的研究，凸显了直飞在研究架构设计上的匠心——从一般到个别可以深入体察到历史细节叙事的丰富性，从个别到一般可以演绎出历史发展过程的复杂性与多元性。故此，我们不难看出，《小说月报》就不再只是一份在时间上连接晚清和民初、在空间上沟通了上海和全国、在价值上为商务印书馆创造了利润又为广大新文学读者提供了公共文学产品那么简单了，而是作为中国现代文学发展历程中的一个缩影、亲历者和见证者，"看到"了也"感受到"了中国现代文学从无到有，从小到大，"苟日新、日日新、又日新"的痕迹与酸甜苦辣。借助"现代文学机制"的考察，《小说月报》

被"复活"在历史现场，被重新"装置"到现代文学的筚路蓝缕之中。这种架构上的相对完整性，自然可以带给读者更为宽广的视野，获得更有感触的文学理解，从发生学的角度来看也是极有意味的。

现代文学的发生作为一件具有历史意味的大事件，前有较为长远的"伏笔"，后有当代文学的"截断"与"延续"，与形式变革、文体变革相伴生的是观念变革，而观念恰好是最难以"与时俱进"的，这就有了作者论述中的"阵痛"、"转型的尴尬"、纠结、夹缝中生存乃至于"发现"与"塑造"，借助作者对《小说月报》的系列论述可以明确：新旧文人之间的矛盾纠缠何以出现，新旧阵营之间的对垒何以尖锐，新文学为何最终可以成为现代文学的正宗而旧文学又何以逐渐让出了"地盘"，以及一批新文学作家是如何走上文坛的。

当然，正如对任何新生理念的接受和开掘有一个过程一样，对现代文学机制的认识和开掘同样需要一个不断深化的过程。"现代文学机制"的论述角度和作者所提到的几个层面也对论述本身构成了某种新的限制，在一定程度上也遮蔽了面向其他空间敞开的可能性，如《小说月报》的运行机制——商业与文学的合谋，是否可以在更为宏大的历史文化场域中得到解释；除了前述的五个角度（层面/视域）之外，是否还有其他的，如现代社会视角、现代历史视角、现代思想视角等以资解释现代文学的发展态势。

总而言之，该著作，由于直飞的不断掘进与深度探讨，已经逐渐进入到对学界部分成果进行反思研究、辨析讨论和拓展深化的层面了，这是值得赞赏的、可贵的学术勇气和学术精神。

期望直飞兄在这一领域和其他耕耘甚勤的领域产出更多的佳作。

是为序。

2022 年 6 月 1 日于蒙自潊滟斋

目　录

第一章

文学机制与《小说月报》研究

如果我们承认对文学史的不同命名代表着不同的文学观，并且会带来不同的研究视野与研究框架，那么考察 20 世纪前半期中国文学样式的屡次命名——从新文学到现代文学，再到 20 世纪中国文学、民国文学，我们发现后来的命名总是在对既有命名进行反思与补充，有着特定的学理针对性，渴望激活新的学术生命力。学者对文学机制的关注，就是对既有研究模式的再次激活，将文学机制与《小说月报》的研究结合起来，也是希冀突破现有的研究缺陷，寻求新的研究活力。

第一节　从新文学、现代文学到民国
文学与文学机制

　　在大多数情况下，从 1917 年 1 月《新青年》刊发胡适的《文学改良刍议》到 1949 年 7 月第一次全国文学艺术工作者代表大会召开，这一时间段的文学被命名为"现代文学"。但实际上，"现代文学"这一命名并不是学术界天然形成的，在"现代文学"之前，作为对这一时间段文学的指称，"新文学"取得了长期合法性。

一、新文学的"新"

　　1918 年，当钱玄同在《尝试集》序言中提到"适之是现在第一个提倡新文学的人"①时，文学界就已经开始使用"新文学"一词了。1919 年 12

----

① 钱玄同：《〈尝试集〉序》，《新青年》第四卷第二号，1918 年 2 月。

月，李大钊为《星期日》杂志撰写《什么是新文学》的短文。1920年1月，周作人为北平少年学会作《新文学的要求》的演讲，"新文学"一词开始被广泛地使用。在后来的发展中，"新文学"一词逐渐融入了文学史的叙述：1929年春，朱自清在清华大学讲授"中国新文学"，编订《中国新文学研究纲要》；1932年，周作人在辅仁大学讲授"新文学源流"，出版了《中国新文学的源流》；1933年，王哲甫出版《中国新文学运动史》；1935年，全面总结第一个十年成就的《中国新文学大系》隆重推出；1950年5月，教育部颁布的教学大纲定名"中国新文学史"；1951年9月，王瑶出版了《中国新文学史稿》（上册）……学者们都不约而同地采用了"新文学"这一命名。此外，香港的司马长风和台湾的周锦先后撰写、出版了同名的《中国新文学史》。直到今天，尽管作为正式的学科名称"中国现代文学"早已经确定，但是以"新文学"为名创办学会、写作论著的现象却依然不断地出现。

诞生于"五四"时期的"新文学"一词，最初显然是为了与文言文写作的古典"旧"文学相区别而提出，专门用来指称白话文写作的新文学气象的。这种"新/旧"对立命名的理论基础是文学进化论。胡适在文学革命的第一篇宣言《文学改良刍议》中就直言："以今世历史进化的眼光观之，则白话文学之为中国文学之正宗……可断言也。"[①]陈独秀的《文学革命论》亦说："文学艺术，亦莫不有革命，莫不因革命而新兴而进化。"[②]遵循进化论的路径，"五四"之前的文学便成了"旧"文学，遭到打压、排挤，"五四"之后的文学理所当然显示了文学的"新"。可以说，"新文学"从一开始就是"五四"文学运动的自我命名，这一命名带有对之前文学的颠覆性意味。从进化论的角度来看，虽然后来的"革命文学""无产阶级文学""社会主义现实主义文学"等无不带有颠覆前者的态势，但"新文学"作为指称"五四"至1949年间的文学名称则一直延续了下来，这本身也是一个颇具意

---

① 胡适：《文学改良刍议》，《新青年》第2卷第5号，1917年1月。
② 陈独秀：《文学革命论》，《新青年》第2卷第6号，1917年2月。

味的现象。

值得注意的是，从"五四"到 1949 年，虽然也不时出现"现代文学"、"当代文学"甚至是"近代文学"，但它们都是在一个较为宽泛的意义下使用的。"现代""当代""近代"是没有明确界线甚至是不相区别的，比如：1932 年 3 月上海文学社出版的《近代中国女士著作家小说文选》，入选的作家有冰心、沅君、绿漪、丁玲、芦隐、凌叔华；1932 年 9 月北京人文书店出版的《现代中国女作家》，其中被介绍的作家包括冰心、芦隐、绿漪、沅君、丁玲、黄白薇；1944 年 12 月天平书局出版的《当代女作家小说选》，入选的作家则更多，包括张爱玲、苏青、杨秀珍、曾文强、程育珍、邢禾丽、汪丽玲、严文娟、汤雪华、陈以淡、施济美、俞昭明、吴克勤、周练霞、张憬、燕雪雯。三部著作所选或介绍的都是"五四"之后的作家或作品，同一个时代的作家或作品却被冠以"近代""现代""当代"不同的概念。可见，这三个概念在那个时代是不相区别的，"近代""现代""当代"都在一个较为宽泛的意义上被使用，其"现代"含义为"近代"或"现时"，与我们当前所指的"现代文学"的"现代"有着不一样的划分。

因为源自五四运动亲历者的自我命名，"新文学"这一命名似乎有着天然的合法性。然而，新文学开始之初就不乏质疑者，新文学的提倡者虽然貌似理直气壮地提出"新文学"的命名，但也常陷入"新／旧"交织的矛盾。早在《青年杂志》创刊号上，就有人认为："夫有是非而无新旧，本天下之至言也。然天下之是非，方演进而无定律，则不得不假新旧之名以标其帜。夫既有是非新旧则不能无争，是非不明，新旧未决，其争亦未已。"[1]持此论者尽管认为"新文学"这一命名具有必要性，却也承认"有是非而无新旧"；即便身为新文学提倡者之一的周作人把新文学阐释为"人的文学"，对新文学的立足与发展起到了重要作用，也承认"新旧这名称，本来很不妥当……思想道理，只有是非，并无新旧"[2]。新文学的反对

---

① 汪叔潜：《新旧问题》，《青年杂志》第 1 卷第 1 号，1915 年 9 月。
② 周作人：《人的文学》，《新青年》第 5 卷第 6 号，1918 年 12 月 15 日。

者则不再犹豫，直指文学进化论："所谓'文学进化论'是滥用进化天演之名，引起若干无谓之纷争，精神文化的演变若硬以'进化'之名理解，皆误解科学，误用科学之害也"[1]"何者为新，何者为旧？此至难判定也"[2]，因此，"文学没有新旧之分，无贵族平民之分，主张保存文言"[3]。更有人辨析了"新／旧"更丰富的意义，认为新旧之分有时间意义和空间意义两方面：前者以"现在"为基准，以"过去"为旧而以"未来"为新；后者则以本地前所未有之外来者为新。由此角度看，"吾国今日新旧之争，实犹是欧化派与国粹派之争"[4]，基本属于空间意义上的新旧。从新文学的提倡者对"新文学"之"新"的犹豫，到新文学的反对者对"新文学"之"新"的反对，新文学提倡者一直持用"新文学"这一名称，除了对文学进化论的坚守，似乎也与当时采取的文学斗争策略相关。

延及今天，学界质疑"新文学"也不时可见。有学者认为"新文学"的"新"将其他文学现象排除在外，以致现代文学史残缺不全。更有学者提出"这一看似当然的命名其实无法改变概念本身的感性本质：所谓'新'，总是相对于'旧'而言，而在不断演变的历史长河中，新与旧的比照却从未有一个确定不移的标准"[5]，在未来的文学史中，新文学之"新"该怎么延续？

对1917年至1949年这一段文学史的命名，从一开始就在争议中前行。

二、现代文学的"政治"

从"新文学"到"现代文学"的转变，似乎是一种自然而然的行为。中华人民共和国成立初期出版的几部文学史著作，用的还是"新文学"的名称，比如王瑶的《中国新文学史稿》（上册于1951年由开明书店出版，

① 胡先骕：《文学之标准》，《学衡》，1924年。
② 吴宓：《论新文化运动》，《学衡》，1922年。
③ 胡先骕：《评〈尝试集〉》，《学衡》，1922年1月。
④ 管豹：《新旧之冲突与调和》，《东方杂志》第17卷第1号，1920年1月10日。
⑤ 李怡：《中国现代文学史的叙述范式》，《中国社会科学》2012年第2期。

下册于 1953 年由新文艺出版社出版）、蔡仪的《中国新文学史讲话》（新文艺出版社 1953 年出版）、张毕来的《新文学史纲》（第一卷于 1955 年由作家出版社出版）。直到 1955 年 7 月作家出版社出版了丁易的《中国现代文学史略》，这是 1949 年以后第一部以"现代文学"命名从"五四"到 1949 年文学历史的著作。自丁易的《中国现代文学史略》之后，"新文学"迅速被"现代文学"取代，比如 1958 年青年学生集体编写的新文学史被统一命名为"现代文学史"。1961 年文科教材会议后，教育部统一组织编写的全国高等学校中文系教材中的新文学史也改称"中国现代文学史"，这表明现代文学的学科名称得到了正式确认。这种取代看起来更像是一种不自觉的行为，甚至让人不解，比如贾植芳在为《中国现代文学词典》写的序言中论述："不知从何时起，'新文学'这个概念渐渐地为人弃置不用了，取而代之的是'现代文学'……这样，就使我们这门学科不知不觉地陷入一种形与体的自相矛盾之中。"

"现代文学"的命名意味着对"近代""现代""当代"进行了严格的区分："近代"指从鸦片战争到五四运动的时段，"现代"指从五四运动到中华人民共和国成立的时段，"当代"指从中华人民共和国成立到现在的时段。这种时段的划分与政治史的划分是一致的，意在区别三个不同历史时期的不同"革命"性质："近代"具有旧民主主义革命的性质，"现代"具有新民主主义革命的性质，"当代"具有社会主义革命的性质。此外，这种时段的划分也有总结三个不同"革命"性质的历史时期的历史成就和文学艺术成就的意味。这种时段的划分无疑是政治历史的产物。在学科建立之初，将五四运动到中华人民共和国成立这一时间段的文学命名为"现代文学"，而不是像古代文学那样遵从朝代时序（"秦汉文学""魏晋文学""唐代文学""宋代文学""明代文学""清代文学"）命名为"民国文学"，最主要的原因在于"民国文学"与"现代文学"的概念中包含了孰是现代正统的观念，而民国正统的观念在特定时期里与中国共产党人的现代史观是相抵触的。中国共产党人认为，从袁世凯窃国到蒋介石专权，中华民国政府失去了合法性，这才需要发动人民进行新民主主义革命。更为重要的是，当时蒋介石集团退居台湾后仍以民国正统自居，因而否定其正统性，就成了中华人民共和国巩固新生政权的法理基础。"新文学"或者"现代文学"则不同，它们是从文化的角度来定义文学史的，强调文学内容和形式上的现代性，不涉及相应时期政权的正统性问题，而且由于是"新"的和"现代"的，它们事实上还成了批判旧文化、旧政权，为新生的中华人民共和国提供合法性论证的一种有效手段。① 实际上，20世纪50年代至70年代所编写的现代文学史，都存在将文学史当作革命史一部分来写的主观意图，着重描述文学与政治的密切关系，力图证明新文学为革命所规定、影响，以及对革命的推动作用。比如丁易的《中国现代文学史略》，将现代文学史解释为社会主义现实主义的发展史，分为四个阶段：第一阶段从"五四"前夕到1927年第一次国内革命战争结束，是社会主义现实主义的萌芽阶段；第二阶段从1927年到1942年延安文艺座谈会召开，是社会主义现实主义被明确提出并初步发展的阶段；第三阶段从1942年到1949年中华人民共和国成立，是社会主义现实主义发展并取得成就的时期；第四阶段是中华人民共和国成立之后，是社会主义现实主义光辉灿烂的阶段。该著作论述作家，也按政治态度划分为革命、进步、反动三种不同的类型，蒋光慈、胡也频、殷夫、田汉等是革命作家，老舍、巴金、闻一多、洪深、曹禺等是进步作家，胡适、徐志摩、沈从文、李金发、戴望舒等则属于反动没落的资产阶级作家。

这种以"政治"为标准的"现代文学"，极大地缩小了现代文学边界，同时越来越显得生硬，暴露的弊端越来越严重，在20世纪80年代以后遭到了越来越多的质疑，并受到学界的日益疏离。

三、二十世纪中国文学的"启蒙"

20世纪50年代至70年代依附于政治标准的"现代文学"在80年代对外开放的大潮中接触到欧美的现代化参照系之后，在对中国现代化历史

---

① 陈国恩：《民国文学与现代文学》，《郑州大学学报》2011年第5期。

的反思中，认为"五四"新文化运动提出的"科学"和"民主"才是现代化的真正动力，因此，需要重新发起一场新的思想启蒙运动。[①] 这场思想启蒙运动不再质疑和批评新民主主义论，而是以"重写文学史"的姿态来突破旧有的框架，"二十世纪中国文学"命题的提出就是这种突破的尝试。在 1985 年第 5 期《文学评论》上，黄子平、陈平原、钱理群提出了"二十世纪中国文学"的概念，后来又在《读书》杂志上进行了详细探讨。"二十世纪中国文学"试图打通旧民主主义革命、新民主主义革命和社会主义革命三大时期的文学界线，大致有这样一些内容：以改造民族灵魂为总主题、以悲凉为基本核心的现代美感特征、由文学语言结构表现出来的艺术思维的现代化和走向"世界文学"。在这一命题中，"改造民族灵魂"的启蒙主义是其核心。王富仁就评价道："二十世纪中国文学这个概念的本质内涵是以启蒙主义思想标准作为界定中国古代文学与中国近多半个世纪文学的根本标准，并以之作为组织中国变化了的文学的历史构架。"[②] 作为"二十世纪中国文学"这一命题的研究成果，由钱理群、吴福辉、温儒敏、王超冰合著的《中国现代文学三十年》正是这一讨论的结果。该书开宗明义，说"中国现代文学三十年"是二十世纪中国文学的重要组成部分，二十世纪中国文学是"改造国民灵魂"的文学，因而形成了中国现代文学的两大基本主题：表现"理想的人性"与揭示、批判国民性的弱点及病根。为了实现"改造民族灵魂"，二十世纪中国文学便在文学内容与形式上提出了两方面的要求：一方面要求通俗性，能为广大群众所接受；一方面要求现代性，把思想蒙昧的读者提高到现代水平。"这就形成了现代文学发展中的一个基本矛盾，这个矛盾在文学形式上表现尤为突出。"[③]

但"二十世纪中国文学"提出的启蒙主义标准也在不断遭受质疑，严家炎就针对王雪瑛重评丁玲的论文，提出了"小说作品为什么必须以'自

---

① 黄修己、刘卫国主编：《中国现代文学研究史》（下），广东人民出版社 2008 年版，第 642 页。

② 王富仁：《灵魂的挣扎》，时代文艺出版社 1993 年版，第 6 页。

③ 钱理群等：《中国现代文学三十年》，北京大学出版社 1999 年版，前言。

我表现'作为考核的唯一标准？"①，汪晖也指出启蒙主义标准甚至不能解释鲁迅，质疑的焦点更多的是启蒙主义所预设的标准是否就是不证自明的，"自我表现"中是否也有陷阱。

四、现代文学的"现代性"

从 20 世纪 90 年代到新世纪，启蒙主义热潮逐渐消退，"现代性"的概念变得炙手可热。尽管存在着应不应该运用"现代性"来研究现代文学的争议，但许多研究几乎都以"现代性"为理论框架，对中国现代文学史进行重新梳理。这些研究主要沿着以下五种思路展开：一是运用"两种现代性"的张力对现代文学进行研究，二是对现代性知识体系进行反思，三是发掘革命文学中的"现代性"因素，四是研究中国文学的现代转型与起源问题，五是分析现代性与文学叙事的关系。②

应当承认，20 世纪 90 年代对"现代"知识的重新认定，的确为我们的文学史研究找到了一个更具有整合能力的阐释平台。正是在"现代性知识"体系中，对现代、现代性和现代化、现代主义的辨析才能如此深入和细致，对文学的观照似乎也获得了令人激动不已的效果和不可估量的广阔前景，中国现代文学史至此有望成为名副其实的"现代性"或"现代学"意义上的文学史叙述。最近 10 年，"现代性"既是中国理论界所有译文的中心词语，也几乎是所有现当代文学史研究的话语支撑点。

但是，从另一个角度来看，我们的"现代"史学之路却难以掩饰其中的尴尬。无论是苏联革命史中的"现代"概念，还是今日西方学界的"现代"新知，它们的阐释功效均更多地得益于异域的理论视野与理论逻辑，列宁与斯大林如此，吉登斯、哈贝马斯与福柯亦然。问题是，中国作家的主体经验究竟在哪里？中国作家背后的中国社会与历史的独特意义又何

---

① 严家炎：《走出百慕大三角区——谈二十世纪文艺批评的一点教训》，《文学自由谈》1989 年第 3 期。

② 黄修己、刘卫国主编：《现代文学研究史》（下），广东人民出版社 2008 年版，第696 页。

在？在革命史"现代"观中，苏联的文学经验、所谓的"现实主义"道路成为金科玉律，文学只有最大限度地符合了这些"他者"的经验才可能获得文学史的肯定。同样，在21世纪以来的文学史研究中，鲜活的现代中国的文学体验也一再被纳入全球资本主义时代的共同命题，如两种现代性、民族国家理论、公共空间理论、第三世界文化理论、后殖民批判理论……需要反思的是，大清帝国的黄昏与异域的共和国的早晨相遇时，两个不同国度的感受能否替换？他者的理论是否真让我们一劳永逸？中国文学的现代之路会不会自成一格？有趣的还有如下事实：在20世纪90年代初期，恰恰也是其中的一些理论（现代性质疑理论）导致我们对现代文学存在价值的怀疑和否定，而到了90年代中后期，当外来的理论本身也发生分歧与冲突的时候（如哈贝马斯对现代性的肯定），我们竟又神奇地获得了鼓励，重新"追随"西方理论挖掘中国文学的"现代性价值"——中国文学的意义竟然这样脆弱和容易动摇，只能依靠西方的"现代"理论加以确定？除了这些异域的"现代"理论，我们的文学史家就没有属于自己的东西吗？比如我们的心灵与我们的感受，能够容纳我们生命需要的汉语能力。

问题的严重性似乎不在于我们能否在历史的描述中继续使用"现代"（包括与之关联的"近代""当代"等概念），而是类似词语的确已被层层叠叠的"他者"的信息所涂抹甚至污染，在固有的中国现代文学史叙述框架内，我们怎样才能做到全身而退，通达我们思想的自由领地？

五、民国文学——文学机制

1999年，陈福康借助史学界的概念，建议中国文学的"现代"之名不妨"退休"，代之以"民国文学"之谓。21世纪以来，张福贵、汤溢泽、赵步阳、杨丹丹、丁帆、李怡、周维东等人都先后提出这一新的命名问题。这一概念的提出旨在将现代文学从"现代"的繁复意义里解放出来，回到单纯的时间概念，在重返历史中凝练中国学者自身的主体性思维。

"文学机制"是在"民国文学"呼声中出现的一个概念，在"重返五四""民国史视角"等诸多与"民国文学"相关联的倡议中，民国的"文学机制"整合了相关的学术理论资源，反映出更为清晰的内涵和诉求。从整体上看，"文学机制"意指中国最后一个封建专制政权——清王朝覆灭以后，新的社会形态中逐步形成的影响和推动文学新发展的种种力量，或者说，各种力量（政治体制、经济模式、文化结构、精神心理氛围等）的因缘际会最终构成了对文学发展的肯定，同时在另外的层面造就了某种有形无形的局限，这一时期的文学形态都可以在这样的综合性结构中获得解释。这一机制至少有三个方面的具体体现：作为知识分子的一种生存空间的基本保障，作为现代知识文化传播渠道的基本保障，作为精神创造、精神对话的基本文化氛围。[①] 相较之下，"文学机制"无疑在研究态度、方法、内容及旨归上都有着更为清晰的技术路径。

毫无疑问，"文学机制"的提出首先是现代文学研究者的一种研究姿态。"文学机制"直逼研究者重新触摸历史，注意历史现场的丰富性，能够突出中国现代文学发生、发展的具体历史情形，通过对更多历史细节的"还原"呈现文学过程的丰富性，摆脱从某一既定概念（比如"现代性""本土性"等）出发形成的史实遮蔽。比如，对于现代文学研究史这么多年来对"五四"的争论，我们往往执着于"五四"先驱们激烈的言论交锋，总是以为那些言论足以代表当时整个现代文学发轫的景象，而忽略了是什么样的力量促使"五四"形成了那样的自由空气，形成了那样的文学氛围。"文学机制"的提出，让我们思考是什么促使一个多元共生又充满创造活力的新的文化时代的诞生。在这个新的时代里，制约文学的因素发生了什么样的变化才导致"五四"新文学出现了那样青春的气质？这些文学气质又是如何影响以后的文学走向的？这些问题其实是对"现代文学"何以成为"现代文学"的追问，对于这一问题的回答让我们必须走向现代具体的历史。"五四文化圈"能够与之前、之后的文化圈相区别开，根本原因就在于当时形成了一个砥砺切磋、在差异中相互包容又彼此促进的场

---

① 参见李怡：《命名的辨正到文化机制的发掘——我们怎样讨论中国现代文学的"民国"意义》，《文艺争鸣》2011 年第 7 期。

域，中国现代文学之所以有后来的发展壮大，在很大程度上得益于当时这个场域的形成。借助于"现代文学机制"这一命题，我们发现的不仅仅是"五四"高潮时所彰显出来的青春气息，还有在这种青春气息之下涌动着的时代空气与历史现场。那是一段鲜活的历史，不是一两个概念就足以涵盖的，这与局限于分析先驱者的言论中具有多少"现代性"和"本土性"的理路迥然有异。

在面对具体的历史语境的时候，"文学机制"要求研究者有着极强的"主体性"参与，要求发掘研究者的独特感受与体验。我们所谓的"机制"是在现代的历史空气下考察近代以来成长起来的现代作家群体。在这种考察之下，现代的历史如此具体，作家们的精神气质与抽象的"现代"理论的距离是如此遥远。真正投入历史现场，我们很容易发现文学的历史更多的是一些具体"故事"的复杂综合体，抽象的"现代"之辨在这里被置于背景的位置。例如对于鲁迅，我们常说"现代小说在鲁迅手里开端又在鲁迅手里成熟"，他这种推动文学创作的个性、气质和精神追求与国家及社会的特定环境相关，与社会氛围相关。这不是简单的"决定"与"反映"，它恰恰表现出对当时国家政治、社会制度、生存习俗的突破与抗击，只是突破与抗击本身也是源于这个国家社会文化的另外一些因素。可以说在"现代"这一静态的历史时空中，"机制"是文化参与者与历史时空动态在互动中形成的秩序，两者结合在一起，强调的是在文学活动中"人"与"历史时空"丰富的联系。正是这种联系的丰富性培养出了一个个现代作家独特的气质。我们在面对鲁迅的时候，需要进入当时的历史时空中去捕捉他独特的精神气场，同时以自己的独特感受与鲁迅产生精神上的共鸣，丰富对鲁迅与那段历史的认识。只有在这种感受之中，文学研究才是活的，才能在其中发现现代作家独特的气质，找到中国现代文学独特性之所在，发挥研究者的"主体性"参与在其他研究模式之下难以替代的作用。

"文学机制"的提出可以提炼中国自己的文学研究思维。不同研究模式的提出，说明我们对现代文学不同的阐释框架；而不同研究模式的更替，则说明我们对既有的阐释框架的某种不满。在中国现代文学研究经历了"阶级分析"、"现代性"阐释、"全球化"与"本土化"的争论之后，破除种种拘囿和偏见，我们是否应该探讨一种切合中国社会文化实际生态的阐述方式？中国现代文学研究的学术生长点应该是怎样的？这样的探讨在保持对西方学术思想开放的前提下，应当尽力呈现中国自身的实际状态，或者说主要应该让中国的问题"生长"出我们的研究方法与阐释框架。这里，"现代文学机制"的提出就不仅仅是一种观念的提倡，更是一种具体的认知视角和研究范式，或者一种"进入"问题的角度。即便在这一过程中纳入西方学术并不典型的其他元素，如对政治形态、经济形态的重点考察之类，这种考察方式也将在研究者"主体性"参与之下破除"现代性"的神话，走出"全球化"与"本土化"的理论怪圈，找到属于研究者自己的研究方式。这种方法论的意义至少有三个方面：一是倡导我们的现代文学学术研究应该进一步回到现代历史的现场，而不是抽象空洞的"现代"，即便是中国作家的"现代"理念，也有必要在我们自己的历史语境中获得具体的内容；二是史料考证与思想研究相互深入结合，在具有问题意识的情形下，将史料的考证和辨析与解答现代时期文学创作的奥秘相互结合；三是努力将外部研究（体制考察）与内部研究（精神阐释）结合起来，以"机制"的框架深入把握推动文学发展的"综合性力量"，这对过去"内外分裂"的研究模式也是一种突破。这些研究的基本原则实际上都是对一个现代文学研究者最基本的要求，只是长期以来，研究者痴迷于西方各种理论，对现代文学研究缺乏"主体性"参与，导致现代文学研究呈现出一种形而上的味道。"现代文学机制"的提出，将使现代文学的研究重新回到中国自己的研究理路上，提炼出中国自己的文学研究思维，在与世界交流对话的进程中放出自己的异彩。

第二节　现代文学机制对于《小说月报》
研究的必要性

一、《小说月报》研究中的"断裂"与"含混"

在中国现代文学史上，《小说月报》创造了从晚清到"五四"，又持续到整个 20 世纪 20 年代漫长而动荡的岁月但始终坚持不断的文学期刊奇迹。在这一份期刊的背后，缠连着在风云激荡的年月里旧文化与新文化的相互博弈、俗文学与雅文学的相互较量和文学作为商品与文学作为精神启蒙之间的复杂关系：作为中国近现代出版业中实力最雄厚、影响最大、历史最悠久的民营出版机构——商务印书馆最主要的刊物之一，《小说月报》既延续着《绣像小说》的文化传统，也曾经是鸳鸯蝴蝶派一个主要的发表阵地，又是五四时期第一个重要的新文学社团——文学研究会的重镇。《小说月报》诞生和发展中的这些复杂关系，使它在中国现代文学史上一直受到研究者的关注，也正因为复杂，每一个时期的研究者的侧重点各不一样——《小说月报》在不同的研究者那里呈现出不同的面貌。

就在《小说月报》停刊后不久，曾经作为《小说月报》主编之一的茅盾就在《〈中国新文学大系·小说一集〉导言》里对《小说月报》的革新、革新之后的性质，以及革新在《小说月报》历史中的作用、革新之后的《小说月报》与文学研究会的关系等问题进行了追述：

民国十年（一九二一）一月，《小说月报》也革新了，特设"创作"一栏，"以俟佳篇"，然而那时候作者不过十数人，《小说月报》（十二卷）每期所登的创作，连散文在内，多亦不过六七篇，少则仅得三四篇。而且那时候常有作品发表的作家亦不过冰心、叶绍钧、落花生、王统照等五六人。

如果我们将现代十年（一九二一）当作一条界线，那么，即使在《小说月报》的范围内，我们也就看见了那"界线"之后（现代十一年，《小说月报》十三卷），已经有些新的东西。[①]

在这里，茅盾明显地将前后期的《小说月报》做了一个明确的划分，将关注的重点直接放在了革新之后的《小说月报》之上。这种论述在很长时间内影响了后来研究者对《小说月报》的基本看法，在重要的文学史著作中，《小说月报》都是前后两段泾渭分明的。在 20 世纪 50 年代王瑶的《中国新文学史稿》中有这样的叙述：

　　……从这里可以看出他们反封建和反对艺术至上主义的态度。这篇由上述十二人署名的宣言发表在《小说月报》的十二卷一期上。《小说月报》是一个已经有了十一年历史的刊物，从第十二卷起，由沈雁冰（茅盾）编辑；在文学研究会的支持下，全部革新了。……《小说月报》是新文学运动以来第一个纯文学的杂志，一直出版到一九三二年"一二八"事件后停刊，在中国新文学史上发生过很大的影响。[②]

王瑶强调革新后的《小说月报》是反封建和反艺术至上的，暗含着对前期《小说月报》封建性的批判，正是沿着茅盾的分法，将《小说月报》的历史一刀两断。到了 20 世纪 70 年代，唐弢等编著的《中国现代文学史》中有如下记载：

　　这年一月，由郑振铎、沈雁冰、叶绍钧、许地山、王统照、耿济之、郭绍虞、周作人等发起的文学研究会，正式成立于北京。他们把上海商务印书馆出版、经过革新、由沈雁冰接编的《小说月报》（自第十二卷第一号起）作为自己的会刊（至一九三一年十二月第二十二卷第十二号止，不计号外，共出一百三十二期）……该刊在十二卷一号的《改革宣言》中早就

---

① 茅盾：《现代小说导论（一）——文学研究会诸作家》，《中国新文学大系·小说一集》，上海良友图书印刷公司 1936 年版，导言。

② 王瑶：《中国新文学史稿》（上册），开明书店 1951 年版，第 43 页。

表示："同人以为写实主义（文学）在今日尚有切实介绍之必要；而同时非写实亦应当充其量输入，以为进一层之预备。"可以看出，后来在介绍外国文学方面，正是沿着这一方向来实践的。①

这里只字不提革新之前的《小说月报》，将革新后的《小说月报》视为文学研究会的"会刊"并点明了两者之间的紧密关系，同时概括了《小说月报》写实主义的办刊倾向。到了 20 世纪 90 年代，《小说月报》在文学史的书写中则变为：

1921 年 1 月，中国现代文学史上的第一个文学社团文学研究会成立，茅盾接编了原来是"鸳鸯蝴蝶派"地盘的《小说月报》，并加以全面革新，成为文学研究会的代用机关刊物，《小说月报》全面革新后的第一期发表了周作人起草的《文学研究会成立宣言》和茅盾执笔的《小说月报·改革宣言》。这两个宣言分别申述了成立文学研究会的宗旨和《小说月报》的编辑方针……"为人生的艺术"可以说是文学研究会文艺思想的核心……《小说月报》在茅盾主编的两年间，就是按照这个"宣言"的精神工作的，提倡"为人生"的现实主义文学，发表了不少现实主义的理论和创作……②

这里对前期《小说月报》被视为鸳鸯蝴蝶派地盘之事一笔带过，在阐述《小说月报》与文学研究会的关系时，作者进一步将文学研究会"为人生"的写实主义倾向视为革新后《小说月报》的总体风格。在影响甚大的钱理群等撰写的《中国现代文学三十年》里，《小说月报》被表述为：

文学研究会于 1921 年 1 月在北京成立……他们将沈雁冰接编、经过革新的《小说月报》作为代用会刊，还陆续编印了《文学旬刊》及《诗》《戏剧》月刊等刊物，出版了"文学研究会丛书"二百多种。文学研究会的宗旨

① 唐弢主编：《中国现代文学史》，人民文学出版社 1979 年版，第 54—60 页。
② 邵伯周：《中国现代文学思潮研究》，学林出版社 1993 年版，第 102—104 页。

是"研究介绍世界文学，整理中国旧文学，创造新文学"。针对社会上存在庸俗的"礼拜六派"等游戏文学，文学研究会宣称："将文艺当作高兴时的游戏或失意时的消遣的时候，现在已经过去了。我们相信文学是一种工作，而且又是于人生很切要的一种工作。"……因此注重文学的社会功能性，被看作"为人生而艺术"的一派，或现实主义的一派。①

老牌的鸳鸯蝴蝶派阵地《小说月报》自 1921 年 1 月（12 卷 1 号）起革新，改由茅盾完全执编，紧接着停刊数年的《礼拜六》在当年 3 月便复刊了，以表绝不示弱。旧派利用自己掌握的小报领地，用抄袭外国和性欲描写等两项"理由"来反击新文学。但图书市场较量的结果是《小说月报》到第 11 卷，采取对新旧文学两面讨好的策略（已先期由茅盾编"小说新潮栏"，占刊物的三分之一篇幅，其余仍载礼拜六派小说），销数却逐月下降，到 10 月号仅印了 2000 册。茅盾接编后的第一期即印了 5000 册，马上销完，商务印书馆各处纷纷打电话要求下期多发，于是第二期印了 7000，到 12 卷末一期已印到 10000。当然，新文学的胜利主要是在青年学生读者群中的胜利，在此时此后，都还不可能全部占领读书市场。而旧派小说在新文学的强大攻势下败退下来，失利后逐渐明白了自己的位置，被迫同新文学相区分，发挥所长去努力争取一般老派市民读者。旧派小说在越发向"下"、向"俗"发展的过程中，也艰难地试图加强自身的"现代性"。于是，中国现代文学雅俗分流、雅俗互渗的初步格局便形成了。②

在《中国现代文学三十年》里，《小说月报》显示出了它的复杂性，在转变为文学研究会的代用会刊后，成了俗文学与雅文学竞争的主要阵地之一。

上述这些文学史论著明显表现出两个特征。一是以 1921 年为界把《小说月报》分成了前后两期，研究者对 1921 年以后的《小说月报》给予了重点关注，特别对茅盾的革新给予了浓墨重彩的描述，而对 1921 年以前的《小说月报》，要么将其视为鸳鸯蝴蝶派的阵地一语带过或批判，要么不予

---

① 钱理群等：《中国现代文学三十年》，北京大学出版牡 1999 年版，第 16 页。
② 钱理群等：《中国现代文学三十年》，北京大学出版社 1999 年版，第 94 页。

提及。在很长一段时间里，这种论述一直影响着我们对《小说月报》的基本看法。二是在将《小说月报》与文学研究会联系在一起时，论者往往将《小说月报》作为文学研究会的机关刊物或者代用会刊，进而将文学研究会"为人生"的写实主义倾向也视为《小说月报》的办刊风格，从而无限放大文学研究会对《小说月报》的影响，而商务印书馆的商业背景对《小说月报》的影响则被有意无意地忽略了。

这种对《小说月报》的研究到了 20 世纪 90 年代后期才有所改变，从而让我们看到了《小说月报》不同的面貌，这主要体现在如下三个视角。

第一，对《小说月报》进行历史性的考证，重新认识《小说月报》的性质和地位。相对于文学史叙述的滞后性来说，这类研究带有重新发现《小说月报》真面目的目的，在占有详尽史料的基础上，拨开《小说月报》被长期遮蔽的部分，重点在于对早期《小说月报》的重新发掘和《小说月报》革新时的历史细节的发现。

对早期《小说月报》的重新发掘，努力寻找革新前的《小说月报》与革新后的《小说月报》之间的关联，重新认识茅盾推动革新的意义和作用，可谓是当前《小说月报》研究中最为引人注目的成果。从顾智敏的《〈小说月报〉不是"文学研究会"的机关刊物》（载 1983 年第 2 期《上海师范大学学报》）提出疑问开始，研究者就向先前对《小说月报》的定论发起挑战。董丽敏的研究论文《〈小说月报〉革新断裂还是拼合——重识商务印书馆和〈小说月报〉的关系》一文（载 2003 年第 10 期《社会科学》）突破了以往仅从文学研究会的角度出发研究《小说月报》的一元思维，将商务印书馆出于商业考虑的因素纳入革新《小说月报》的研究视野，认为《小说月报》需要全面的革新，尽管当时有来自新文学力量一方的压力，但更有来自商务印书馆方面出于商业利益的需要，正是商务印书馆出于盈利的需要导致了《小说月报》主编的更换。因而，茅盾革新《小说月报》，与其说是一次"文学革命"，是一种新文学对旧文学的"断裂"，还不如说是一场带有商务印书馆运营特色的商业"拼合"。从这个角度出发，研究者们不断把目光朝历史纵深处探寻，改版之前的《小说月报》的状况和意义被一点一点地挖掘出来。谢晓霞所写的《论1921年〈小说月报〉的改革及其意义》（载2004年第4期《齐鲁学刊》）、《过渡时期的杂志：1910—1920年〈小说月报〉》（载2002年第4期《宁夏大学学报》）、《1910—1920年〈小说月报〉作者群的文化心态》（载2004年第3期《深圳大学学报》）、《期待视野与读者的主动建构》（载2004年第2期《求索》）等几篇论文，从1910年到1920年《小说月报》的创刊始末、过渡时期作者群的文化心态以及读者的期待视野等多方面着手，力图对1910年到1920年间《小说月报》有一个较为真切的认识。柳珊2004年于百花洲文艺出版社出版的《在历史缝隙间挣扎——1910—1920年间的〈小说月报〉研究》一书，在其博士论文的基础上，集中探讨了革新前的《小说月报》里面刊载的文学理论、短篇小说、翻译小说等文本，在对其中的小说类型进行探讨之后提出了"民初文学"的概念，认为这是一个不可忽视的文学阶段，试图为其鸳鸯蝴蝶派刊物的定性进行翻案，将长期"被隐蔽"的《小说月报》前期纳入中国文学进程。

同时，研究者对《小说月报》革新时的各种历史细节的发现也在不断地走向深入，比如，段从学的《〈小说月报〉改版旁证》（载2005年第3期《新文学史料》），"以改版后的第十二、十三两卷《小说月报》的销售数量为例，对茅盾的回忆进行必要的旁证，以期对现代文学研究中直接把人叙述当作历史叙事这种研究方法中包含着的问题有所揭示"，重新阐释了"在解释茅盾被迫离开《小说月报》编辑之职时，除了考虑到商务印书馆内部的保守派方面的原因，茅盾自己因为《小说月报》的销路不佳而辞去编辑工作的可能性，更是必须考虑的因素"，这些考证，对于重新认识《小说月报》来说，是必不可少的。

第二，在《小说月报》影响力的研究方面，研究者形成了三种主要的研究视角。一是对《小说月报》本身作为一个实体存在的研究。在关注《小说月报》上的文本创作的同时，90年代以后的研究开始关注《小说月报》本身，从《小说月报》的基本美术设计、文化身份、文化品格定位、《小说月报》在当时的地位以及这些方面对当时及后来的文学运动和文学发展的影响等方面进行研究。彭璐、曹向晖的《许敦谷〈小说月报〉装帧设计刍议（1921—1923）》（载 2012 年第 1 期《中国美术》）、王小环的《〈小说月报〉的风格特色》（载 2011 年第 14 期《新闻爱好者》）等基于《小说月报》本身，从封面的装帧设计、插画选用、基本的风格特色对《小说月报》进行了阐述。

二是将《小说月报》与文学研究会、商务印书馆结合起来研究。谢晓霞的论文《商业与文化的同构：〈小说月报〉创刊的前前后后》（载 2002年第 4 期《中国现代文学研究丛刊》）"通过对商务成立以后经营状况的考察和各种期刊创刊前后商务业务背景的具体分析，认为商务始终担当着双重角色：一方面是不得不时刻考虑商业利润的企业经营者；另一方面，作为当时中国最大的民营出版机构，它又不得不自觉地担当起文化建设的使命，以一个文化建设者的身份周旋在 20 世纪初的中国文化市场。文化人和生意人的双重身份决定了商务印书馆在出版策略选择上的双重立场，既照顾到企业的利润追求，又尽量不失自己的文化身份和文化品位。这不但影响到商务印书馆一系列出版物的选择和出版，而且影响到商务印书馆一系列期刊的创刊及其办刊宗旨。《小说月报》以及在它前后创办的商务印书馆的各种期刊，无不基于上述考虑，是商业和文化同构的产物"。文字研究人员由此开始在《小说月报》的研究中引入商务印书馆的商业元素。

三是将《小说月报》纳入文学生产、传播、消费的链条进行考察。《小说月报》的历任编辑作为沟通投资者、出版者、作者和读者的中介，与《小说月报》及相关的创作有着密不可分的关系，编辑的文学观念及文学实践对作者和读者起到重要的引导作用，编辑是期刊发生、存在的重要一环。于是，《小说月报》的编辑进入了学者的研究视野。薛双芬的《从前期〈小说月报〉看王蕴章和恽铁樵编辑思想的不同》（载 2012 年第 6 期《佳木斯教育学院学报》）、董瑾等人的《沈雁冰改革〈小说月报〉的编辑思想与编辑实践》（载 2006 年第 4 期《编辑之友》）、李俊的《专职编辑"业余"学者——从〈小说月报〉（1923—1927）看郑振铎研究范式的独特之处》（载2011 年第 11 期《编辑之友》）等文分别论述了不同的编辑思想与《小说月报》风格倾向之间的关系。

第三，还有一类影响很大的《小说月报》研究模式是将《小说月报》的研究与文化研究等结合起来，将《小说月报》纳入不同的文化研究领域去考察。这类研究通常是找到一个研究的关键词，借此将《小说月报》各方面之间的要素串联起来。从目前看来，主要有两种倾向，一是从都市文化的角度来考察《小说月报》，二是从现代性的角度来关照《小说月报》。

邱培成的专著《描绘近代上海都市的一种方法：〈小说月报〉（1910—1920）与清末民初上海都市文化研究》从上下两编分析《小说月报》与近代上海都市文化的关系。上编题为"《小说月报》与清末民初上海都市文化"，基于《小说月报》（1910—1920）的编辑理念、两任编辑和作家群，《小说月报》的思想倾向及其文化影响，《小说月报》的印刷出版与清末民初上海都市文化，以及杂志、读者与都市文化间的互动等外部因素论述了《小说月报》与近代上海都市文化的关系；下编题为"小说作品与清末民初上海都市文化"，从清末民初都市小说与上海大众文化、小说现代化与清末民初上海都市文化的现代化、小说作品所表现出的上海都市文化、小说作品中人物形象的文化内涵等期刊作品中具体体现出来的上海都市文化着手来研究《小说月报》。董丽敏的《想象现代性（上）——重识沈雁冰与《小说月报》的关系》（载 2002 年第 2 期《上海社会科学》）、《现代性的异响（下）——重识郑振铎与〈小说月报〉的关系》（载 2002 年第 1 期的《南京师范大学文学院学报》）、《〈小说月报〉1923：被遮蔽的另一种现代性建构——重识沈雁冰被郑振铎取代事件》（载 2002 年第 6 期《当代作家评论》）等论文主要论析了《小说月报》编辑沈雁冰被郑振铎取代的事件，并以此为突破口探讨了中国的现代性问题。董丽敏认为，在编辑理念上，沈雁冰建构起了将文学纳入社会现代性进程的不发达国家"现代文学"理想；在编辑的行为上，沈雁冰以对"被压迫被损害民族文学"与"通信"这两个栏目的重视，企图落实"现代性"理想，但这种理想只是一种幻觉，它无法弥合不发达国家的现代性追求与西方式的现代性追求之间的裂缝。沈雁冰超前的现代性追求造成《小说月报》读者群的流失，是商务撤换他的根本原因。而其后接替沈雁冰的郑振铎，在文学自身的现代性追求与文学对于"现代"国家建构的功利性影响之间寻找到了一种折中的办法，他对"整理国故"与"诺贝尔文学奖介绍"的重视、对文学性与学术性的强调，均表达了一种更含蓄和隐晦的现代性追求。郑振铎的这种追求是更符合刊物本身的长远发展的，因此商务调整主编的行为，实际上是商务立足于民间因而淡化其现实关怀色彩的独特现代性的一种流露；撤换主编行为的完成在某种意义上标志着《小说月报》真正完成了自己的革新过程，达成了前后期真正的衔接。[1] 这些论文后来结集成《想象现代性——革新时期的〈小说月报〉研究》一书，对《小说月报》与现代性的关系做了一次集中的巡礼。

　　虽然还有一些研究无法纳入上述的三个视角，但上述归纳大致反映了《小说月报》研究的主要方面。与之前的研究相比，20 世纪 90 年代后期以来的《小说月报》研究可谓取得了突破性的进展，无论是在深度还是广度上都取得了前所未有的成就。但是，就上述的这些研究视角而言，我们也看到了一些缺陷，总的来说，这些研究还含有断裂性、破碎性和含混性。

　　研究的断裂性是显而易见的，从当前《小说月报》的所有研究来看，研究者还是将其分为前后两个时段来研究，从建构起现代文学体系的目的出发，将革新后的《小说月报》作为新文学的组成部分来叙述，而将革新之前的《小说月报》作为旧文学的阵营忽略不计。因为叙述的是新文学史，革新之前的《小说月报》是旧文学阵营的一部分，自然可以不用叙述。即使是当前对革新之前的《小说月报》有所重视，依然是要么专门研究前期《小说月报》，要么只叙述后期《小说月报》的断裂局面，将前后期《小说月报》贯穿起来作为一个整体去审视中国现代文学史如何从旧文学一步步转换过来的研究依然没有。

　　研究的破碎性是指，当前对《小说月报》的研究表面上看起来似乎涉

---

[1] 参见韩彬：《二十世纪九十年代以来中国现代文学期刊杂志研究综述》，《德州学院学报》2004 年第 20 卷第 5 期。

及了《小说月报》的方方面面，但研究的各个方面之间并没有形成统一的整体，也没有得到一个有机的关照。经常出现的情况是研究《小说月报》装帧设计的仅就设计说设计，从文学研究会的角度来研究《小说月报》的一般不会涉及商务印书馆的因素，研究《小说月报》上刊发的作品一般不会涉及《小说月报》本身等，这就导致了研究的片面化，无法对《小说月报》达成一个整体的看法。

研究的含混性主要是指在通过外在视角来关注《小说月报》的时候，研究者往往为了突出某一个特性而将《小说月报》简化了。将《小说月报》纳入都市文化研究或者现代性研究的范畴，要么是流于空泛，甚至滑向无关文学的研究，要么是冒着简化的危险，将一切都归于"现代性"，某些地方有牵强的嫌疑。本来文化或者现代性就是一个无法准确诠释的概念，将其用来统摄《小说月报》的研究，自然有考虑不周的时候，无法将影响《小说月报》的各方面因素全面整合，导致了研究的含混。

长期以来，这种"历史传统"建构起来的"断裂"是不易或不容置疑的，研究者避免麻烦的措施之一就是分开叙述前后期的《小说月报》，这种模式一直影响至今。文学的转型显然不是一个一蹴而就的决然断裂，而是一个渐进的过程，《小说月报》的转型也是如此，将《小说月报》前后期决然对立，不啻与历史相距一段距离。

断裂性研究带来的影响还不仅仅如此，当前评价《小说月报》的标准越来越趋向多元化，研究者倾向于遵循自己的标准来对研究对象进行概括或归纳，将《小说月报》纳入不同的范畴去考察。找到一个关键词，企图将《小说月报》各要素串联起来，也是一种影响较大且较为时髦的研究方式，比如邱培成将前期《小说月报》纳入都市文化的研究范畴，董丽敏将后期《小说月报》纳入"现代性"的研究。但由于断裂性的存在，这种研究也较易引起人们的质疑：前期《小说月报》描绘了上海的都市文化，后期就与都市文化脱节了吗？后期《小说月报》充满了"现代性"，前期《小说月报》有没有"现代性"的因子呢？面对这样"合理"的质疑，当前的研究模式往往难以做出较为理性的解答。更何况，文化或现代性本身就是一个较难准确诠释的概念，用其来阐释断裂了的《小说月报》无疑具有含混性。

也许问题的关键不在于此，更重要的是研究者的研究态度，包括《小说月报》在内的大部分期刊的研究都存在着一些问题：

> 研究者对中国的历史经验研读较少，存在着某种盲目性，从而出现了对外国理论的照搬照抄，生吞活剥。在抗战文艺报刊研究中，类似的现象就有所发生。……故只有从本土文学的实际出发，抛弃面对西方文化的俯就心理，抛弃先入为主的主观预设，才能避免研究的泡沫化，使研究呈现出一种内在的张力。[1]

上述问题都是具体的，都是包括《小说月报》在内的期刊研究所要面临的问题。不论是期刊研究理论的薄弱，对中国的历史经验研读较少，还是盲目照抄照搬外国的经验，关乎的都是研究者"主体性"的介入。我们在对文学期刊进行研究的时候，往往将期刊视为历史的"死物"，无法真正触摸历史并与之对话，与期刊建立起具有丰富联系的交流。如果将文学期刊的研究也视为文学研究的话，那么，文学研究无疑是一种研究者到研究对象之间的情感的研究和交流，这种情感的研究和交流是不能视为"死物"的，它必须是活生生的一种对话关系。研究文学期刊，对文学期刊进行历史性的考证，用各种理论进行审视固然有其研究的合理性与必要性，可是这只是文学期刊研究的一个方面，我们常常忽略了文学期刊后面存在着的人。文学期刊并不是凭空诞生、发展的，一份期刊后面集聚着的是作者、编辑、出版家、读者等众多的群体，文学期刊风格的变化、内容的刊载、出版发行、阅读消费等都是这些群体的合力，研究文学期刊，便不能仅仅只是就期刊论期刊，而必须关乎人，关乎在那种历史场景中作家、出版家、读者的种种选择——是什么原因导致了他们那样选择；在面临种种约束的时候，他们又是如何运用这些机制以及突破这些机制从而使一份期

---

[1] 刘增杰：《中国现代文学期刊研究的综合考察》，《河北学刊》2011年第6期。

刊呈现那种面貌的。这样的研究无疑才是活的研究，也才能真正弄懂一份期刊的价值所在及期刊背后一个群体独特的存在。这或许是包括《小说月报》在内的当前文学期刊研究更应该着力突破的地方。

这意味着我们可以换一个角度来研究《小说月报》，这种角度应该是将《小说月报》置于当时的历史时空中，还原当时的历史场景，将影响《小说月报》诞生、发展的各种因素一一加以考虑，弄清楚当时《小说月报》为什么会那样发展，其背后牵涉着哪些经济、政治、文化的因素，作者、编辑、读者又是如何在其中发挥作用的。这样一种视角无疑将摒弃阶级划分的偏见，也会暂时将"启蒙""现代性"等先入为主的概念搁置一边，它要求研究者与历史时空中的刊物对话，最重要的是与当时支撑刊物发展的作者、编辑、读者对话，在那样的一种情形之下，看他们如何做出艰难的选择，如何突破当时的各种局限促使《小说月报》向前发展。我们相信，这样一种研究，无疑是一种活生生的研究，对研究者或研究对象可能都是有裨益的。

二、文学机制与《小说月报》研究的结合

《小说月报》研究中存在的"断裂性"和"含混性"，促使研究者寻求更加"合理"的逻辑起点。《小说月报》研究中"断裂性"的存在是基于现代文学"现代"的话语逻辑生发出来的，是在"新与旧""封建与反封建""现代与非现代""精英与通俗"的比照中呈现出来的，这里的"现代"更多的是一个意义概念，而不仅仅是时间概念。正因为"现代"被赋予了太多的"意义"，甚至极大地超出了文学的承载范畴，导致了在讨论《小说月报》的时候，前后期泾渭分明：前期被视为"非现代"，后期被确认为"现代"。"现代"与"非现代"的意义在现代文学建构上是如此重要，《小说月报》前后期就只能被人为地"断裂"了。这种"断裂"造成的麻烦已有研究者意识到，柳珊的《在历史缝隙间挣扎——1910—1920年间的〈小说月报〉研究》，集中探讨了革新前《小说月报》刊载的文学理论、短篇小说、翻译小说等文本，发现其中的一些文学理论、小说等难以

归为鸳鸯蝴蝶派，也难以与现代文学相对接，于是提出了"民初文学"的概念，试图将长期被"遮蔽"的前期《小说月报》纳入现代文学进程。应该说这是《小说月报》研究中的一个新的尝试，从"现代"的意义概念回到了"民初"的时间概念，但"民初文学"的概念依然无法彻底解决《小说月报》前后期的"断裂"问题，也无法在更大的范围内对"现代与非现代""新与旧"做出回应。

要使《小说月报》研究展现更宽广的视野并获得更大的阐释空间，从"现代与非现代""新与旧"的既有框架中突围出来势成必然，从"现代文学"的意义概念回归到"民国文学"的时间概念不失为一种较为可行的尝试。在回归"民国文学"的概念下，《小说月报》的前后期将统一在同一时间范畴内，不再出现前期《小说月报》属于近代文学、后期《小说月报》属于现代文学的奇特景观。更重要的是，《小说月报》的研究从"现代与非现代""新与旧""封建与反封建"，甚至是"为人生"与"为艺术"二元对立的纠葛之中解放出来，形成新的视域。当然，"民国文学"的提出并不是全然推翻已有的阐释框架，也不与现存的阐释框架形成非此即彼的关系，它们之间更应该是互补扩充的，"新与旧""封建与反封建""现代与非现代"概念的提出无疑有着充分的历史文化背景，有着合理的内涵因子，也应该成为"民国文学"形成有效阐释力的成分。

给《小说月报》前后期划一条泾渭分明的界线有着充分的历史依据。从时间上看，现代文学或新文学通常将开端定为 1917 年甚至是 1919 年，而《小说月报》是 1910 年创刊的，茅盾革新《小说月报》是在 1921 年，按照现代文学的开端来算，茅盾革新前的《小说月报》很长一段时间都不能算在现代文学里面，而只能将革新后的《小说月报》算在现代文学的时间范围内。从"现代"意义上看，茅盾革新前的《小说月报》充斥着大量娱乐、消遣人生的鸳鸯蝴蝶派作品，这与革新后的《小说月报》写实的、"为人生的"、"反封建和反艺术至上主义"的文学格格不入。从建构现代文学或新文学体系的目的出发，论述者将革新后的《小说月报》作为新文学战胜旧文学的革命实绩来看待，而革新前的《小说月报》无论是在时间还是"现代"意义上，都是旧文学阵营的一部分，自然在现代文学的话语构建中被忽略不计。

在"民国文学"的时间维度下，《小说月报》甚至是现代文学研究能获得什么样的阐释空间？"民国文学"带来的研究视野应该是多重的，而不仅仅是贯通了《小说月报》前后期的界线，更在研究态度、方法、内容及旨归上带来新的思考。这一点，在以"民国文学"为背景的"文学机制"中已现端倪。

包括"文学机制"在内的一系列"民国文学"命题的提出，反映的都是要面向民国历史的姿态。面向历史，就意味着"还原"，从"现代"的意义还原到现代的时间，更意味着还原到文学研究本身。在《小说月报》的研究格局中，无论是"新与旧"的对立，还是"封建与反封建"的总结，都与建立革命话语权息息相关，"现代性与非现代性""都市文化与非都市文化"背后隐藏的是西方逻辑的话语权力。也就是说，在非自然时序的现代文学里，非文学的话语绑架了文学的话语，造成的后果就是过度阐释，在这样一种情形下，"还原"便具有了"解救"文学研究的意味，使文学研究重新回到应有的位置上。

如何还原？在大多数倡议处于模糊之际，"文学机制"给出了可操作的方法。"文学机制"首先承认历史细节的丰富性，这种历史细节的丰富性是我们今天获得阐释空间的源泉之一，承认这种丰富性，必然要反对以某种先入的"成见"去粗暴地裁剪历史。"文学机制"既不固守"反封建"的话题，也不追慕"现代性"的潮流，所需要的仅仅是重新进入历史，切实把握住历史的相关节点，厘清与历史事件相连的各种因素。这无疑需要"考证"的毅力，但这正是"现代文学机制"的基础。《小说月报》作为一份按照近代市场经济规则运行起来的现代期刊，运行时间之久、受到的关注之多，在近现代的文学期刊中是不多见的，这自然与近现代社会的各种因素产生的纠葛分不开：商务印书馆雄厚的资金支撑着其持续发展，又决定着其雅俗格调；政治及法律规避避免其陷入政治旋涡，又使其丧失发起新文学革命的动力；近代教育既为前期《小说月报》赢得了广大读者，也为反叛《小说月报》打下了基础……这些纠葛既深刻影响着《小说月报》的走向，也反映出当时的社会变化及精神动态。这些纠葛是如此复杂，甚至都难以用"封建与反封建""现代与非现代"去概括。

当然，"文学机制"绝不仅仅将历史看成尘封的"死物"，并不提倡机械的"知识"复制和累积，"体验"因此成为"现代文学机制"的重要词语，旨在说明研究者进入到历史现场，与历史重新建立起丰富的联系。文学是作者在体验世界中创造出来的，现代文学之所以不同于古代文学，就因为现代文学是现代作家在现代社会里各种体验的结晶，其中既包含了"传统体验"与"现代体验"、"异域体验"与"域内体验"、"社会体验"与"个体体验"，也包含着作家在现代社会里的"经济体验""法律体验""政治体验"等。正是作家的体验各自不同，才建立起了现代文学多姿的面貌。这些体验对文学研究者来说依然重要，因为研究者只有进入历史时空，在历史场域中去体验作者当初的生命状态，重新与看似无关的历史要素建立起联系，把握住作者当初的各种历史选择，才能真切体会到作家独特的一面，从而与作者产生共鸣，对其文学作品乃至文学现象做出较为合理的解释。不在当时的社会背景下对中国作家进行"设身处地"的"想象"，研究者就难以理解王蕴章的"弃文从政"或恽铁樵的"弃文从医"，会将他们的行为视为保守的或与文学无关之举，而难以看到他们曾经对文学的热切改革与期望；没有将茅盾放到商务印书馆的人事变动、经济纠纷及当时的整个社会大背景下，研究者显然也难以想象茅盾是在什么样的情况下进行的革新，在满是荆棘的道路上茅盾对革新充满了怎样热切的期望。这无疑要求研究者极大发挥出自身的"主体性"，或者说，这里的"体验"是建立在研究者自身基础上的"想象性的体验"。这里的想象绝非毫无拘束的天马行空，而是建立在历史基础上的"想象"。文学研究者尽管不可能完全还原到与作者当初的体验高度一致，却能做到尽量产生"共鸣"，这种"共鸣"当中既含有作者当初的体验，也含有研究者自身的体验，二者合二为一，实现了对文学的再次创造。因为作者的不同、研究者的不同，这种体验表现出了更多的个体差异性，研究也才变得不再千篇一律，增强对文学的阐释力度。

就《小说月报》的研究而言，"文学机制"要求在现有的研究格局下更加关注作者或编辑的生存空间。作为古代向近现代转型的知识分子群体，现有的研究大多关注的是作家们的精神流变，而往往忽视了保障其精神层面得以实现的另外一些因素，但显然，经济、政治、法律及教育等社会因素的支撑也是其实现文学抱负的关键。《小说月报》的作家群体贯穿了晚清、民初至 20 世纪 30 年代的漫长岁月，在当时风云激荡的社会环境里面，作家身份的急遽变换直接影响了他们不同的人生道路，更导致了他们不一样的文学主张，甚至在一定程度上决定了当时的文坛格局。《小说月报》创刊时期的作家，对作家的身份是不大认可的，这一作家群主要是从晚清读书人中转过来的，比如《小说月报》的主编王蕴章就是举人，重量级撰稿人林纾也是举人，许指严及恽铁樵出身于晚清官宦之家……这一背景导致了他们的心理意识还在封建社会里面打转，固守着"学而优则仕"的观点，一有机会就想办法踏入仕途，这从王蕴章 1913 年辞去《小说月报》主编而去中华民国南京临时政府任职、许指严任国民政府财政部机要秘书便可见一些端倪。在这种心理之下，进入现代以来最早的一批作家都不认可近现代兴起的"卖文为生"的身份，更视小说为小道，视小说为"幻云烟于笔端，涌华严于弹指"，从内心深处是不大愿意为之的。

但随着科举制度被废除，古代读书人"学而优则仕"的道路被断，而《大清著作权律》等章法进一步确认了"卖文为生"的合法性，晚清读书人在政治上失去了晋身之路，又面临着经济的压力，他们尽管心里不愿意，但却不得不以撰稿为生。这样"过渡型"的作家带来的作品便徘徊在"雅俗"之间，既有考虑读者市场的一面，也在其作品中坚守自己的人生立场，既难以跟新文学接轨，也不完全是鸳鸯蝴蝶派或"黑幕小说"，即柳珊所说的"民初小说"。这一类文学作品在当时占了文坛的很大比重，从当时《小说月报》风行一时就可见一斑。

随着现代思想的传入，资产阶级政权组织形式在中国初露端倪，知识分子入仕的希望变得越来越渺茫，知识分子在改良路线中又出现了新的分化：要么彻底放弃了传统读书人的"清高"，放弃为仕的愿望，"沉沦"进了市场，比如鸳鸯蝴蝶派的崛起；要么走向了激进，以改变中国为己任，正如团结在《新青年》周围的作家群体。而"五四"之后，随着现代知识分子的经济需求逐渐得到保障（一是靠给杂志社撰文，二是靠进入学校）和其对政治身份的逐渐认同（进一步不再以入仕为人生唯一目标），现代作家的身份更加清晰起来，作家与其他职业的区别愈发清楚。比如，早期的《小说月报》主编王蕴章又身兼《妇女杂志》的主编，其文学家的身份并不是特别明显。早期的《小说月报》其实也更像一份综合类的文化期刊，其栏目有图画、长短篇小说、笔记、文苑、新智识等。而茅盾则以专业的文学编辑身份出现，革新时期的《小说月报》栏目主要是评论、研究、译丛和创作，与文学不相关的栏目全被停了。这种作家、杂志向着职业化方向发展的趋势，显示出现代作家越来越意识到自己的使命和追求，也为现代文学的成熟奠定了基础。显然，这些问题只能是在将前后期《小说月报》贯穿之后，将其放在现代历史的大背景下才能得到合理的阐释，而这正是"文学机制"的目标之一。

生存空间的保障是作家存在的基础，文学传播渠道的保障则是对作家精神空间的开拓。现代文学期刊的出现是现代文学与古代文学相区别的标志之一，它们让作品的传播速度加快、传播面更广，同时编辑或作家通过议题的设置，使相关的内容可以得到持久、周期性的关注，但文学期刊的出现同时也使文学传播变得复杂起来。如果仅从精神层面来考察，我们不难发现前后期《小说月报》的对立性，但如果综合政治、经济、法律等因素进行考量，我们也能发现《小说月报》前后期存在的一致性。《小说月报》的创刊，从商务印书馆的角度而言，显然是为了赢利，《绣像小说》赢得了相当的读者市场，让商务印书馆从中尝到了甜头。《小说月报》正是继承着这一传统而来，但是作为一份杂志，它又在传播着精神文化，在商业与文化的双重要求下，《小说月报》的定位就至关重要。在《小说月报》的整个发展过程中，它自身的定位就在商业与文化之间摇摆。在茅盾革新《小说月报》之前，它总体上走的是较为温和的"雅俗共赏"路线，这种温和的路线使得《小说月报》创刊后相当一段时间里的销量都是很好的，与当时的文学市场形成了某种程度上的"平衡"。这种平衡到了"五四"前后被打破了，为了挽救市场平衡，商务印书馆不得不更换主编。茅盾革新《小说月报》时，采取了较为"激进"的措施，从表面的栏目设置、全用白话文到编辑理念都与之前的编辑发生了"断裂"。这种对《小说月报》定位的升级让其与当时的读者水平产生了距离，连新文学的提倡者胡适、鲁迅等人都认为"维新太过"，导致销量依然没有多少起色，"茅盾自己因为《小说月报》的销路不佳而辞去编辑工作"[1]。从企业的角度来看，衡量一份期刊是否成功的关键就是看它的销量，也就是说茅盾的革新并未挽救《小说月报》在市场中的"失衡"。与茅盾的激进路线不一样，接替茅盾主编职位的郑振铎采取更加理性和温和的方式进行启蒙，将茅盾没有重视的"整理国故与新文化运动"栏目设立起来，拉近了与旧有读者的关系，同时也留住了新式读者，这样《小说月报》的销量才逐渐稳定下来，与市场重新平衡，也才达到商务印书馆更换《小说月报》编辑的目的。这也是有研究者认为郑振铎任《小说月报》主编才"标志着《小说月报》真正完成了自己的革新过程"的原因。从市场的角度来看，《小说月报》的发展就是一个与市场"平衡—不平衡—平衡"的过程，商务印书馆的企业家们看重的并不是革新的内容，而是期刊的销量与市场的影响力，这也可以解释为什么在茅盾革新《小说月报》之后，商务印书馆又创刊了《小说世界》去拉拢传统读者。在他们眼里，新文学与旧文学是一致的，都是谋利的手段。从"现代文学机制"的角度来分析这些现象，显然更能够呈现给我们一幅立体的《小说月报》革新图景。

尽管从商业的角度来看，因为销量不好，茅盾革新《小说月报》还"不够彻底"，但从现代文学发展的角度来看，茅盾革新《小说月报》却有着相当重要的意义。而从晚清文学向现代文学转型的角度来说，前期《小说月报》是当时杂志界的"权威"，有着数量众多的读者，编者和作者大

---

[1] 段从学：《〈小说月报〉改版旁证考》，《新文学史料》2005年第3期。

多都是当时文学界的名家，又有商务印书馆雄厚的资金支持。在几乎占尽天时、地利、人和的情况下，现代文学"革命"为什么不是首先从《小说月报》开始，反而是从"白手起家"的《新青年》开始？这无疑与当时的社会状况及文化氛围紧密相关。尽管《中华民国临时约法》庄严宣称"人民享有言论自由"的权利，但接下来的北洋政府时期成为中国现代史上钳制言论自由最严重的时期之一，仅1913年被封杀的报纸即达40余家。商务印书馆有杂志遭到查处的经历，因此，为了追求利益最大化，其政治态度是趋于保守中立的。这种失去政治敏感度的保守中立态度导致《小说月报》出现了滑向鸳鸯蝴蝶派的倾向，在新文化运动中成为受新文学指责的旧派文学的堡垒。相反，《新青年》当时正处于销量不佳而导致的经费危机中，这种危机加上陈独秀等人的留学背景，让该刊能够"铤而走险"，试图用振聋发聩的观点去赢取读者市场，导致了其后新文化运动成为"燎原之火"。到茅盾革新《小说月报》的时候，新文学已在整个文化格局里面站稳了脚跟，茅盾的革新对《小说月报》的意义犹如《新青年》之于全国的意义。尽管茅盾后来被撤离了主编岗位，但其在《小说月报》里开创的新文学精神空间及留下的新文学编辑理念却被后来的主编郑振铎及叶圣陶继承了下去，使《小说月报》再也不可能回到旧派文学的阵营。同时，像《新青年》这样的杂志，属于综合类的期刊，更主要的历史功绩在于对旧文化、旧文学的"破"，而对于新文学的建设，革新后的《小说月报》成为第一份真正意义上的新文学期刊，其功绩不言而喻。

在"文学机制"的视野下，从对当前存在问题的回应，到研究态度、方法、内容的再次定位，《小说月报》长期被研究者忽视的问题重新浮现，而正是这些问题的存在，支撑起了《小说月报》在现代文学期刊中的独特景观。《小说月报》的研究如此，其他文学期刊的研究也是如此。"现代文学机制"在返回自然时序的同时，为研究者提供了相应的技术路径，让研究者不带着"成见"去发现一些曾经被"遮蔽"了的文学史实，而这些文学史实是如此重要，为文学研究提供了相当大的阐释空间，极大地拓展了当前文学研究的视野。更重要的是，"文学机制"要求文学研究者发挥其

"主体性"，提倡研究者自身的"体验"，而不是盲从既往的概念或当前的西方潮流，对于扭转当下研究中对西方的盲从无疑具有裨益。而这恐怕也是"文学机制"最终的旨归所在。

第三节 《小说月报》研究的新思路

一、论著写作的基本思路

"文学机制"是一个包容性很强的概念，凡是能够影响到现代文学的发生与发展的社会历史因素均可视为现代文学机制的一部分。作家、作品及相关的文学现象都可以放在现代文学机制下进行关照，具体到《小说月报》，影响其发展的现代经济、政治、法律、传媒和教育等诸多因素都应在考察之列。这些机制是如此丰富，彼此之间错综复杂，导致厘清现代文学机制与《小说月报》之间的关系成为一项复杂而庞大的工程，在短时期内已然难以完全做到细致而全面的考察。因此，本书的写作重点并不在于具体而微的关系梳理，而主要着眼于从现代机制所涵盖的诸多方面对《小说月报》研究带来的视野拓展及可行性的学理思考，以期为从现代机制进一步研究《小说月报》奠定相关基础。按照这样的思路，本书从现代机制所涵盖的内容中选取现代经济、政治、法律、传媒及教育来论述从这些视角审视《小说月报》的必要性及可行性，基本的写作内容主要围绕上述思路展开。

第一章主要从整体上论述现代文学机制与《小说月报》研究的关系，内容主要包括以下四个方面。

（1）对现代文学研究中"文学机制"概念提出的历史梳理。从新文学到现代文学，再到民国文学、文学机制，反映了现代文学不同时期不同的研究范式，而"文学机制"是对这些研究范式的有益补充，主要思考为什么在当下的现代文学研究中提出"文学机制"的概念。

（2）论述《小说月报》研究中引入"文学机制"的必要性。在当前的研究中，前后期《小说月报》被人为地划了一条泾渭分明的界线，本部分论述了这条界线出现的历史原因，以及这条界线的出现对《小说月报》研究带来的断裂性及含混性的影响。前后期的这条界线并不是不可逾越的鸿沟，要对《小说月报》做出全方位的关照，需要我们摒弃先入为主的预设概念，返回历史现场，从多个维度重新审视《小说月报》的期刊发展，这正是现代文学机制的研究思路。

（3）本书写作的基本思路。本书的写作主要以提供从现代文学机制来研究《小说月报》的方法搭建为主，一些具体的关系梳理仅作为个案来讨论，展示的是从"文学机制"的角度来研究《小说月报》的广度及可行性。

（4）选取"社会机制对文学研究会的影响"作为个案，从整体上呈现现代文学机制对现代文学研究带来的新思考。

第二章主要论述从现代经济来看《小说月报》所带来的视野拓展，具体来说，主要包括以下内容。

（1）对现有研究中从现代经济视角来研究现代文学的文献进行综述，进而思考从现代经济视角研究现代文学的有效性及其限度，从较为宏观的角度来思考文学与经济的关系。

（2）分别以林纾与《小说月报》的关系、文学转型期《小说月报》作家群的经济选择与茅盾革新《小说月报》后作家的经济状况为个案进行分析，提供了从现代经济视角研究《小说月报》的具体实例。

第三章主要尝试从现代政治对《小说月报》影响的角度来探讨研究的可能性，主要包括以下内容。

（1）论述现代文学研究与政治的关系。长期以来，现代文学研究受"政治经济学"的影响，形成了评价文学作品时"政治标准第一，艺术标准第二"的简单模式。反拨之后，研究者又对政治敬而远之，对确实影响现代文学的政治因素视而不见，这无疑对现代文学的研究带来了弊端。本书认为，在现代文学机制视野下，应回到现代文学与政治发生关系的现场，思考从现代政治视角研究现代文学的有效性及必要的限度。

（2）论述现代政治与《小说月报》研究的关系。《小说月报》与现代政治的关系经常被研究者忽略，该部分梳理了当前从现代政治视角来研究《小说月报》的现状，分析了其长期被忽略的原因，进而探讨从现代政治视角来研究《小说月报》的必要性、可行性及其研究的一些具体思路、内容。

（3）作为个案研究，探讨了《小说月报》总体的政治立场及其成因。本部分讨论了《小说月报》政治立场的隐秘性，进而分析《小说月报》与现代政治之间千丝万缕的联系，从政治视角重新审视《小说月报》。

第四章主要从现代法律的角度来考察研究《小说月报》的方法及途径，包括以下内容。

（1）论述现代法律与现代文学研究之间的关系。在综述了现有的现代法律与现代文学研究的现状之后，我们发现，从现代法律的角度来研究现代文学才刚刚起步，尽管可能存在较为明显的限度，但这个研究视角是不可或缺的，也是有着相当大的可开拓空间的。

（2）具体论述从现代法律的角度来研究《小说月报》所能带来的研究空间拓展。与从现代政治的角度来研究《小说月报》相似，从现代法律的角度来研究《小说月报》在当前依然难觅踪影，依然是现代文学研究尚待开垦的领域。在此基础上，本书进一步探讨现代法律视角带给《小说月报》研究的可能性及可拓展的研究空间。

（3）作为个案研究，本书选取了《大清著作权律》来探讨其在现代文学建构中的作用，以《小说月报》中的稿酬条例作为具体例子，详细分析了《大清著作权律》在现代作家、文学市场形成及现代性进程中的作用。

第五章主要论述现代传媒与《小说月报》研究之间的关系，尝试就以下问题展开讨论。

（1）在梳理当下现代传媒与现代文学研究的基础上，我们认为尽管现代传媒与现代文学的关系研究已得到了研究者比较多的关注，但研究依然不全面、不透彻，进而论述了从现代传媒视角来研究现代文学的必要性，同时警惕研究中应该注意的各种失衡。

（2）着重梳理当前研究现代传媒与《小说月报》关系的现状，在文献综述的基础上，提出从现代传媒视角来研究《小说月报》可进一步开拓的空间。

（3）分析以往被研究者所忽视的广告对《小说月报》创刊、盈利等的影响，作为案例来考察以往的《小说月报》研究中被遮蔽的部分。

第六章主要论述从现代教育视角来研究《小说月报》所能带给我们的启示，包括以下内容。

（1）在综述现代教育与现代文学研究的基础上，笔者认为当前的现代教育与现代文学的研究才刚刚展开，还有待进一步提升，进而提出现代教育对现代文学研究的有效性及其限度。

（2）着重分析从现代教育视角来研究《小说月报》所具有的优势。这一研究视角的涉猎者较少，但恰好预示着存在研究潜力较大的可开拓空间。

（3）作为个案分析，本部分选取了晚清民初商务印书馆的小学教科书来分析教育对文学读者的培养，及以徐玉诺为例来看文学期刊是如何培养作家的。

结语部分主要论述了"文学机制"的丰富内涵，经济、政治、法律、传媒、教育等仅是这个机制里面的一部分。现代经济、政治、法律、传媒、教育等多重因素错综复杂地交织在一起，推动或制约着《小说月报》的发展，要探寻《小说月报》原初的面貌，就必须对这些因素及其之间的关系进行一一梳理和关照。本书所列举的仅仅是一种框架的搭建，作为一种研究视野、一种研究方法，"文学机制"对于《小说月报》研究甚至现代文学研究，目前仅仅只是一个开端。

现代文学期刊是在现代社会里形成的。本书的写作紧紧围绕着"文学机制"这一核心，以《小说月报》作为切入口，展开对现代文学期刊各个方面的考察。首先，文学期刊的运行与社会机制紧密挂钩。《小说月报》作为商务印书馆旗下的一份期刊，其创刊、发展与商务印书馆息息相关，而作为一家文化企业，商务印书馆就是在现代市场的竞争中发展起来的。《小说月报》是企业运作的一个项目，从创刊的动机、筹资、日常的运营、销售、广告的投放到编辑的调换，背后都有商务印书馆提供的强大支撑。从企业运作来看，这只是一个经济活动，但对于中国现代文学而言，它又不仅仅是经济活动，更是一项重要的文学活动，其中牵涉经济、法律、政治、传媒、教育等外部因素，思想、观念、文本转换等现代性因素也被裹挟其中。这样就形成了社会机制虽促进了文学的发展，但文学与社会机制的相互牵扯也制约了文学的发展的尴尬局面。本书所探究的问题就是现代社会机制在多大程度上促使《小说月报》的发展，又在多大程度上制约了文学的发展。通过分析和比较，本书最终将尽可能地揭示《小说月报》运营的每一个要素是如何受制于社会机制，又是如何突破社会机制的。在此基础上，本书将探究作为文学活动主体的作者是如何面对现代商品市场、政治、法律、传媒、教育语境的，在从古代作家向现代作家的转型过程中，这些机制起到了什么样的作用？在从古代"学而优则仕"到近现代的"卖文为生"这一过程中，作家身份发生了改变，心理也发生了巨大的变化。本书将围绕《小说月报》的作家群，力图揭示出他们转型的艰难、分化与坚守。作家发生分化，读者市场也在发生分化，现代文学读者市场的形成与现代社会机制紧密相连，读者的购买力、现代传播的发展、读者的阅读倾向等因素都影响着《小说月报》的发展。本书将尽可能地揭示现代社会机制在这些环节中的作用。

本书既有横向的各要素之间的分析比较，也有纵向的不同时间段的《小说月报》的分析比较。在总的研究思路中，以横向为纬、纵向为经，纵向的分析比较将隐含在每一节内容中。

二、需要注意的问题

"文学机制"是近年来在文学研究领域兴起的一种研究思路，这一概念提出的时日较短，学界对其讨论还远远谈不上充分，而《小说月报》经历了晚清、现代两个历史时期，其本身的构成又是异常复杂的，这导致了从现代文学机制的角度来探讨《小说月报》总会出现各种值得警惕的问题。

（1）本书中所谓的"文学机制"。《小说月报》的创刊是在1910年，也就是说，影响《小说月报》创刊的社会机制当属"清代机制"，而非"现代机制"。但1910—1911年这两年相对于《小说月报》的运行时间

（1910—1931）来说非常短暂，而《小说月报》发挥影响力更多的是在现代。更重要的是，尽管 1911 年从清朝跨越到了现代，但显然社会机制难以在朝夕之间完全一刀切开，所以本书在对这一时间段的社会机制命名时，主要以"现代文学机制"为主。

（2）"文学机制"这一概念所包含的大致有三个方面：作家生存空间的保障、作品传播渠道的保障及基本文化氛围的形成。"文字机制"不仅涉及传统的外部社会条件，也关注作家基本的精神生活，因此，本书所说的"现代经济""现代政治""现代法律""现代传媒""现代教育"等，既包含作为一般意义上社会制度存在的"经济""政治""法律""传媒""教育"，也包含与之相关的意识、观念及行为。比如"现代法律"，既包括严格意义上的法律制度、法律条文等，也包括当时人们的法律意识及与之相关的法律行文，更类似于较为宽泛的"法律文化"这一概念，其他的"现代经济""现代政治""现代传媒""现代教育"等概念亦是如此。

（3）关于"文学机制"的命名。在当前相关的论述中，尽管探讨的是与现代相关的同一对象，但依然出现了"民国文学机制"与文学的"民国机制"等不同说法。在本书的写作中，出于统一的需要，全篇采用"现代文学机制"这一名称。

第四节　个案：社团杂志与社会资本——文学研究会的社会机制透视

文学研究会在 20 世纪 20 年代成为中国现代文学史上影响最大的文学社团之一，以其理论提倡及文学创作对中国现代文学进程产生了深远的影响。与创造社"打架""杀开了一条血路"的"异军苍头突起"[①]不同，文学研究会立足文坛比较平和，但却在短时期内获得了全国性的影响力。文

---

① 刘纳：《"打架"，"杀开了一条血路"——重评创造社"异军苍头突起"》，《中国现代文学研究丛刊》2000 年第 2 期。

学研究会获得的这种影响力既是作家自身创作优异的表现，也是各种社会因素因缘际会之下与作家共同参与的结果。虽然这些社会因素可能成为一种稳定的机制和可复制的模式，比如文学研究会各地分会对总会模式的借鉴，但一些因素却是文学研究会独有的，并且对文学研究会影响力的持续发挥至关重要，文学研究会各地分会普遍不成气候就反证了这些社会因素对文学研究会的作用。《文学研究会简章》就明确提出："本会会址设于北京，其京外各地有会员五人以上者得设一分会，分会办事细则由分会会员自定之。"[1] 茅盾也回忆说："到了一九二二年春成立一周年时，不少地方都成立了文学研究会的分会。"[2] 从实际来看，尽管目前所能确认的文学研究会会员覆盖了全国大部分地区，但除了北京、上海，文学研究会分会在相关资料中所提到的也只有广州、郑州、宁波等几处，并且一些分会是否真实存在还有待进一步考证[3]。各地能设立起分会并运转较长时间的寥寥无几，比如广州分会算是在各地分会中较有实绩的，1923 年 8 月成立，到1924 年主要会员便纷纷流失，前后仅一年的时间。为什么地方分会难以成立并维持下去呢？其中的社会因素是不得不考虑的。

一、支持：文学研究会对广州分会的影响

茅盾回忆说："这些分会都是各地一些有志于新文学的青年、学生自行组织的……他们的活动，总会是从来不管的，也管不着。"[4] 1926 年茅盾在广州的所见所闻似乎也印证了这种关系，"会见以后，才知道广州分会除了刘思慕，还有梁宗岱、叶启芳、汤澄波，都是分会的负责人"[5]，从中可见作为总会主要负责人之一的茅盾对广州分会的陌生。但是，考察广州分

---

① 《小说月报》第十二卷第一号，1921 年 1 月 10 日。
② 《一九二二年的文学论战》，《茅盾回忆录》（上），华文出版社 2013 年版，第 182 页。
③ 比如宁波分会，就有学者对其存在产生了质疑。参见贺圣谟，施虹：《关于文学研究会宁波分会的再审察》，《浙江大学学报》1999 年第 5 期。
④ 《一九二二年的文学论战》，《茅盾回忆录》（上），华文出版社 2013 年版，第 182 页。
⑤ 《中山舰事件前后》，《茅盾回忆录》（上），华文出版社 2013 年版，第 265 页。

会的实际运行情况，文学研究会总会与广州分会之间并不是毫无联系，至少文学研究会总会在如下五个方面为广州分会提供了经验和借鉴。

第一，文学研究会为广州分会培养了主要骨干成员。广州分会成立时的会员有梁宗岱、叶启芳、刘思慕、陈荣捷、陈受颐、潘启芳、司徒宽、汤澄波、甘乃光九人。这些人中，梁宗岱、叶启芳、汤澄波等人已是文学研究会的正式成员，并在其相关刊物上都有作品发表，比如《小说月报》在广州分会成立之前就刊登了相当数量的广州分会会员的作品（见表1-1）。

表1-1 《小说月报》刊登文学研究会广州分会部分会员作品一览

作者	作品名	体裁	发表时间、刊号
梁宗岱	《失望》	诗歌	1922 年第十三卷第一号
	《烦闷》	诗歌	1922 年第十三卷第三号
	《夜枭》	诗歌	1922 年第十三卷第五号
	《高兴》	诗歌	1922 年第十三卷第五号
	《森严的夜》	诗歌	1922 年第十三卷第六号
	《小溪》	诗歌	1922 年第十三卷第八号
	《新生》	诗歌	1922 年第十三卷第十二号
	《感受》	诗歌	1922 年第十三卷第十二号
	《途遇》	诗歌	1923 年第十四卷第一号
	《恐怖》	诗歌	1923 年第十四卷第三号
	《旧痕之一》	诗歌	1923 年第十四卷第四号
梁宗岱	《旧痕之二》	诗歌	1923 年第十四卷第四号
	《归梦》	诗歌	1923 年第十四卷第七号
汤澄波、叶启芳	《圣经之文学的研究》	论文	1922 年第十三卷第十号
甘乃光	《恋爱》	诗歌	1923 年第十四卷第六号
刘思慕	《挽歌》	诗歌	1923 年第十四卷第六号

文学研究会的相关刊物刊登广州分会会员的作品，使这些成员的才华得到了肯定，鼓舞了他们在文学道路上更进一步。刘思慕就说："我有时也寄稿给雁冰主编的《小说月报》，经过他的润色，刊登了出来，这使我深受鼓舞。"①后来广州分会成员中文学成就最高的梁宗岱，更是从文学研究会中受益匪浅。郑振铎与沈雁冰二人曾分别给梁宗岱写信，对他的创作表示赞赏与鼓励，邀请他加入文学研究会，同时大量发表梁宗岱的作品并为其出版文集。"在梁宗岱的文学道路上，文学研究会确实起了很大作用，既是他的发现者，又是他的支持者。很大程度上，他的文名是依靠这个文学社团及其刊物而获得的。"②可以说，在广州分会成立前，文学研究会已经为其培养了众多有相当文学素养的人才，为广州分会的成立奠定了基础。

第二，文学研究会是广州分会成立的"催化剂"。1923年8月《小说月报》第十四卷第八号在"国内文坛消息"栏明说："广州文学会会员汤澄波、梁宗岱诸君本有在广州设立分会的提议，后因广东的扰乱，停顿进行，直至最近才正式宣告成立。"③这透露出文学研究会广州分会的成立并非仓促之举，而是经历了相当时间的酝酿。从现有的史料来看，在广州分会成立之前，不少会员已经跟总会有直接联系，比如：汤澄波就曾经写信给郑振铎，得到了后者的首肯④；酝酿成立广州分会时，也由叶启芳出面，"写信给他比较熟识的上海朋友郑振铎要求联系。不久，郑振铎复信表示同意"⑤。这些回忆资料表明，广州分会的成立是经总会允可的。其实，文学研究会总会对广州分会的成立不仅仅是允可，更是主动"催化"。郑振铎就主动委托广州分会中最具文学成就的梁宗岱促成广州分会的成立，

---

① 刘思慕：《羊城北望祭茅公》，载贾植芳等编：《文学研究会资料》（下），知识产权出版社2010年版，第813页。

② 刘志侠、卢岚：《青年梁宗岱》，华东师范大学出版社2014年版，第135页。

③ 《小说月报》第十四卷第八号，1923年8月10日。

④ 刘志侠、卢岚：《青年梁宗岱》，华东师范大学出版社2014年版，第119页。

⑤ 贾植芳等编：《文学研究会资料》（下），知识产权出版社2010年版，第826页。

1923 年夏天，"[梁宗岱]升岭南大学。郑振铎嘱我在广州发展文学研究会"①。在广州成立分会，成了文学研究会主动扩大影响力的措施。

第三，广州分会秉承了文学研究会的创作宗旨。文学研究会以研究、介绍世界文学，整理中国旧文学，创造新文学为宗旨，认为"将文艺当作高兴时的游戏或失意时的消遣的时候，现在已经过去""相信文学是一种工作，而且又是于人生很切要的一种工作"，提倡写实主义。文学研究会广州分会对这些主张自然都认可，不仅如此，他们对会内的主要成员"十分仰慕""把他们的作品当作自己写作的楷模"②。广州分会会刊《文学旬刊》的主编陈荣捷就说文学研究会广州分会"目标只在研究小说，多半是西方的，但后来扩展到文学文化运动"③。他还在《诗之真功用》一文中指出"文学的责任是表现人生和批评人生"④，这可视为广州分会的宣言了。后来，《广州市志》评价广州分会时说："它首先举起写实主义的文学旗帜，培养了广州新文学的第一代作家。"⑤刘思慕后来也回忆说："我朝着为人生的现实主义的方向，从事诗和散文创作的道路迈出的第一步，而茅公可说是我的引路人。"⑥这些都表明了文学研究会对广州分会的影响，广州分会与总会在创作宗旨上保持了一致性。

第四，文学研究会为广州分会提供了办刊模式。首先是刊物的同人性质。文学研究会的相关刊物，如《小说月报》《文学旬刊》等，一定时期内都表现出鲜明的同人性质，比如革新后的《小说月报》的第一期就几乎全是文学研究会同人的作品，包括冰心、叶绍钧、许地山、瞿世英、王统照等的创作，周作人、耿济之、茅盾、沈泽民等的译作，与其说是茅盾在办

① 刘志侠、卢岚：《青年梁宗岱》，华东师范大学出版社 2014 年版，第 120 页。
② 贾植芳等编：《文学研究会资料》（下），知识产权出版社 2010 年版，第 812 页。
③ 刘志侠、卢岚：《青年梁宗岱》，华东师范大学出版社 2014 年版，第 124 页。
④ 易新农、夏和顺：《叶启芳传——从教堂孤儿到知名教授》，中山大学出版社 2008 年版，第 36 页。
⑤ 易新农、夏和顺：《叶启芳传——从教堂孤儿到知名教授》，中山大学出版社 2008 年版，第 37 页。
⑥ 贾植芳等编：《文学研究会资料》（下），知识产权出版社 2010 年版，第 813 页。

《小说月报》，倒不如说是文学研究会的同人一起在办《小说月报》。其实，"五四"运动以后，新文化阵营中的刊物差不多都是同人杂志。[①] 广州分会延续了这种办刊模式，在成立之后，发起了《文学旬刊》，分会的会员全体上阵，《文学旬刊》前三期文章全部都由他们包办了。其次是广州分会发行的《文学旬刊》附刊于《广州光报》，这种将文学期刊附在新闻报纸的名下发行的做法，正是总会的做法。"这班年轻人雄心壮志，一开始便决定模仿北京和上海两个分会的做法，出版《文艺旬刊》，附在新闻报纸发行，走向社会，为新文化运动摇旗呐喊。"[②] 文学研究会的许多刊物，都是附在报纸后面，比如上海《文学旬刊》附在《时事新报》上，北京《文学旬刊》附在《晨报》后。这种借助报纸雄厚的文化实力和政治背景及发达的发行网络的做法，可以使文学刊物迅速扩大影响，尽快在文坛立足。文学研究会的很多分会都是如此，"又有许多周刊旬刊附在各地日报内，而这周刊旬刊又标明某处文学研究会分会主编的字样"[③]，有文学研究会的总会模式在前，广州分会如此做可谓水到渠成。最后，广州分会的《文学旬刊》在具体的体例、版式上受总会刊物的影响颇深。梁宗岱写给郑振铎的信直言，《文学旬刊》"体例与北京上海的相仿佛"[④]，仿照总会的《文学旬刊》版面，简约大方，右上角报题《文学》，旁印"文学研究会广州分会旬刊"，下印期数、日期及"广州光报发行"字样，目次放在最前面。

第五，文学研究会对广州分会进行了广泛宣传。从文学研究会对广州分会的宣传来看，总会对广州分会的成立是相当重视的。广州分会刚刚成立之时，《小说月报》便在"国内文坛消息"栏宣布：

---

① 参见施蛰存：《〈现代〉杂忆》，载《沙上的脚迹》，辽宁教育出版社 1995 年版，第 28 页。

② 刘志侠、卢岚：《青年梁宗岱》，华东师范大学出版社 2014 年版，第 121 页。

③ 茅盾：《关于"文学研究会"》，载贾植芳植芳等编：《文学研究会资料》（下），知识产权出版社 2010 年版，第 681 页。

④ 《小说月报》第十四卷第八号，1923 年 8 月 10 日。

本月内得到许多可喜的消息：

关于文学团体消息，有（一）广州文学研究会分会的成立。广州文学会会员汤澄波、梁宗岱诸君本有在广州设立分会的提议，后因广东的扰乱，停顿进行，直至最近才正式宣告成立。现有会员九人，通信处，设在岭南大学。[①]

同时还将梁宗岱写给郑振铎的信也一并刊登出来，详细介绍分会情况：

振铎兄：

我们这个分会，已于昨天宣告成立了。会员共有九人，我和澄波兄做干事。我们决议将于广州的一家报纸，附刊一个《文学旬刊》，用文学研究会分会的名义，体例与北京上海的相仿佛，由荣捷主任。现在将各会员录的格式填好寄上，通信地址暂时可由我和澄波转，下学期则一律寄岭南大学。请将我们的消息略略在《说报》的国内文坛上报告。

宗岱七、八、一九二三[②]

不仅如此，《小说月报》还刊登了郑振铎在信后的一段附言：

文学研究会原来只有北京上海两处，现在又有广州一个分会了！我们谨在此祝贺他们的成立与发展！

振铎[③]

从中不难看出文学研究会对广州分会的支持与期盼。在广州分会的存续过程中，文学研究会也借助刊物不断为其宣传，比如《小说月报》对其《文学旬刊》的介绍：

---

① 《小说月报》第十四卷第八号，1923 年 8 月 10 日。
② 《小说月报》第十四卷第八号，1923 年 8 月 10 日。
③ 《小说月报》第十四卷第八号，1923 年 8 月 10 日。

文学杂志在本月内出版的也有三种，一是文学研究会广州分会出版的《文学旬刊》，第一期已于今年双十节出版，它的内容很优美，由广州光报发行。[①]

文学研究会总会与广州分会并不是全然没有联系，甚至可以说，文学研究会给广州分会多方面的支持，广州分会将总会的许多模式进行了移植。但尽管如此，相对于总会，广州分会依然只存在了短短的一段时间。哪些因素制约了广州分会的发展呢？什么样的社会因素对文学研究会的发展至关重要又独特呢？

二、促进：商务印书馆影响下的文学研究会

细细考察文学研究会总会与各地分会的区别，除了人员不同，社会因素方面最重要的就是文学研究会总会与商务印书馆的合作。文学研究会成立伊始，便革新了商务印书馆已有十一年历史的《小说月报》，到"一·二八事变"后，"商务印书馆发行的《东方杂志》《教育杂志》等刊物陆续恢复出版，唯有《小说月报》不予复刊。文学研究会虽有《丛书》继续印行，但由于没有机关刊物为发表作品的阵地，作为文学团体也就无形消散了"[②]。文学研究会可谓始于《小说月报》，散于《小说月报》，而《小说月报》的出资方为商务印书馆，从中可见商务印书馆对文学研究会的深刻影响，这也正是文学研究会总会与各个地方分会最重要的区别。从整体上看，商务印书馆在以下五个方面促进了文学研究会的发展。

第一，从文学研究会的成立来看，商务印书馆在其中起到了促进作用。从现有的材料可知，在郑振铎等人创办的《人道》月刊停刊后，他便很想创办一个文学刊物，恰逢商务印书馆的张元济和高梦旦等人在北京拜访胡适、梁启超、蒋百里等人，蒋百里向张元济和高梦旦提及郑振铎想办文学刊物

---

① 《小说月报》第十四卷第十号，1923 年 10 月 10 日。
② 贾植芳等编：《文学研究会资料》（下），知识产权出版社 2010 年版，第 867 页。

的意愿，商务印书馆以"附入《小说月报》之意告之"①。郑振铎见自己办文学刊物的计划难以实现，进而想起：何不先成立一个文学会，以后可由这个文学会出面办刊物，这样，一来可以使基础更为稳固，二来同各书局联系时也便于洽谈。他的这个想法获得了耿济之等人的支持。于是此事便在张、高二位返回上海后他们便开始酝酿了。②从中可以看出，正是商务印书馆方面的刺激，促成了文学研究会的成立，进而《小说月报》的革新开始。对于文学研究会而言，与商务印书馆的合作，使其一开始就可以借助商务印书馆多年来积累起来的公信力，为自身影响力的迅速提高奠定良好的基础。

第二，文学研究会与商务印书馆的结合，使得文学研究会获得了商务印书馆对相关刊物雄厚的资金支持。在茅盾革新《小说月报》的1921年，商务印书馆已是中国最大的出版机构，其营业额已达6858239元③。如此雄厚的资金有力地支撑着商务印书馆旗下的杂志运转，让《小说月报》等期刊有了相当大的腾挪空间，可以经受住一段时期内编辑或发行工作的调整，不至于销路下降就面临停刊。《小说月报》的革新就是这种见证，革新前的《小说月报》销售量已严重下滑，如果没有相关的资金支持，停刊亦在所难免，遑论之后的革新。

资金支持成了刊物连续稳定发行的坚实后盾，而连续发行的出版物对文学研究会这类团体至关重要，是其文学理想得以实现的前提。对比而言，文学研究会广州分会没有充足的财力作为后盾，一遇到问题便支撑乏力，迅速消失。

第三，商务印书馆雄厚的资金，使其有能力建立起遍布全国的发行网络。商务印书馆先后在全国建立了36个分馆和1000个以上的销售点④，

① 张元济：《张元济日记》，商务印书馆2008年版，第241页。
② 陈福康：《郑振铎传》，上海人民出版社1996年版，第31—32页。
③ 吴永贵：《现代出版史》，福建人民出版社2011年版，第114页。
④ 李秀萍：《文学研究会与中国现代文学制度》，中国传媒大学出版社2010年版，第142页。

如此庞大的发行网络，使《小说月报》可以拥有其他刊物难以匹敌的影响力，甚至延及海外。《小说月报》成为文学研究会的阵地之后，自然也将文学研究会的影响力扩及全国。茅盾后来回忆说："我们的'名气'的扩大的另一个原因是得益于商务印书馆和《时事新报》遍及全国的发行网，老板要赚钱，也就连带替我们扩大了影响。"①从中可见商务印书馆强大的发行网络对文学研究会扩大其影响力的重要作用。相比之下，广州文学研究会的影响力则主要集中于广州，难以向全国辐射，这与他们没有自己的发行网络，而采取请各地书局代售②的模式有关。

第四，有充裕的资金和庞大的发行网络，并不一定就能保证一个文学团体获得极强的影响力，最重要的还需要有一批具备相当文学素养且精诚团结的成员。在人员方面，商务印书馆对文学研究会最大的影响就是通过《小说月报》这个平台的锻炼培养了一批专于出版、编辑及其管理的人员。比如茅盾，入职商务印书馆不久，便得到了时任商务印书馆经理张元济等人的赏识，他从英文阅卷员改为跟随孙毓修编译童话、校订古籍，并于1917年9月开始每日用半天时间参与《学生杂志》的编辑工作，这是他期刊编辑生涯的起点。1920年1月，矛盾又协助王蕴章主持《小说月报》的"小说新潮栏"。这些工作无疑让茅盾得到了相当的锻炼并迅速成长为一名优秀的编辑，为他后来革新《小说月报》奠定了坚实的基础。而郑振铎被茅盾认为是"一位搞文学而活动能力又很大的人"③，在文学研究会成立之初就显示出了他极强的社会活动能力。叶圣陶回忆说："文学研究会的成立，可以说主要是振铎兄的功绩。我参加文学研究会，为发起人之一，完全是受他的鼓励；好几位其他成员也跟我相同。有时候我甚至这样想，如果没有振铎兄这样一位核心人物，这一批只会动笔而不善于处事

---

① 茅盾：《我走过的道路》，人民文学出版社1997年版，第227页。

② 刘志侠、卢岚：《青年梁宗岱》，华东师范大学出版社2014年版，第121页。

③ 茅盾：《革新〈小说月报〉的前后》，载贾植芳等编：《文学研究会资料》（下），知识产权出版社2010年版，第772页。

的青年中年人未必能结合成这个文学团体。"① 进入到商务印书馆后，郑振铎先后编辑小学教科书，创办《儿童世界》，主编《小说月报》，特别是策划文学研究会系列丛书，包括《世界文学丛书》《文学研究会创作丛书》《文学研究会世界文学名著丛书》《文学研究会通俗戏曲丛书》等，先后总数在一百五十本以上。完成这一系列浩大的工程，显然与郑振铎的社会活动能力相关，正是在商务印书馆这一平台上，郑振铎的组织能力和管理能力得到了全面展现。同时，20 世纪 20~30 年代的商务印书馆，培养并留任了文学研究会的许多成员，其中很多人既是文学研究会成员，也是商务印书馆的员工，包括革新后《小说月报》的前后几任主编茅盾、郑振铎、叶绍钧，曾主编《文学周报》的谢六逸、傅东华、徐调孚等人，还有王伯祥、余祥森、周予同、周建人、顾颉刚、彭家煌、黎烈文、李石岑、章锡深等人。郑振铎还是商务印书馆元老之一高梦旦的女婿，这更在无形之中给文学研究会提供了非常坚实可靠的背景，也使文学研究会与商务印书馆之间的关系更加密切。而广州分会则始终未能脱离学校团体，主事的也是业余编辑，缺乏专业的编辑和管理人员，这也是其难以持久的原因之一。

　　第五，商务印书馆较为先进的管理模式也让文学研究会受益匪浅。商务印书馆在其运营中，一直在对用人、财政、组织等方面进行革新和调整。1902 年，张元济加入商务印书馆后正式设立编译所、印刷所和发行所，1915 年新设立的总务处作为商务印书馆的决策中心。在一处三所的总框架下，商务印书馆又设立为数众多的部、科、股、组及附属公司等各级机构，每一个机构都规定了严格而细致的部门章程和组织大纲。1922 年，王云五主理编译所后，又按学科分组将总编译部细分为 21 个组别，将《东方杂志》《小说月报》《教育杂志》等进行专门管理，"从此，商务日益成为一个大型企业，一个集中的、分层次的管理体制实质上是为了不同部门

① 叶圣陶：《郑振铎文集序》，载叶至善等编：《叶圣陶集》（第十七卷），江苏教育出版社 1994 年版，第 399—400 页。

的紧密合作，保证整个公司各种业务的顺利运作"①。商务印书馆的这种管理方式，让各部门各司其职，将《小说月报》的运行整合进整个公司的发展中，编辑、印刷、发行等各司其职，让编辑专注于自身业务，而不用考虑其他环节，这是编辑专业化的开始，也是《小说月报》能够保证编辑质量、长久运营的基础。

可以说，在文学研究会的发展过程中，商务印书馆作为社会因素的参与显得极为重要。尽管文学研究会编辑的《小说月报》不免受到商务印书馆的制约，但《小说月报》对文学研究会的重要性远胜于对商务印书馆的作用。借助商务印书馆的资金支持、发行网络与管理经验等，文学研究会得以完成自身的文学使命。正是这些因素使得文学研究会刚成立便获得了全国性的影响力，进而又持续很长时间。

三、制约：商务印书馆掣肘下的文学研究会

茅盾多次强调《小说月报》"始终是商务印书馆的刊物"②，而不认为其是文学研究会的刊物。这反映出商务印书馆与文学研究会对期刊的不同态度、不同定位，也是商务印书馆作为社会因素对文学研究会掣肘的表现。

商务印书馆对《小说月报》的掌控，首先就表现在"他们以文学杂志与《小说月报》性质有些相似，只答应可以把《小说月报》改组，而没有允担任文学杂志的出版""内容彻底的改革，名称却不能改为《文学杂志》"③。从商务印书馆不允许出版新的文学杂志，也不允许将《小说月报》改名，可见商务印书馆在与文学研究会的商谈中，占有主动权。对于商务印书馆而言，《小说月报》创办已有十余年，已具备相当的市场号召力，从经济的角度出发，显然不想另起炉灶。而文学研究会发起诸人想出版文学杂志的初衷是灌输文学常识，介绍世界文学，整理中国旧文学并发表个人

---

① 叶宋曼瑛:《从翰林到出版家——张元济生平与事业》,商务印书馆(香港)1992年版,第146页。
② 茅盾在《革新〈小说月报〉的前后》《复杂而紧张的生活、学习与斗争》等文中多次提及。
③ 《文学研究会会务报告(第一次)》,《小说月报》第十二卷第六号。

创作①，这种文学理想与商务印书馆的市场定位一开始就存在差异。

茅盾在答应革新《小说月报》的时候，向商务印书馆提出了三条意见，其中一条是"馆方应当给我全权办事，不能干涉我的编辑方针"②，这是茅盾对编辑自主权的争取。从之后的实践来看，商务印书馆对编辑"全权办事"是打了折扣的。立足于市场盈利，在保证有利的前提下，商务印书馆并未对编辑方针提出干涉，但涉及经济利益时，商务印书馆便会全方位介入，比如在广告投放、刊物内容甚至是撤换主编方面。

其次，商务印刷馆的掌控体现在广告投放方面。将茅盾革新《小说月报》之前的广告投放（见表1-2）与革新之后的广告投放（见表1-3）做比较，我们不难发现商务印书馆对《小说月报》运营的参与。

表1-2　1920年《小说月报》第十一卷第十二号广告

广告商	广告内容	广告性质
《小说月报》	本月刊特别启事一	启事
	本月刊特别启事二	
	本月刊特别启事三	
	本月刊特别启事四	
	本月刊特别启事五	
商务印书馆	商务印书馆出版《新体写生水彩画》	绘画
万国储蓄会	能力者金钱也　万国储蓄会启	储蓄
英国圣海冷丕朕氏补丸驻华总经理处	上海江西路七号丕朕氏大药行披露	药品
北京中华储蓄银行	特别奖励储蓄	储蓄
上海华罗公司	威古龙丸	药品

① 参见《文学研究会会务报告（第一次）》，《小说月报》第十二卷第六号。

② 茅盾：《革新〈小说月报〉的前后》，载贾植芳等编：《文学研究会资料》（下），知识产权出版社2010年版，第772页。

（续表）

广告商	广告内容	广告性质
商务印书馆	商务印书馆发行言情小说《玫瑰花》	书籍
上海商务印书馆	上海商务印书馆发行《小楷心经》十四种	书籍
国货马玉山糖果饼干公司	国货马玉山糖果饼干公司广告	食品
上海贸勒洋行	美国芝加哥斯台恩总公司中国经理上海贸勒洋行巴黎吊袜带、威廉修面皂	衣物、装饰
贸勒洋行	固龄玉牙膏	日用品
	博士登补品	药品
美国芝加哥高罗仑氏公司	鸡眼之消除法加斯血药水独一无二	药品
贸勒洋行	Lavolho 赖和冈眼药水	药品
商务印书馆	商务印书馆发行张子祥花卉镜屏	家居用品
	商务印书馆发行《然脂余韵》	书籍
贸勒洋行	Lavolho 拄福录医治皮痒诸症	药品
商务印书馆	世界最新地图、精制信笺信封	文化用品
商务印书馆	《教育杂志》《学生杂志》《少年杂志》《英语周刊》目录	杂志
	《东方杂志》《学艺杂志》要目	杂志
	《世界丛书》	书籍
《小说月报》	《小说月报》第十二卷第一号起刷新内容	杂志
《妇女杂志》	现代十年《妇女杂志》刷新内容，减少定价广告	杂志
《英文杂志》	《英文杂志》七卷一号大刷新	杂志

（续表）

广告商	广告内容	广告性质
商务印书馆	商务印书馆发售：新到大批美国照相器具	摄影器材
	上海商务印书馆中国独家经理美国斯宾塞芯片公司	文化器材
唐拾义	专门治咳大医生唐拾义发明：久咳丸、哮喘丸等	药品
商务印书馆	商务印书馆发行：《新法教科书》	书籍
	商务印书馆精印：各种贺年卡片	文化用品

表1-3　1921年《小说月报》第十二卷第一号广告

广告商	广告内容	广告性质
上海大昌烟公司	请吸中国烟叶：烟丝最细嫩、气味最芬芳、价目最便宜、各界最欢迎之双婴孩牌好香烟	烟草
丕朕氏大药行	丕朕氏补丸清洁血液之补剂	药业
北京中华储蓄银行	特别奖励储蓄	银行
上海贸勒洋行	巴黎吊袜带：用巴黎吊袜带者日多，物质优胜故耳	衣物
美国芝加高罗仑氏公司	加斯血药水其妙入神	医药
贸勒洋行	固龄玉牙膏	日用
上海华罗公司	威古龙丸	药品
新华储蓄银行	公共储金	银行
贸勒洋行	新式修面皂	日用
	Lavolho 赖和罔药水	药品
吴昌硕花卉画册	商务印书馆发行：《吴昌硕花卉画册》	文化用品
美国迭生公司	运动用品远东总经理商务印书馆通告	文化用品
中华第一针织厂	菊花牌丝光	衣物

（续表）

广告商	广告内容	广告性质
贸勒洋行	Lavolho 赖和罔药水	药品
《司法公报》发行所	《司法例规》第一次补编出版广告	书籍
	《实用司法法令辑要》	书籍
商务印书馆	美国精制信笺信封	文用
	《教育杂志》《学生杂志》《妇女杂志》《少年杂志》要目	杂志
	《英文杂志》《太平洋杂志》《英语周刊》《北京大学月刊》要目	杂志
	函授学校英文科招生广告	教育

    纵观上面的广告，不难发现，茅盾革新后的《小说月报》所刊登的广告与革新之前的很多广告相同，广告商与广告内容都一样。这充分说明《小说月报》在广告运营方面跟内容编辑方面有可能是分开来运作的，两边并不完全产生交集，《小说月报》的革新主要是内容方面的革新，其他方面的变化是不大的。如果考虑到当时杂志的收入主要来自广告收入的话，而《小说月报》是出自商业与文化目的运作的，那么茅盾的《小说月报》革新，涉及的只是《小说月报》的文化方面，商业方面则依旧如常。这也从侧面表明了商务印书馆之所以革新《小说月报》，很大程度上是出于商业考虑，将能带来商业利益的内容保留下来，而将不能带来商业利益的内容给予革新。

    最后，商务印书馆对《小说月报》的掌控还体现在刊物风格上。革新后的《小说月报》依然延续了革新之前稳健温和的风格，这无疑是商务印书馆影响的结果。正如茅盾所说："也因《小说月报》是商务印书馆出版的刊物，而商务的老板们最怕得罪人，我们队有些文艺上的问题，就不便在《小说月报》上畅所欲言。"① 凡刊登内容稍显过激或批判锋芒，商务

---

① 《复杂而紧张的生活、学习与斗争》，载《茅盾回忆录》（上），华文出版社2013年版，第162页。

印书馆便不再任编辑"全权办事"，最显著的例子便是茅盾发表的批判鸳鸯蝴蝶派的《自然主义与中国现代小说》一文，商务印书馆要求茅盾"在《小说月报》上再写一篇短文，表示对《礼拜六》道歉"，同时"对《小说月报》发排的稿子，实行检查"①。而商务印书馆同意茅盾辞去《小说月报》主编一职，但又留其仍在编译所工作，商业考虑无疑也是其中一个因素，"商务之所以坚决挽留我，是怕我离了商务另办一个杂志"②。而文学研究会同意茅盾辞职，亦可表明商务印书馆对文学研究会的掣肘。

作为商业出版企业，商务印书馆过多地看重商业利益的倾向，对于胸怀建设新文学志向的文学研究会而言，显然具有相当多的限制与束缚。在某种程度上，革新后的《小说月报》正是文学研究会与商务印书馆"合作"办刊的结果，是二者在合作中彼此调整适应的结果。

四、突破：摆脱限制的努力

从郑振铎最初想自己出版文学杂志，到茅盾同意革新《小说月报》并向商务印书馆提出"全权办事，不能干涉我的编辑方针"，再到后来即使茅盾意欲辞去《小说月报》主编，他依然在争取"仍任主编的《小说月报》第十三卷内任何一期的内容，馆方不能干涉，馆方不能用'内部审查'的方式抽去或删改任何一篇"③，都可以看出文学研究会为了实现自身的文学理想，不断突破社会因素的限制，争取编辑自主权的努力。

因为商务印书馆对文学研究会办期刊的诸多束缚，而现实的境遇又需要文学研究会发出更多的声音，"《小说月报》出版太迟缓，不便多发攻击

---

① 《复杂而紧张的生活、学习与斗争》，载《茅盾回忆录》（上），华文出版社2013年版，第169页。

② 《复杂而紧张的生活、学习与斗争》，载《茅盾回忆录》（上），华文出版社2013年版，第170页。

③ 《复杂而紧张的生活、学习与斗争》，载《茅盾回忆录》（上），华文出版社2013年版，第170页。

的文章，而现在迷惑的人太多，又急需这种激烈的药品"①，所以文学研究会一方面努力巩固《小说月报》这一阵地，另一方面努力突破限制，进行会刊建设。《文学旬刊》的推出，正是这样一种努力的结果。《文学旬刊》于 1921 年 5 月 10 日创刊，开始附于《时事新报》，1923 年 7 月 30 日改名为《文学》（周刊），1925 年 5 月 10 日改名为《文学周报》，脱离《时事新报》独立发行，之后开明书店、远东图书公司都曾印行，1929 年 12 月 22 日出版第 380 期后停刊。作为文学研究会的会刊，《文学旬刊》享有相当大的独立性，尤其是脱离《时事新报》之后完全独立，使其主张得以充分而全面的表达。其周期短、反应灵敏，相较于《小说月报》平和稳健的风格，《文学旬刊》显得相对灵活自由，不少文章态度鲜明、风格尖锐泼辣，"不得不尽力从攻击方面去做就"②，从而成为与鸳鸯蝴蝶派、学衡派、创造社论战的主要阵地。比如，《文学旬刊》在南京高师推出"诗学研究号"宣扬古体诗时，便刊登了对"学衡派"的回击，叶圣陶就指名道姓地指出"诗学研究号"为"骸骨之迷恋"。对于薛鸿猷发表的一封信，《文学旬刊》则把其题为《一条疯狗》，并发表了《对于〈一条疯狗〉的答辩》《由〈一条疯狗〉而来的感想》等文展开论战，并且发语恭候薛君的"第二条疯狗"③。这种火力全开的骂语，在《小说月报》上是很难想象的，这是文学研究会在获得期刊编辑自主性之后显示出的战斗性一面。

当然，这种突破似乎只是相对的、暂时的。后来，《文学旬刊》转由开明书店和远东图书公司印行，显示了在缺乏社会资本参与的情况下，文学杂志独立、脆弱的一面。

商务印书馆与文学研究会的"结合"，使文学研究会获得了得天独厚的社会性力量，这种社会性力量的参与对文学研究会成为现代文学史上影

---

① 《郑振铎致周作人信》，载贾植芳等编：《文学研究会资料》（上），知识产权出版社 2010 年版，第 660 页。

② 《郑振铎致周作人信》，载贾植芳等编：《文学研究会资料》（上），知识产权出版社 2010 年版，第 660 页。

③ 赤：《由〈一条疯狗〉而来的感想》，《文学旬刊》1921 年 12 月 11 日第 22 号。

响力最大的文学社团至关重要，使文学研究会行稳而致远，但同时也带来了诸多的束缚，使文学研究会难以完全实现自身理想。文学研究会既主动调试自身去适应、利用这种社会性力量，也努力突破这些社会机制带来的束缚，在实现文学理想与摆脱社会束缚之间寻求平衡，显示了现代文学前行的艰难。同时现代文学又在这种艰难中彰显自身与古代文学的不同，独具魅力。

第二章

现代经济与《小说月报》研究

《小说月报》作为中国现代文学史上的一代名刊，其发展历程跨越了近代与现代两个时期。《小说月报》创刊与发展的过程，正值中国社会从近代向现代转型的动荡时期，经济、政治、思想、法律、教育等各个领域都发生着前所未有的变化，这些变化或隐或现地影响着《小说月报》的经办。在以往的研究中，这些"机制"性的因素或被忽略或被简化，极大地制约着我们对《小说月报》原初面貌的认识。在诸多因素里面，作为期刊运行的基础，虽然经济的作用常被研究者提到，但他们往往难以进行深入的细节描绘。从经济的角度去关注《小说月报》，既能勾勒经济与文学的关系，也能重新发掘出之前研究中被遮蔽的文学现象。不过，经济视角也不是万能的，有着其必有的限度。

第一节　现代经济与现代文学研究

一、现代文学研究中的现代经济视角

梳理已有的从经济角度来研究现代文学的资料，研究者主要沿着以下五个维度展开。

第一，粗线条地勾勒现代经济对现代文学的整体影响。这类研究主要是在史著或宏观把握现代文学的论著中，将现代经济作为现代文学发生、发展的背景给予审视。比如在《中国现代文学三十年》（修订版）中，作者在论述文学革命的发生时，就关注到"第一次世界大战后帝国主义列强暂时放松了对中国的侵略，中国民族工业趁机发展，新兴的社会力量增长，又为新的文化与文学运动提供了物质的阶级基础""而由现代印刷工业技

术的引入促成现代出版业的发展，晚清大批报纸副刊与专门文学杂志的出现，导致了现代文学市场的形成，现代稿费制度的规范化，为职业作家的出现提供了经济保证"①。在论述通俗文学、新感觉派、社会剖析小说等文学形式或流派的时候，该书作者也将现代经济作为大背景给予关照。鲁湘元将中国的近现代市场经济文学分为多个阶段进行考察，最后得出结论："狭义的作为社会经济形态而存在的市场经济，是中国近、现代文学生产者——作家和出版家——赖以存在的基础，也是读者赖以读到各种各样作品的客观条件""没有狭义的市场经济，就没有中国近、现代文学的大部分"②。这是将经济因素作为整个文学格局必不可少的一部分了。还有陈平原在《二十世纪中国小说史》（1897—1916）（第一卷）的"商品化倾向与书面化倾向"一章中，也注重经济的外部原因之于整体文学的关系。

第二，从某一种文学现象中发掘与之相关的经济因素。比如栾梅健的《二十世纪中国文学发生论》中的"稿费制度的确立与职业作家的出现"一节论述了稿酬对作家的影响，还有诸多从现代文学的出版传媒、编辑发行等角度进行的研究，它们都不可避免地涉及经济基础这一因素。

第三，研究作家的经济状况。比如裴毅然的《中国现代文学经济生态》在对1898—1949年中国文化界经济状况进行宏观考查时，主要关注的是现代作家的经济状况；陈明远的《文化人的经济生活》对部分作家的经济状况进行了考察。

第四，研究作品中的"经济文学"，主要关注现代文学作品中所反映出来的社会经济面貌。比如邬冬梅的《现代经济危机与30年代经济题材小说》从社会经济学的视野探讨了现代时期的经济危机与经济题材小说创作热之间的关系，李哲的《经济·文学·历史——〈春蚕〉文本的三个维度》致力于从经济学的视野来解读茅盾小说文本。

第五，从方法论的意义上来审视文学与经济的关系。近年来，伴随着

---

① 钱理群等：《中国现代文学三十年》（修订版），北京大学出版社2004年版，第4页。

② 鲁湘元：《稿酬怎样搅动文坛——市场经济与中国近现代文学》，红旗出版社1998年版，第259页。

经济与文学越来越多地走进学者视野，反思从经济角度研究文学的论文也相继出现。比如李怡认为之前的"政治经济学"研究文学存在着简单化、单一化的弊病[①]；杨华丽则认真分析了经济能带给现代文学研究的诸多方面，并对从经济角度研究文学的限度进行了分析[②]。

从当前现代经济与文学研究的成果来看，既有对两者关系的粗线条勾勒，也存在着对具体关系的梳理，既有理论总结和反思，也不乏相关的文本解读，可以说，现代经济与现代文学的研究已然沿着多个维度展开。然而，相比于现代经济与现代文学之间丰富的内蕴关系，当前的研究依然略显冷清，尽管多方开花，但都处于起步阶段，总的来说，粗线条的勾勒多，具体的分析欠缺，理论提倡方热，实际成果尤待。现代经济介入现代文学的长期"留白"，既与研究者的观念有关，也与有效介入方法的缺失相关。

长期以来，囿于传统，文学作为高高在上的精神形态，总是与形而下的经济格格不入。作家、研究者遵循"文不经商，仕不理财"，不屑于谈钱论金，或出于隐私"讳言钱"，导致哪怕是在作家日记、传记里面，关于日常经济生活的记载也很少，研究者能够找到的资料亦非常零散，调查或考证难度极大，几乎没有人系统加以搜集整理。从现代文学的研究格局来看，现代文学研究已在思潮、审美、题材、内容等精神层面获得了相当精深的成果，研究领域已然非常广阔，但研究者有意无意忽略了经济基础这一领域，使其成为"被遗忘的角落"。从现代经济视角来研究现代文学的薄弱，更深层次的原因可能与研究者惯常地对"经济与文学"关系的认识有关。按照我们熟知的"政治经济学"模式或大多数文学理论，文学属于一种悬浮于空中的意识形态，"文学是显现在话语蕴藉中的审美意识形态，这种审美意识形态是一般意识形态的特殊形式，而一般意识形态又属于社会结构中的上层建筑"[③]。既然文学属于"上层建筑"，而政治经济学

---

① 李怡：《民国经济与文学》，《文艺报》2012年1月30日。

② 杨华丽：《现代文学研究的现代经济视野——有效性及其限度》，《社会科学研究》2012年第5期。

③ 童庆炳：《文学理论教程》，高等教育出版社2003年版，第75页。

告诉我们，"经济基础决定上层建筑""上层建筑反作用于经济基础"，那么中国现代文学就是中国现代社会生活（包括经济状况）的反映，像《林家铺子》《骆驼祥子》这样的现代作品反映了20世纪二三十年代中国的经济以及民族资产阶级前途的丧失，诸如此类都是我们耳熟能详的结论。在这种"决定—反作用"的认知模式中，文学与经济的关系似乎是明了确定的，实无讨论之必要，从现代经济视角来讨论现代文学在研究者的视野中长期缺失也就不足为怪了。

二、从现代经济视角研究现代文学的有效性

剔除文人"耻于言钱"的狭隘视野，跳出"决定—反作用"的简单模式，回到现代文学的历史场域，我们不难发现，经济与文学之间错综复杂的关系远远比我们的惯常认识复杂得多，远不是我们所谓文人清高或"经济基础决定上层建筑""上层建筑反作用于经济基础"这样简单的"政治经济学"所能够概括的。

在以往的"政治经济学"模式下，固有的"经济基础决定上层建筑"这样简单的判断往往让我们只关注在经济基础之上的阶级对立和阶级斗争，而忽略了经济之于社会生活更为广阔的影响。经济作为社会活动基础，其决定的不仅仅是不同社会阶级的对立、冲突与联合，对教育、思想、法律和新闻等领域的影响也是显而易见的，而这些因素因缘际会地交织在一起，又或隐或显地影响着文学的发展。回到历史场域，就是要拨开以往被简单模式遮蔽的丰富的历史现象，厘清经济、教育、思想、法律、新闻等诸种因素综合起来是如何促进现代文学发展的，从而勾画出经济在不同的文学形态中所发挥的作用。

以往的"政治经济学"模式建立在阶级对立的基础上，只坚持从经济形态引发政治意识形态的解读，最终达到对资本主义的痛斥和批判，对定性为资本主义的作家置之不理，长时期地忽略他们的文学活动。与之一起遮蔽的，还有造成这些文学现象背后的社会因素。现代文学研究忽略了历史上每一个阶段（包括资本主义）的经济形态都具有诸多的正面价值，同

是半殖民地半封建社会的市场经济，为什么生发出不同形态的文学，这本身就是一个极富思考意义的问题。

在之前对现代经济与现代文学的研究中，大多数研究都只描述了经济现象的某些外在形式，而严重忽略了"经济欲望"之于人内在情感、思维的深刻作用。文学之所以为文学，很大程度上取决于作家内在的情感和思维，研究忽略了作家面对经济考验时投射在文学中的情感变化，忽略了作家"经济欲望"的分析。在追寻现代文学之所以是现代文学的原因时，这些无疑都是极为严重的缺失。

从这样的角度出发，从现代经济视角研究现代文学的有效性不言而喻，我们至少在以下五个层面可以展开进一步的思考。

第一，现代经济之于作家的研究。"要理解作家职业的本质，必须想到：一个作家，即使是最清高的诗人，他每天也要吃饭和睡觉。"[①]作家的经济体验是其生存感知中最基本也最重要的一种，只有尊重作家包括经济体验在内的生存感知，我们才能更准确地理解其思想、行为及作品。比如鲁迅：在祖父入狱、父亲生病而导致的家道中落过程中，对经济窘困的感知和对当铺的记忆，是鲁迅少年经验中最触目惊心的部分；他在日本满怀信心筹划的《新生》，主要因为资本抽逃而流产，从而带给他寂寞的悲哀；他和周作人所译的《域外小说集》的滞销，更是浇灭了他年轻时候的好梦。这些体验与后来他和李小峰的版税纠纷，与他和章士钊的对簿公堂，以及他一贯的对经济权的重视，我以为是有联系的。从这个意义上看，我们也才能理解，当《娜拉》在中国各地热演，"娜拉"成为"新青年"们的偶像，一大批青年随时准备潇洒地关上性别歧见或封建家庭的大门出走时，1923年12月26日晚，鲁迅应邀赴女高师这个"娜拉"的集中"出产地"做演讲，而他演说的题目却是《娜拉走后怎样》。他对娜拉"或者堕落，或者回来"的命运的推测，对"自由固不是钱所能买到的，但能够为

---

① ［法］罗贝尔·埃斯卡尔皮：《文学社会学》，符锦勇译，上海文艺出版社1988年版，第54页。

钱而卖掉"①的提醒，对"她除了觉醒的心，还带了什么去？"②的追问，都"给沉浸在'出走'浪漫激情中的女大学生当头棒喝"③。我们以前都认为《娜拉走后怎样》体现了鲁迅少有的睿智，事实上，这种睿智中包含了鲁迅多年以来痛苦的经济体验。

第二，现代经济之于作品的研究。当我们从经济角度研究中国现代文学作品时，20世纪30年代社会剖析派作家的那些现实主义小说应该最早进入我们的考察范围，因为"个人和社会经济的关系也许是现实主义的一个经典的模式"④。事实上，要研究茅盾、沙汀、艾芜、吴组缃等在20世纪30年代所创作的那批反映破产题材的小说，突破以前的阶级论视角而以经济角度切入，会是一种有效的解读方式。在20世纪90年代后期，金宏宇先生就将这类小说命名为"破产题材小说"，认为其"主要特点是从经济—政治角度切入展示社会的破产影像，从经济关系入手描写社会关系的恶化情态，从生存层面起始再现人性的变异程度，从而构成一幅幅整体性的反映30年代中国社会现实的'破产图'"⑤，指出这类文学具有"经济关怀"特质。如果深入下去，我们可以发现，此一时期文学的经济关怀不仅与左翼作家们的文学自觉密切相关，而且与新文学—新文化中心由文化北京南移至摩登上海，作家的生存压力变大有关，也与文学从关注思想革命转移到关注经济革命的现实有关。

第三，从现代经济视角对读者的经济状况与作者的文学生产关系的研究。我们知道，由于现代传媒尤其是报纸与期刊的大量出现，中国现代文学与古代文学有了不同的传播特质。现代作家走上文坛的最初标志，常

① 《鲁迅全集》（第1卷），人民文学出版社2005年版，第168页。
② 《鲁迅全集》（第1卷），人民文学出版社2005年版，第167页。
③ 杨联芬：《新伦理与旧角色：五四新女性身份认同的困境》，《中国社会科学》2010年第5期。
④ ［美］弗雷德里克·杰姆逊：《后现代主义与文化理论》，唐小兵译，陕西师范大学出版社1987年版，第13页。
⑤ 金宏宇：《三十年代破产小说初论》，《武当学刊》1996年第1期。

常是在报纸副刊或文学期刊上发表作品，而作家们那些后来影响深远的小说、诗歌、散文或戏剧集，也几乎都是首先通过这些载体走向读者的。报纸副刊与期刊由于自身特性而产生的对作品的内在规约性，在一定程度上影响了作家为文的长度、风格等，比如鲁迅大量杂文的短而精、现代长篇小说新的叙事模式的形成以及短篇小说的大量涌现，与它们大多首先刊载于报刊上关系甚大。与此相关，作者的文学生产与读者的关联更趋紧密，比如张恨水等作家的长篇小说的型构、人物形象的塑造乃至主人公结局的选择等，就与拥有购买力的都市读者的要求密切相关。

第四，现代经济之于文学现象研究。比如新旧文学之争、文学研究会与创造社之争、京海派之争，如果我们注意到论战双方对经济因素的追求，可能会更有利于我们重返历史现场，接近复杂的真相。而这些论争具有"论战"性而非"辩论"性，其鲜明的以战胜论敌为目标，以气势雄健而不是逻辑严密取胜等特征，与其在报章上发起并展开的特殊言说语境，与现代传媒抓读者眼球以获取更大经济利益的动机密切相关。此外，对于以前众说纷纭的某些论题，如果我们联系当时包括经济问题在内的实际情况，说不定可以重新获得有力的阐释。比如，有论者就发现了既往的现代文学研究以及文学史写作，对汪静之的诗有"缠绵的"与"非缠绵的"两种评价，且两种说法各有所本的问题，对其《蕙的风》的出版运作与各家序言进行的校读，刷新了我们关于《蕙的风》的出版与序言写作情况方面的认知。

第五，现代经济之于中国现代文学历史特征的认识。当我们以经济为入口，更加立体地论析以前通称的"中国现代文学"时，我们会发现，以前曾被忽略或遮蔽的更多研究对象将被勾连进我们的视野。比如，在中国现代文学发生期，尤其是1912—1917年这几年里，新成立的中华民国所颁布的一系列重视民生的举措，尤其是经济法规的颁布和实业的兴建，在怎样的意义上为"中国现代文学"准备了文学生产、传播与消费等的历史条件，甚至孕育了文学革命？在"中国现代文学"的每一个时段里，经济有什么特征，这样的特征又与当时的文学有怎样的联系？北伐战争、抗日战争与解放战争等导致的国内经济生态的变化，又在怎样的意义上影响了各自时期的文学生态？国民党与共产党在现代时期的经济政策，又怎样影响着各自统辖地域的作家、作品以及文学生产、流通与消费的各个环节？在讨论这些问题的基础之上，我们有必要探讨的是：所有探讨中的经济是否都因"现代"而不同，即"现代经济"是否自成一个独立且具有观照其他问题的能力的角度？如果是，那么所有的作家、文学作品、文学社团与流派及文学现象，是否都因为其笼罩性的"现代经济"而与民国以前和中华人民共和国时期具有了不同特质？由此我们可以追问的是：以前以现代性为线索书写的"中国现代文学史"，是否已经囊括不了这么丰富的研究对象，而应考虑与"现代经济"相对应的"现代文学史"的历史合理性？

三、从现代经济视角研究现代文学的限度

但是，现代经济视角并不是一个大到无所不包的篮子。和其他研究视角一样，这一视角在打开我们此前未曾注意到的图景时，也会部分遮蔽掉我们对其他图景进行感知的可能。故而，对这一研究视角的有限性，我们必须保持足够的警惕。

首先，要有效甄别研究对象。我们知道，在 1911—1949 年这一长历史时段里，中国社会有着不同的小时段：动荡不安的民初到 20 年代，经济危机与部分城市经济的迅猛发展并存的 30 年代，战争状态的 40 年代。而且，每一时段内、每一地域之间的经济状况也有着不可约化的差异。故而，在"现代经济与中国现代文学"这一论题之下，我们必须注意到现代经济本身的复杂特征，从而对各时段的现代经济与文学的联结方式以及这近 40 年里的经济是否形成了一种体制性特征进行认真考量。在此前提下，我们还必须考虑到哪个时段的哪些作家、作品、文学现象等更适合从经济角度来进行解读，而哪些作家、作品、文学现象等从此角度切入会显得比较牵强。

其次，前面已经提及，我们有必要关注作家的文学选择、文学生产与经济生活之间的关联，但这一关联本身也有着各种复杂的可能，绝不是能

用经济决定论笼而统之地加以论析的。更何况，我们还必须明白，作家的文学选择、文学生产与经济生活之外的其他因素之间的关联，也是我们达至全面认知所必须考虑的。

最后，要注意回归文学本位。从沈端民先生研究中国古代文学中的经济问题的成果来看，正是文学性的缺失，使得论者多将其理解为文学经济学式的研究文本。从上海财经大学诸学者对中国古代文学与经济生活之关系的研究成果来看，能关注到经济生活并最终回归到文学本身的、令人信服的研究实绩并不多。在 20 世纪流行的政治经济学视野下的研究成果，由于政治经济学本身对阶级、政治斗争极为看重，因此这种视角下的文学研究必然偏离了文学本位，而使得文学成了一种说明政治经济学原理的形象化工具。这些既有的探索，虽然为我们认识经济学视野的有效性提供了借鉴，但也为我们理智地认识经济学视野的限度奠定了基础。

我们以为，论者在从现代经济角度进入现代文学研究时，必须确定研究的边界：到底是研究现代文学中的经济问题，还是研究现代经济视角观照下的现代文学？从我们的根本诉求来看，应选择后者而非前者，"突出'国家历史情态'的文学研究充分肯定国家政治的特殊意义，但又绝对尊重文学自身的独立价值"①。以回归文学为本位，将不仅使我们的这种研究与近年来流行的文学的外部研究区别开来，也会使我们在一定程度上规避既往经济学视野下的研究落入的一些陷阱。当然，要做到这一点，我们还有漫长的路要走。

第二节　《小说月报》研究中的现代经济维度

《小说月报》从创刊至今，一直受到诸多研究者的关注。在众多研究中，已有研究者涉及了《小说月报》与现代经济的关系，比如谢晓霞《商

---

① 李怡：《中国现代文学史的叙述范式》，《中国社会科学》2012 年第 2 期。

业与文化的同构：〈小说月报〉创刊的前前后后》、董丽敏《〈小说月报〉革新断裂还是拼合——重识商务印书馆和〈小说月报〉的关系》、谢晓霞《〈小说月报〉1910—1920：商业、文化与未完成的现代性》和钱理群主编的《中国现代文学编年史——以广告为中心》涉及《小说月报》的部分。但从整体上看，这些研究都不是专门探讨《小说月报》与现代经济的关系的，都没有对《小说月报》与现代经济的关系进行详细考证，叙述的重点都不在此，都只是零星涉及。

从总体上看，尽管涌现出了越来越多的从社会机制角度探讨现代文学的研究，但这些研究大都处于探索阶段，属粗线条研究的多，深刻研究经济之于人的内在感情、思维的深刻作用的论文还没有充分展开，特别是将现代文学期刊放在一个具体的历史场景中去考察，综合考察文学与社会经济的研究还没有出现。本节的主题为"现代经济视域中的《小说月报》研究"，拟全面考察《小说月报》与经济的关系，这正是当前《小说月报》研究中所缺乏的。

从"现代文学机制"的角度出发，关注现代经济与《小说月报》，至少有以下五个方面是需要考虑的：一是关于《小说月报》的运行机制与经济之间的关系考察，二是关于《小说月报》作者与经济之间的关系考察，三是《小说月报》中的作品与经济之间的关系考察，四是《小说月报》读者与经济之间的关系考察，五是反思经济与文学的关系。

一、现代经济视域中的《小说月报》运行机制考察

《小说月报》创刊的动机考察：考察作为一家文化企业，商务印书馆在什么条件下创办《小说月报》？为什么要创办《小说月报》，是出于经济动机还是文化动机？对《小说月报》的创刊与当时其他期刊的创刊作横向比较。

《小说月报》筹资方式考察：作为商务印书馆旗下的刊物，《小说月报》的运营资本是否完全源自商务印书馆？商务印书馆的出资对《小说月报》的办刊方针起到了何种影响？将《小说月报》与其他不同筹资方式的文学

期刊进行横向比较。

　　《小说月报》的销量分析：搜集资料，对《小说月报》不同时期的销量进行整理分析，考察每一时间段内《小说月报》销量下降或上升的原因。

　　《小说月报》编辑的调换考察：对《小说月报》的历任编辑进行考察，重点关注每次编辑调换与经济的关系，以及每任编辑在主编刊物的时候是如何平衡文化与经济的。

　　《小说月报》广告投放的考察：考察不同时间段内《小说月报》广告投放的异同，以及这些异同给《小说月报》带来的影响。

　　《小说月报》的主题设置与经济的关系：《小说月报》在相当长的时间内，每一期都会围绕着一个相对集中的主题组稿，探究这种主题设置出现的原因及其与经济的关系。

二、现代经济视域中的《小说月报》作者群考察

　　考察每一时间段内《小说月报》作者群的经济状况：探究前后期《小说月报》作者群的经济状况，以及不同的经济状况导致的作者的写作态度和写作文本，与其他社会阶层做横向对比。

　　《小说月报》的运行方式对作者产生的影响：《小说月报》采取了符合现代市场的运行机制，这种运行机制对作者产生了什么样的影响？探究在这种机制下作者从古代向现代的转型。

　　《小说月报》作者群的文化选择：作为中国现代文学史上的一代名刊，《小说月报》培养了许多的文学巨匠，选择一个或多个有代表性的作家，探究他们是如何克服经济的制约，坚持文化坚守的。

　　《小说月报》作者群的经济选择：《小说月报》处于新旧文学转型阶段，作者面临着分化，在面向市场还是坚守传统的选择上，在追逐利益还是坚守文化的选择上，不同的作家做出了不同的选择。选择一个或多个面向市场的作家，探究他们是如何滑向市场的，在市场的博弈中，他们采取了怎样的策略在文坛中立足。

三、现代经济视域中的《小说月报》文本研究

《小说月报》中的文学作品所反映的经济状况：《小说月报》刊登了大量写实的文学作品，其中有许多涉及中国当时的经济状况，探究这些文学文本反映了怎样的经济面貌。

《小说月报》中反映经济状况的文本分类及原因分析：《小说月报》中出现了许多反映当时经济状况的文学文本，探究出现这些文学文本的原因。

《小说月报》中反映经济状况文学文本的深层意蕴分析：挑选有代表性的文本进行深度分析。

四、现代经济视域中的《小说月报》读者群体分析

《小说月报》的期刊价格、传播机制与销量分析：《小说月报》的销量曾经大幅增长也大幅下降过，分析传播机制、期刊价格与销量之间的关系，探究影响《小说月报》影响力的经济因素。

经济视野下的《小说月报》读者群体分析：都市文化的兴起，导致了小说在20世纪初的繁荣，这种读者的增多致使《小说月报》有了怎样的反应？探究读者的期待视野与《小说月报》之间的关系。

《小说月报》的革新与读者群体的分化：茅盾革新《小说月报》，导致了《小说月报》的作者群发生分化，同时，《小说月报》的读者群体也发生了分化。探究这种分化是在怎样的经济条件下发生的。

五、对经济与文学关系的反思

对当前文学期刊改革的思考：借助经济与《小说月报》关系的研究，反思当前文学期刊的改革，探究文学期刊在当时如何平衡市场与文化的关系。

对文学边缘化的反思：当下的文学市场正逐步走向"小众化"，由此思考文学在整个社会中应该处于什么地位，探究文学边缘化与经济之间的关系。

第三节　个案：作家与经济——现代经济与 《小说月报》研究

一、经济制约下的作家——以林纾为案例的分析

《小说月报》第六卷第六号，刊有两则关于林译小说的广告：

最近出版　完全峚商　商务印书馆发行

新译义侠小说：义黑　林纾译　洋装一册　定价二角

书中主人翁为一黑奴女也，于英国西方殖民地某岛猝遇民变，一家人逃难相失，黑奴挈其主家之一子一女，间关跋涉而至纽约。仰给于苦工者六年，流离颠沛。极人世所难堪。卒能坚持到底，厥后无意中其主人忽互相值，竟得骨肉团聚，而黑奴以劳瘁已甚，负担缠弛，竟长眠矣。以一不识不知之黑种妇人，而能任重致远如此，视程婴存赵尤奇，谥之曰义，畴日不宜。译者以渊雅之笔，状沈痛之情，其事其文都成神品，尤为得未曾有。

新译侦探小说：风雌罗刹　林纾译　洋装一册　定价三角半

书中言俄皇游历欧洲，虚无党人，乘时起事，一时风起云涌，荆轲聂政之徒，无虑数十百倍，而当中主要多贵族名媛，以金枝玉叶之尊，行燕市狗屠之事，尤为骇人听闻，与之对垒者为皇家侦探，于行在复壁，发现机关，玫瑰花茎，侦之毒药。如公输之善攻，墨子之善御，诙奇诡谲，匪夷所思。译笔之佳，更不待赞，新译小说中之良着也。

这是两则很值得玩味的广告，写得很精致，读过之后就能感受到这是典型的文人撰写的广告词。语言精练简洁，带有极强的情感感染力，单从广告本身来看，既有突出重点的内容，也带有常见的广告宣传语，这无疑是极为高妙的。跟一般的商业广告相比，这也是大异其趣的广告。首先，这是用文言写成的为文言翻译的外国小说所做的广告。与其他商品广告相比，我们便可清楚地感觉出书籍作为一种消费品，既有与其他商品一样的消费性，也存在着与其他商品不一样的地方。比如第二卷第五号前封后插的广告：

屈臣氏大药房

EUMINTOL

AIDED BY

Tooth Brush Drill

Cleanses and Sterilizes the Mouth, Sweetens the Breath

And Prevents Tooth Decay

$1.00 Per Bottle

优名塔牙水

优名塔为最近新发明之牙水于漱口时敷于牙刷上擦之其功效如下

——能使口中洁净

——能使呼吸清香

——永免蛀牙之患

价目每瓶一元 屈臣氏大药房启 [①]

这一则广告就是放到当下也不觉得陈旧，中英文均有，近乎口语的白话。如果将文学作品也视为一种消费品，那么同为从外国引进的商品，林译小说无疑跟优名塔牙水有着同样的性质，它们都在寻求最吸引消费者的地方。在优名塔牙水的广告里，英文显示了它从外国进口的高档次，口语化的中文则让它贴近普通大众，这无疑是一则很成功的广告。林译小说广告与优名塔牙水广告相比，一个文言冗长、情感煽动藏在字里行间，一个中英皆备、短小明晰、贴近大众。这是两则不同风格的广告，一个将情感共鸣作为卖点，一个将实用作为卖点。

———————————

① 《小说月报》第二卷第五号。

其次，跟同时期林译小说的其他广告相比，这两则广告也有着不一样的地方。刊登在该时期《小说月报》上的其他林译小说的广告，许多仅仅提供书名，比如第六卷第六号的广告：

商务印书馆发行 说部丛书

第三集第一次发售预约：合计一百万字 分订二十五册 定价六元五角 阴历八月预约全部只收四元

第一编：林译《亨利第六遗事》一册 二角五分

第二编：《冰蘖余生记》二册 五角

第三编：林译《情窝》二册 六角

第四编：《海天情孽》一册 一角八分

第五编：林译《香钩情眼》二册 六角

第六编：《名优遇盗记》一册 二角

第七编：林译《奇女格露枝小传》一册 二角

第八编：《大荒归客记》二册 四角

第九编：《真爱情》一册 二角五分

（以上九种业已出版）

这些仅提供书名的广告，卖点往往要么是书名，要么是作者。也有一些给予简介的广告，不过这些简介大多寥寥数语，非常简洁，比如第二卷第六号上的广告：

林译小说 五十种九十七册 零售三十七元余 全部定价十六元

风行海内 脍炙人口 有志文学 尤宜速购

这些简介性的广告基本不涉及文本内容，属于套语，对读者的吸引力很小，购买者多半是林译小说的老读者。而第六卷第六号的两则林译小说广告不但用文言对小说内容给予详细的介绍，而且在陈述之间呈现出广告者强烈的思想情感，这完全就是一篇书评。如果与林译小说的其他广告相对照并联系林纾作品的一贯风格，那么极易让人认为这两则广告出自林纾之手。并且，相对于林译小说的其他广告，这两则广告用了许多中国历史典故，"程婴存赵""燕市狗屠""公输之善攻，墨子之善御"等。广告中用短语来做宣传的极多，但用历史典故的不多，原因在于用短语做广告不但易于诵记，而且能增强趣味性。但历史典故不一样，其背后往往是一段历史事件。读者如果对历史没有较深的解读，就很容易误读，而误读很容易造成消费者与广告商原初意义之间的背道而驰，从而不利于宣传。

这则文言广告同时刊登在商务印书馆旗下的另一份杂志《妇女杂志》一卷七号上。两相对比之下，如果考虑到《妇女杂志》的读者群体，那么这两则广告就很耐人寻味了。据 1916—1917 年曾在商务印书馆编译所担任学徒的谢菊回忆："《妇女杂志》创刊于一九一五年，供中学以上程度的女学生和家庭妇女阅读。"[1] 也就是说，《妇女杂志》的读者主要来自女学生和家庭妇女。现代初年女子教育才刚刚兴起，1912 年，全国中学数量为373 所，学生数为 52100 人[2]，而在这些学生中，女学生数量远不到一半。家庭妇女相对于女学生来说，能看书识字的更少，在这些女学生和家庭妇女当中，能看到妇女杂志的，又少之又少。女子教育在现代初年处于一个低下落后的水平，许多以妇女为读者对象的杂志为了能争取到更多读者，纷纷由文言办报转为白话办报，比如裘毓芳主办的《官话女学报》、中国女学会主办的《女学报》及秋瑾、马伯平主办的《中国女报》等。从整体来看，从清末到民初（1897—1918 年），共计有白话报 170 余种，白话报几乎无省不有[3]。杂志采用白话文，相应地，广告也大半采用白话文。其实，《妇女杂志》《小说月报》上的许多广告也是白话文广告，为的就是争取到更大的消费群体，很典型的就是《小说月报》第六卷第六号在论说栏目之后插入的一则广告：

---

① 谢菊曾：《十里洋场的侧影》，花城出版社 1983 年版，第 38 页。
② 朱汉国、杨群等：《中华民国史》志四（第五册）四川人民出版社 2006 年版，第 156 页。
③ 徐松荣：《维新派与近代报刊》，山西古籍出版社 1998 年版，第 190 页。

演义丛书　伊索寓言演义　孙毓修编　定价三角

演义小说，最是动人，本馆今取中外小说中之引喻设义，辞理俱足，可为人心世道之助者，以极有趣味之白话演成之，兹先成伊索寓言演义一种。伊索寓言作于上古希腊之世，至今流传不衰，欧美诸国莫不奉为经典。以其词约理博，无智无愚，钻研不尽，所以江河万古不能废也，今取是本演成白话，每则略加短评，以资发挥，插图百有余幅，读之于德育智育裨益匪浅。

在这则广告里，广告者明显将白话作为一大卖点。这从侧面表明了当时白话文广告比文言广告更能吸引消费者。

如果从扩大消费群体的因素来看，那么林译小说的这两则广告采用文言写就并且在其中夹杂大量的历史典故就显得与时代颇有些"格格不入"。当时的女子，能读懂文言的很少，能知道历史典故的更是少之又少，也就是说，林译小说的这两则广告所能达到的广告效果其实是很有限的，仅仅限于极少的一部分人。作为商务印书馆旗下的一份大型期刊，《妇女杂志》对广告的经营不可能不重视，也不可能不讲求经营效益。实际上，《妇女杂志》从一开始创刊就受某种经济利益的驱使。现代肇造，随着整个社会思想的大变动，介绍各类新潮、进步思想的书刊都容易畅销，在这样一种机遇之下，各地出版商抓住商机，以办新派杂志为时髦，而此中更以沪上出版商为甚，成了中国新思想传播的中心。但现代初期的政治极为不稳定，随着袁世凯的复辟登场，倡导尊孔尊经的复古思想与先进思想背道而驰，于是有了压制进步刊物的"癸丑报灾"，新潮思想传播受挫。经历了这一事件，办报人人人自危。相比之下，因办妇女杂志，其内容多宣扬女子自强、男女平等及女子议政等，言辞不是很偏激，较少有政治风险，所以许多报馆都转办妇女报纸杂志。于是在数年间，《妇女时报》（有正书局 1911 年发行）、《女子世界》（中华图书馆 1914 年发行）、《中华妇女界》（中华书局 1915 年发行）等纷纷兴起。商务印书馆也在 1915 年推出《妇女杂志》以抢占市场。在这种背景之下诞生的一份杂志，为什么刊登了看起来不能带来经济利益的林译小说广告呢？从《妇女杂志》的广告类别来看，文化书籍类的广告占了大半部分，比如《妇女杂志》的第二卷第三号，正文共121页，另有25页广告，其中除了五洲大药房、济生堂大药房、明明眼镜公司、屈臣氏大药房、韦廉士大医生红色补丸各有一则广告，其余均为书籍广告。也就是说，文化广告的收入是当时《妇女杂志》广告收入的一个主要来源。而且，这两则广告附在小说栏目里面，单独成页，没有在其中夹杂其他的广告，纸质比其他页的纸质要好，淡蓝色，配有两幅精美插图。几十年过去了，与其他发黄的页面相比，这一页广告仍赏心悦目，也可见该期《妇女杂志》对这两则广告的重视。

回到这两则广告的内容本身，我们不难发现林纾所译的这两本书，《义黑》宣扬的是女子的忠义，《风雌罗刹》宣传的则是侠义。这些主题在林译小说的前半期屡见不鲜，甚至在林译小说中占了大多数。许多林纾的研究者已经注意到，林纾的翻译作品以1912年译完《离恨天》为界，可以分为前后两期，但后期的译作并没有给人提供更好的思想，仍不外是团结御辱、保种救国及发展工商业、孝友忠信等主题，它们在前期的翻译中都出现过了[①]。相比前期的译作来看，林纾后期的翻译水准已经大大下降了，"后期翻译所产生的印象是，一个困倦的老人机械地以疲乏的手指驱使着退了锋的秃笔，要达到'一时千言'的指标。他对所译的作品不再欣赏，也不甚感觉兴趣，除非是博取稿费的兴趣。换句话说，这种翻译只是林纾的'造币厂'承应的一项买卖；形式上是把外文作品转变为中文作品，而实质上是把外国货色转变为中国货币"[②]。但就是这种大失水准的翻译作品，在"五四"之前一直都还是畅销书，其中的原因跟杂志社对其的大力宣传不无关系。

再看当时的《妇女杂志》。《妇女杂志》背后有资金雄厚的商务印书馆撑腰，但该杂志早期的销量一直不大好，其主要原因在于该杂志早期所

---

① 参见孔庆茂：《林纾传》，团结出版社1998年版，第180页。

② 钱钟书：《林纾的翻译》，载《中国近代文学论文集·小说卷》，中国社会科学出版社1983年版，第654页。

坚持的"贤妻良母"的办刊方针。该刊早期的主笔王蕴章为光绪时代的举人，对闺秀诗词颇有研究，是"中学为主、西学为用"的鸳鸯蝴蝶派主要作家之一。作为一个过渡时期的人物，加之当时复古的风气，王蕴章在操持《妇女杂志》的时候，就将该刊取向定位为"贤妻良母"。《妇女杂志》创刊的时候刊发过好几篇"发刊辞"，其中一篇则提出："应时世之需要，佐女学之进行，开通风气交换知识，其于妇女界为司晨之钟、徇路之铎；其于杂志界为藏智之库，馈贫之粮，所谓沉沉黑幕中放一线曙光者。此物此志，抑余有进者，吾国坤教失修，女子能读书识字者实占少算，主持言论诸彦，尤宜体察国民程度，饫以相当之知识，文字务求浅显，持论不必过高，以适社会。至诙谐嘲笑之作，奇丽香艳之文，伐性泪情，长恶败德，当然在屏弃之列。"[1]"《妇女杂志》初创时欲以培养女学为女子争权利的基础，其次则在讨论有益家庭生活改善的实用知识，造就贤妻良母。""该刊早期的宗旨趋重于提倡女学及实用，意在以女学培养具备科学文化知识的贤妻良母，摆脱过去专事倚赖的女性角色，成就具有独立生活能力的人，以其所学的知识负起为人女，为人妻，为人母的职务。"[2]王蕴章的这种取向被五四以后取代他的章锡琛概括为"提倡三从四德，专讲烹饪缝纫"[3]。按照这样的要求，林纾所译的《义黑》和《风雌罗刹》宣传的女子忠义和狭义刚好与《妇女杂志》的取向吻合，与当时的编辑王蕴章的欣赏口味一致，加之林纾与商务印书馆此时已经有了多年的合作，林译小说的广告频繁登上《妇女杂志》自然是情理中事。更重要的是，林纾的名望能为杂志带来更多的销量与经济利益。

1915 年，林纾已达 64 岁，他通过 1899 年翻译的《茶花女遗事》获

---

① 张芳芸:《发刊辞四》,《妇女杂志》第一卷第一号, 1915 年 1 月 15 日, 第 4—5 页。

② 周叙琪:《一九一〇～一九二〇年代都会女性生活风貌——以〈妇女杂志〉为分析实例》, 载《台湾大学文史丛刊(100)》, 台湾大学出版委员会 1996 年版, 第 52 页, 第 47 页。

③ 刘慧英:《被遮蔽的妇女浮出历史叙述——简述初期的〈妇女杂志〉》,《上海文学》, 2006 年 3 月。

得了极大的成功，严复曾经评价说"可怜一卷《茶花女》，断尽支那荡子肠"。随着林译小说在全国引起的极大反响，林纾不啻成了清末民初的文化名人。是名人就能带来效应，不光是文化的影响，也包括经济上的效益。利用名人的影响力，在商家看来存在着许多商机，"'粉丝'通过消费与其挚爱对象相关的商品，为品牌带来高额利润。这是'粉丝'们的重复消费形成的超强生产力。""明星名人广告的'粉丝'营销功能是倍增消费者的最佳利器。""明星名人广告的'粉丝'营销功能还能提升品牌防御风险的能力。"① 既然名人能带来这么多的好处，很快，林纾便被商务印书馆笼络至旗下。他也自然能为商务印书馆旗下的杂志带来销量，特别是销量一般的《妇女杂志》。《妇女杂志》在五四以前每月销量仅有两三千份，直到五四以后进行改革，销量才陡然升至每月万份以上。在这种销量平平的情况下，《妇女杂志》急需名人效应来维持销量。

虽然不能准确地计算出林译广告对《妇女杂志》的销量到底带来了多大的影响，但是通过林纾与《小说月报》之间的关系，我们不难发现其对商务印书馆旗下杂志的影响。平均来看，几乎每期的《小说月报》都刊载了一篇甚至两篇林译小说。《小说月报》不但大量刊登林译小说，还在醒目的位置为其单行本做广告。比如第四卷第一期的目录后就是林琴南译言情小说《迦茵小传》《红礁画桨录》《洪罕女郎传》《玉雪留痕》的广告；第四卷第八期的广告仍为"林琴南先生译最有趣味之小说"；直到第十卷第七期，还在为其做广告。这样的双重轰炸，无疑为质量大不如前的后期林译小说提供了强大的舆论支持，这也难怪1915年后还有很多读者不解"林译小说质量下降实情，仍然希望看到林纾的翻译作品，甚至为看不到而问询编辑部"②。林纾利用当时的身份地位，不啻为商务印书馆旗下的杂志创造了稳定的收益。

同样，对于林纾来说，与杂志社之间的这种合作使其名利双收。查询

① 饶德江、程明等：《广告心理学》，武汉大学出版社2008年版，第261—262页。
② 成昭伟、刘杰辉：《"赞助人"视角下"林译小说"研究——商务印书馆个案分析》，《重庆大学学报》2009年第15卷第5期。

林译小说目录，我们发现林纾翻译的小说绝大多数均由商务出版。据现有资料统计，林纾在商务出版的译作共 140 多种，其中用文言翻译的西方小说约 100 种[①]。据郑逸梅等的回忆："林译小说稿费特别优厚。当时一般的稿费每千字二至三元，林译小说的稿酬则以千字六元计算，而且是译出一部便收购一部的。这也难怪老友陈衍曾与林纾开玩笑，说他的书房是造币厂，一动就来钱。"[②] 在这样一种氛围下，文学家与杂志社自然是相得益彰了。于是，文人与杂志社之间的"文学经济"便形成了。

与《小说月报》同为商务印书馆旗下的杂志，《妇女杂志》不会不熟谙利用林纾为自己打广告的机会，在《妇女杂志》上，依然可以看到单个作家中林纾的书籍广告是最多的。其实《妇女杂志》从创刊开始就很熟练地运用名人效应来为自己增加销量。据谢菊的回忆：《妇女杂志》延聘留美回来的无锡朱胡彬夏女士为主编，创刊号出版之时，在各大报大登广告，对朱胡彬夏极尽吹捧能事。实际她与挂名差不多，从未到过编译所一次，一切均由王蕴章负责编辑，每期并用她名义写一论文，刊在卷首。王蕴章每月必登朱胡彬夏之门，代馆中面致薪资一百元，同时征求她一下对于编辑方面的意见，此亦不过虚应故事而已。过了一二年，即由王蕴章正式出面主编，不再借重她了。[③] "《妇女杂志》之所以起用胡彬夏，从该刊的宗旨来看，是为了将发刊宗旨现身于读者的眼前，同时也为了期待胡彬夏能带来的宣传效果。"[④] 这一点在《妇女杂志》刊登的广告上也能看出，

[①] 参见东尔：《林纾与商务印书馆》，载《商务印书馆90年》，商务印书馆1987年版，第527页。

[②] 郑逸梅：《林译小说的损失》，载《中国近代文学史论文集》，中国社会科学出版社1983年版，第688页。

[③] 参见谢菊曾：《十里洋场的侧影》，花城出版社1983年版，第38页。

[④] ［韩］陈姃湲：《〈妇女杂志〉（1915—1931）十七年简史——〈妇女杂志〉何以名为妇女》。作者还作注补充："在1915年前后，胡彬夏曾发表文章于其他多种妇女刊物，但是1916年担任《妇女杂志》的主编以后，不再投稿于其他同一类刊物。这也从旁支持，商务印书馆起用胡彬夏，是为了吸引其他妇女刊物的读者"，参见胡彬夏《美国胡桃山女塾之校长》，《女子杂志》1—1（1915年1月）。

《妇女杂志》第一卷第十二号卷首广告云：

美国惠尔斯来大学校学士无锡朱胡彬夏女士编辑妇女杂志大改良广告

本杂志发行以来大受社会欢迎甫及一年，销路日广，今特意加奋勉于第二卷第一号起改良体例分为社说、学艺门、家政们、记述门中外大事记、国文范作、文苑、小说、杂俎、余兴十门，敦请朱胡彬夏女士主任编辑，女士籍隶无锡，先留学日本东京女子实践学校，旋改赴美国入胡桃山女校，继入惠尔斯来大学校专习文学史学哲学等科，先后七年得学士学位，后又在康奈尔大学参考女学诸书，实地调查数月，并奉教育部委任为万国幼儿幸福研究会委员赴华盛顿代表与会。在本国历在吴江同里丽则女学校及浦东中学校担任教务，学问经验两臻其胜，今出其所学，饷我国人以女界明星放报章异彩，凡研究科学文艺之士皆宜各手一编，固不仅为女界说法而女界阅之自更觉其亲切有味，爱读诸君知必有先见为快者，特此布告伏惟。

公鉴　商务印书馆妇女杂志社谨启

这则广告详细介绍了朱胡彬夏的学习经历，其中不乏大力称赞之语，期待其为杂志带来新的局面之情溢于言表。有着这样背景的《妇女杂志》在利用林纾的名人效应时自然是得心应手的。《妇女杂志》利用林纾来维持或增加原本为数不多的销量，同时林纾也能得到不菲的报酬，在两方面都能得到利益的情况下，文人与杂志社之间形成了心照不宣的"文学经济"。

不仅是林纾与《妇女杂志》《小说月报》之间存在这样的关系，从《小说月报》的其他广告中，我们也可以看出，作家与文学杂志之间的这种"文学经济"，比如该杂志第六卷第六号名著栏目的广告：

商务印书馆出版　梁启超着　欧洲战役史论　前编已出　定价七角

梁任公先生文章之价值，举国所共知，论史之文尤其特长，前此如意大利建国三杰等篇，读者殆无不神飞肉跃，今兹战役，因果纠纷，形式诡异，非先生妙笔，孰能传之，本馆当战事初起，即请先生编纂此书，幸承许可，而先生机郑重其事，搜集材料，结构章法，几经斟酌致避嚣郊外，竭全力以成之，本馆敢信无论何人一读此书必不能释卷，非终篇不肯休，盖先生之文本有一种魔力，此篇又其精心结撰之作，故趣味洋溢感人极深也，人生今日，适地球上有此空前之热闹戏剧，苟不留心观听自问亦觉辜负，然非先知脚本大意，则亦何能领略，苟无先生此书，则吾辈真如聋如瞆耳，且先生费数月之力熔铸数十种参考书，以成斯篇，吾辈但费数点钟一读，则事势了如指掌，天下便宜之事，何以过此？况先生之文，虽机雄奇，又机通俗，凡商界及小学生人人可解。本馆为灌输国民常识起见，谨普劝全国人各手一编，诸君读后，方信本馆之言非诞也。

[注意]卷首有先生手写诗一首，即此书成后自题者，诗格之雄深，书法之遒美与本书可称三杰，学士、大夫当益以先睹为快也。

广告在极力抬高梁启超的同时，也在无形中为杂志做了宣传。

文人与杂志社形成的这种"文学经济"是必然的，特别是清末民初，在清政府废除科举制度以后，广大的科举试子失去了进军仕途的门道，被逼纷纷依靠市场"卖文为生"，不管是做报人还是做专职作家，都必须遵循市场规则。文人要得到市场的认可，就必须得到广大读者的支持和热捧，成了畅销作家方能立稳脚跟。在成为畅销作家之前，杂志社的作用就不可能被忽视，报纸杂志的宣传与否往往决定一个作家的成败。而反过来，成名的作家也能推动杂志社获得经济利益，特别是那些刚成立的杂志社，在尚未有名声、市场份额极小、资金不够雄厚的情况下，能否拉到广告对其影响甚大，甚至关系到杂志社的生死存亡。由此可以推测，文人与杂志社之间的这种"文学经济"是普遍存在的，而且成了整个文学市场的常态。这样的状态一直延续到当下，扩大到整个广告市场，小到一双鞋，大到一辆汽车，如今名人的广告效应已成为司空见惯的现象，几乎每一种商品都有名人广告存在。

广告利用名人效应来吸引众多的消费者，这样做的基础一方面是消费者对名人的信任，另一方面是生产商利用名人来证明自己所产商品品质良好。生产商、广告商和消费者在文学市场里变成了作家、出版家和读者，在这三者的互动过程中，如果作家真的有精品出现，对其进行宣传就能推动整个文学的良性发展。当然也存在纯粹为了商业利益的炒作，在现代广告学里面，"粉丝"总存在着"崇拜偶像，追求明星"的心理，存在着"从众模仿，追赶潮流，冲动消费"的行为特征[①]。在文学市场里，出版社就会抓住读者盲从名人效应的消费心理进行宣传，这种炒作使得文学家与杂志社互用名声去获取利益。在一个不够成熟理性的阅读市场里，抓住消费者冲动消费的心理能够获得一时之利，因此读者因为看不到林纾作品而去编辑部询问就显得极为自然了。但从长远来看，这种行为却是对文学家、杂志社甚至整个文学市场都有害无益的。从这个角度去看，上述林译小说广告的出现就不足为奇了。

二、从"经济转型"到"心态转型"：传统作家转型的尴尬

每一种社会现象的形成都不是孤立的，文学亦然，特别是中国文学从古典向现代的大转变，更是与其他社会关系发生着千丝万缕的联系。研究文学，离不开当时的各种环境，但当我们进行文学研究时，政治、经济等与文学相关的外部因素往往被置于文学现象的背景之下，一旦进入文学的内部研究，政治、经济（特别是经济）就往往有被忽视的危险。这样的研究方式，导致了文学研究的某种"生硬"与割裂。映射到对现代文学初期的研究，研究者往往看到的是当时现代文学兴起的那种夺目的光环和对从西方引进各种思想的那种新奇，分析偏重于社会思想，而忽略当时人们置于各种社会关系中的感受，特别是对那些后来逐渐被边缘化的人物更是如此。我们认为，政治、经济等各种社会因素不仅仅是文学现象发生的背景，它们也直接参与了文学现象的构成，正是这些因素的参与，才使当时的人对当时的社会有最真切的感受。

---

① 饶德江、程明等：《广告心理学》，武汉大学出版社2008年版，第263页。

相对于社会的其他方面来说，文学的转型从表面上看起来不是那么激烈（比如相对于政治、法律甚至经济），但是文学的转型更能直指人的内心，对个体带来的影响比社会的其他方面更为深广，同时文学的转型受制于政治、经济、文化等诸多方面，与其他方面错综复杂的关系让文学转型的每一方面都非常艰巨。当我们从一个更为广泛的角度回望中国文学从古典向现代转型的那一段历史，思考古典与现代的区别以及文学与社会其他方面的关系，我们不难发现中国文学从古典向现代的嬗变是一条充满了荆棘的道路。这条道路上充满了传统与现代的交融、东方与西方的碰撞，同时政治的、经济的大变动又随时影响着文学的走向，使现代文学步履维艰。这种艰难性，深刻地体现在当时的写作者身上，不仅体现在他们的创作当中，更体现在他们与社会的诸多关系之中。基于以上理由，我们从考察《小说月报》早期的作者群出发，认真梳理他们与当时的政治和经济的关系，希冀从中理出一条当时文学艰难转换的粗略线索。

《小说月报》1910 年 7 月的创刊号卷首有一则通告：

征文通告

现一一身，说一一法，幻云烟于笔端，涌华严于弹指，小说之功伟矣，同人闻见无多，搜辑有限，尚祈海内大雅，匡其不逮，时惠鸿篇，体则着译兼收，庄谐并录。庶入邓林之选，片羽皆珍，一经沧海之搜，遗珠无憾。率布简章，伏希亮詧。

——本报各门，皆可投稿，短篇小说尤所欢迎；

——来稿务祈缮写清楚，并乞将姓名住址详细开示，以便通讯；

——如系译稿，请将原书一同掷下以便核对；

——中选者当分四等酬谢：甲等每千字酬银五元，乙等每千字酬银四元，丙等每千字酬银三元，丁等每千字酬银二元；

——来稿不合者立即退还；

——入荷惠寄诗词、杂着，以及游记、随笔、异闻、轶事之作，本报一经登载，当酌赠本报若干册以答雅意，惟原稿概不退还。①

这则通告被认为"建立中国期刊史上第一份稿酬条例"②，并且"可看作近代小说稿费制度确立的标志"③。这则通告将稿酬的分类、怎样计算稿酬以及哪些项目必须写清楚等都表达得清清楚楚，与当下的稿酬制度相差无几。而从这则通告的措辞来看，编辑对作者不乏卑谦尊敬之意。《小说月报》每期都有这样的通告，只是中间偶有调整，比如第一卷第五号换为：

——本报各门，皆可投稿，短篇小说尤所欢迎；
——来稿务祈缮写清楚，并乞将姓名住址详细开示，以便通讯；
——如系译稿，请将原书一同掷下以便核对；
——中选者当分五等酬谢：甲等每千字五元，乙等每千字四元，丙等每千字三元，丁等每千字二元，戊等每千字一元；
——来稿不合者立即退还，惟卷帙过少者恕不奉璧；
——如有将诗词杂着游记随笔以及美人摄影风景写真惠寄者，本社无任感级，一经采用当酌赠本报若干册以答雅意，惟原稿概不退还。④

对比创刊号的那则通告，这则通告将酬谢由四等增加成了五等，这样一来，拉拢了作者，扩大了作者阵容。到了第二年第一期，则变成了：

本社通告

——本报各门，皆可投稿，短篇小说尤所欢迎；
——来稿务祈缮写清楚，并乞将姓名住址及欲得何种酬报详细开示，

---

① 《小说月报》第一卷第一号。
② 李曙豪：《现代稿酬制度的建立与对发表权的保护》，《出版发行研究》2003年第5期。
③ 叶中强：《稿费、版税制度的建立与近现代文人的生成》，《上海大学学报》2006年9月第13卷第5期。
④ 《小说月报》第一卷第五号。

以便通讯；

——如系译稿，请将原书一同掷下以便核对；

——中选者当分五等酬谢：甲等每千字五元，乙等每千字四元，丙等每千字三元，丁等每千字二元，戊等每千字一元；

——来稿不合者除长篇立即退还外，其余短篇小说及各种杂稿概不奉璧；

——如有将诗词杂着游记随笔以及美人摄影风景写真惠寄者，本社无任感级，一经采用当酌赠本报若干册以答雅意，惟原稿概不退还。[①]

与前两则通告相比，这则通告无疑更详细，增加了作者须将"欲得何种酬报详细开示"条款，还明确表示长篇之外的其他稿件均不退还。《小说月报》第二年全年刊登的通告与这则通告只字无差，此通告被作为一个惯例保留了下来。

纵观这几则通告，从创刊号的通告对作者充满卑谦的口气，到第一年第五期想要扩大作者阵容，再到第二年第一期要作者将酬报开示，要作者待价而沽。后面这两则通告与创刊号的通告相比，最大的不同在于增加了"欲得何种酬报"及将第一则的分四等酬谢变成了分五等酬谢。可以说增加的这两项内容都是对作者相当有利的，从侧面表明了当时《小说月报》稿件的库存量是不够的，特别是每则通告的开头都点明"短篇小说尤所欢迎"，表明了刊物对短篇小说的渴求。以后连续的小说征文也表明了《小说月报》库存不足的事实。

《小说月报》1912年第三卷第十二号：

本社特别广告

本社所出小说月报，已阅三载，发行以来，颇蒙各界欢迎，迩来销数日增，每期达一万以上，同人欣幸之余，益加奋勉，兹从四卷一号起，凡长篇小说，每四期作一结束，短篇每期四篇以上，情节则择其最离奇而最

---

① 《小说月报》第二卷第一号。

有趣味者，材料则特别丰富，文字力求妩媚，文言白话兼擅其长，读者鉴之。

本社谨启

征求短篇小说

本社现在需用短篇，倘蒙海内文坛惠教，曷胜欣幸，谨拟章程如下：（一）每篇字数，一千至八千为率（二）誊写稿纸，每半页十六行，每行四十二字（三）稿尾请注明姓名住址（四）酬赠照普通投稿章程，格外从优（五）投稿如不合用，即行寄还，合用之稿，由本社酌定酬赠，通告投稿人，如不见允原稿奉璧。

本社谨启①

《小说月报》1918年第九卷第二号：

本社通告

——本社欢迎短篇投稿，不论文言白话译文新着，一经登录，从丰酬报；

——自本期起，每期刊印关于美术之稿一二，重以唤起美感教育；

——本卷第一号所刊登之《玉鱼缘传奇》《俟针师记传奇》登完后再行续登；

——自本期起，扩充材料，每期短篇小说必在十篇以上。②

这些通告都表明《小说月报》稿量不足，特别是短篇小说需求量大。那么，《小说月报》作为当时的一份大型文学刊物，为什么会稿量不足呢？是酬谢不够，作者不愿意写稿吗？从《小说月报》第一期所拟的稿酬条款来看，我们发现从创刊开始，《小说月报》便进行商业化运作，将作者与市

---

① 《小说月报》第三卷第十二号。
② 《小说月报》第九卷第二号。

场挂钩。我们可以先看一下，《小说月报》第一卷小说作者创作的基本状况（见表2-1）。

表2-1 《小说月报》第一卷刊登小说作品基本情况

刊号	题目	作者	字数	体裁
第一号	钻石案	王蕴章	约4400	短篇小说
	碧玉环	王蕴章	约2900	短篇小说
	双雄较剑录（1—6）	林纾、陈家麟译	近2万	长篇小说
	合欢草（1—7）	听涛、朱炳勋译	近2万	长篇小说
第二号	化外土	朱炳勋	约650	短篇小说
	凌波影	湘屏	约2400	短篇小说
	双雄较剑录（7—12）	林纾、陈家麟译	约2万	长篇小说
	合欢草（8—13）	听涛、朱炳勋译	约12000	长篇小说
第三号	周郎怨	松风	约1100	短篇小说
	支那旅行记		约2500	短篇小说
	双雄较剑录（13—16）	林纾、陈家麟译	约18000	长篇小说
	合欢草（14—17）	听涛、朱炳勋译	约10500	长篇小说
	剑绮缘（1—5）	宣樊	近12000	长篇小说
第四号	明珠宝剑		约4000	短篇小说
	双雄较剑录（17—21）	林纾、陈家麟译	约19000	长篇小说
	合欢草（18—21）	听涛、朱炳勋译	约12000	长篇小说
	剑绮缘（6—8）（完）	宣樊	约4000	长篇小说
第五号	桃李鸳鸯记	觉民译	约4000	短篇小说
第五号	堕溷花	指严	约3700	短篇小说
	双雄较剑录（22—26）（完）	林纾、陈家麟译	约15000	长篇小说
	合欢草（22—23）（完）	听涛、朱炳勋译	约4000	长篇小说

（续表）

期数	题目	作者	字数	体裁
第六号	不如醉	潘树声、叶諴译	约 3700	短篇小说
	卖花声	啸天生意译	约 4000	短篇小说
	三家村	指严	约 3700	短篇小说
	美人局	朱炳勋	约 3700	短篇小说
	自治地方（1—7）	刍狗	—	短篇小说

我们现在难以确定《小说月报》当时衡量四等酬谢的标准——何种小说为甲等，何种小说为丁等，但是可以先看看《小说月报》创刊时"自己给自己的广告"：

编辑大意

一、本馆旧有《绣像小说》之刊，欢迎一时，嗣响遽寂。用广前例，辑成是报。匪曰丹稗黄说，滥觞《虞初》，庶几撮壤涓流，贡诸社会。一、本报以趁译名作，缀述旧闻，灌输新理，增进常识为宗旨。一、本报各种小说，皆敦请名士，分门担任。材料丰富，趣味醲深。其体裁则长篇短篇，文言白话，著作翻译，无美不收。其内容则侦探言情，政治历史，科学社会，各种皆备。末更附以译丛、杂纂、笔记、文苑、新智识、传奇、改良新剧诸门类，广说部之范围，助报余之采撷。每期限于篇幅，虽不能一一登载，至少必在八种以上。一、本报卷首插图数页，选择甚严，不尚俗艳。专取名人书画，以及风景古迹足以唤起特别之观念者。一、本报月出一册，每册以八十页至一百页为率。装订华美，刷印精良，字数约在六万左右。一、本报月出一册，每册售银一角五分，外埠加邮费二分。预定全年银一元五角，邮费二角四分，遇闰照加。①

---

① 《小说月报》第一卷第一号。

上面《小说月报》所说的各种小说皆"敦请名士"，这大致是可以成立的。王蕴章是《小说月报》的主编；林纾自 1899 年翻译《茶花女遗事》后就在文坛声名鹊起，成为商务印书馆各杂志的特邀作家；宣樊即林白水，1901 年即出任《杭州白话报》的主笔，先后与宋教仁、孙中山结识，1910 年宣扬孙中山及其领导的革命；指严即许指严，南社社员，清末执教于上海南洋公学，文坛名家李定夷、赵苕狂等皆为其高足，1910 年正受商务印书馆之聘，编写中学国文、历史等教科书，兼教该馆练习生；潘树声当时为如皋师范学校校长。以上这几位，均为当时有一定声望和社会地位的人，前表所列其他作者虽无从考证，但依照商务印书馆的名望，且早期的《小说月报》正处于树立品牌时期，也几乎可以断定他们应是一时的名流。这些人的文章，自然不会被列为最末的丁等，以乙等酬谢来算：王蕴章两篇短篇约 7000 字，可得稿酬 28 元（以下均指银元）；听涛、朱炳勋合译《合欢草》，连载五期，约 6 万字，可得稿酬 240 元；宣樊的《剑绮缘》约 16000 字，可得稿酬 64 元。林纾的稿费是每千字以 6 元计算的，除了第六期没有，每一期几乎都有 1.5 万 ~2 万字，他光从《小说月报》得到的稿费每个月就将近 120 元——按照陈明远的算法，折合 1995 年的人民币 6000 元，折合 2010 年的人民币 12000 元。其余短篇小说，均在 5000 字以下，稿酬为 4 元到 20 元不等。

再来看 1911 年《小说月报》第二卷小说作者创作的基本情况（见表 2-2）。

表 2-2　《小说月报》第二卷刊登小说基本情况

刊号	题目	作者	字数	体裁
第一号	香囊记	指严	约 5700	短篇小说
	狱卒泪	怅盦	约 4000	短篇小说
	汽车盗	陆仁灼	约 4400	短篇小说
	卖药童	卓呆	约 3700	短篇小说
	薄幸郎（1—4）	林纾、陈家麟译	约 12500	长篇小说

（续表）

刊号	题目	作者	字数	体裁
第一号	自治地方（完）	刍狗	约 15500	长篇小说
第二号	毒龙小史	怅盦	约 4700	短篇小说
	一日三迁	长佛	约 1000	短篇小说
	佛无灵	抱真	约 2400	短篇小说
	薄幸郎（5—8）	林纾、陈家麟译	约 10000	长篇小说
	劫花小影（1—4）	心石、况楳	约 11000	长篇小说
	小学生旅行（1—2）	亚东一郎	约 12100	长篇小说
第三号	探囊新术	怅盦	约 2350	短篇小说
	百合魔	泣红	约 4400	短篇小说
	薄幸郎（9—11）	林纾、陈家麟译	约 10500	长篇小说
	劫花小影（5—8）	心石、况楳	约 13400	长篇小说
	小学生旅行（3—4）	亚东一郎	约 14400	长篇小说
第四号	采苹别传	指严	约 4400	短篇小说
	霜钟怨	南滇	约 2000	短篇小说
	程大可		约 3000	短篇小说
	薄幸郎（12—15）	林纾、陈家麟译	约 8700	长篇小说
	劫花小影（9—12）	心石、况楳	约 12000	长篇小说
	小学生旅行（5—6）	亚东一郎	约 13000	长篇小说
第五号	三风记小说之一巫风记	不才	约 5000	短篇小说
	碧血花	非吾	约 2000	短篇小说
	二十世纪之新审判	水心	约 2700	短篇小说
	薄幸郎（12—15）	林纾、陈家麟译	约 8700	长篇小说
	劫花小影（13—16）	心石、况楳	约 13700	长篇小说
	小学生旅行（7—8）（完）	亚东一郎	约 13000	长篇小说

（续表）

刊号	题目	作者	字数	体裁
第六号	三风记小说之一巫风记二	不才	约5300	短篇小说
	三人冢	负剑生	约4700	短篇小说
	胭脂雪	玉田赵绂章	约5370	短篇小说
	薄幸郎（22—27）	林纾、陈家麟译	约9700	长篇小说
	劫花小影（17—20）	心石、况夔	约14400	长篇小说
	醒游地狱记（1—3）	不才	约9400	长篇小说
临时增刊	秦吉了	怅盦	约5400	短篇小说
	侦探女	惨绿	约2700	短篇小说
	赛鹦儿	鹃红	约2300	短篇小说
	孤星怨	泣红	约2600	短篇小说
	一百五十三岁之长病大仙	朱树人	约4000	短篇小说（白话）
	绿窗残泪	指严	约12000	长篇小说
	葫芦旅行记	卓呆	约6000	长篇小说（白话）
第七号	三风记小说之一巫风记三	不才	约6000	短篇小说
	莲嬢小史	前度	约2350	短篇小说
	不疯人院	东侠、啸侯同译	约4000	短篇小说
	薄幸郎（28—32）	林纾、陈家麟译	约8700	长篇小说
	劫花小影（21—24）	心石、况夔	约13400	长篇小说
	醒游地狱记（4—5）	不才	约6000	长篇小说
第八号	榜人女	指严	约5700	短篇小说
	情天红线记	凤雏	约5900	短篇小说
	风流犬子	朱树人	约6000	短篇小说
	薄幸郎（33—35）	林纾、陈家麟译	约7700	长篇小说
	劫花小影（25—28）	心石、况夔	约9700	长篇小说
	醒游地狱记（6—7）	不才	约9700	长篇小说

（续表）

刊号	题目	作者	字数	体裁
第九号	棋缘小记	指严	约2300	短篇小说
	退卒语	蛮儿	约2000	短篇小说
	土窟余生	朱树人	约5700	短篇小说
	薄幸郎（36—39）	林纾、陈家麟译	约8400	长篇小说
	劫花小影（29—32）（完）	心石、况眯	约9700	长篇小说
	醒游地狱记（8—9）	不才	约12000	长篇小说
第十号	火花斧	共谊	约1500	短篇小说
	掠卖惨史	指严	约5700	短篇小说
	病后之观念	朱树人	约5700	短篇小说
	薄幸郎（40—42）	林纾、陈家麟译	约7700	长篇小说
	十字碑（侯官汪剑虹）	况梅	约5000	长篇小说
	醒游地狱记（完）	不才	约15000	长篇小说
第十一号	冤禽语	恨人	约4700	短篇小说
	掠卖惨史二	指严	约3700	短篇小说
第十一号	呜呼	双影	约4000	短篇小说
	薄幸郎（43—45）	林纾、陈家麟译	约7700	长篇小说
	死后	卓呆	约6400	长篇小说
第十一号	十字碑（侯官汪剑虹）	心月	约6400	长篇小说
第十二号	地理教习	（傲）（铁）	约1000	短篇小说
	欧蓼乳瓶	铁樵	约2300	短篇小说
	陈生别传	静铨	约3700	短篇小说
	薄幸郎（46—48）	林纾、陈家麟译	约9000	长篇小说
	死后	卓呆	约6400	长篇小说
	福尔摩斯侦探案	甘作霖	约13700	长篇小说

跟第一年相比，林译小说在本年每期的刊载量有所减少，每期字数

在 1 万左右，甚至有几期不足 1 万字。但这并不意味着林纾在该年收入的减少，事实上，此时的林纾是商务印书馆的持股人之一，又在京师大学堂上课，收入只高不低。其余经常写稿的人：指严（不才亦为指严）本年在《小说月报》共发表约 10 万字，按每千字 4 元计，可得酬银 400 元左右；怅盦约 2 万字，按每千字 4 元计，可得酬银 80 元左右；卓呆（徐卓呆）约 2.5 万字左右，可得酬银约 100 元（卓呆在该年《小说月报》的"新剧介绍"栏目发表了大量的剧作，相对于剧作而言，他在该年发表的小说只能算是很少的一部分，小说酬谢自然也只是他从《小说月报》所获稿酬的一小部分而已）；心石、况夒两人该年在《小说月报》发表作品约 10 万字，可得酬银 400 元左右；朱树人本年在《小说月报》上共发表作品 15000 字左右，可得酬银 60 元；亚东一郎约 42000 字左右，可得酬银 170 元左右。其余作家如铁樵（恽铁樵）、（傲）（铁）（胡适）、泣红（周瘦鹃）、甘作霖等人，作品为短篇，字数多在 3000 到 1 万字，酬银当在 12 元到 40 元之间。

这些当然不是一个作家的全部收入。按照现在可以考证的资料来看，王蕴章时任《小说月报》主编，当时大学生毕业在商务印书馆当职员起点月薪是 30 银元，此后惯例每年增加 10 元；而据包天笑回忆，1912 年他在商务编译所每日工作半天（每日下午 1~5 点，星期日休息），担任小学图文教科书的编辑，月薪是 40 银元。王蕴章与包天笑同为南社社员，"现代前后，南社社员纷纷云集上海，把持了上海的各大报刊阵地，如《时报》为包天笑，《申报》为王钝根、陈蝶仙、周瘦鹃，《民权报》为徐枕亚、徐天啸等，社员之间声气相应，互相推荐提携，几乎扫荡了上海所有报刊。柳亚子曾经很得意地开玩笑说：'请看今日之域中，竟是南社的天下。'我很怀疑王蕴章之所以能进商务印书馆编《小说月报》，也是这些南社社员把持上海报刊界的结果。"① 照此估计，同为南社社员，王蕴章身为主编，又是全天工作，月薪应该比包天笑的 40 银元高，或者是两倍还不止。同

---

① 柳珊：《1910—1920 年的〈小说月报〉是"鸳鸯蝴蝶派"的刊物吗？》，《中国现代文学研究丛刊》2000 年第 3 期。

时，戈公振在《中国报学史（插图整理本）》中记述："总编辑亦称为主笔，为编辑部之领袖……总编辑常兼司社论，其月薪约在 150 元至 300 元之间。"按照这个算法，王蕴章在作为《小说月报》主编期间，月薪不会少于 150 元。而林纾的收入也非常可观。据郑逸梅回忆，林译小说稿费特别优厚。除此之外，林译的许多小说既发表又出版。在书籍的稿酬方面，商务印书馆有着比较灵活的规定，其标准视著者的知名度、学识水平、书稿质量和发行量等各个方面的情况而定。比如梁启超的《中国历史研究法》等书的版税为 40%，这当然是最高的。[1]对照梁、林两人在商务印书馆的发表待遇，林纾的版税也大致为 40%。这样一来，林纾十几年间单稿酬收入就高达 20 万银元以上（折合 2009 年人民币 2000 万元以上）[2]就不足为奇了。朱炳勋是商务编译所的成员，宣樊、许指严、周瘦鹃等还是其他报刊的编辑，朱树人曾编《蒙学读本》，收入自然也不菲。而其他几位，由于写小说只是作为兼职，其稿酬只是业余收入的一部分，经济来源自然不全靠此。

对于 1910 年左右上海一般人的生活水平，现代名记包天笑在其自传《钏影楼回忆录》中说，1906 年他到上海租房子，开始在帕克路、白克路（现南京西路、凤阳路）找，连找几天都无结果，后来他发现一张招租启事，说在北面一点的爱文义路（现北京西路）胜业里一幢石库门建筑里有空房。贴招租启事的房东当时讲清住一间厢房，每月房租 7 元。当时上海一家大面粉厂的工人，一个月的收入也不过 7~10 元，而包天笑当时在《时报》任编辑，每月薪水 80 元。上述的许多作家都远远高于 7~10 元的标准，也就是说，小说家创作小说的收入在当时并不低。

按照陈明远的算法，上海市民在 1927 年的一般生活水平为每月 66 元。扣除物价上涨的因素，1910 年的 1 元约合 1927 年的 0.689 元，66 元约合1910 年的 96 元。这样的家庭收入在上海市约占 4%，这样的日常生活费大

---

[1] 陈明远：《文化人的经济生活》，陕西人民出版社 2010 年版，第 78 页。

[2] 陈明远：《文化人的经济生活》，陕西人民出版社 2010 年版，第 78 页。

约是贫民家庭的两倍，也是当时上海一般知识阶层的经济状况。按照这样
的标准，对比《小说月报》给出的稿酬标准，一个专门靠在《小说月报》
上发表小说的作家，每月写12000字左右即可保持在上海的"小康"水平，
进入4%的少数人行列，并且这不算太难。从1902年到1916年，创办的
文艺期刊计有57种，[①] 对比当时知识分子的人数，作家当时的投稿采用率
应该还不算太低。

　　一方面是小说家能利用稿费维持一种比较舒适的生活，另一方面是杂
志社缺乏小说稿件，于是一个有趣的问题就产生了：当时的小说家为什么
不愿意为杂志社写小说？也许这个问题的解决还得回到作家本身。这里有
必要考察上述各位作家的背景，除去不可考人员，可知道的计有：

　　王蕴章：光绪二十八年（1902年）中副榜举人。

　　林纾：光绪八年（1882年）举人。

　　宣樊：曾任养正书塾讲席。

　　指严：南社社员，出身仕宦之家。

　　朱炳勋：商务印书馆编译所成员。

　　徐卓呆：七岁丧父，曾赴日留学。

　　朱树人：曾在无锡三等公学堂就学，所编《蒙学读本》为中国人第一
本自编教材。

　　胡适：曾多年在家塾读书，1910年春在华童公学教国文。

　　恽铁樵：出身于小官吏家庭，1911年应商务印书馆张菊生先生聘请，
任商务印书馆编译。

　　周瘦鹃：1895年6月30日出生于上海的一个小职员家庭，六岁时父亲
病故。

　　在上述这些作家中，后来有的成为新文学运动的领袖，有的抱着文言
不放，有的彻底将文学市场化并走入鸳鸯蝴蝶派，也有的中途改行。仅从

---

① 参见张静庐辑注：《中国现代出版史料》丁编（下），中华书局1957年版，第510页。

这些作家来看，他们大都与传统的封建社会有着深厚的联系，在如何对待小说方面无疑受到传统的深刻影响。这一点，从上述《小说月报》第一期的征文通告就可以看出来：

现一一身，说一一法，幻云烟于笔端，涌华严于弹指，小说之功伟矣，同人闻见无多，搜辑有限，尚祈海内大雅，匡其不逮，时惠鸿篇，体则着译兼收，庄谐并录。庶入邓林之选，片羽皆珍，一经沧海之搜，遗珠无憾。率布简章，伏希亮詧。①

按照编辑的大意，小说之功仅在于现身说法，"幻云烟于笔端，涌华严于弹指"，再对照另外一则广告，《小说月报》当时对小说的心态就可一览无遗。下面是宣统三年闰月《小说月报》临时增刊的封底广告：

惟一无二之消夏品：夏日如年，闲无事求，所以愉悦性情，增长闻见，莫如小说，本馆年来新出小说最多，皆情事离奇，趣味浓郁，大足驱遣睡魔，消磨炎暑，兹特大减价，为诸君消夏之助，列目如下……②

在这里小说成了驱遣睡魔的消夏品，与中国传统的"饰小说以干县令，其于大达亦远矣"的观点相差无几。这些观点也许代表着当时一般文人的观点，从那么多小说作家除了有名的几位，其他人要么不署名，要么署别号就可以看出来。此时距梁启超1902年发起"小说界革命"已有八年，而相当的文人对小说仍不在意，这从侧面也可见证"小说界革命"并不成功。

基于人们对小说的这种认识，当时文人一方面遵循传统鄙视小说，另一方面却又不得不借助写小说来赚钱过生活。1905年，科举考试停止，当时《谕立停科举以广学校》如此写道：

---

① 《小说月报》第一卷第一号。

② 《小说月报》第二卷闰月增刊。

兹据该督等奏称科举不停，民间相率观望，推广学堂必先停科举等语，所陈不无为见。着即自丙午科为始，所有乡会试一律停止，各省岁科考试亦即停止。其以前之举贡生员，分别量予出路，及其余各条，均着照所请办理。

旧学应举之寒儒，宜筹出路也：文士失职，生计顿蹙，除年壮才敏者入师范学堂外。其不能为师范生者，贤而安分，则困穷可悯。其不肖而无赖者，或至为非生事，亦甚可忧。[1]

正是因"生计顿蹙"，在学校当教员或者从事文化方面的创作就成为当时文人的去处。而稿酬制度的兴起，尤其是1910年颁布的《大清著作权律》直接推动了文人从事创作。

第五条 著作权归著作者终身有之；又著作者身故，得由其承继人继续至三十年。

第六条 数人共同之著作，其著作权归数人共同终身有之，又死后得由各承继人继续至三十年。

第七条 著作者身故后，承继人将其遗着发行者，著作权得专有至三十年。

第三十三条 凡既经呈报注册给照之著作，他人不得翻印仿制，及用各种假冒方法，以侵损其著作权。

第四十条 凡假冒他人之著作，科以四十元以上四百元以下之罚金；知情代为出售者，罚与假冒同。

第四十一条 因假冒而侵损他人之著作权时，除照前条科罚外，应将被损者所失之利益，责令假冒者赔偿，将印本刻版及专供假冒使用之器具，没收入官。[2]

---

[1] 《光绪政要》第二十七册，转引自舒新城编：《中国近代教育史资料》，人民教育出版社1979年版。

[2] 《大清著作权律》，载周林、李明山主编：《中国版权史研究文献》，方正出版社1999年版，第89页。

这部法律的颁布，为作家卖文谋生提供了合法的依据。于是，各种杂志为作家失去入仕之道后谋生提供了去处。也就是说，文人从科举考试时代的通过入仕由国家提供俸禄转变成了靠出卖写作为生，近代中国文人就这样完成了"经济"转型。如果我们对比一下清朝前中期文人的出身，我们会更清晰地看到这一点。在大清成立到鸦片战争爆发这段约二百年的文学史中出现的124位有影响力的作家里面，进士出身的有52人，举人出身的有18人，仅这两项就占整个作家比例的近60%（见表2-3和表2-4）。①

表2-3　清朝前期（至1840年）进士出身的作家

姓名	生卒年	考取进士年份
钱谦益	1825—1644	万历三十八年（1610）一甲三名进士
吴伟业	1609—1671	崇祯四年（1632）进士
方以智	1611—1671	崇祯十三年（1640）进士
彭孙遹	1631—1700	顺治十六年（1659）进士
周亮工	1612—1672	崇祯十三年（1640）进士
宋琬	1614—1674	顺治四年（1647）进士
龚鼎孳	1615—1673	崇祯七年（1634）进士
施闰章	1618—1683	顺治六年（1649）进士
汪琬	1624—1690	顺治十二年（1655）进士
叶燮	1627—1703	康熙九年（1670）进士
姜宸英	1628—1699	康熙三十六年（1697）70岁始成进士
王士禛	1634—1711	顺治十五年（1658）戊戌科进士
曹贞吉	1634—?	康熙三年（1663）进士
查慎行	1650—1727	康熙四十二年（1703）进士
戴名世	1653—1713	康熙二十六年（1687）进士

① 下面两表的数据参见栾梅健：《二十世纪中国文学发生论》，广西师范大学出版社2006年版。

（续表）

姓名	生卒年	考取进士年份
纳兰性德	1654—1685	康熙十五年（1676）进士
赵执信	1662—1744	康熙十九年（1680）进士
方苞	1668—1749	康熙四十五年（1706年）考取进士第四名
沈德潜	1673—1769	乾隆四年（1739）进士
郑燮	1693—1765	乾隆元年（1736）进士
袁枚	1716—1797	乾隆四年（1739）进士
卢文弨	1717—1795	乾隆十七年（1752）一甲三名进士
高鹗	不详	乾隆六十年（1795）进士
纪昀	1724—1805	乾隆十九年（1754）进士
王昶	1724—1806	乾隆十九年（1754）进士
蒋士铨	1725—1785	乾隆二十二年（1757）进士
赵翼	1727—1814	乾隆二十六年（1761）进士
毕沅	1730—1797	乾隆二十五年（1760）进士，廷试第一
姚鼐	1731—1815	乾隆二十八年（1763）进士
翁方纲	1733—1818	乾隆十七年（1752）进士
李调元	1734—？	乾隆二十八年（1763）进士
章学诚	1738—1801	乾隆四十三年（1778）进士
洪亮吉	1746—1809	乾隆五十五年（1790）进士
张惠言	1761—1802	嘉庆四年（1799）进士
阮元	1764—1849	乾隆五十四年（1789）进士
张问陶	1764—1849	乾隆五十五年（1790）进士
梁章钜	1775—1849	嘉庆七年（1802）进士
张维屏	1780—1859	道光二年（1822）进士
周济	1781—1839	清嘉庆十年（1805）进士

（续表）

姓名	生卒年	考取进士年份
林则徐	1785—1850	嘉庆十六年（1811）进士
梅曾亮	1786—1856	道光二年（1822）进士
龚自珍	1792—1841	道光九年（1829）进士
赵庆禧	1792—1847	道光进士
魏源	1794—1857	道光二十四年（1844）进士
何绍基	1799—1873	道光十六年（1836）进士
冯桂芬	1809—1874	道光二十年（1840）进士
刘熙载	1813—1881	道光二十四年（1844）进士
郭嵩焘	1818—1891	道光二十七年（1847）进士
俞樾	1821—1906	清道光三十年（1850）进士
张景祈	1827—？	道光进士
李慈铭	1830—1895	光绪六年（1880）进士
吴汝纶	1840—1903	同治四年（1865）进士

表2-4 清朝前期（至1840年）举人出身的作家

姓名	生卒年	中举年份
阎尔梅	1603—1679	崇祯三年（1631）举人
吴兆骞	1631—1684	顺治十四年（1657）举人
顾贞观	1637—1714	康熙五年（1666）举人
厉鹗	1692—1752	康熙五十九年（1720）举人
恽敬	1757—1817	乾隆四十八年（1782）举人
舒位	1765—1815	乾隆五十三年（1787）举人
沈钦韩	1775—1831	嘉庆十二年（1807）举人
俞正燮	1775—1840	道光元年（1821）举人

（续表）

姓名	生卒年	中举年份
管同	1780—1831	道光五年（1825）举人
项鸿祚	1798—1835	道光十二年（1832）举人
姚燮	1805—1864	道光十四年（1834 年）举人
吴敏树	1805—1873	道光十二年（1832）举人
郑珍	1806—1864	道光十七年（1836）举人
陈沣	1810—1882	道光十二年（1832）举人
莫友芝	1811—1871	道光十一年（1831）举人
张裕钊	1823—1894	道光二十六年（1846）举人
谭献	1832—1901	同治六年（1867）举人
王闿运	1832—1916	咸丰七年（1857）举人

在科举时代，举人已经具备做官的资格。从上述两表中可以看出，在前清的社会体系中，文学家多有官者身份，因此其经济来源由国家保证。但是，废除科举以后，国家不再保障全部文人的经济来源，于是文人只好自谋出路，办杂志或为杂志写作刚好填补了国家不给予文人生活保障的空缺。中国文人不得不走由国家保障到个人自谋出路的"经济转型"之路。对于广大文人来说，这种转型是被迫的，也是无奈的，但又是必需的。科举制度的废除，伴随而来的就是知识阶层地位的急剧下降，特别是政治地位的下降和文人的被边缘化。在科举取士的时代，一旦通过科举，文人就成为国家统治阶级的一员，成为人上人；而废除科举之后，文人一下子成为与农工商同等地位的社会边缘人，甚至还没有农工商的地位高。山西举人刘大鹏发现许多读书人因此失业，又"无他业可为，竟有仰屋而叹无米为炊者"。他不禁慨叹道："嗟乎！士为四民之首，坐失其业，谋生无术，生当此时，将如之何？"文人当时的失望、落魄及担忧，都在他的日记里有记载。

下诏停止科考，士心散涣，有子弟者皆不作读书想，别图他业，以使子弟为之，世变至此，殊可畏惧。（1905年10月15日）

甫晓起来心若死灰，看得眼前一切，均属空虚，无一可以垂之永久，惟所积之德庶可与天地相终始。但德不易积，非有实在功夫则不能也。日来凡出门，见人皆言科考停止，大不便于天下，而学堂成效未有验，则世道人心不知迁流何所，再阅数年又将变得何如，有可忧可惧之端。（1905年10月17日）

昨日在县，同人皆言科考一废，吾辈生路已绝，欲图他业以谋生，则又无业可托，将如之何？吾邑学堂业立三年，而诸生月课尚未曾废，乃于本月停止，而寒酸无生路矣。事已至此，无可挽回。（1905年10月23日）

凡守孔孟之道不为新学蛊惑而迁移者，时人皆目之为顽固党也。顽谓梗顽不化，固谓固而不通，党谓若辈众多不能舍旧从新，世道变迁至于如此，良可浩叹。科考一停，士皆殴入学堂从事西学，而词章之学无人讲求，再十年后恐无操笔为文之人矣，安望文风之蒸蒸日上哉！天意茫茫，令人难测。（1905年11月2日）

科考一停，同人之失馆者纷如，谋生无路，奈之何哉！（1905年11月3日）

近来读书一事人皆视之甚轻，凡有子弟者亦不慎择贤师而从之，所从之师不贤而亦不改从，即欲子弟之克底于成，夫岂能之乎？今之学堂，所教者西学为要，能外国语言文字者，即为上等人才，至五经四书并置不讲，则人心何以正，天下何以安，而大局将有不堪设想者矣。（1906年3月15日）

去日，在东阳镇遇诸旧友藉舌耕为生者，因新政之行，多致失馆无他业可为，竟有仰屋而叹无米为炊者。嗟乎！士为四民之首，坐失其业，谋生无术，生当此时，将如之何？出门遇友，无一不有世道之忧，而号为维新者，举欣欣然有喜色而相告曰："旧制变更如此，其要天下之治，不日可望，诸君何必忧心殷殷乎？"（1906年3月19日）[1]

这种状况使这批从传统科举中走出来的文人，特别是小说作者处于一

---

[1] 刘大鹏遗著，乔志强标注：《退想斋日记》，山西人民出版社1990年版。

种尴尬的状态之中：一方面耻于卖文为生，另一方面却又不得不靠卖文为生。与科举时代形成强烈对比，文人心里的震动之大可想而知，而当时文人的"心态转型"之艰难也由此可以想象。面对这种状态，文人应该如何反应呢？

通过上述《小说月报》的作家群我们不难发现，这一作家群后来产生了分化，大致分化为三类：一类是坚守着传统，期望延续传统的；一类是有海外留学经历，希望对传统文学进行反思的；一类是放弃古代文人的清高，彻底将文学市场化，以卖文换取金钱的。

第一类作家以林纾、王蕴章、许指严等人为代表，这一类作家受到中国传统文化的影响比较深，对中国传统文化中雅致的一面较为欣赏，于是重视文言，轻视白话。在王蕴章 1910—1911 年主编的《小说月报》里，虽然编辑申明文白兼收，但整整十八期的杂志，标明白话小说的仅有一篇。这一群体仍坚守着传统"学而优则仕"的观念，一旦有机会，就会想办法重走仕途的道路，例如王蕴章在 1913 年辞去《小说月报》主编一职而去中华民国南京临时政府任职，许指严则进入民国政府任财政部机要秘书。这个群体在当时的文人中应该占了很大的比重，《小说月报》在创立之初便成为当时全国的文艺期刊的权威和林译小说在当时风行于文人之间证实了这一群体的人数之可观。凭着传统文言的良好功底，这一群体在晚清民末的文化市场里找到一份可供养家糊口的工作不会很难。经济后顾之忧得到一定程度的解决，使得他们可以在报纸杂志上继续其文化理想，坚守自己的人生立场。在这一群体里，年龄越大，对传统的坚守越牢固，从林纾、严复等后来签名支持将孔教立为国教，与《新青年》诸作家论战就可见传统对他们的影响之深。随着历史的变迁，这一群体所坚守的理想越来越不合时宜，慢慢地，这一群体淡出人们的视野，他们所坚持的文化理想也就仅仅存在于个人的心中。

第二类是以胡适等人为代表的群体。这一群体接受西方思想比较早，在经历了欧风美雨之后反观传统，进而提出文学改良的主张，但这一部分人身上也带着传统的印记。对比一下同在《新青年》上发表的胡适的《文学改良刍议》和陈独秀的《文学革命论》，我们就不难发现胡适身上带有的传统文人的烙印。这一类作家后来成了新文学的代表。

第三类是以周瘦鹃、徐卓呆等人为代表的群体。从上述对这类作家的背景分析我们可以发现，这一类作家大多出自底层，比如徐卓呆七岁丧父，周瘦鹃六岁丧父，自幼生活就比较贫困。因此，他们在某种程度上比前两类作家更具有现实性，更具有经济的紧迫感，但同时也能及时放下传统带给他们的影响。在面临坚守文学传统还是放弃文学传统的选择时，他们很快就适应了现代的文学市场，贴近市民世俗，利用文学去谋生。鸳鸯蝴蝶派、礼拜六派甚至海派的形成，都大抵与这一心态有关。这一群体缺乏对创痛文学的反思，在将文学市场化的过程中一味地迎合大众市民的通俗口味，而缺乏积极的改进，对文学也缺乏一种现代性的反思，这也许就是通俗文学期刊很早就适应市场化和运用白话，而人们却没有把它们视为现代文学的一个原因吧。正如陈思和所言："新文学的效果和特点，其实并不在于是否使用一般意义上的白话，因为晚清民初的一般传媒和创作已经通用了白话语体，这在古代白话创作方面就有传统；而新文学之所以'新'，在于现代人的意识开始冲击传统文人的替天行道或者是才子佳人的意识形态，而语体的欧化正是这种新意识形态的载体，使人们在陌生的语体里感受到陌生的感情世界和陌生的心理世界。"[1]这也许可以从侧面回答人们提出的为什么新文学要从 1917 年开始的疑问吧。

以上三类作家长时期地活跃于中国 20 世纪上半叶的文学世界，他们之间此消彼长及相互的合力，丰富着现代文学的图景。通过以上分析，我们不难发现，无论是哪一类作家的形成，其背后都有着这样或那样的政治、经济因素，正是这些政治、经济因素推动着作者不断地形成自己的文学观念，进而决定着现代文学的格局。从某种程度上来说，现代文学是在

---

[1] 陈思和：《一份填补空白的研究报告》，载柳珊：《在历史缝隙间挣扎——1910—1920 年间的〈小说月报〉研究》，百花洲文艺出版社 2004 年版。

政治的影响下和经济的催化中转型过来的，尽管这个转型过程带着几分艰涩。

三、经济与革新时期的《小说月报》作家

前期的《小说月报》历经王蕴章、恽铁樵两任编辑，被视为旧文学的代表。1921 年茅盾主编《小说月报》，对其进行了全面革新，由此拉开了前后期《小说月报》之间的距离。前期《小说月报》于 1920 年在王蕴章手上终结，后期《小说月报》于 1921 年在茅盾手上展开。将 1920 年《小说月报》后几期的广告（见表 2-5）与 1921 年《小说月报》前几期的广告（见表 2-6、表 2-7）进行对照，也许是一件有趣的事。

表 2-5　1920 年《小说月报》第十一卷第十二号广告

广告商	广告内容	广告性质	其他
《小说月报》	本月刊特别启事一	启事	2 页
	本月刊特别启事二	启事	
	本月刊特别启事三	启事	
	本月刊特别启事四	启事	
	本月刊特别启事五	启事	
商务印书馆	商务印书馆出版《新体写生水彩画》	绘画	1 页
万国储蓄会	能力者金钱也　万国储蓄会启	储蓄	
英国圣海冷丕联氏补丸驻华总经理处	上海江西路七号丕联氏大药行披露	药品	
北京中华储蓄银行	特别奖励储蓄	储蓄	
上海华罗公司	威古龙丸	药品	
商务印书馆	商务印书馆发行言情小说《玫瑰花》	书籍	半页
	上海商务印书馆发行《小楷心经》十四种	书籍	

（续表）

广告商	广告内容	广告性质	其他
国货马玉山糖果饼干公司	国货马玉山糖果饼干公司广告	食品	
上海贸勒洋行	美国芝加哥斯台恩总公司中国经理上海贸勒洋行巴黎吊袜带、威廉修面皂	衣物、装饰	1 页
贸勒洋行	固龄玉牙膏	日用品	1 页
	博士登补品	药品	
美国芝加哥高罗仑氏公司	鸡眼之消除法加斯血药水独一无二	药品	
贸勒洋行	Lavolho 赖和罔眼药水	药品	1 页
商务印书馆	商务印书馆发行张子祥花卉镜屏	家居用品	
	商务印书馆发行《然脂余韵》	书籍	
贸勒洋行	Lavolho 拄福录医治皮痒诸症	药品	1 页
商务印书馆	世界最新地图、精制信笺信封	文化用品	
	《教育杂志》《学生杂志》《少年杂志》《英语周刊》目录	杂志	
	《东方杂志》《学艺杂志》要目	杂志	
	世界丛书	书籍	
《小说月报》	《小说月报》自第十二卷第一号起刷新内容	杂志	
《妇女杂志》	现代十年《妇女杂志》刷新内容，减少定价广告	杂志	
《英文杂志》	《英文杂志》七卷一号大刷新	杂志	
商务印书馆	商务印书馆发售：新到大批美国照相器具	文化器材	
	上海商务印书馆中国独家经理美国斯宾塞芯片公司	文化器材	
唐拾义	专门治咳大医生唐拾义发明：久咳丸、哮喘丸等	药品	

（续表）

广告商	广告内容	广告性质	其他
商务印书馆	商务印书馆发行：《新法教科书》	书籍	
	商务印书馆精印：各种贺年卡片	文化用品	

表2-6　1921年《小说月报》第十二卷第一号主要广告

广告主	广告内容	性质	其他
上海大昌烟公司	请吸中国烟叶：烟丝最细嫩、气味最芬芳、价目最便宜、各界最欢迎之双婴孩牌好香烟	烟草	
丕朕氏大药行	丕朕氏补丸清洁血液之补剂	药业	
北京中华储蓄银行	特别奖励储蓄	银行	
上海贸勒洋行	巴黎吊袜带：用巴黎吊袜带者日多，物质优胜故耳	衣物	1页
美国芝加高罗仑氏公司	加斯血药水其妙入神	医药	
贸勒洋行	固龄玉牙膏	日用	
上海华罗公司	威古龙丸	药品	
新华储蓄银行	公共储金	银行	1页
贸勒洋行	新式修面皂	日用	
贸勒洋行	Lavolho 赖和罔药水	药品	1页
吴昌硕花卉画册	商务印书馆发行：《吴昌硕花卉画册》	文化用品	
美国迭生公司	运动用品远东总经理商务印书馆通告	文化用品	
中华第一针织厂	菊花牌丝光	衣物	1页
贸勒洋行	Lavolho 赖和罔药水	药品	
《司法公报》发行所	《司法例规》第一次补编出版广告	书籍	1页
	《实用司法法令辑要》	书籍	

（续表）

广告主	广告内容	性质	其他
商务印书馆	美国精制信笺信封	文用	
	《教育杂志》《学生杂志》《妇女杂志》《少年杂志》要目	杂志	
	《英文杂志》《太平洋杂志》《英语周刊》《北京大学月刊》要目	杂志	
	函授学校英文科招生广告	教育	

表 2-7　1921 年《小说月报》第十二卷第二号主要广告

广告主	广告内容	性质	其他
商务印书馆	创立念五纪念：国语提倡赠送书券	文化	
	《中国名人大辞典》《中国医学大辞典》预约	书籍	
	《英华大辞典》	书籍	
商务印书馆	《妇女杂志》《小说月报》内容刷新，减低价格广告	杂志	
	各种贺年卡	文化	
	新到大批美国照相器材	器材	
	美国斯宾塞芯片公司造显微镜	器材	
	美国精制信笺信封	文化	
	沪游诸君注意：《上海指南》	书籍	
万国储蓄会	宁为鸡口：储蓄会储蓄	银行	
丕朕氏大药行	丕朕氏补丸黄种补王	药品	
大昌烟公司	请吸中国烟叶	烟草	
华罗公司	威古龙丸	药品	
北京中华储蓄银行	特别奖励储蓄	银行	
罗仑氏公司	扫除鸡眼与各种硬皮之患，请试加斯血药水	药品	

（续表）

广告主	广告内容	性质	其他
商务印书馆	《侨踪萍合记》	书籍	1/4
贸勒洋行	Lavolho 赖和冈药水	药品	1 页
商务印书馆	乾隆淳化阁帖	书帖	
贸勒洋行	威廉修面膏、Lavolho 赖和冈药水	日用	
商务印书馆	《东方杂志》《学生杂志》要目	杂志	
《司法公报》发行所	《司法例规》第一次补编出版广告、《实用司法法令辑要》	书籍	
商务印书馆	《教育杂志》《学生杂志》《妇女杂志》《少年杂志》要目	杂志	
	《英文杂志》《英语周刊》《太平洋杂志》《北京大学月刊》	杂志	
	最新编辑《新法教科书》全国适用		
商务印书馆	《新体国语教科书》《共和国教科书》《复式单级教科书》《实用教科书》《单级教科书》《女子教科书》	书籍	
	《中学师范共和国教科书》	书籍	
	上海涵芬楼收买旧书:《童子军用书》《中华六法》《模范军人》《文艺丛刻》《古今格言》	书籍	
	敬告通函诸君、广告价目表	简章	
威廉士医药局	威廉士大医生红色补丸	医药	

如果站在商务印书馆的立场来看待《小说月报》的革新是出于商业考虑的话，那么这对于当时发表"革新宣言"的诸位作家来说，无疑有某种程度的悖违。在《小说月报》第十二卷第一号，茅盾表达了新文学作家的一些倾向。

（一）同人以为研究文学哲理介绍文学流派虽刻不容缓之事，而移译西欧名著使读者得见某派面目之一斑，不起空中楼阁之憾尤为重要；故材料之分配将偏于（三）（四）两门，居过半有强。

（二）同人以为今日谭革新文学非徒事模仿西洋而已，实将创造中国之新文艺，对世界尽贡献之责任，夫将欲取远大之规模尽贡献之责任，则预备研究，愈久愈博愈广，结果愈佳，即不论如何相反之主义咸有研究之必要。故对于为艺术的艺术与为人生的艺术，两无所袒。必将忠实介绍，以为研究之材料。

（三）写实主义的文学，最近已见衰歇之象，就世界观之立点言之，似以不应多为介绍；然就国内文学界情形言之，则写实主义之真精神与写实主义之真杰作实未尝有其一二，故同人以为写实主义在今日尚有切实介绍之必要；而同时非写实主义的文学亦应充其量输入，以为进一层之预备。

（四）西洋文艺之兴盖与文学上之批评主义（Criticism）相辅而进，批评主义在文艺上有极大之威权，能左右一时代之文艺思想。新进文家初发表其创作，老批评家持批评主义以相绳，初无丝毫之容情，一言之毁誉，舆论翕然从之；如是，故能相互激励而不至于至善。我国素无所谓批评主义，月旦既无不易之标准，故好恶多成于一人之私见；"必先有批评家，然后有真文学家"，此亦为同人坚信之一端；同人不敏，将先介绍西洋之批评主义以为之导。然同人固皆极尊重自由的创造精神者也，虽力愿提倡批评主义，而不愿为主义之奴隶，并不愿国人皆奉西洋之批评主义为天经地义，而改杀自由创造之精神。

（五）同人等深信一国之文艺为一国国民性之反映，亦惟能表见国民性之文艺能有真价值，能在世界的文学中占一席地。对于此点，亦愿尽提倡之责任。

（六）中国旧有文学不仅在过去时代有相当之地位而已，即对于将来亦有几分之贡献，此则同人所敢确信者，故愿发表治旧文学者研究所得之见，俾得与国人相讨论。惟平常诗赋等项，恕不能收。①

---

① 《小说月报》第十二卷第一号。

从这份"革新宣言"里的"刻不容缓""责任""国民性反映""贡献"等词语，我们不难看出《小说月报》的新文学作家们改变文坛现状的理想与抱负，这种理想与抱负很明显没有功利色彩。于是，商业利益与文化理想之间必然产生冲突。实际上，这种商业利益与文化理想之间的冲突在革新后的《小说月报》中越来越严重。如果张元济时代的商务印书馆还将自身作为一家文化传播企业来运作，有着文化传播的某种自觉性，在经营策略上表现为商业与文化并重，那么，到张元济离开商务印书馆，王云五接任的时候，商务印书馆恐怕正在悄悄地将自己的经营重点转到市场需要上，没那么看重文化效应了。[1] 这一点可以在胡愈之的回忆里得到佐证：

原来商务固然也是私人经营的，但到底像个文化事业；原来的资本固然也是由（有——编者注）剥削的，但却还有一定的进步性。而王云五却完全以一种营利的目的来办商务，订了许多荒唐的制度。[2]

而商务印书馆的实际做法就是创办《小说世界》，这份新刊物无疑是市场化的需要，其目的在于收拢《小说月报》革新后遭到排斥的鸳鸯蝴蝶派文人。[3] 章锡琛的回忆是最好的注解：

革新后的《小说月报》由沈雁冰主编……但不久为了与鸳鸯蝴蝶派斗争，着文抨击，激起了他们的"公愤"，联名对商务投了"哀的美敦书"。当时上海各小报编辑权都操在这批马路文人手中，他们以在报上造谣讹诈为专业，商务当局怕同他们闹翻，只得把新主编调到国文部，该请郑振铎编辑。为了笼络这批文人，专事收容他们的稿件，另创《小说世界》半月刊，

---

① 董丽敏：《〈小说月报〉1923：被遮蔽的另一种现代性建构——重识沈雁冰被郑振铎取代事件》，《当代作家评论》2002 年第 11 期。

② 胡愈之：《回忆商务印书馆》，载《商务印书馆九十五年》，商务印书馆 1992 年版，第 125 页。

③ 参见董丽敏：《〈小说月报〉1923：被遮蔽的另一种现代性建构——重识沈雁冰被郑振铎取代事件》，《当代作家评论》2002 年第 11 期。

由王云五的私人叶劲风编辑。①

这是一段值得玩味的话：一是《小说月报》的主编沈雁冰与鸳鸯蝴蝶派发生冲突；二是商务印书馆不愿得罪鸳鸯蝴蝶派，将沈雁冰的主编撤下；三是创立《小说世界》以笼络鸳鸯蝴蝶派。

茅盾等文学研究会的作家与鸳鸯蝴蝶派的作家由于所持的立场不同而发生论争几乎可以说是必然的，一方视文学为改造人生、改造社会的工具，一方追求文学游戏化、娱乐化，两者之间互不相容不难理解。问题是仅仅由于这次论争，商务印书馆不愿与鸳鸯蝴蝶派闹翻而将沈雁冰的《小说月报》主编撤下，并且为迎合鸳鸯蝴蝶派而创刊了《小说世界》，其中明显反映了商务印书馆对鸳鸯蝴蝶派的倚重，更可能的是对茅盾当时革新《小说月报》的某种不认同。

如果说商务印书馆此时的经营策略是偏向商业利益方面，那么它对《小说月报》的不满更多的可能在于杂志的读者市场与销量问题。"尽管从表面上看，革新后的《小说月报》高达 10000 份的印数，似乎表明了《小说月报》所追求的现代文学观念得到了读者的认同，其实更可以说，在《小说月报》辉煌的印数后，起决定作用的，恐怕还是落后的、通俗的、反现代性的阅读趣味以及革新后的《小说月报》对此做出的相当隐蔽的认同与调整。尽管如此，辉煌的印数并没有掩盖住编辑者与读者之间事实上存在的断裂与冲突。"②

革新后的《小说月报》遭到旧文学读者不满应是意料中的事。在《小说月报》革新之后，习惯了旧文学的众多读者均已表示了反对，这里仅看一例：

---

① 章锡琛：《漫谈商务印书馆》，载《商务印书馆九十年》，商务印书馆 1987 年版，第 116 页。
② 董丽敏：《〈小说月报〉1923：被遮蔽的另一种现代性建构——重识沈雁冰被郑振铎取代事件》，《当代作家评论》2002 年第 11 期。

　　两年以来，商务印书馆的老板不知受了什么鬼使神差的驱策，夜梦中也想不到的，大讲特讲起新潮来。东一个丛书应酬这一方面的阔人，西一个丛书又应酬那一方面的阔人，这样的丛书便出了七八种。杂志呢？虽然内容并不比从前如何革新，但从形式上看，文体是用今语了，标点符号又加上了，似乎不是没有渐次革新的意思。

　　最古怪的莫如《小说月报》，从十二卷一号起，与从前简直画成两截，乌烟瘴气的小说家与商务印书馆几乎断绝了关系，小说月报所介绍的只是近世东西洋的文艺作品，创作的也大都出于近世东西洋文艺思潮影响的作家。①

　　这估计能代表大多数习惯了旧小说阅读口味的读者的看法。《小说月报》在旧文学读者那里不受欢迎，更为奇怪的是，在新文学读者那里也有不满的声音，胡适和鲁迅都曾对《小说月报》提出过意见。胡适在 1921 年 7 月的日记中就记载了他对于革新后的《小说月报》的看法：

　　我昨日读《小说月报》第七期的论创作诸文，颇有点意见，故与振铎及雁冰谈此事。我劝他们要慎重，不可滥收。创作不是空泛的滥作，须有经验作底子。我又劝雁冰不可滥唱什么"新浪漫主义"。现代西洋的新浪漫主义的文学所以能立脚，全靠经过一番写实主义的手段，故不致堕落到空虚的坏处。如美特林克，如辛兀，都是极能运用写实主义方法的人，不过他们的意境高，故能免去自然主义的病境。②

　　在这里，胡适提到了对革新后《小说月报》的两个不满：一是创作过滥，二是不切实际地提倡新浪漫主义。也就在茅盾大力革新《小说月报》之际，鲁迅对其编辑理念也提出了批评：

---

① 东枝：《小说世界》，载芮和师等编：《鸳鸯蝴蝶派文学资料（下册）》，福建人民出版社 1984 年版，第 854 页。

② 曹伯言整理：《胡适日记全集》（第 3 册），联经出版社 2004 年版，第 222—223 页。

他们的翻译，似专注意于最新之书，所以略早出版的莱芒托夫……之类，便无人留意，也是维新得太过之故。①

雁冰他们太骛新了。②

鲁迅说茅盾他们革新《小说月报》太过，这大概是事实，读者普遍感觉到革新后的《小说月报》高深莫测，令人难懂。

曾有数友谓如今《月报》虽不能说高深，然已不是对于西洋文学一无研究者所能看懂；譬如一篇论文，讲到某文学家某文学派，使读者全然不知什么人是某文学家，什么是某文派，则无论如何愿意之人不能不弃书长叹；而中国现在不知所谓派……以及某某某某文学之阅《小说月报》者，必在数千之多也。③

据实说，《小说月报》读者一千人中至少有九百人不欲看论文（他们来信骂的也骂论文，说不能供他们消遣了）。④

于是，革新后的《小说月报》似乎处于一个新旧两派读者都不讨好的尴尬局面。而这样一种局面，与以往所宣传的革新之后《小说月报》"第一期印了五千册，马上销完，各处分馆来电要求下期多发，于是第二期印了七千册，到第一卷末期，已印一万册"⑤的辉煌不大相符。据现在研究者考证："综合上述各方面的情形，如果改版之前的《小说月报》真如茅盾所说的那样，仅印两千册的话，改版后的《小说月报》第十二卷的销量，应

---

① 鲁迅：《致周作人》（1921 年 8 月 6 日），载《鲁迅全集》（第 11 卷），人民文学出版社 2005 年版，第 404 页。

② 鲁迅：《致周作人》（1921 年 8 月 25 日），载《鲁迅全集》（第 11 卷），人民文学出版社 2005 年版，第 409 页。

③ 《沈雁冰（茅盾）同志书信十六封》，《鲁迅研究动态》1981 年第 4 期。

④ 《沈雁冰（茅盾）同志书信十六封》，《鲁迅研究动态》1981 年第 4 期。

⑤ 茅盾：《革新〈小说月报〉的前后》，载《茅盾回忆录》，华文出版社 2013 年版，第 148 页。

该不会超过二千份，第十三卷则进一步有所下降。"①也就是说，《小说月报》的销量并不像宣传的那样辉煌。而《小说月报》第十二卷第二号中的广告似乎也表明了这一点：

刷新内容　减低价格

妇女杂志　小说月报

本馆出版之妇女杂志、小说月报久承各界欢迎，兹特于十年份起大加刷新，同时并将价格酌量减少，藉酬爱读诸君之厚意，兹特列表于左：

册数	每月一册	半年六册	每年十二册
旧价	三角	一元六角	三元
新价	二角	一元一角	二元

站在商务印书馆的商业利益角度来看，文学研究会也好，鸳鸯蝴蝶派也好，革新后的《小说月报》也好，《小说世界》也好，抛开这些文化立场上的差异，只要能够占领市场，只要能够赢利，其实是没有什么本质区别的。于是，在革新的《小说月报》销量不被看好的时候，商务印书馆为了利益最大化而创刊《小说世界》就不足为奇了。

商务印书馆这种经营策略，以及革新后的《小说月报》在新旧读者群中都不太受欢迎的状况，无疑给革新后的《小说月报》坚持将文学视为改造人生理想工具的新文学编辑及作家造成了巨大的压力。这些都通过茅盾一点一滴地表现了出来：

《小说月报》出了八期，一点好影响没有，却引起了特别的意外的反动，发生许多对于个人的无谓的攻击，想来最攻击好笑的是因为第一号出后有两家报纸来称赞而引起同是一般的工人的嫉妒；我是自私心极重的，本来今年揽了这劳什子，没有充分的时间念书，难过得很，又加上这些乌

---

① 段从学：《〈小说月报〉改版旁证》，《新文学史料》2005 年第 3 期。

子夹搭的事，对于现在手头的事件觉得很无意味了。我这里已提出辞职，到年底为止，明年不管。①

尽管存在巨大的压力，但是革新后的《小说月报》并没有完全倒向市场。从茅盾等新文学作家坚持创作和发表新文学作品，坚持为人生而创作的理念和大规模有计划地翻译外国文学作品的做法中，我们就不难看出革新后的《小说月报》作家群和编辑，其实不是立足于商务印书馆的商业利益，而是立足于新文学自身发展的启蒙立场。在革新后的《小说月报》第十四卷第九号上，小说《家风》的作者俍工依然不受酬谢（该篇在文末标明"不受酬"），《小说月报》依然没有刊登当时在读者市场上大受欢迎的"言情""侦探"等小说的广告，而是一直向读者推荐新文学刊物。

介绍文学研究会出版之《文学》

我们这个亲爱的小兄弟她的篇幅虽少，内容却十分充实，可算是短小精悍的一位新文学运动的前锋，现在中国文坛里，美的论文极少，而在《文学》里，这种文字几乎每期都有，如《读者的话》，如其《我是个读者》，《诗歌之力》等，都是很富于诗趣的论文。现在中国的文艺杂志多低头努力于创作，不批评不讨论，而在《文学》里则批评讨论的文字极多，而其论调又是站在时代之前的，现在的出版物，与世界多很隔膜，而在《文学》里，则记述世界现代文坛消息的文字极多，使我们时时得接近于时代的潮流，她所发表的创作，也很严慎。她的代派处是上海及各省商务印书馆北京大学出版部，上海亚东图书馆，她的预定处是：上海宝山路宝兴西里九号，她的定价是全年一元，半年五角邮费在内，每张二分。②

这一切，无疑都表明茅盾等文学研究会的新文学作家对市场商业化的不妥协。从长远来看，正是这批新文学作家坚持新文学自身的立场，对

---

① 《沈雁冰（茅盾）同志书信十六封》，《鲁迅研究动态》1981 年第 4 期。
② 《小说月报》第十四卷第九号。

外在的经济压力绝不妥协的奋斗精神，最终为新文学赢得了独立的发展空间，为新文学的发展做出了不可替代的历史贡献。

如果说清末民初的作家在向现代文学转型中还存在尴尬的心态，那么到了革新时期的《小说月报》现代作家群这里，这种尴尬则一扫而空。现代作家在追求经济保障的同时，也将现代文学向多方面展开。在革新时期的《小说月报》作家群中，我们看到现代作家在与经济产生这样或那样纠葛的同时，并没有完全沦入一切"以经济为中心"的市场法则。现代作家坚守着"文学为人生"的信念，最终使现代文学自信而成功地走出一条新路。

第四节　个案：经济压迫之下的文学选择——论《小说月报》与沈从文的关系

沈从文是 20 世纪 20 年代的"多产作家"，这种多产从他在《小说月报》上的作品发表情况（见表 2-8）可见一斑。

表 2-8 《小说月报》刊登沈从文作品情况

序号	题目	体裁	发表年月、刊号
1	炉边	小说	1926 年 8 月第十七卷第八号（署名岳焕）
2	十四夜间	小说	1927 年 4 月第十八卷第四号（署名焕乎）
3	我的邻	随笔	1927 年 8 月第十八卷第八号（署名懋琳）
4	在私塾	小说	1928 年 1 月第十九卷第一号
5	或人的太太	小说	1928 年 3 月第十九卷第三号（署名甲辰）
6	想	诗	1928 年 4 月第十九卷第四号（署名甲辰）
7	柏子	小说	1928 年 8 月第十九卷第八号（署名甲辰）
8	雨后	小说	1928 年 9 月第十九卷第九号（署名甲辰）

（续表）

序号	题目	体裁	发表年月、刊号
9	诱拒	小说	1928 年 10 月第十九卷第十号（署名甲辰）
10	第一次作男人的那个人	小说	1928 年 11 月第十九卷第十一号（署名甲辰）
11	说故事人的故事	小说	1929 年 2 月第二十卷第二号
12	会明	小说	1929 年 9 月第二十卷第九号
13	菜园	小说	1929 年 10 月第二十卷第十号
14	夫妇	小说	1929 年 11 月第二十卷第十一号
15	同志的烟斗故事	小说	1929 年 12 月第二十卷第十二号
16	萧萧	小说	1930 年 1 月第二十一卷第一号
17	雪	小说	1930 年 2 月第二十一卷第二号
18	楼居	小说	1930 年 3 月第二十一卷第三号
19	丈夫	小说	1930 年 4 月第二十一卷第四号
20	微波	小说	1930 年 6 月第二十一卷第六号
21	逃的前一天	小说	1930 年 7 月第二十一卷第七号
22	薄寒	小说	1930 年 9 月第二十一卷第九号
23	山道中	小说	1930 年 12 月第二十一卷第十二号
24	医生	小说	1931 年 8 月第二十二卷第八号
25	虎雏	小说	1931 年 10 月第二十二卷第十号

从 1926 年发表《炉边》开始到 1931 年，沈从文在《小说月报》上一共发表了 25 篇作品，这个数量使他超越了同时期《小说月报》的其他作家。在整个创作生涯中，沈从文把 1924—1928 年的工作称为"写作（职业）"，把 1928—1947 年的工作称为"业余作家"。[1] 有人做过粗略的计算：

---

[1] 参见《沈从文全集》第 13 卷，北岳文艺出版社 2002 年版，第 397 页。

"沈从文一生发表的作品不包含文物类作品约 661 篇，而早期的作品就有227 篇，最高产的 1926 年竟然创作了 67 篇作品。"① 可见，说他高产，主要是就其创作生涯的早期而言的。为什么沈从文早期创作会如此高产？沈从文自己的解释是因为经济。因此，有必要考察一下沈从文在 20 世纪 20 年代末的经济状况。

一、沈从文 20 年代末的经济状况考察

早期沈从文的创作高产，按他自己的说法，主要是因为经济，"我从事这工作是远不如人所想的那么便利的。首先的五年，文学还掌握不住，主要是维持一家三人的生活"② "有人不是骂我是'多产作家'吗？那时，要解决生活问题，有时不得已，不是好现象"③。可见，在刚刚步入文坛的时候，沈从文的确存在很严重的经济问题。

沈从文从湘西到北京为什么选择了当作家？他曾经表示："我到北京，当时连标点符号也不晓得，去那里，是想摆脱原来那个环境，实际上打算很小，想卖卖报纸，读读书。"④ 但是到了北京他才发现："一到这个地方，才晓得卖报纸没有机会，卖报纸是分区分股的，卖报不行。后来发现，连讨饭也不行，北京讨饭规定很严，一个街道是一个街道的，一点不能'造反'！"⑤ 正是因为经济所逼，"有机会让我学写文章，我也就学起来，实际上，困难多，有时也实在没有出路，吃饭也成问题"⑥。但写作并没有给沈从文带来足够的经济来源，他一度穷苦潦倒，进而引来了已成为学界公案的郁达夫那篇《给一位文学青年的公开状》。

即使在沈从文的作品陆续得到发表的最初两年中，微薄的经济收入也

---

① 梁得所：《编辑室谈话》，《良友》1986 年第 65 期。

② 《沈从文全集》第 12 卷，北岳文艺出版社 2002 年版，第 374 页。

③ 1982 年 5 月 27 日沈从文在吉首大学的演讲。

④ 1982 年 5 月 27 日沈从文在吉首大学的演讲。

⑤ 1982 年 5 月 27 日沈从文在吉首大学的演讲。

⑥ 1982 年 5 月 27 日沈从文在吉首大学的演讲。

无法让他在北京较为轻松地生活下来。这一时期，他的绝大部分作品都发表在《晨报副刊》和《现代评论》上，尤以《晨报副刊》为重，可以说，他的主要经济收入即是《晨报副刊》的稿酬。他每月从那里领取的稿费为4元到12元不等[①]，对比前述的林纾千字6元的稿酬，沈从文每月的这点稿费可谓很寒酸了。当了作家，沈从文的收入是增加了，但他并没有摆脱贫困。1927年夏，母亲和妹妹也到北京和他一起生活。母亲重病缠身，妹妹要上学，这样更加重了他的经济负担。沈从文在日记中这样记述："一个人，穷是吓不了我的。有钱就用，无钱饿也尽它。至于妈，以及老九，不是应当如此过生活的。老人家可怜之至。九是小孩子，也应当像别人家小女孩一样，至少在这样年纪内不适于知道挨饿一类事。""文章做完了，得当了衣去付邮。这一周是非到连当衣也无从的情形中受穷不可的……我决心，只要有人要我，我愿抵押一点钱，来将妈设法医好。只要有人要，我就去。不拘作何等事，我也能作的。"[②]可见沈从文当时生活贫困之一斑。

在北京这样，去了上海也是这样。"在上海的这段时间，沈从文依然没有摆脱贫穷的困扰。他要以手中的一支笔，养活三口人。小妹要上学，而他母亲又疾病缠身打针吃药，花费不少。因而他得夜以继日，拼命写作。常常是头痛欲裂，鼻血一淌就是一大摊，他仍然不能卧床休息。"[③]1929年6月22日，沈从文正在写作《石子船》的后记，因为没有伙食，沈一家人集体饿了一顿。虽然他那天收到了福建书店来的快件，对方很客气地称他为天才作家，要帮忙，但钱呢，说是好办，慢慢等吧。沈从文经济状况的好转，是在他进入胡适主持的中国公学做讲师以后，夏志清说"他卖文为活的生涯，一直到在学校教书时才见好转"[④]。可见，沈从文从开始发表作品到20世纪30年代初的数年间，一直处于贫困状态，而这个时间段，又恰好是他在《小说月报》上集中发表作品的时候。如果仔细考察，我们不

---

① 《沈从文文集》第9卷，花城出版社1984年版，第58页。

② 《沈从文文集》第9卷，花城出版社1984年版，第241页。

③ 王保生：《沈从文评传》，重庆出版社1995年版，第83页。

④ 夏志清：《中国现代小说史》，复旦大学出版社2005年版，第140页。

难发现沈从文在《小说月报》发表作品那几年，刚好处于他作家生涯由职业写作向业余写作过渡的阶段。那么，在这种过渡中，《小说月报》对沈从文的创作产生了怎样的影响呢？

二、《小说月报》与沈从文的创作

《小说月报》集中发表沈从文的作品是在 1926 年到 1931 年，这段时间恰好是沈从文经济最拮据的时候，可以说，较为稳定的稿酬收入在一定程度上缓解了沈从文紧张的经济生活。鲁迅向孙伏园编辑的《晨报副刊》投稿，每千字 2~3 银元，而当时沈从文的稿酬肯定没有鲁迅那么高，但比照《小说月报》比其他期刊要高的稿酬，他在《小说月报》上发表作品获得的稿酬很可能成为他生活的一笔重要收入，在一定程度上缓解了他的燃眉之急。

尽管沈从文 1926 年 8 月便开始在《小说月报》上发表文章，但1926 年仅有 1 篇，1927 年也才有 2 篇，到 1928 年才集中爆发。为什么会出现这种状况？沈从文解释过："至于《小说月报》，一九二八年由叶绍钧先生负责，我才有机会发表作品。"[①] 也就是说，沈从文在《小说月报》上发表大量作品，是由于主编叶圣陶的关系。1927 年 5 月 21 日，郑振铎因为避难出走欧洲游学，叶圣陶受托代编《小说月报》。叶圣陶主编下的《小说月报》为什么会对沈从文青睐有加呢？答案只能是沈从文的写作风格与叶圣陶的文学追求有相一致的地方。

1927 年 6 月叶圣陶接编《小说月报》，他在当期的卷头语中引用鲁迅翻译的厨川白村《苦闷的象征》里的一段话：

文艺者，是生命力以绝对自由而被表现的唯一的时候。因为要跳进更高更大更深的生活去的那个创造的欲求，不受什么压抑拘束地而被表现着，所以总暗示着伟大的未来。因为自过去以至现在继续不断的生命之流，唯

---

① 《沈从文全集》第 12 卷，北岳文艺出版社 2002 年版，第 374 页。

独在文艺作品上，能施展在别处所得不到的自由的飞跃。

在同期的《最后半页》上，编者指出：

在作家头上加上"什么进"的字样来称呼，我们觉得无聊而且不切实，我们以为，这个时候，作家们还是在同一的地位，大家需要不断地修炼——修炼思想，修炼性情，修炼技术，以期将来的丰美的收获。说"什么进""什么进"只是夸妄与傲慢。

同年七月号卷头语又说：

创作，创作岂是随便弄着玩玩的事情？该有它的深深的根柢吧？……如其我也是个作者，尤其重要的乃在我有我的深的根柢。枝叶繁滋，华实荣茂，只有联着在自己的根柢上才有可能。

莫从指点而无乎不在的这么一种——一种什么呢？却无以名之——渗透全生活，正是最深最深的根柢呢。

叶圣陶作为《小说月报》主编对创作持如此严肃认真的态度，无疑对作家创作产生了极大的促进作用。

叶圣陶执掌《小说月报》期间提拔新人，推出佳作，以凸显其意义。1927年8月号，署名懋琳的沈从文短篇小说《我的邻》首次见刊于《小说月报》。这篇小说写"我"的邻居，一群自以为是、终日吵闹、让四周鸡犬不宁的"副将们及其太太们"的生活，笔触细腻，体会独到。叶圣陶"觉得满有特色，就约请他多为《小说月报》写稿"[1]。在"投一二十次稿……从未刊登过"之后，这位独具潜力、正待破土而出的文学青年被叶圣陶发现，并成为1928年《小说月报》见刊率最高的作者之一，一年间推出《在私塾》《或人的太太》《柏子》《雨后》《诱诓》《第一次作男人的那个人》

---

① 商金林：《叶圣陶"读"出来的沈从文》，《中华读书报》，2002年9月18日。

等小说。李同愈说："以甲辰的笔名开始，从北京寄到上海的《小说月报》发表以后，沈从文的短篇才引起了大多数读者的注意。"① 也就是说，正是叶圣陶这种对创作的严肃态度，在一定程度上让沈从文不再仅仅为了生活去写"急就章"，而是认真写作，于是，我们在这个时期的《小说月报》上，看到了《萧萧》《丈夫》《柏子》等后来被津津乐道的名篇。沈从文也对自己前期的作品并不满意，认为 1929 年以后的作品才是自己在文学上逐渐成熟的体现，因为 1929 年以后的沈从文正在努力地从职业作家向业余作家转换，在创作作品时也能投入更多的时间和精力。

同时，我们仔细考察表 2-8 会发现，沈从文此时发表的作品除了一首诗歌，其余全都是小说。众所周知，沈从文是以小说而闻名的，尤其是中短篇小说最为著名。其实他也创作发表了不少的诗歌和戏剧，比如《人谣曲》《忧郁的欣赏》《絮絮》等诗歌集中包含了几十篇早期的诗歌，还有戏剧《盲人》《野店》《赌徒》《宵神》等，这些诗歌和戏剧主要发表在《晨报副刊》和《新月月刊》等刊物上。我们比较沈从文早期和中后期的文体选择，就不由地会产生疑问：为什么沈从文在早期还曾较多地从事诗歌和戏剧创作，而中后期明显以散文和小说为主，尤其中短篇小说为主呢？并非沈从文对诗歌和戏剧没有爱好，而是"为了对付生活，方特别在不断试探中求进展"②，只是"若从小说看，二十年来作者特别多，成就也特别多，它的原因是文学彻底商品化后，作者能在'事业'情形下努力的结果。至于诗，在文学商品化意义下却碰了头，无法得到出版商的青睐"③。读者知识层次的提高，散文的及时性暂时满足读者的渴求欲望，小说完整的人物、环境、故事情节等更能符合大众口味，再加之出版商从自身利益角度出发，首先会考虑给读者呈现一个完整的短篇小说以增加购买量，其次才会连载那些中长篇小说以吸引读者的眼球。因此我们不难理解稿酬"商业化"趋势下，沈从文在尝试诗歌和戏剧创作之后，迅速地转向小说集中创

---

① 李同愈：《沈从文的短篇小说》，《新中华》1935 年第 7 期。
② 《沈从文全集》第 12 卷，北岳文艺出版社 2002 年版，第 374 页。
③ 《沈从文全集》第 12 卷，北岳文艺出版社 2002 年版，第 374 页。

作的根源。稿酬对文坛的搅动，沈从文无法避免。这也可算是在经济压迫下的文学选择了。

第五节　个案:《苏家布》——民族资本成长的幻影

《苏家布》是汪剑虹发表于《小说月报》第七卷第二号的白话小说，从经济的角度来审视，尤为值得称道。

一、从自然经济到工业经济

《苏家布》讲述的是本分农民苏二如何克服各种困难成长为资本家的故事。苏二最早处于中国典型的自然经济状态:

> 他的家住在离天津城不远的一个村儿上。乡下人没有什么台衔雅篆，因为他姓苏，排行第二，所以人叫他苏二。

很明显，苏二是一个出身低微的人，是典型的农民:

> 这苏二种了四五亩地，每年收些高粱小麦，足够度日，家中没有多人，就是老母和妻子万氏，她婆媳二人，时常织些布匹，叫苏二拿到城里卖了，补助家用。他们这小小人家，虽然不能大富大贵，倒也是衣丰食足，其乐陶陶。

这是中国传统典型的男耕女织的家庭，织布卖只是为了对家庭经济进行微略补充，连做生意也是传统式的:

> （在茶馆里）苏二坐了一会儿，听了价钱，便把布销去，那些布商多半

是熟主顾，苏二只要有布，不愁没处销。

转机来自苏二进城卖布时遇到朋友雍子明，被告知日本人正在针对中国人进行调查，改良布法，准备专销中国。根据雍子明的回忆，苏二知道了东洋织布的方法，同时解决了本钱问题，于是根据改良的方法织布，取得了巨大的成功：

各布商看见了苏二的布，大家都夸赞他花样新奇，抢着要买，不上一刻工夫，那六匹布都卖完了。有许多布商没买着的，都很懊悔。此时便有好几个布商，向苏二定织。

因为改良织法之后的布匹销量大好，苏二逐渐实现了由小手工业向现代工业经济的转变：由自己单独织布发展到"苏二叫万氏托邻居的妇女们帮织，现付工价"，再到"把三公祠赁定，又租了几十张机子""雇佣女工，每天工资一毛五分""又请雍子明代他管理账目"，成了具有现代化性质的织布企业。苏二实现了从传统小农经济向现代工业经济的华丽转变：

苏二既然生涯大好，便弃了他的农业，专心布事。数年以后，居然成了一个布厂的大经理呢。

二、"国货"与"洋货"

苏二的经济状况发生转变，很大程度上是由于外国布进入中国市场，对中国布造成挤压的格局而形成的。外国布进入中国损害了中国商家的切身利益：

虽然刚刚够本，却贴了盘川，赔了工夫……现在咱们本国布的销路，一天少似一天，我这次带了七百匹的大布到济南去，足足住了一月零二十天，方才卖完。据他们说，现在外国出了许多新花色的布，各色俱全，而且有些印了极新鲜的花儿，什么飞艇儿，气球儿，种种都有。咱们本国布，都是老花色，哪能敌得过他。

有了这样的压力，才生发出"总得想个抵制的方法才好"的想法。从小说的叙述中，我们不难发现外国布销量好的原因，除了花色多样，现代营销方法的运用也是中国传统商业方式难以匹敌的。为了赢得中国市场，日本特地派遣了调查员：

第一是调查中国人用布的销数；第二是调查中国人对于布匹的习惯、嗜好、颜色是喜欢那一种，花样是喜欢那一种；第三是调查中国布匹的价目。预备调查完毕，回国报告改良布法，专销中国。

这样一种精准的现代企业销售方法，非传统自然经济状态下零散的销售方式可比。

这其实是一场传统商业模式与现代商业模式的对决。从社会发展的角度来看，这场对决还没开始就可以预料到结局。作者怀着满腔的爱国热情，通过改良中国布织法来逆袭外国布，重新占有市场。在这场"国货"与"洋货"的比较中，作者虽然突出了"洋货"的种种优点，比如花色多样、织法先进、精准销售等，但也没有完全否认"国货"的优点：

我想他们纺织这一层，总是用机器。机器固然是比工人快速，却有一层，机器织出来的布匹，没有咱们人工织的耐久经用。

因此，苏二改良的织布，融合了"洋货"与"国货"的优点：

可见洋货是抵不上本机布的，如果再能照他调查的，把颜色花样渐渐改良，仍用本机布纺织，在我愚见看起来，销路一定可以发达。

三、民族资本崛起的幻影

尽管作者写了一个从自然经济转变为工业经济并战胜外国经济取得最终"大团圆"的民族资本家的故事，却掩盖不了作者对外国资本涌入中国市场之后冲击民族资本的担忧。在小说中，表面上看，民族资本取得了成功，但仔细思考，这种成功却不带有必然性和普遍性。从小说的文本分析来看，苏二的经济行为有以下三个特点。

第一，处于外国资本进入中国市场的早期阶段。虽然文中描述了外国资本对中国手工业的冲击，但这种冲击还没有到达白热化阶段，外国商品还处于调查中国市场的阶段。尽管在济南等大城市，本地农村生产的布已经亏损了，但至少在广大的农村地区，手工业商品依然还有市场，苏二"只要有布，不愁没处销"。在外国资本进入中国市场的早期阶段，它们还来不及完全占有市场，这给手工业者改良技术、提升自身产品竞争力留下了一定的腾挪空间。苏二就是在这种情况下抓住了改良的机会，实现了从手工业生产向现代工业生产的转型，从而取得了成功。

第二，苏二取得的成功具有偶然性。苏二改良农村传统的织布法，其方法来自朋友雍子明偷看的东洋人的调查簿子。这带有极大的偶然性。如果没有雍子明偶然间发现的簿子，可想而知，苏家布的市场竞争优势将会逐渐消失，直至被外国产品挤压得毫无出路。

第三，苏二的经济活动充满着传统性。尽管以苏二为代表的农村手工业者在逐渐向现代工业转型，但毫无疑问还带有很多传统的性质。比如小说中提到的：

雍子明看那布的销路很好，慨然借了苏二一百五十两银子，苏二接着银子，对雍子明说道："咱们哥儿俩人熟钱不熟，我回头把田契拿来押在你老哥这里，做个担保。"雍子明哈哈大笑道："那儿话，彼此相信，才有奉借，说什么担保。"

契约精神是现代商业文明的基础，而小说中用中国传统社会的人情关系代替了商业契约，与现代商业精神追求背道而驰。

因此，我们不难看出，苏二的成功并不具有普遍性，只是传统中国手工业者成功转型的罕见个案。当然，苏二的这种转型也谈不上最终的成功，在现代工业化的大生产中，苏二这位中国的民族资本家还面临着更大的挑战，而这种挑战几乎一开始就预示着失败。中国民族资本的崛起不仅仅面临资金、技术等的压力，还面临着外国资本的挤压和国内官僚资本的盘剥等一系列困境，稍有作为的民族资本家最终都落得如同《子夜》中吴荪甫一样的结局，在帝国主义、封建主义及官僚买办资产阶级的联合绞杀下破产。可以说，苏二就是早期的吴荪甫。从《苏家布》到《子夜》，展示的是中国民族资本的幻影，虽然设想很美好，但只是幻象。

四、具有文学史意义的《苏家布》

尽管在小说中，苏二的经济成功只是个例，但作为文学作品，《苏家布》却具有重要意义。姑且不论《苏家布》中与古白话不同的流畅白话文，苏二这个人物形象本身就具有特别的意义。

在中国近现代文学史上，书写外国资本挤压下中国传统自然经济瓦解的作品很多，但大多数都是书写压榨之下人民的痛苦，著名的如刘大白的《卖布谣》：

一

嫂嫂织布，

哥哥卖布。

卖布买米，

有饭落肚。

二

嫂嫂织布，

哥哥卖布。

弟弟裤破，

没布补裤。

三

嫂嫂织布，

哥哥卖布。

是谁买布？

前村财主。

四

土布粗，

洋布细。

洋布便宜，

财主欢喜。

土布没人要，

饿倒哥哥嫂嫂！

这首具有古乐府民歌特点的《卖布谣》直白、朗朗上口，揭示了在外国技术冲击下中国传统的小手工业者面临的危机。同样是土布面临着洋布的竞争，在刘大白这里，传统的小手工业者只剩下破产这条路！茅盾的小说《春蚕》，同样写的是在洋人的资本之下，农民在丰收之年的破产，字里行间充满了令人同情的意味。而《苏家布》中的苏二却在外国资本的挤压下主动想办法改良技术，在与外国的市场竞争中取得了突破，这与《春蚕》中老宝通消极等待形成鲜明的对比。因此，苏二是文学史上的一个新人，这个新人成了后来茅盾《子夜》中吴荪甫的先声。如果考虑到《苏家布》发表于1916年的《小说月报》，而《子夜》1932年才完稿，苏二的形象比吴荪甫早十余年出现，那么《苏家布》及苏二这一人物形象就弥足珍贵了。

第三章

现代政治与《小说月报》研究

在影响中国现代文学的诸种外部因素中，政治因素是最显而易见的，也最受研究者的关注。但是，"现代文学机制"视野中的政治与文学却希冀跳出以往"政治决定文学"的简单逻辑，思考"政治与人""政治与期刊""政治与文学"等更为深层的复杂关系。

第一节 现代文学研究中的政治纠结

一、现代文学研究中的政治视角

在相当长的一段时间内，现代文学研究都遵循着"政治标准第一，艺术标准第二"的原则，现代文学被视为政治的附属品，这种研究逻辑使我们简单地将现代文学分为"进步文学"与"反动文学"，从而遮蔽了大量丰富的历史细节。应该说，直到现在，文学研究特别是文学史的写作，依然没有开拓出自己新的路子，文学史紧贴政治史而生存。几十年来，现代文学研究始终陷入一种固定的程式。关注现代文学的人，首先想到的是其产生的背景，更具体地说，是其产生的政治背景，或资产阶级与无产阶级的划分，或民族战争的号召，或无产阶级的强烈号召等。即使是对作家作品的分析，涉及更多的也是作家的政治立场，着眼点大多是作品是否表现了当时社会的或政治斗争的要求，其评价也都是以政治作为依据。

最明显的是现代文学的分期。"起于五四文学革命，迄中华人民共和国成立止"①是惯常文学史的划分方法。如此以文学运动开始却以重大的

---

① 黄修己：《中国现代文学简史》，中国青年出版社1984年版，第1页。

政治事件作为终结的分期，是否出于政治的考虑？新政权建立，中国的一切便焕然一新了？其实新政权建立之初的文学，更多的是受到四十年代的《在延安文艺座谈会上的讲话》的影响，四十年代文学与"十七年文学"（1949—1966年文学）之间存在必然的精神联系。虽然现在许多批评家试图将现代文学（狭义的）与当代文学的界限取消，即倡导"中国现代文学"（广义的）、"二十世纪文学"或"百年文学"，但在文学阶段的划分上却又有意识地把四十年代文学与"十七年文学"分割开来，实质上仍是研究者自己有一个政治标准。

在政治标准成为主导标准的情况下，现代文学与政治关系的研究只能是简单地将文学现象与政治事件、文学作品与作家的政治思想、文学内容与政治的历史进程生硬地直接对应或比附。自20世纪50年代初将现代中国文学纳入体制内的法定学科进行研究起，直至70年代末，始终从政治视角切入，纳入新民主主义政治理论模式或苏式社会主义政治理论范式进行研究，将现代中国文学的学术探讨逐步导向"兴无灭资"的"以阶级斗争为纲"的政治意识形态框架，不仅使现代中国文学研究成了意识形态领域两大阶级、两种思想甚至两条路线斗争胜负的晴雨表或前哨阵地，而且现代中国文学本体系统四大形态及其作家主体几乎都成了意识形态领域全面专政的对象，这就是所谓"政治化"研究的最终结果。

特定历史时期形成的现代中国文学研究"政治化"所带来的正效应或正价值彰明较著，暂且不论，只是它导致的灾难与弊病却是不容忽视的。20世纪80年代从极"左"政治思潮禁锢下获得解放的政界或学界的精英们，对其进行了批判与清算，使现代中国文学研究在很大程度上摆脱了"政治化"模式的羁绊，冲决了一些极"左"政治设下的禁区，逐步跨入"学术独立"研究的轨道。这主要表现在研究主体思维不再用一元化的政治理论特别是极"左"政治思维框架，上纲上线地硬套现代中国文学本体系统，或把它从政治上定性为无产阶级领导的新民主主义文学或苏式社会主义文学，并武断地判定现代中国文学是民主主义政治革命或社会主义政治革命的有机组成部分，而是力图"去政治化"，把现代中国文学从政治意识形态中分离出来，使之成为一个独立审美系统或学术研究的独立对象。

20 世纪 80 年代的"重写文学史"就是这种"去政治化"的一种努力。1988 年，《上海文论》第 4 期开辟了"重写文学史"专栏，其初衷是"开拓性地研究传统文学史所疏漏和遮蔽的大量文学现象，对传统文学史在过于政治化的学术框架下形成的既定结论重新评价"①。在此思想指导下，陈思和与王晓明明确提出"重写文学史"的主张，即"改变这门学科原有的性质，使之从从属于整个革命史传统教育的状态下摆脱出来，成为一门独立的、审美的文学史"②。在持续一年半的时间里，该专栏发表了系列"重写"性质的文章，对中国现当代文学史上已有定评的一些作家（如丁玲、柳青、赵树理、郭小川、何其芳、郭沫若、茅盾等）的创作倾向和艺术成就提出了质疑，对《青春之歌》等文学作品以及别、车、杜美学理论，左翼文艺运动中的宗派问题，现代派文学，胡风文艺思想等文学现象进行了重读或重评。其倡导者强调："'二十世纪中国文学'这一概念首先意味着文学史从社会政治史的简单比附中独立出来，意味着把文学自身发展的阶段完整性作为研究的主要对象。"③一些文章认为，革命作家存在"思想进步、创作退步"的问题，而一些疏远或回避政治的作家的作品则更具有"主体性"和"艺术性"。

这些文章以"审美性""主体性""当代性""多元化"等为旗帜，否定政治对文学的控制，同时又以对"政治"的亲疏远近来确定作家作品在文学史中地位的高低，其评价标准恰恰表明了"去政治化"的政治意图。一些现代中国文学史的书写，不论是通史、断代史还是专题史、分体史，都尽量淡化政治背景甚至去掉政治背景，只写现代文学本体的发展或者作家作品的流变史。这种"去政治化"书写的文学史，可以突显文学的本体性，切断文学与政治的瓜葛而使现代文学成为一个独立自主的审美系统。

---

① 陈思和：《谈虎谈兔》，广西师范大学出版社 2001 年版，第 6 页。

② 陈思和、王晓明：《"重写文学史"专栏"主持人语"》，《上海文论》1988 年第 4 期。

③ 黄子平等：《论"二十世纪中国文学"》，《文学评论》1985 年第 3 期。

这种纯文学研究或纯文学史书写的学术追求诚可贵，然而，这样的现代文学史书写，或20世纪中国文学史重构，或中国当代文学史编写，能够反映出文学史的真实面目吗？如果新时期伊始提出的"回到文学本体研究文学或书写文学史"口号，是对中华人民共和国成立后前30年泛政治化研究现代中国文学及书写其文学史的有力反拨，那么对于恢复现代文学研究的本体地位和文学史书写的本体面貌以及把现代中国文学从政治战车上拉下来，这种反拨行动的的确确发挥了不可低估的积极作用。既然21世纪的现代中国文学研究及其文学史书写已经出现了"去政治化"的负效应，即影响到现代中国文学全方位的深入研究和文学史全景观的真实书写，那么就应该从理论与实践的结合上对"回到文学本体研究文学或书写文学史"的口号进行冷静的反思了。

这种"去政治化"倾向，有意无意地忽略文学史上客观存在的政治因素对文学的影响，无疑也难以对一些重要的文学现象做出客观的"历史"评判，甚至经过"研究者主体精神的渗入和再创造"——臆想或独断，"五四"以来的进步历史、共产党领导的革命斗争史和社会主义的伟大历程就很有可能被回避、稀释、扭曲、消解、否定，甚至被妖魔化为各种另类表述。对现代中国文学的研究越深入，我们越应该清醒地意识到，往往一种倾向掩盖着另一种倾向，掀开一种遮蔽常常又造成另一种遮蔽，要正确、全面、无偏斜地把握现代中国文学的研究方向并非易事。我们不能忽视，在对现代中国文学"去政治化"研究过程中，伴随着正能量的产生，的确出现了一种相反的倾向或另一种遮蔽，研究结果并非全是正效应，甚至有些是弊端。所以重构现代中国文学史、20世纪中国文学史、中国现代文学史或中国当代文学史，不能过度地"去政治化"或者不顾必要的政治社会背景而一味追求"回到现代文学本体"，否则不仅不能回到现代中国文学的本体，反而丢弃了现代文学本体内涵的重要维度——政治性，这不是增强了文学史书写的本体性，而是削弱了它的本体性。

过度"去政治化"的现代中国文学研究所产生的负效应，也表现在对现代中国文学的宏大叙事的冷漠或倦意上。所谓现代文学的宏大叙事大都具有浓烈的政治色彩，或者说都与中国近百年的政治改良、政治革命、社会变革、思想解放、民族战争等重大政治事件紧密相关，尤其是现代文学的政治革命叙事、各种战争叙事的文本构成，乃是 20 世纪中国文学重要的艺术风景线。宏大叙事的文学作品不仅数量多，与日常生活叙事作品相比具有压倒优势，而且从艺术成就或美学质量上考之，也不乏优秀的经典文本。因此，无论现代中国文学史的书写还是现代作家作品的研究，都应将带有强烈政治色调的宏大叙事的文学作品置于紧要地位。对于常常被评论者所诟病的 20 世纪 30 年代出产的"革命加恋爱"小说和 80 年代创作的"改革加恋爱"小说，若是把"革命"或"改革"视为宏大政治叙事，而把"恋爱"视为日常生活叙事，那么这类小说是否可算作宏大叙事与日常叙事相结合的文学作品呢？可见，宏大叙事与日常叙事在小说文本的建构中，只有相对的意义而没有绝对的意义。

现代中国文学与政治之间错综复杂的关系，决定了对前者的重新研究、重新评价及文学史书写既要"去政治化"，又不能过度"去政治化"，务必坚持以辩证思维理解政治与现代文学的关系，有分寸地、深入地从政治角度解读现代中国文学，以求有新的发现、新的突破和新的成就。"现代文学机制"提倡文学史建构回到自然时序，强调还原历史，就是希望避免走向两极的研究倾向，以真实客观的态度来看待政治与文学的关系问题，真正客观地去探究，在不同的历史时期，政治到底在哪些主要方面，以何种方式，在何种程度上左右、影响乃至决定了文学的基本走向，或是构成了文学的基本的甚至是主要的特征。

二、现代政治介入现代文学研究的有效视角

摒弃之前"政治经济学"带给我们的先入为主的观念，回到历史现场重新审视现代政治与现代文学的关系，我们既可以发现之前被遮蔽的一些文学现象，亦可以揭示出现代政治对现代文学的制约与促进——现代文学是如何顺从于政治或对政治的制约发起抗争的？而这些对探寻现代文学之成因是有益的。从现代文学机制的角度出发，关注现代政治与现代文学的

关系，至少可以从以下两个方面展开。

其一是现代文学政治机制研究。这里所说的现代文学政治机制，指在形成中国现代政治体系进程中那些对现代文学产生了相关影响的因素。尽管我们一直认为现代政治对现代文学的影响十分重大，但显然不是现代政治的所有方面都对现代文学产生了影响。现代政治有着极丰富的内涵：既有建立宪政的追求，也有逆历史发展的退步；既有国民党的中央统治，也有地方军阀实力的割据；既有内忧，也有外患……这些丰富的政治形态，不仅使现代文学有着总体的共性追求，更形成了现代文学不同时期、不同地域的文学个性。即便是同一种文学形态，比如国统区文学、延安文学、沦陷区文学等，其内部形态也是千差万别。比如我们熟知的延安文学，我们往往只重视围绕延安抗日根据地的文学，而忽略了其他形式的文学。一些重要的革命作家群体还没有被纳入文学史的视野，以 1937—1945 年抗日根据地三大诗群——延安诗群、晋察冀诗群、苏浙皖诗群为例，尽管在一些文学史中有介绍，但三大诗群并没有以"诗群"的面貌整体性地进入文学史。目前，学界已有多人对延安诗群展开评述，有关晋察冀诗群的也只有魏巍编的一本《晋察冀诗抄》，但系统、深入的研究仍然很欠缺。至于苏浙皖诗群，更是少有人知晓，它是一个主要活动于皖南泾县、苏北盐城以及浙东金华一带的诗人群体。经查证，可以确定这个诗群中有如下诗人：冯雪峰、蒲风、夏征农、辛劳、聂绀弩、楼适夷、许幸之、莫洛、彭燕郊、吴越、芦芒、赖少其、陈子谷、王亚平、覃子豪、锡金、戈矛、陈亚丁、黄凡、林山、杜麦青、江明、方尼、钱毅等。他们或者参加了新四军，或者为新四军从事秘密地下工作，其中也应该包括写下新体诗《十年》(《新四军军歌》初稿）的陈毅元帅。苏浙皖诗群及其独特的诗学特质，可以使根据地三大诗群呈现南北呼应的整体风貌，而且三大诗群整体进入文学史必将为我们重新审视中国现代文学史的历史构成、艺术范型、审美诉求提供新的视角，同时也为开拓文学史写作新格局提供有力的参照和基础。只有返回历史现场，从现代文学机制的角度才能挖掘出那些被遮蔽的历史。

　　其二是现代作家的现代政治体验研究。"政治决定文学"这样的思维定式自然不能算错，但显然忽略了人的主观性，尤其是作家的主观性对文学发展的影响。很明显，政治并不仅仅是简单地决定文学，文学也不是消极地适应政治。作为主体性极为强烈的作家个体，除了对政治的适应，还有更多的对政治的回避、游离甚至反抗。反思在现代政治大格局下作家的选择，细致描绘作家的现代政治体验，显示的正是个体作家独特个性的一面。对于整个中国现代文学而言，文学与政治的关系亦不是简单的"决定与被决定"的关系，依旧充满着各种丰富的体验。就百年来的中国文学史来看，恰恰是文学与政治联姻创造出了一大批名家名作。鲁迅、郭沫若、巴金、曹禺可以说正是政治影响下的时代之子，即使是周作人、沈从文、张爱玲、钱锺书等人也无法与政治切割，与政治或远或近的关联性，促使他们形成了独特的创作内涵与风格。如果剔除政治的因素，文学作品将失去宝贵的时代色彩与人生内涵。

　　有学者认为，近百年的中国处于一个"非文学的世纪"，这显然是片面的。其实，任何时代都可以是文学的，文学不是那般娇嫩，只任蹂躏，也可如疾风劲草，奋起抗争。近百年的中国，也许正是文学发展千载难逢的好时机。处于中西政治对抗、文化交流与古今文明形态转换的历史洪流中，近百年的中国经历了一个空前绝后的时期：一方面是凄凉的、阴柔的、内敛的、个人化的、情感的，另一方面是悲壮的、激烈的、外向的、集体化的、理智的；一方面经受着巨大的外来压力，陷于崩溃解体中，另一方面却又在聚集力量，处于新生中；一方面在抛弃种种不适应的人，另一方面又在创造着它所需要的时代之子；一方面旧的文化正在消逝，另一方面新的文化又在滋生，而且消逝与滋生间夹杂着纠缠，令人难以清理。这个时代是政治的时代、革命的时代与变动的时代，这个时代也是文学的时代、审美的时代、想象与热情的时代。所以，近百年的中国并非处于一个"非文学的世纪"，而是处于一个政治兼而文学的世纪。在国难当头之际，响起的是革命的号角，同时响起的是文学的竖笛。正因为如此，触摸现代作家的政治体验，才能显示出现代文学研究"活"的一面。

三、现代政治介入现代文学研究的限度

从现代文学机制的角度来打量现代政治与现代文学的关系，的确能带给我们全新的思考，然而，这一视角亦不是万能的。如果我们过度阐释这一视角的有效性，正如我们经历过的那样，文学研究就会陷入泛政治化的境地，这对现代文学研究是一种灾难。历史的经验告诫我们，从现代政治角度来研究现代文学，必须划出一定的限度，清楚地知道现代政治介入现代文学的界限。作为研究者，树立正确的研究姿态尤其重要。

一方面，要破除对政治与文学关系预设的观念。长期以来，"政治标准第一，文艺标准第二""政治决定文学""回归文学本身""去政治化"等固有观念牢固地盘踞在研究者的脑海中。这些预设的观念对我们返回现代历史现场去发现以往被遮蔽的存在构成了相当程度的干扰，因此，研究者需摒弃此类先入为主的观念，既不认为政治主导现代文学的一切，也不以为现代文学与现代政治毫无关系，进而在史实的基础上梳理现代政治对现代文学影响的方方面面，从而重构自身与现代历史、现代文学的联系。

另一方面，需避免过度阐释，研究应以文学为主。由于长期受"政治决定文学"模式的影响，现代文学往往被视为对现代政治的注解，在相关的研究中，文学也往往被视为政治的附庸。这对探究现代文学的独特性、现代文学自身的发展构成了障碍，而现代文学机制的提出，旨在通过分析现代社会的诸多因素，看这些因素是如何因缘际会地影响现代文学的发生、发展的，进而探寻现代文学内在的精神。在这种思路下，文学是研究的出发点，也是研究的终点，而社会的各种因素是构成现代文学发生、发展的原因，是为文学服务的，这与将文学作为其他社会因素的注解有着质的不同。

从以上分析来看，研究现代政治与现代文学的关系，既是现代文学研究的传统，又在现代文学机制的语境中表现出了强烈的新质，而这些新质，正是我们在该领域研究的新的学术增长点。可以说，对于现代政治与现代文学关系的探讨还远不充分，或者说，从现代文学机制这一新的视角来看，这一话题尚在开始阶段。

第二节 现代政治视野下的《小说月报》研究

从现代政治视野来研究《小说月报》，是《小说月报》研究中全新的思路。"全新"意味着难度与挑战，但同时也意味着开拓空间的宽广及研究的必要性。

一、现代政治维度下的《小说月报》研究

就《小说月报》的研究现状来看，从政治维度专门研究《小说月报》的成果还没有出现。与《小说月报》跟现代政治关系相关的研究，都散落在一些论著里，其中又以阐述早期《小说月报》与当时政治关系的居多，比如柳珊的《1910—1920 年的〈小说月报〉研究》，就认为商务印书馆"必须始终坚守住民间立场，不能卷入任何政治斗争的漩涡"，导致了"二十世纪前五十年中国政治环境波动如此剧烈，却很难从《小说月报》中感受到这种变动。1910—1920 年，国内外发生了张勋复辟、袁世凯夺权、俄国革命等一系列政府倾覆事件，可《小说月报》没有什么特别的反应，许多重大事件都未曾提及"。尽管如此，"《小说月报》的政治意识虽不鲜明，但仔细观察，也不是一点没有"[1]。谢晓霞的《〈小说月报〉1910—1920：商业、文化与未完成的现代性》、董丽敏的《想象的现代性——革新时期的〈小说月报〉研究》均持此说。总体来看，早期《小说月报》的政治倾向是偏于保守的，这几乎成为《小说月报》研究界的共识。

关于茅盾革新后的《小说月报》跟现代政治的关系，潘文正认为："部分译者，如沈雁冰、沈泽民、瞿秋白（1899—1935）等，一面翻译和传播马克思主义思想，参加中国共产党的早期工作，一面也作为文学研究会会员，从事文学翻译活动。在一定程度上，文学翻译成为革命思想的宣传工具。这些译者在《小说月报》上发表翻译文学作品及文艺理论等，介

---

① 柳珊：《1910—1920 年的〈小说月报〉研究》，复旦大学博士学位论文，2000 年。

绍自己的译介观念甚至隐匿地表达了一定的政治和国家理想。"① 虽然作家们、编辑们表达政治观念依然还比较保守，但比起前期的《小说月报》，其政治色彩已经加强了许多。

可以说，从现代政治的角度来研究《小说月报》是当前《小说月报》研究的一个薄弱点。薄弱的原因大概在于，研究者认为比起五四时期的《新青年》《新潮》等杂志，《小说月报》相对显得平和，研究现代文学杂志与现代政治的关系，《小说月报》并不具有代表性。然而，与政治距离较远并不意味着跟政治没有关系，研究薄弱也不意味着没有价值，或许代表着更大的可待开拓的空间。

二、从现代政治维度研究《小说月报》的有效性

总体来看，《小说月报》的政治倾向是偏保守的。然而，这并不意味着《小说月报》没有政治态度。如果仔细分析的话，我们可以发现《小说月报》与现代政治之间的微妙关系，具体体现在如下四个方面。

第一，现代政治生态与《小说月报》的政治选择。文学期刊诞生于特定的社会文化中，必定要受到当时社会因素的制约，政治文化自然也成为显著的制约因素，显示出来就是文学期刊与当时的政治文化都或隐或显地存在着联系，《小说月报》亦是如此。《小说月报》偏向于保守的政治选择，无疑与当时的政治生态密切相关。我们必须考虑到，在一个动荡不安的社会环境里，一个庞大的文化出版机构，要长期合法地生存下去，就不能依附于任何党派，或与某一党派建立比较亲密的关系——它毕竟不是一个小小的地下印刷所，印刷完一点政治宣传品后就关门大吉。商务印书馆的立足之本在于它的民间立场，其注意力集中在文化精义本身的保存和建设上，所以"商务印书馆在二十年代激烈的意识形态斗争中，不仅没有举步不进，相反，出版的天地更加开阔了"。如果商务印书馆不是始终站在民

---

① 潘文正：《文学翻译规范的现代变迁——从〈小说月报〉（1921—1931）论商务印书馆翻译文学》，四川辞书出版社2012年版，第76页。

间的立场上说话做事，那么其主办的以评论时事政治为主的《东方杂志》的命就不可能那么长。这份时政杂志几经历史风云变幻仍能屹立于期刊丛中不倒，虽说是一个奇迹，但在这后面做支撑的是商务印书馆一以贯之的民间性。

第二，前后期《小说月报》的政治立场分析。按照惯常的理解，前期《小说月报》属于旧文学范畴，而后期《小说月报》属于新文学范畴，在"旧与新"的划分之下，其政治考虑无疑也是不相同的。早期《小说月报》甚至整个商务印书馆的政治倾向都趋于"保守"。在《小说月报》革新后，尽管商务印书馆的上层领导大致不变，所持有的观念也相似，但《小说月报》的政治色彩却明显加强了。这对《小说月报》意味着什么？这就需要详细梳理《小说月报》前后期政治倾向的转变及转变背后的原因。比如，叶圣陶主编的《小说月报》将更多的关注点放在文学自身上，这样一种考虑是否与当时的政治生态相关？这些问题的答案，对于定位《小说月报》的性质具有特别的意义。

第三，《小说月报》作品里面的"政治"。革新后的《小说月报》自不用说，前期《小说月报》尽管对政治持保守的态度，但依然刊登了为数不少的反映现实政治的篇目。比如《村老妪》对乡村民主选举的嘲讽："阿二又言，今世界已为共和，百姓最大，官府亦仰其鼻息，譬之设肆贸易，百姓为店东，官为伙计。老身殊不解，吾家阿二何以不安心做店东，而心醉伙计？真令人迷惑死……阿二归也，意气洋洋，眉飞色舞，翘拇指示曰：'姥乎，今日备矣，吾人乃投十三票，出而复入，踩躞无停趾，可笑彼监察员，陈死人，茫不觉'。"① 又如《地方自治》（《小说月报》第一卷第六号）对当时流行的政治改革"地方自治"的抨击，《海影泪痕录》（《小说月报》第五卷第六号）揭示出的所谓"共和"社会其实也只是一种形式，并未能给百姓带来幸福生活和社会稳定等。这些反映当时社会政治的小说与《小说月报》表面上的政治保守无疑形成了一种张力，如何看待这

①　《小说月报》第三卷第十号。

种貌似"分裂"的现象？这些反映政治现实的小说的写作限度在何处？与革新后描写政治的作品有什么不同？……这些问题，无疑为我们重新理解《小说月报》提供了线索，也展示了一个较为宽广的可挖掘空间。

第四，《小说月报》作家的政治观研究。从《小说月报》创刊到《小说月报》终刊，其作家群是一个庞大的队伍，其政治倾向各不相同，然而这些政治倾向各不相同的作家齐聚在具有同人性质的早期和革新后的《小说月报》旗帜下，无疑就是一个耐人寻味的现象。思考作家的政治观与《小说月报》整体政治倾向的异同，甚至与商务印书馆政治倾向的一致与裂隙，对于作家、《小说月报》甚至是整个现代文学都是较为重要的。比如，思考作家与商务印书馆的政治观念，1919 年五四运动爆发时，恽铁樵上街散发罢课公启，有人告到张元济那里，"先生以为'只可听人自由'，不预干涉"①。这也就意味着，只要与商务印书馆的业务无关，对于个人的政治举动，商务印书馆是不予干涉的。可商务印书馆在五四运动中表现得非常谨慎，并不积极。据《张元济年谱》记载："6 日，上海学生会代表王斌等来访，要求声援北京学生举行罢工，先生回答说：'此事实不能赞成'，解释良久。"②6 日上海全市罢市后，商务领导层磋商后决定"午后停工"。这就显示出商务印书馆"守旧与开明"形成张力的一面。在这些裂缝里面，我们也许更能勾画出作家、杂志及投资方之间错综复杂的关系。

总之，从现代政治的角度来关照《小说月报》，不仅能够揭示之前研究中被遮蔽的一些因素，显示出该研究视角的宽广性，而且对于我们重新思考文学与政治的关系，亦是极其必要的。

第三节　个案：《小说月报》里面的现代政治

作为一份名声在外的大型文学期刊，《小说月报》很少发表能直接嗅

---

① 张树年主编：《张元济年谱》，商务印书馆 1991 年版，第 170 页。
② 同上。

到现代政治状况的信息，这种情况本身就是一种耐人寻味的政治生态的反映。本节以政治广告为例，看《小说月报》里面的现代政治。

一、商务印书馆的保守与《小说月报》政治广告的稀缺

关于商务印书馆的政治立场，一般都用保守中立来形容。这种保守中立自然可以在商务印书馆的发展史上找到相关的证据，但是仔细梳理商务印书馆早期的历史，我们发现情况要复杂得多。

1902—1917 年，商务印书馆编译所所长一职由张元济担任。在商务内部，张元济一直被认为是制定出版方针的灵魂性人物。刚刚进馆，张元济就与夏瑞芳约定"吾辈当以扶助教育为己任"[1]，造成了商务印书馆以"教育救国"为宗旨的文化取向。而商务印书馆作为一家民营企业，又要兼顾利润的获得，要想在当时长期生存下去，就必须坚守住中立的立场。这就意味着商务主办的杂志不能卷入任何政治斗争的旋涡，从整体上导致了商务印书馆政治敏感性的滞后。但这种政治敏感性的滞后只能说明商务印书馆为了保全利益而对当时正在进行的激烈政治斗争采取避让措施，而不代表其观点的守旧。比如，1919 年 3 月，有俄国人请商务印书馆印书。当时俄国十月革命刚爆发，世界大多数国家都对其抱着怀疑或敌视的态度，中国当时当权的北洋军阀显然也对其持敌视的立场。张元济担心惹上政治麻烦，出于现实考虑，提出了由俄领事馆出函证明此书无过激之处才给予印刷。[2]甚至连孙中山的文集，也被张元济婉拒。[3]观点激烈的书张元济不予印刷，同样，观点守旧的书张元济也不予通过。1918 年 2 月，康有为希望商务印书馆代售《不忍》杂志和他的著作，由于康和这份杂志都属于保皇派，因此张元济没有同意康有为的要求。同年 3 月，康有为又要求张元济为他推销刊有他写的《共和评议》的《不忍》杂志，再次遭到张元济拒

---

[1]　张树年主编：《张元济年谱》，商务印书馆 1991 年版，第 52 页。
[2]　张树年主编：《张元济年谱》，商务印书馆 1991 年版，第 166 页。
[3]　张树年主编：《张元济年谱》，商务印书馆 1991 年版，第 176 页。

绝。① 这显示出了张元济甚至是商务印书馆的一些政治立场。

从 1905 年起，严复的《天演论》由商务印书馆发行，之后又再版 20 多次，一时风行全国。它所宣传的"物竞天择，适者生存"的思想引发了中国近代史上第一次思想革新，对当时的中国无疑是一种震撼，代表着中国当时的先进思想。从这时候乃至"五四"以后，商务印书馆出版的书大都体现着爱国、进步的进化论思潮，可以说站在了时代的前列。早期的商务印书馆"适应了时代潮流的需要，站在资产阶级新文化一边，为提倡新学，兴办新学校，培养新人才，出版了大量适合时代需要的书……最早编印了新式教科书，给开办学校提供了启蒙课本。它大量翻译西方学术著作，打开了人们的眼界，受到了启迪，可以说起到了开拓者的作用"②。这个时候的商务印书馆，可以说是引领潮流的，锐意进取，丝毫看不出守旧的样子。

就是人们一贯视为改良派的张元济，其思想也不是一成不变的。张元济早年间因为参与戊戌变法而被清廷革职，其内心深处有很长一段时间依然对"立宪"抱有幻想。1908 年 8 月清廷宣布"预备立宪"，颁布了《钦定宪法大纲》。当时正在日本考察的张元济写信给高梦旦说："在海外闻此消息，不觉欣喜。""但求上下一心实力准备，庶免为各国所笑耳。"同时嘱咐："政法书籍宜亟着手编辑。"到了 1911 年 3 月，他在创办《法政杂志》时依然是"以普通政法知识灌输国民"，"冀上助宪政之进行，下为社会谋幸福"。而像《汉译日本法规大全》、《列国政要》、《政法杂志》以及《东方杂志》等出版物中的一些文章、社说等因依然未摆脱戊戌以来变法维新的立宪意识而受到读者的非难。③ 但到了 1912 年，商务印书馆编印了《共和国教科书》，而且把已经编好的《商务印书馆新字典》也"重加厘定，

---

① 参见沉寂：《陈独秀与商务印书馆》，《编辑案例》1996 年第 2 期。
② 李思敬：《百年读史的思绪——商务印书馆的创业与中国近代史上的思想革新》，《出版广角》1998 年第 1 期。
③ 李思敬：《百年读史的思绪——商务印书馆的创业与中国近代史上的思想革新》，《出版广角》1998 年第 1 期。

以求适于现代"。此外，1916年张元济亲编梁启超的《国民浅训》并且大量发行，用以宣传民主政体，普及自由民主的政治常识。这些都反映出张元济的思想倾向于共和的一面。

但思想进步是一方面，落实到实际行动中又是一方面。且不说商务印书馆存在着比张元济更为守旧的一派，而且这一派的力量相对于张元济占据上风，就是在实际的操作中，过于激烈的言论为商务印书馆带来的损失也是惨重的。商务印书馆旗下的《东方杂志》创办于1904年，是为响应夏瑞芳提议的"与社会各界通气"而办的信息类杂志。到了1910年，《东方杂志》已经发展成大型的综合性刊物。"凡世界最新政治经济社会变象，学术思想潮流，无不在《东方》述译介绍，而对于国际时事论述更力求详备。对于当时两次巴尔干战争和1914年的世界大战，都有最确实、迅速的评述，为当时任何定期刊物所不及。"[1] 可见商务印书馆的各类杂志不是对政治漠不关心，而是在相当长的一段时间内积极介入。但1917年1月19日，张元济在日记里记载了这样一件事："因越南及新加坡两处禁制本馆《东方杂志》，牵及他书，并扣查各货。当约杜亚泉及朱赤萌、屏农、铁樵诸人细商。总以不登战事为是。《东方》除去外国大事记及欧战综记，其余译件愈少愈妙，战图亦不登。"[2] 这次事件对商务印书馆造成的影响波及旗下的其他杂志，自然使得它们刊登的有关当下政治的言论越来越少，加之各方面的掣肘，《小说月报》上的政治广告不见踪影自然就在情理之中了。甚至到了茅盾革新《小说月报》之后，《小说月报》上直接反映政治的广告依然不见踪影。

二、政治广告：在转角处相遇

商务印书馆避免和当下的政治直接搅和在一起，并不代表其没有政治立场。《小说月报》的政治意识虽不鲜明，但仔细体察，也不是一点没有。

---

① 陈应年：《涵芬楼的文化名人》，《纵横》1997年第2期。
② 《张元济日记》，商务印书馆2018年版，第156页。

辛亥革命于 1911 年 10 月 10 日（农历辛亥年八月十九日）爆发，这一期的《小说月报》封面上赫然印着：

第二年第八期辛亥年八月上海商务印书馆印行 ①

这一个月辛亥革命才刚刚打响，国家局势并不明朗，《小说月报》改用"宣统"的纪年方式，是十分需要勇气的。《小说月报》对"共和"的态度尤其表现在辛亥革命期间。辛亥革命刚刚爆发不久，《小说月报》第二卷第九号就刊登了关于辛亥革命纪念明信片的广告：

革命纪念明信片单色每张二分彩色每张三分：革命军起义人人欲知其真相，现觅得武汉照片数十幅，特制成明信片以饷海内，其中若起事诸首领之肖像，民军出征之勇概，清军焚烧之残暴，现代旗之式样披图，阅之情景逼真，现出单色彩色各有数十种，精印发售定卜阅者欢迎 ②

接着又将第十号插画换成"革命女军首领沈素贞"和"红十字会会长张竹君女士"，在该期刊登了"大革命写真画"的广告：

自武汉起事至各省独立，其间若重要之人物，战争之状况皆为留心时局者急欲先见为快，本馆特请人向各地摄取真相，制成铜版彩墨精印，每四十幅洋装美制极为适观，现先出五集，以下当陆续出版 ③

在袁世凯复辟失败之后，《小说月报》第八卷第九号在教科书的广告里又出现：

---

① 《小说月报》第二卷第八号。
② 《小说月报》第二卷第九号。
③ 《小说月报》第二卷第十号。

今日维护共和当注重共和教育采用共和国教科书

全国教育界诸君公鉴现代建设六年，帝制发生两次，共和不能巩固，由于真理未明焉，根本计全赖教育家握其枢机，立其基础，敝馆于现代成立之初，特编适合共和宗旨之教科书，分国民学校、高等小学校、中学校、师范学校四种学生用书及教师用书均全。一律呈经现代教育部审定公布，并将书名特定共和国教科书及现代新教科书等，名实相符，庶几耳濡目染，收效无形，今日教育家欲同心协力，盖此维护共和之责，则采用此种教科书最为相宜。各书目录均详载图书汇报谨布区区惟希公鉴。

商务印书馆谨启 [①]

通过这些广告透露出来的点滴信息，《小说月报》的政治取向昭然若揭。只是这些政治立场与赤裸裸的政治宣传相比隐秘了许多，而这是商务印书馆作为一家民营企业为求生存所采取的必要措施。商务印书馆这种政治保守性几乎贯穿《小说月报》各个时期，特别是1917年《东方杂志》在越南、新加坡被查禁之后，《小说月报》编辑部更加谨言慎行，在茅盾革新《小说月报》之后，基本上连边角处都看不到这类政治广告了。这也表明，尽管商务印书馆是一家文化出版企业，但其首先考虑到的还是利益问题，而不是文化问题。

三、政治：现代作家绕不过去的坎

尽管出于商业利益的考虑，《小说月报》只能隐秘地表达其政治立场，但这并不妨碍作家们对中国政治的关注，对中国现实社会的思考。在中国由古代向现代转型的过程中，现代民族国家建立的紧迫压力与传统士人"修身齐家治国平天下"的政治抱负使现代作家难以与政治决裂，作家对现实的关注成为现代文学最显著的品格。

且不说处于传统向现代转型阶段的过渡作家身上带有的那种古代士大夫的政治情结，中国近现代多事之秋的社会，风云变幻的大时代也容不

---

① 《小说月报》第八卷第九号。

下"两耳不闻窗外事"、远离现实人生的作家。晚清预备立宪、辛亥革命、五四运动、工人阶级兴起、北伐等一系列政治事件所带来的影响，已经不局限于某一个阶级或阶层了，而是遍及整个社会阶层，触动着整个社会的政治、经济及文化思想。在这样一种时代背景下，以稳健著称的《小说月报》也不免要打上时代的烙印。

辛亥革命刚刚结束不久，作为《小说月报》主编兼作者的恽铁樵就开始从文学角度对这场重大历史事件进行描绘和反思。刊登于《小说月报》第三卷第四号的《血花一幕》记录了辛亥革命在一个郡县进行的情形。这是一个短篇小说，却完全展示了辛亥革命的方方面面。在辛亥革命开始之后，局面的混乱使得军政分府长官一职成为各方势力角逐的焦点，胆大妄为的孙羽、别有用心的地方绅士赵先生、政治无赖李不同、缺乏责任感而从事军火买卖的周时新和吴养年等各色人物纷纷登场。这篇小说及时反思了辛亥革命的弱点，在那个地方进行的辛亥革命，非但没有得到群众的拥护和支持，反而成了各方投机分子权利争夺中的口食。这种反思无疑是及时和清醒的。而在《村老妪》当中，作者更是对辛亥革命之后的"民主"产生了质疑，在开篇之前即说道：

反映了辛亥革命后的假民主。某村老妪的儿子名阿二，年二十五，尚不能自立生活，欲谋得巡士之职，不惜帮助乡绅操纵选举。[①]

辛亥革命之后，整个社会换汤不换药，所谓的"民主"成了投机者向上爬的工具，阿二受乡绅的利诱，一人就投了十三张选票。恽铁樵在主编《小说月报》期间一直提倡对现实社会的反映，一直有一种对国家、民族非常强烈的责任感和忧患意识。面对现实中的种种混乱和苟且投机之事，一个有良知的作家又如何能做到袖手旁观呢？尽管《小说月报》不能直接对现实政治进行抨击，但借助小说，作者表现出了对现实的关照和警惕。

---

① 《小说月报》第三卷第十号。

考察《小说月报》刊登的作品，不仅可以看到社会政治变革在文学上的反映，更重要的是能窥见当时人们对这种社会变革的认识和态度。除了恽铁樵，许多作家笔下都有这种反映。

谈到商务出的地方自治章样共有二种，一是城镇乡的，一是府厅州县的。每样只要四十文。……那边魏自治自从到东洋去了六个月回来，便自称为东洋留学法政科毕业生。满口都是经济、法律、立宪、自治。即有一般男女志士卜自利、卜自爱等，附和于他。①

据我这副冷眼看来，照现在这种情况，凭良心说话。实在不如从先那专制时代，倒还觉得平平整整，干干净净。自从这么一变，竟变成一个鬼鬼魅魅的世界。……革命，革命，革出这种世界来了，这还是人过的日子吗？大家口头上，讲的是公理义务，心目中所争的，却是私情权力。文牍上说的是退伍辞职，心目中所为的却是升官发财。明明是个老顽固，他却说他是个老革命；明明是个大土匪，他却说他是个大义侠。明明是寡廉鲜耻，他说他是不拘小节；明明是瞎闹意气，他说他是发挥政见。明明是空谈，他说是实际；明明是破坏，他说是建设。唉！②

慕陶答以未定，忽顾谓静妍曰："今风社会党为女子，开一学堂，专授法政，为女子参政之豫备。"……年长妇人在旁，闻慕陶忽言女子参政，忽言社会党，茫然不解所谓。③

这种对现实政治的反映在早期《小说月报》中已不鲜见，而到了茅盾革新《小说月报》之后，提倡为人生的文学，直接反映现实社会生活的作品便普遍存在了，这且不待言。

---

① 《小说月报》第一卷第六号。
② 《小说月报》第四卷第二号。
③ 《小说月报》第五卷第十号。

第四章

现代法律与《小说月报》研究

政治与法律经常表现出一种"联姻"关系，甚至有时表现为同一种形态，但二者毕竟有着较为清晰的界限。因此，在论述了现代政治与《小说月报》研究之后，本章专门论述现代法律与《小说月报》研究。同《小说月报》与政治的关系较少地受到研究者关注一样，现代法律与《小说月报》的关系也几乎没有引起研究者的注意。其中的原因，除了现代法律与《小说月报》的关系较为隐秘，也跟之前对现代文学机制的研究不足相关。然而，这并不意味着从现代法律的角度来关注《小说月报》没有意义，而更可能更预示着一个颇具诱惑力的课题。

第一节　现代法律与现代文学研究的
有效性及限度

在文学研究逐步向文化靠拢的当下，文学研究常常跨入哲学、美学、政治、心理、伦理乃至跨国界的文化比较研究，这似乎已经司空见惯，但从法律角度审视中国近代以来诸多文学现象及文本分析，长期未进入文学研究者的视野。对近代以来的中国文学来说，在世界通信日益增加的时代背景下，中与西、古与今，社会转型的诸方面均可能与文学发生种种关联，甚至某些方面深刻影响了某时期文学发展的历史面貌。在这个意义上，法律势必与文学发生诸种关联，而这些"关联"将成为研究者通过法律审视文学的部分路径与视角，从而开拓新的研究领域。

一、现代法律与现代文学研究的历史梳理

论述法律与文学的关系，国外早已有之，甚至较早地形成了一个运动或者流派。早在 1920 年，美国法律史学家霍尔兹沃思就出版了《作为法律史学家的狄更斯》一书，开始从法律的角度来审视文学家，但他没有系统地研究。真正意义上的系统研究，一般认为始于 20 世纪 70 年代以来在美国法学院兴起的法律与文学运动，其创始人是密芝安大学的怀特教授，他在 1973 年出版的教材《法律的想象：法律与思想与表达的性质研究》被视为该运动的奠基之作，但直到 20 世纪 80 年代，这一运动才在美国法学院站稳脚跟。后来美国法官波斯纳成为这一运动的核心人物，他的著作《超越法律》《法律与文学——一场误会》等也成为阐述法律与文学关系的经典之作。到了 20 世纪 90 年代，越来越多的学者加入"法律与文学"运动的行列，包括托马斯·格雷的《华莱士·斯蒂文斯研究：法律与诗歌的实践》、马莎·努斯鲍姆的《诗性正义：文学想象与公共生活》、尼维尔·特纳和帕米拉·威廉斯合编的《幸福的伴侣：法律与文学》、伊安·瓦德的《法律与文学：可能与视角》等作品。到了 21 世纪，法律与文学运动已经在美国各个法学院站成为主流研究方向，大部分学校都开设了"法律与文学"课程。美国的"法律与文学"运动开始便是为了反对法律经济学而出现的，它反对法律经济学对人性之丰富的严重忽视、将人看作毫无区别的个体而不考虑个体所处具体情境中的切身情感与感受。这一运动设想将有文学性的设身处地的想象纳入法律审判与裁决。具体来说，它有四个分支：一是将法律文本或司法实践当作文学文本予以研究，这是作为（as）文学的法律；二是研究文学作品中反映的法律问题，进行法学理论与实践的思考，这是文学中（in）的法律；三是研究各种规制文学艺术产品（包括著作权、版权、出版自由、制裁淫秽文学书刊、以文学作品侵犯他人名誉权）的法律，这是有关（of）文学的法律；四是通过文学作品来叙述与讨论法律问题，这是通过（through）文学的法律。

美国的"法律与文学"运动一开始就引起了中国学者的关注。20 世纪 90 年代，朱苏力先后翻译了波斯纳的《法律与道德理论》《超越法律》等

著作，把"法律与文学"运动介绍到中国。2006 年，他出版了专著《法律与文学：以中国传统戏剧为材料》，此书通过传统戏剧材料来分析中国的传统法律。进入 21 世纪，梁治平、刘星、徐忠明、徐昕、汪世荣、强世功等开始关注这一领域，并产生了一批高质量的学术论著，例如贺卫方的《法边余墨》、汪世荣的《中国古代判词研究》、梁治平的《法律与文学之间》、刘星的《西窗法雨》、徐忠明的《法学与文学之间》《包公故事：一个考察中国法律文化的视角》和强世功的《法学笔记》等。这些论著都是运用文学的相关材料来研究法律的，实质上依然是法律的研究而非文学的研究，文学在这类研究视域中被作为引证法律的材料，文学研究并不是它的最终目的。

　　而在现代法律与现代文学研究方面，我国学界几乎才刚起步，现有的研究呈现出零散状态。在研究的可行性及研究方法上，康鑫发表了《在法意与自由之间：现代法律视野与现代文学研究的有效性》，该文认为从现代法律视角来审视现代文学是一个值得期待的领域，至少可在现代特殊的法律生态与现代文学、现代法律与作家个案研究的新空间等方面展开。同时，苟强诗的《现代文学研究的法律之维》提出从法律的角度思考文学至少应包括：增强"以法观文"的自觉意识，展开文学文本的法律批评；对处于现代生产机制中的文学，考察与分析在其创造、印刷、传播与阅读等一系列过程中的法律行为；关注法律为文学革新与发展提供的权利保障及其所遭侵犯产生的法律影响的分析；在晚清至民国政府的权力嬗替与转型中，现代国家法律框架的建构与文学"革命"的发生、发展的关系；从整个国家机制的角度，将文学视为在充满创造性与交互性的人与人、人与社团、人与社会、人与国家之关系及其种种对应中进行的活动的考察；个人权利的保护以及文学独立自由发展与法治国家的关系等。[①] 这是对现代法律与现代文学研究的可开拓空间较为细致的考察，给后来者提供的启示较大。

---

① 参见苟强诗：《现代文学研究的法律之维》，《成都大学学报》2015 年第 1 期。

在具体的研究方面，颜同林的《出版禁命与现代作家的生存空间》从整体上勾画了现代创作自由与出版禁令两者时而交错、时而并行的状态；倪海燕的《现代法律形态与女性写作》认为现代法律条文中对女子参政、受教育权利、婚姻自由等的规定，在客观上对女性写作起到了非常积极的作用；另外还有魏晓耘、魏绍馨的《新月社作家与现代前期的人权与法治运动》，揭示了 1920 年代末，以留美博士胡适、罗隆基为代表的新月社作家发动了一次人权与法治运动。他们痛感在黑暗的社会人民没有法律保障的苦楚，批判国民党政权的倒行逆施和法西斯专政，积极传播现代社会的人权意识与法治精神，在中国现代思想史上留下了重要的一页。在更具体的文本分析上，贾小瑞的《回到情节本身——鲁迅小说〈离婚〉的法律解读》、颜同林的《法外权势的失落与村落秩序的重建——以赵树理四十年代小说为例》做出了可喜的探索。从这些具体的个案着手对于深化现代法律与现代文学的研究来说是必不可少的一步，但这些研究大多依然属于法律的某方面对某一文学群体的影响，在深度上还可以再进一步。

从整体上看，从现代法律视角来关注现代文学涉及的只是这一宽广领域中的一鳞半爪，还远未达到完全揭示二者关系的地步。在研究的广度、深度上都有待于进一步开掘。

二、现代法律与现代文学研究的可开拓空间

当前现代法律与现代文学研究的欠缺，主要原因大概在于我们一贯从"政治经济学"的维度或"现代性"的维度来关照现代文学，更加注意的是现代文学的思想性及政治性，而很少将现代文学放入一个较为开阔的社会历史视野去考察，因而从法律维度来看待现代文学这一研究视野被长久地遮蔽了。"现代文学机制"提供的视野正是对之前单一研究视野的一种补充。在"现代文学机制"下研究法律和文学的关系，怎样通过法律来关照文学便成了一个亟待解决的问题。在现代法律与现代文学的研究中，法律既是分析的对象也是观看文学的透镜，但最终目的却是通过现代法律视野的烛照获得对现代文学新的认识与理解。关注现代法律与现代文学的关系，至少有如下三个论题是值得深入思考的。

其一，现代文学发生、发展中的现代法律机制考察。现代文学的发生、发展显然是在一个错综复杂的现代社会历史文化中出现的，作为社会结构的有机组成部分之一，法律意识、法律制度、法律行为无疑也参与了对现代文学的建构。因而，当我们试图梳理现代文学发生、发展的诸多关系时，当时社会的法律生态现状就成为一个需要考虑的因素。现代的法律生态呈现出什么样的态势呢？显然，尽管现代法治已经有了较大影响，但封建落后的法律意识依然根深蒂固；尽管中央建立了相对完整的法律体系，但地方法律更为深刻地影响着人们；尽管法律宣传的"自由""平等"意识得到了相当程度的拥护，但其在执行中却呈现出另外的面貌……这些都构成了现代文学发生、发展的法律生态环境。在这样一个环境中，我们也就不难理解现代文学史上出现的诸多法律现象了。《大清著作权律》《中华民国临时约法》等法律法规为近代作家的出现提供了何种保障？为什么清末民初盗版如此猖狂，作家维权如此艰难？作家在发表、出版时有着什么样的法律考量？现代法律生态为回答这些问题提供了有益的启示。进而我们可以思考，在现代文学发生、发展过程中，现代法律的哪些因素制约了文学向前发展，哪些因素促进了文学的进一步发展？现代文学借助现代法律的哪些力量得以前进？

其二，现代法律影响下的现代文学精神气质考察。在中国古代社会向近现代社会转型的过程中，法律的变动尤为剧烈，近现代法律取法于西方，跟中国古代的法律思想呈现出一种"断裂"的态势。从古代的"普天之下莫非王土，率土之滨莫非王臣"到现代的"人民有保有财产及营业之自由"[1]，从古代的"君权神授"到现代的"中华民国之主权属于国民全体"，从古代的"文字狱"到现代宪法明确规定"人民有言论、著作、刊行及集会结社之自由"……与古代法律思想完全不同的中国近现代法律思

---

[1]　《中华民国临时约法》，载中国史学会主编：《中国近代史资料丛刊·辛亥革命》（八），上海人民出版社1957年版，第31页。

想深刻影响着人们的意识及行为方式，使人们产生了与古代人不同的生命价值观。具体到作家身上，使现代作家在现代社会中有了全新的体验，出现了与古典作家截然不同的气质，现代法律与现代经济、政治、传媒、教育等一起，构成了影响其气质的综合因素之一。鲁迅在多篇作品中剖析了中国传统法律文化中的面子（身份）问题，比如他的《说"面子"》就指出面子是"中国人精神的纲领，只要抓住这个，就像二十四年前的拔住了辫子一样，全身都跟着走动了"①，并且他在多篇小说中抨击面子（身份）带来的恶果。与此类似的还有《阿Q正传》中阿Q的身份问题、《祝福》中祥林嫂想努力改变自身身份而不得等。鲁迅主张"男女平等，义务略同""既然平等，男女便都有一律应守的契约""男子决不能将自己不守的事，向女子特别要求"②。鲁迅提出的男女平等、契约精神，无疑正是近现代法律文化熏染的结果，对这些观念的深思，正是鲁迅自身气质的一部分。

其三，现代文学中的现代法律考察。尽管在现代文学研究中，关注法律与文学的不多，但现代文学中的法律书写却大量存在。关注这些书写法律的文本，从现代文学研究的角度看主要是有两个目的：一是发掘文学书写法律的可能性，即文学如何书写法律；二是关照文学中的法律与现实中法律的间隙。比如吴芳吉的《婉容词》，描写的是在传统文化中成长的女子婉容，被经历了欧风美雨的丈夫以婚姻自由的名义休掉而致死的故事。该诗对近现代法律文化中所提倡的爱情自由、婚姻自由进行了反思，认为法律口号与现实问题之间出现了裂痕，对思考文学或法律都是极为有益的。

---

① 鲁迅：《说"面子"》，载《鲁迅全集》（第六卷），人民文学出版社2005年版，第130页。

② 鲁迅：《我之节烈观》，载《鲁迅全集》（第一卷），人民文学出版社2005年版，第125页。

三、现代法律与现代文学研究的限度

现代法律与现代文学千丝万缕的联系，无疑蕴含着从这一视角探究现代文学的有效性及宽广的研究空间。当然，这一视角也有着其必要的研究前提，主要有如下三个。

其一，注意法律与文学的区别。法律与文学存在着各种各样或隐或显的联系，但二者属于不同的领域。从现代法律的视野来研究现代文学，不能忽视的就是法律与文学之间的差别：文学源于生活，高于生活；而法律调整着我们的行为，规范着我们的生活。曾有学者阐述过文学与法律的三种思维差异：文学以情为本，具有神秘性、模糊性，而法律是行为规则，追求明确性、稳定性；文学追求个性化，总爱打破既定规则的约束，而法律是公意的体现，追求普遍性，强调既定规则的稳定性；乱世和盛世都可产生优秀的文学作品，而法律只能在太平盛世真正发挥作用；等等。[①] 由此可见，法律与文学之间不可逾越的差别，也构成了"法律与文学"这一研究视野向外扩展的界限。

其二，以现代文学研究为主。在现代文学机制视野下审视现代法律与现代文学的关系，其实蕴含的是二者之间的不平衡关系。这种审视必然需要对现代文学进行研究并将之作为目的，现代法律是透视现代文学的一种方式，是影响现代文学发生、发展的因素之一，服务于现代文学研究。

其三，切忌法律泛滥的研究。在现代法律与现代文学的研究中，现代法律可以是一个较为宽泛的概念，可以包含法律意识、法律体制、法律条款、法律执行及法律后果等，但并不意味着将社会的各种关系都视为法律关系。将其他各种因素与文学的关系都视为法律关系，过犹不及，泛法律的研究依然是有害无益的，值得研究者警惕。

[①] 参见听雨：《法律与文学的契合》，《民主》2004 年第 5 期。

第二节　现代法律与《小说月报》
研究空间的开拓

一、现代法律视野下的《小说月报》研究

审视《小说月报》已有的研究，尽管已有研究者零星涉及了《小说月报》与现代法律的关系，比如邱培成的《描绘近代上海都市的一种方法：〈小说月报〉（1910—1920）与清末民初上海都市文化研究》谈道："清政府于 1906 年颁布了《大清印刷物专律》，1907 年颁布《大清报律》，以保护著作版权……1910 年 12 月 18 日，《大清著作权律》经清帝批准颁布，中国第一部版权法由此诞生。这实际上是把书局、出版物和作家的作品置于法律的保护之下，是大众传媒业走向现代化的开始。颁布实施版权制度后，商务的杂志很快打出'版权所有，不许转载'的字样，这是保护自己，也是保护小说作家的权益。"① 同时，作者还据此分析了王蕴章在担任《小说月报》编辑时开创的分级分类给予酬金的征稿体例，认为这是"杂志迈向现代化的重要一步，也使作家的职业化成为可能"②。柳珊在《在历史缝隙间挣扎——1910—1920 年间的〈小说月报〉研究》也将王蕴章视为"中国期刊首次订立稿约条例的第一人"。同时，邱培成在其著作中也提到《小说月报》（1910—1920）中"律师"形象的塑造，认为"小说作品中塑造了不堪之形象，有着传统社会厌恶刀笔小吏积习的影响，一时半会难以改观；也有着律师本身形象的牵引……换个角度来说，对律师的不理解，也反映了人们法制观念的淡漠，中国要建立起法治国家还有很长的路要走"③。总体而言，这些研究都不是专门探讨《小说月报》与现代法律的，

---

① 邱培成：《描绘近代上海都市的一种方法：〈小说月报〉(1910—1920)与清末民初上海都市文化研究》，凤凰出版社 2011 年版，第 134 页。

② 邱培成：《描绘近代上海都市的一种方法：〈小说月报〉(1910—1920)与清末民初上海都市文化研究》，凤凰出版社 2011 年版，第 53 页。

③ 邱培成：《描绘近代上海都市的一种方法：〈小说月报〉(1910—1920)与清末民初上海都市文化研究》，凤凰出版社 2011 年版，第 278 页。

其叙述也是零散的、不甚详细的，叙述的重点都不在此。

二、现代法律与《小说月报》研究的可能性

从总体上看，尽管涌现出了越来越多的从社会机制角度探讨现代文学的研究，但大都还处于探索阶段，属粗线条研究的多，深刻研究法律之于人的内在感情、思维的深刻作用的论文还没有充分展开，特别是将现代文学期刊放在一个具体的历史场景中去考察，综合考察文学与法律的研究还没有出现。本章的主题为"现代法律与〈小说月报〉（1910—1931）研究"，拟综合全面考察《小说月报》与法律的关系，这正是当前《小说月报》研究中所缺乏的。

在研究框架里，现代法律与《小说月报》的关系研究可以从五个部分展开。

首先是晚清、现代法律与《小说月报》的运行机制考察，其考察维度主要有如下三个方面。

其一，《小说月报》创刊、运行中的法律因素。考察在晚清的社会氛围中，作为一家文化企业，商务印书馆在什么样的法律条件下创办《小说月报》，法律对《小说月报》的设立、融资及运行进行了怎样的规约；《大清著作权律》等法律是如何为晚清期刊保障作者队伍的；晚清、现代的广告法规与《小说月报》的广告刊登等。

其二，《小说月报》历任编辑的法律观念考察。在《小说月报》前后期的几任编辑中，前期编辑的现代法律意识与后期编辑明显不同，所遵从的法律也不一样，这种不同影响了《小说月报》的运营状况。

其三，法律规避与《小说月报》的文化选择。《小说月报》在办刊的岁月中一直与政治保持着距离，这是一种法律规避还是自身选择？考察《小说月报》这种选择背后的动机，有助于对《小说月报》的重新审视与定位。

其次是现代法律视野中的《小说月报》作者群考察，主要从两个维度展开。

其一，每一时间段内《小说月报》作者群的法律观念。探究前后期《小说月报》作者群不同的法律观念，比如个人权利、言论自由权利等，不同的法律观念导致了作者怎样的写作态度和写作文本，与其他社会阶层做横向对比，探究这种法律观念如何影响作家从古代向现代的转型。

其二，《小说月报》作者群的文化选择。作为中国现代文学史上的一代名刊，《小说月报》培养了许多文学巨匠，选择一个或多个有代表性的作家，探究他们是如何克服法律的制约并坚持文化信仰的。

再次是《小说月报》文本中的法律观念分析，主要从如下四个角度来分析。

其一，《小说月报》中的文学作品所反映的法律现状。前后期的《小说月报》刊登了大量写实的文学作品，其中有许多涉及中国当时的司法状况的，探究这些文学文本反映了什么样的司法面貌。

其二，《小说月报》中反映司法现状的文本分类及原因分析。《小说月报》中出现了许多反映当时司法的文学文本，探究出现这些文学文本的原因。

其三，《小说月报》中反映法律状况的文学文本的深层意蕴分析。挑选有代表性的文本进行深度分析。

其四，将《小说月报》文本中的法律观念与《新青年》文本中的法律观念进行比较，寻求《小说月报》作为民国初年第一大刊物而没有成为最早的现代文学期刊的原因。

此外是现代法律视域中的《小说月报》读者群体分析，分析角度有如下两个。

其一，《小说月报》读者群体的法律观念分析。从《小说月报》的广告、读编往来等内容可以看出读者群体的法律观念，探究这种法律观念是如何影响《小说月报》的编辑方向的。

其二，《小说月报》的革新与读者群体的分化。茅盾革新《小说月报》，导致了《小说月报》的作者群发生分化，同时，《小说月报》的读者群也发生了分化，探究这种分化是在怎样的法律观念转化下发生的。

最后是对法律与文学关系的反思。

现代法律参与了《小说月报》的文学建构，又与经济、教育、文化、政治等诸种因素纠葛在一起，在让现代法律观念"人权""自由"得到广泛传播的同时，又促进了新文学的向前发展。新文学提倡"人的文学"，从某种意义上正是人的法律观念发生了转变。

第三节　个案：法律制约下的文学——《大清著作权律》在现代文学转型中的作用

一、从两则广告谈起

光绪十三年（1887 年）8 月 24 日的《申报》刊载了一则广告：

申明即请天南遁叟赐览

昨读《声明〈后聊斋志异图说初集〉告白》一则，令人歉愧之心，固不禁油然自生。是书确系尊著，今特不惜工本重为摩印。本拟预先陈明，只缘向未识荆，不敢造次。因思文章为天下之公器，而大著尤中外所钦佩。辱蒙下询，谨此奉闻，并代声明。如不以不告自取为责，则幸甚矣。此复。

味闲庐主谨启 [1]

1913 年，《小说月报》第四卷第五号刊载广告：

许指严启事

《帐下美人》篇（即《庸言报》十六期中之《青娥血泪》）确系本人撰着（弹华更生均指严别号），客岁，曾以副本寄京友余君青萍绍介求售，久未

---

[1] 《申报》1887 年 8 月 24 日，转自陈大康：《中国近代小说史料——〈申报〉小说史料编年（三）》，《文学遗产》2013 年第 1 期。

售出，始送《小说月报》社，即蒙登录，而余君旋病故，未及收回原稿，兹忽于《庸言报》第十六期"小说"栏目中注销，想余君已经送入该社，而未及关照之故，因两方面著作权之名誉攸关用特宣告，舛错事由一切责任均归撰稿本人承担，与两方面主任无涉。

许指严谨曰 [1]

这两则广告一则涉及盗版问题，一则涉及一稿多投的问题，两起事件都是著作权的归属问题。尽管如此，两位当事人不同的态度却耐人寻味。对于"味闲庐主"而言，登报声明是为自己的盗版行为寻找理由，颇有些"盗版有理"的架势，而许指严则是为自己的行为所带来的著作权纠纷道歉。两者态度的鲜明差异，背后隐藏着的是对著作权观念的不同态度。在"味闲庐主"刊此广告的 1887 年，"味闲庐主"显然也意识到自己盗版别人的著作是不对的，但尽管如此，他依然"盗版无悔"，究其原因，当时尽管形成了作者的著作权观念，却依然没有一种外在的强制性力量来对其进行有效的制约，这种制约力量无疑就是法律制度。当一种观念形成之后，必然要形成一种"坚实"的东西来保障其实现。在通常情况下，这种"坚实"的东西就是法律、法规、章程等制度性的因素。在著作权领域，落实在现实当中，就是著作权法的颁布和实施。在清末民初，也就表现为《大清著作权律》的颁布。

考察上述两则广告发布的时间，我们不难发现，从"味闲庐主"到许指严各自所处的时间段，正是中国现代权利观念与传统发生激烈碰撞的阶段。晚清的革新、现代的建立，都使人们对各方面的权利观念产生了新的看法。在著作权领域，作家们越来越认识到保护自己著作权的重要性。就是在这个时期，1910 年 7 月创刊的《小说月报》发布了按照作品质量分等级领取酬劳的稿酬条例，同年 12 月 18 日，《大清著作权律》颁布。如果我们注意到《小说月报》当时在商务印书馆支持下巨大的影响力、当时文人卖文为生成为一种常见的现象及晚清政府在草拟《大清著作权律》时的社会影响力，那么，从《大清著作权律》的颁布到《小说月报》刊登稿酬

---

[1] 《小说月报》第四卷第五号。

条例，我们不难感受到人们对著作权保护认识的深入，作家、杂志社已经能很好地运用著作权来维护自己的名誉与利益了。这样，许指严为维护著作权而主动站出来道歉就不足为奇了。

尽管很难考证许指严当时的著作权观念有多少是受《大清著作权律》的影响，但是我们不难感受到法律对文学关系的规约。中国近现代的法律体系是在从无到有的基础上发展起来的，是在与传统的中国古典法律出现了某种"断裂"，借鉴了西方的法律精神建立起来的。在那个充满了矛盾纠结的时代，法律体系建立的背景、建立的目的、最终的功用对传统社会都是一种巨大的冲击，这种冲击是中国从旧的时代走向新的时代的阵痛，对其他方面的影响都有可能是革命性的。当时的法律与文学正是这样一种关系。从表面上看，与文学相关的法律并不多，也没有出现一部专门针对文学的法律，即使是像《大清著作权律》这样的法律，直接涉及文学本体的内容也几乎没有。法律更多的是一种外在的制度性的规约，但是正是这种制度性的规约，给文学的发展带来了革命性的变动。在清末民初一系列法律的建构规约下，文学在作者、读者、传播等层面都发生了前所未有的变化。《大清著作权律》在促进现代知识分子的形成、规范文学市场秩序和将其放在中国现代性进程中探讨法律与文学之间的关系等方面，是其他方面的因素难以替代的。

二、现代知识分子形成中的《大清著作权律》

《大清著作权律》旨在保护作者和出版者的利益，尽管存在着这样或那样被后人诟病的不足，但从它的具体条文来看（比如第一条凡称著作物而专有重制之利益者，曰著作权；第五条著作权归著作者终身有之，又著作者身故，得由其承继人继续至三十年①），《大清著作权利》还是从形式上实现了保护作者和出版者权益不受侵害这一基本功能。清末民初在《大清著作权律》保护之下形成的稿酬制度在中国尚属首例，而《大清著作

---

① 周林、李明山：《中国版权史研究文献》，中国方正出版社1999年版，第89页。

律》是在清政府于 1905 年宣告停止科举考试五年之后的 1910 年颁布的，
这两件事情的发生，都与当时的读书人息息相关，甚至彻底改变了中国读
书人的地位。这种改变，首先是从作家经济地位的变化开始的。在从隋唐
到清朝一千多年的时间里，通过科举取士这一途径，中国古代作家多出于
入仕者，这只要对中国古代作家稍做统计就能知道，比如在从大清成立到
鸦片战争爆发期间出现的 124 位有影响力的作家中，进士出身的有 52 人，
举人出身的有 18 人，仅这两项就占整个作家比例的近 60%[①]。也就是说，
古代的作家首先是入仕者，然后才是作家。既然是入仕者，他们的经济来
源就主要是国家的俸禄。在古代，作家通过科举考试成为国家统治阶层的
一员之后，国家为他们解决了经济后顾之忧；而在 1905 年科举制度废除之
后，作家进入到国家政治层面的希望大减，国家也不再为他们的经济生活
负全责。于是，作家生计面临问题，读书人的出路成了一个大问题。随着
报纸杂志等大众媒体的兴起，成为杂志撰稿人或编辑谋取稿酬变成了因科
举废除而生计出路无望的读书人最好的去处之一。而《大清著作权律》的
颁布，通过国家法律的形式宣告了读书人卖文换取经济收入的合法性，扫
除了以往读书人"耻于言利"的传统。这样，作家从依靠国家提供俸禄的
士大夫转变成了依靠出卖自己智力获得经济收入的知识分子，尽管这种经
济来源相对于国家提供的俸禄而言显得较少和没有稳定性，并且对于深受
传统影响的作家来说显得尤为尴尬。从作家或者出版者的角度来看，《大清
著作权律》的法律条文保证卖文获取利润的合法性无疑是对他们有利的。
然而，如果我们将这些法律条文放入清末民初的历史当中去考察，那么它
们对作者或者出版者而言是带有一些苦涩意味的：一方面，他们在传统的
影响下认为卖文为生是可耻的；另一方面却不得不依靠卖文为生，毕竟对
于当时走投无路的读书人来说，能够通过撰稿或编辑获取稿酬已经是较好
的出路了。从这个意义上讲，《大清著作权律》延续了古代科举制度对于读
书人的部分经济保障功能。

---

① 参见栾梅健：《二十世纪中国文学发生论》，广西师范大学出版社 2006 年版，第 144 页。

　　中国古代的科举取士制度不仅具有维护朝廷统治稳定性的作用，而且关乎读书人个体的命运。除了经济上丰厚的俸禄，科举制度对古代读书人的影响主要集中在政治上的特殊身份。通过科举制度入仕做官，读书人不但因受国家供养而免除了经济之忧，而且成为统治阶层中的一员，由一般人上升为有特权阶层的一员，享受政治和法律上规定的特权，这也就不难理解为什么古代读书人那么热衷于考取科举，甚至考取科举成了他们唯一的出路，也是他们获取政治身份的合法途径。在清末废除科举制度之后，这一合法途径实际上是被堵塞了，士大夫政治身份就面临着转型。而《大清著作权律》的颁布，实际上已经是在国家层面确认了古代的士向包括作家在内的近现代知识分子的角色转化。《大清著作权律》一方面保障了作者和出版者的权利，另一方面确认了包括作家在内的现代知识分子出卖自己的作品获取经济利益的身份，作家从古代的政治特权阶层转变成了卖文获取经济收入的商人，"士农工商"，读书人从四民之首变成了四民之末，失去了任何政治特权。这种身份的落差对作家的影响无疑是巨大的。在传统的观念里，读书人的理想按照儒家的模式是"修身齐家治国平天下"，是看不起商人的。而科举的废除，《大清著作权律》的施行，这些时局塑造了他们的商人身份。这样就出现了一批"过渡"的作家，他们往往怀有某种守旧精神，坚守着传统学而优则仕的观念，虽然从事着现代杂志编辑或自由作家的工作，但一旦有机会，就会想办法重走仕途道路。我们看到了现代作家与政治的纠结。《大清著作权律》在这个意义上也是延续了科举制度给予读书人的部分政治身份的功能。

　　我们如果再加考察的话，还可以发现《大清著作权律》对作家的影响，不仅仅是对科举制度给予读书人经济、身份功能的延续或者说改变，甚至从思想观念的层面，我们也可以看出《大清著作权律》对科举制度的功能延续。对于统治阶级来说，科举可以吸纳读书人参与国家政治管理，这种制度是维护政权稳定的一种工具或手段。要维护政权的稳定，思想的统一就成了一种必然的要求。在中国古代，儒家思想就成了科举考试唯一需要遵循的思想，儒家经典成了科举考试的教材，统治阶级就通过科举考试这一社会机制，将所有的读书人都纳入封建大一统的思想。尽管这种思想控制随着近代文明的不断发展而逐渐走向崩溃，但生产这种大一统思想的机制直到科举制度废除才宣告形式上的消除。取代这种大一统思想的是近代以来正在逐渐形成、竞争与融合的多元文化思潮，而多元文化思潮形成的一个很重要的基础就是人的觉醒，即个体权利得到尊重。《大清著作权律》旨在保护作者对自己脑力劳动成果的拥有权，就是个人权利得到承认的一种形式，这与近现代"私有财产神圣不可侵犯"的精神是一致的，与中国古代个人财产得不到保护是相背离的。

在中国古代大一统思想之下，个人权利无论是在道德伦理层面还是在法律层面都是被忽略的。在儒家文化占主导地位的传统社会里，个人只承担义务，其权利几乎被完全遮掩了。儒家提倡"孝"道，在这种"孝"道之下，个人的一切权利完全属于家庭、宗族、家族。例如，父对子就拥有财产独占权、人身支配权和婚姻决策权。在这样的父权社会里，子的财产拥有权是被剥夺了的。这种规定在儒家形成早期或许只是一种道德上的规范，并没有成为一种人人都必须遵守的行为准则，但是儒法调和、以礼入法之后，这种规则便以法律的形式得到施行。历代的法律对于同居卑幼不得家长的许可而私自擅用家财，皆有刑事处分并按照所动用的价值而决定惩罚的轻重。在这种围绕着儒家伦理的家国一体的严密控制下，在礼法、制度及其现实可能性上，中国传统中的私人财产拥有权的合法性被取消了。这里所说的个人财产拥有权都是针对物权所说的，在具体的物权所有权得不到保障的时候，个人无形的人格、精神财产权更是被置于法律与伦理之外。这种忽视个人权利的做法完全被纳入了儒家的封建大一统思想，又通过科举考试印入每一个读书人的思想，进而影响到社会全体成员。通过科举考试和法律制度的实行，不尊重个人权利的大一统思想无论在观念还是实际实施中都得到了充分保证，科举制度也就成了强化这种思想的有力社会机制。

于是，我们就不难理解为什么中国早在唐朝就出现了与版权相关的官府文告，也注意到了盗版的危害，但一千多年来却一直难以出现保护作者和出版者利益的版权相关法律。作者和出版者为了保护自己的利益，只能向官府请求一纸行政告令，寻求官府庇护。而这种保护受制于长官意志和行政效力的发挥，往往是不到位的。这就是为什么在近代那么多的版权纠纷中，成功维护自己利益的作家或出版者并不多见。主动自发的权利意识和制度性保护规范的缺乏，导致了中国古代并不存在真正的知识产权制度。中国历史上存在的与书籍管制有关的法律，主要是为了禁锢人们的思想，维护皇朝的统治秩序，而非为了保护作者、发明者和出版者的私人财产权益。中国古代的出版者和作者也始终未能独立出来，形成一股社会力量，作者对其创造物拥有受到法律保护的权利且可以为自身的财产利益而与国家对抗的观念也没有形成，于是，直到列强入侵之前，中国古代也未曾想过制定一部所谓的著作权法律。①

　　《大清著作权律》的颁布，无论是在观念上、形式上还是在实际操作中，都与传统形成了一定的背离。《大清著作权律》的出现本就说明了国家对作家个体脑力劳动成果这种无形财产的承认，这与中国古代对个体财产权的漠视相比是根本的转变。作家要求自己的作品得到认可，主动要求通过创作得到劳动报酬，反对盗版等侵权活动，显示着个体的觉醒，对自己权利的追求，是传统封建大一统控制思想的一种松动。这种个人对个体权利的追求与个体的觉醒在中国现代化的过程中是不可或缺的。随着这种个体的觉醒，五四运动中才提出了"人的解放"，对自己作品合法权益的保护与个人权利的追求可谓"人的解放"的萌芽。只有产生了这种"人的解放"，才真正表明传统的士向现代知识分子转变，而《大清著作权律》正是这种转变的表现之一。从科举制度维护封建大一统思想到《大清著作权律》预示着思想解放的到来，《大清著作权律》又一次延续了科举制度的思想传播功能。

　　在古代的士向现代知识分子转化的过程中，从科举制度到《大清著作权律》刚好形成了在经济、政治身份及思想观念上的某种延续。这种延续

---

① 参见马晓莉：《中国古代版权保护考》，《法律文化研究》2007 年第 10 期。

当然是仅指两者在社会功能上发挥的作用相似，《大清著作权律》对包括作家在内的现代知识分子所起到的社会作用与科举制度对古代读书人所起到的社会作用是异质的。而且，科举制度这一稳定了封建社会长达千年的社会机制的影响已经深入社会的方方面面，其功能不可能一下子就被其他机制所替代。《大清著作权律》所延续的科举制度的功能，仅仅是其功能中很小的一部分。正因为《大清著作权律》对读书人的作用不可能完全取代科举制度的作用，成为报纸杂志编辑或撰稿人在经济和政治上显然不能跟官员入仕相比。报纸杂志也不可能解决那么多读书人的出路，而清政府又没有为这群读书人指明去处，于是这群读书人成了社会的流动人员，也正是成为流动人员，他们才得以接受儒家之外的思想，从而为转变为现代知识分子做了充分的准备。

正是《大清著作权律》潜在的社会功能，使得清末民初的作家有了实现经济独立和政治身份独立的可能性，进而形成了思想独立，最终才完成了向现代知识分子转型的过程。

三、现代文学市场形成中的《大清著作权律》

稿酬制度的建立，是作家由古代士大夫向现代知识分子转变的重要一步，它使作家的写作不再因为经济关系而依附于贵族阶层。文学有了摆脱政治控制的可能性，使中国文人真正意识到了知识财产的经济价值，但是文学在逐渐摆脱对政治的依赖（其实文学一直没有完全摆脱对政治的依赖）之后，又面临着陷入经济的圈套，这就是现代文学市场的形成。如上文所说，《大清著作权律》的颁布实际上是对读书人身份的一次确认，科举制度的废除将读书人入仕的道路不同程度地堵塞了，将读书人从古代的士变成了出卖作品获取利润的商人。由于稿酬制度的确立，现代文学市场产生了最重要的生产者；而现代传播技术的快速发展，使得消费文学的成本降低，出现了一个庞大的文学消费群体。在生产、传播、消费的市场化链条中，文学市场已经具备了最基本的要素。

在将作家投放到现代文学市场后，作为商人的作家和出版者在生产文学作品的时候，不得不面对整个文学市场，在逐渐培育成熟的文学市场中如何立足成了写作者不得不考虑的问题。于是，跟其他商品一样，在生产文学商品时，作家的创作就得把潜在的读者因素考虑进去。文学作品的阅读对象已经由过去某个目的明确的政治对象（帝王、贵族阶层或士大夫自己）变成了一个个面目逐渐模糊的无名读者。众多的无名读者在很大程度上关心的不是写作者的政治身份或其他身份，而是其写作风格是否合乎自己的阅读口味。这一个个读者的阅读口味就成了作者和出版社赖以生存的生命线，在这种情况下，作家写作的动机就不完全是获取政治资本，而是行销市场。现代作者和出版者为了赢取市场利润，不得不去迎合读者口味。在这种迎合写作当中，作者和出版者之间的竞争就是争取读者市场的竞争。在这场愈演愈烈的竞争中，当一部作品深受读者欢迎时，其他作者或出版者为了不让利益独占，往往会模仿跟进，甚至不顾一切地采取盗版等侵权行为。这种行为发展到一定程度，必然带来整个市场的无序竞争，如果没有外在因素的强力约束，无疑会演化成一种恶性循环。

晚清文学市场在发展之初，就一直处于盗版的威胁之中，因为之前中国没有一部专门保护作者和出版者的法律，遇到版权之争，作者往往处于一种弱势状态，一度出现了如前所述"味闲庐主"自认为盗版有理的情形。这种盗版乱象绝非个例，翻开当时的报纸杂志，上面所涉及的广告是如此之多。

1887 年 8 月 24 日，《申报》刊载"新书出售"广告：

> 启者：本斋所印《淞隐漫录》乃天南遁叟所撰，即味闲庐所云《后聊斋志异图说初集》也……①

这里，盗版书籍竟然在正版书籍之前印行出来。1888 年 3 月 18 日，《申报》刊载"《聊斋图咏》减价"广告：

---

① 《申报》1887 年 8 月 24 日，转自陈大康：《中国近代小说史料——〈申报〉小说史料编年（三）》，《文学遗产》2013 年第 1 期

本号出售《聊斋图咏》，系同文局精校石印，久已脍炙人口。近因别局将原书翻印，鱼目混珠，以书照影，未加描摹。其中率多模糊，亮（谅）高明早已鉴为。今本号存书无多，情愿减价售出。每部码洋四元，惠顾者向本号及同文分局可也。新泰启①

该广告明确指出，盗版充斥，鱼目混珠。1888 年 5 月 16 日，《申报》刊载"《廿四史演义》减价"广告：

是书近有人翻刻、缩小，希图影射。本斋存书无多，因于四月初五日起减价，每部计码洋一元正。

同文分局代广百宋斋启②

在盗版乱象日盛之时，《大清著作权律》也可算是应时而生。如果我们将《大清著作权律》与之前的版权保护措施相比较，就更能看出《大清著作权律》在文学市场形成中的作用。《大清著作权律》颁布以前的版权保护，在很大程度上是由官方向出版者提供特许文告，进行个别保护。比如《东都事略》记载的中国最早的版权保护例证：

眉山程舍人宅刊行，已申上司，不许覆板。③

例证中"已申上司"表明该官府文榜完全是根据当事人的"乞给"而发出的，如果当事人不主动向官府求乞，该榜文是不会出现的，除此之外，当事人没有其他途径可以保护自己的利益。从这个例证中，我们无法

---

① 《申报》1888 年 3 月 18 日，转自陈大康：《中国近代小说史料——〈申报〉小说史料编年（三）》，《文学遗产》2013 年第 1 期。

② 《申报》1888 年 5 月 16 日，转自陈大康：《中国近代小说史料——〈申报〉小说史料编年（三）》，《文学遗产》2013 年第 1 期。

③ 周林、李明山：《中国版权史研究文献》，中国方正出版社 1999 年版，第 3 页。

寻找到现代观念中所理解的"权利"，即属于"个人的正当利益"的观念，也无法看出这是一个制度性的规范。对于个人平等权利的觉醒，制度性规范的设立是一个市场成熟至关重要的因素。中国版权保护的官府特许一直持续到《大清著作权律》颁布之时。《大清著作权律》最为直接的功用就是保护了作者和出版者的权利不受侵害，使作者和出版者在起诉侵权的时候有法可依，而不是费劲地去寻求行政庇护。这种保护对作者的写作积极性和出版业的发展无疑是极大的促进。而现实也的确如此，我们不难发现在《大清著作权律》颁布的前后，中国报刊出版业的蓬勃发展，以及中国现代作家群体的初步形成。法律保障了作品从生产、传播到消费的良性循环。这种发展势头一直持续到了现代以后，进入现代社会之初，政府仍然将《大清著作权律》作为一种建设性的法律保留了下来。后来北洋政府于1915年和国民党政府于1928年制定的著作权法都是对《大清著作权律》的继承，它们在基本框架、主要内容和基本制度方面都没有什么实质性的变化。《大清著作权律》的颁布，也可以说是整个文化市场相互博弈的结果——需要这么一部法律来规范整个市场秩序，同时又培育和促进了文学市场。

四、中国现代性进程中的《大清著作权律》

前面所述的《大清著作权律》在现代知识分子形成中所起到的作用与在现代文学市场形成中所起到的作用完全是功能性的分析，《大清著作权律》颁布的时候，人们恐怕没有想到它会导致这些结果。尽管晚清政府颁布《大清著作权律》不外乎是内因与外在压力使然，而国内当时确实存在着一种呼吁为著作权立法的声音，但是当看到晚清对是否应该为著作权立法而争论不休的时候，我们显然认识到这是一个还没有完全为颁行著作权法做好准备的国度。因此，晚清政府颁布《大清著作权律》的动力主要来自欧美列强的压力，这是显而易见的。

早在《大清著作权律》颁布的前200年，欧美诸国已经实行了成熟的著作权制度。欧美诸国在开拓中国市场的过程中，显然意识到了保护本国公民知识产权不被侵犯的重要性。《辛丑条约》第 11 款为外国出版商乃至外国政府敦促清廷对版权加以制度性保护提供了一个合法的理由。列强希冀建立一个可以从事国际商务的环境，毕竟内地税、管理矿业与合营企业法律以及相关知识产权法律的缺乏阻碍了他们进入一个四亿人口的巨大市场。同时，列强宣布，如果清政府做出这种妥协，他们会同意清廷海关衙门复位关税、再禁止鸦片，并且如果中国的立法与执法状况得到保证的话，他们甚至乐意放弃治外法权。这一看似尊重中国主权与国家安全的承诺引起了清廷的兴趣。于是，有关商务条约的谈判就这样在美、日等列强与清朝政府之间展开了。商约的内容涉及加税免厘、通商口岸等问题，最令清政府谈判人员迷惑不解的是列强竟然对包括版权在内的知识产权问题表现出了极大的兴趣与热情。最先对版权保护提出要求的是美国和日本。美国与清政府从 1902 年 6 月 27 日开始进行了五次会谈，其间，对版权的保护问题展开了激烈的争论。无论如何，中美在《续议通商行船条约》第 11 款专列了有关保护版权的内容。为了履行条约的条款，清政府开始考虑制定《大清著作权律》。①

在这里，《大清著作权律》的颁布显然与构建民族国家产生了联系。实际上，中国的整个现代性进程都与民族国家的建立存在关联。作为晚清"预备立宪"而颁布的一系列法律之一，《大清著作权律》的颁布无疑是国家近代性或现代性的象征之一。中国的悲剧或许正在于此，颁行的法律并不是从权利人的需求出发，而是专门针对个体的私法，将属于私法领域的著作权法作为国家推进近代化的工具来使用，从而与其原来的目的相背离。这种背离所产生的后果就是著作权立法与大众守法之间的某种不适应。尽管《大清著作权律》颁布之后，在很短的时间内就办理了大量著作权注册，比如商务印书馆恐怕是《大清著作权律》最早一批受益者之一，到宣统三年，它已经为数百种各类教科书进行了注册，但我们却很难发现

---

① 参见李雨峰：《枪口下的法律——近代中国版权法的产生》，《北大法律评论》第 6 卷第 1 辑。

以《大清著作权律》作为判案依据的文学官司。这既与中国传统重礼轻法的传统有关，也与清政府在制定《大清著作权律》时的出发点有关。

《大清著作权律》的大部分条款都是属于禁止性的，其实行的注册制实际上形成了一种书籍审查制度，其中的诸多限制连同其他相关法律一道钳制了思想自由。这样就造成了《大清著作权律》在保护作者、促进作品的创作与流通方面的功能弱化，其中实际上掺杂了维护统治稳定的因素。著作权法原是随着作者个体权利意识的增强、作者群地位的独立以及经济发展水平的提高等引起的社会结构的变动而逐渐完善的。由此，它产生了一个这样的结果：著作权的保护促进了作品的创作与提高。而《大清著作权律》则刚好相反，由于忽略了法律在中国的信仰程度以及民间对著作权法的需要程度、民间对著作权是否应当加以保护的争议等实际情况，《大清著作权律》无法完成对个人权利的完全保护，也无法消除盗版，更难以真正起到促进作品的创作与提高的作用，立法与守法两难相违。这无疑是晚清政府颁布的一系列法律的一个写照，晚清政府颁布的所有法律几乎都是作为建设近代化民族国家的工具而颁布的，忽视了权利人的实际需要。出于一种功利主义目的，著作权法在中国现代化的焦虑中诞生了。但它将著作权保护最起码的个体意识的难题留给了后人，或者恰当地说，它将孕育个体权利意识的政体机制的改革工作留给了后人，从而注定了中国著作权秩序任重道远的进程①。

作为一个个案，《大清著作权律》给我们留下了关于法律与文学的思考：在为文学等带有思想性的领域进行立法的时候，什么样的尺度是合适的？特别是当外加的因素多重集中到文学身上的时候，立法如何兼顾文学自身的发展？将《大清著作权律》放入中国现代性的理路去思考才刚刚起步。

---

① 李雨峰：《枪口下的法律——近代中国版权法的产生》，《北大法律评论》第6卷第1辑。

第四节 个案：礼与法之间的罅隙——从法律角度看 沈从文的《萧萧》①

作为一个执着地在希腊小庙里供奉人性的作家，沈从文的湘西题材小说已经成为现代文学史上一道靓丽的独特风景。沈从文众多以湘西为题材建构的小说大体可以分作两类。一类是像《边城》《三三》那样以美好善良的人情人性作为基调，彰显湘西大地未受侵染、古朴而和谐的生存状态和少男少女朦胧纯净的爱恋，在翠翠、三三身上闪着动人却哀愁的光芒，同时也寄寓着沈从文美好的人生理想和文学理想。而他的《夫妇》《萧萧》等作品，却是以人性的野蛮、愚昧、非理性作为切入点，凸显的是湘西社会尚未被现代意识启蒙，不自觉的蒙昧落后的一面，隐含着沈从文深重的湘西命运之思。

《萧萧》讲述的是童养媳萧萧的不幸命运。从萧萧的悲剧命运中，读者可以看到湘西世界守旧、落后的另一面，看到封建习俗对人的吞噬与同化，看到人在命运面前的软弱无力。在法律缺失、依靠礼治的乡土社会，萧萧的悲剧无疑具有典型性。情礼与法律的失衡，为人性的失落打开了缺口。萧萧是否永远无法逃离命运的怪圈？像萧萧一样的女子是否永远都走不上女学生的道路？这是沈从文在文本背后留待读者思考的问题。

一、法律灰色地带的"合法叙事"

童养媳制度是一种由来已久的封建陋习，在我国明清时期普遍存在，在新旧交替的现代仍有许多童养媳，直到中华人民共和国成立后新的《婚姻法》颁布才完全消除这一陋习。真正以法律条文承认、规定童养媳制度是 1919 年北洋政府颁布的《大理院解释例要旨汇览》，在童养媳身份判定上将童养媳确定为订婚之妻，并规定"童养媳对于未婚父母应以尊亲

---

① 本节由云南师范大学 2019 级中国现当代文学专业研究生李鲤执笔撰写。

论"①，这显然承认了童养媳制度存在的合理性。随着政权的更迭，南京国民政府成立之后，又于 1930 年颁布了《民法·亲属编》。这部法典是在北洋政府民法法典的基础上编修的，但在有关童养媳制度方面又有所不同，这部法典否认童养媳的合法性，明确规定"男未满十七岁，女未满十五岁不得订立婚约及结婚"②。即便法律明确规定了童养媳的不合法性，在广大农村地区，童养媳现象依然十分普遍，且由于当时法律的"不告不诉"原则，童婚处于半合法的灰色地带，成为一种流弊深远的陋习。

《萧萧》第一稿完成于 1929 年。沈从文曾于 1934 年重返湘西，因发现乡民各种陋俗旧习并未改善，于是他在 1936 年改写原作，在小说中增添了萧萧为儿子迎娶童养媳的结尾。在《萧萧》中，无论是萧萧十二岁就成了童养媳，还是结尾萧萧为儿子娶童养媳，在当时的国家法律背景下无疑都是不合法的。但在农村人看来，这是一种既定的风俗，是合乎民间法且行之有效的。萧萧为何会成为童养媳，在小说中已有几笔明显的交代："这小女子没有母亲，从小寄养到伯父种田的庄子上，出嫁也只是从这家转到那家。"③萧萧的出身是不幸的，自幼失恃，被寄养他家。在乡土社会，也许萧萧最"合情合理"的归宿就是成为童养媳。从被寄养到成为童养媳，萧萧的命运齿轮似乎一直在沿着同一个方向行进，而她在不知命运为何物的时候就已经顺从了命运的安排，被命运推向不可测的渊薮。

童养媳是一种畸形的婚姻形式，是对女性在婚姻上的极大不公。童养媳的命运大多是悲惨的，但沈从文笔下的童养媳萧萧并未受到人身虐待和精神压迫。除了身份的变化，萧萧本质上还是一个无忧无虑的少女。在夫家，她整日要做的事情就是带着小丈夫玩耍，帮家中做点杂事。"到了夜里睡觉，便常常做这种年龄人所做的梦，梦到后门角落或别的什么地方捡得大把大把铜钱，吃好东西，爬树，自己变成鱼到水中各处溜。或一时仿佛

---

① 大理院编辑处：《大理院解释例要旨汇览》（第一卷），大理院收发所 1919 年版，第 2644 页。

② 简玉祥：《现代时期司法视野下童养媳问题研究》，《郑州师范教育》2017 年第 6 期。

③ 《沈从文文集》（第八卷），花城出版社 1984 年版，第 220 页。

身子很小很轻，飞到天上众星中，没有一个人，只是一片白，一片金光，于是大喊'妈！'人就吓醒了。醒来心还只是跳。"①沈从文写及此，并没有让人感受到童养媳制度给萧萧带来的不幸，相反，萧萧是快乐的、开朗的、天真烂漫的，充满少女青春期奇妙的幻想。

萧萧嫁过门，做了拳头大丈夫的小媳妇，一切并不比先前受苦，反而一天天身体健壮地长大起来。这是没有受到外界压力和制度摧残的一种自然生长状态。童养媳制度是有悖人性的，而萧萧的生长却是合乎自然人性的。这是一种不合理状态下的合理现象，是法律灰色地带的一种边缘叙事。沈从文的笔并非着力揭露和批判童养媳制度，而是把悲剧叙事置于童养媳制度的框架中，将愚昧和残酷隐藏在温和的面纱下，为探索人性寻求更多的可能性。

二、伦理困境下的双重豁免

作为童养媳，萧萧的责任和义务就是照顾小丈夫长大，等其长大再与之成婚。虽然萧萧的职能是日后的妻子，但最初扮演的角色是母亲和姐姐。萧萧初做童养媳时只有十二岁，正是一个平常少女活泼烂漫的年纪，而她的小丈夫还不到三岁。这注定了在萧萧心理和生理趋向成熟的过程中小丈夫是无法参与的，也进一步决定了"丈夫"实质功能的缺位，让工人花狗有机可乘。而花狗不同于小丈夫，已经具备了成年男子的心性，"花狗是男子，凡是男子有的美德恶德都不缺少，劳动力强，手脚勤快，又会说会玩"②。花狗用歌声唱开了萧萧的心窍，使萧萧完成了从少女向妇人的蜕变。

萧萧被花狗诱奸，一方面是遵从生命本能的召唤，在懵懂状态下被花狗诱入情欲陷阱，是一种生命无意识的盲动；另一方面是由于童养媳制度的"女大男小"模式，萧萧在婚姻中处于被动地位，在身心趋向成熟的

---

① 《沈从文文集》（第八卷），花城出版社1984年版，第221页。
② 《沈从文文集》（第八卷），花城出版社1984年版，第230页。

过程中无法从比自己小许多的丈夫身上获得情感回应。而萧萧作为有夫之妇，与他人发生私情，这是不为法律所容的。民初司法第二十三章奸非及重婚第289条明确规定："和奸有夫之妇者处四等以下有期徒刑或拘役相奸者异同。"[1] 按照法律规定，萧萧和花狗都要受到惩罚。然则，个子大胆量小的花狗在得知萧萧怀孕后，因为无力承担责任而选择逃走，把奸情带来的一切苦果留给萧萧一人承担。

萧萧在用尽一切办法都无法拿掉肚子里的苦果之后，也选择了逃走，然而她失败了。当一切无所遁形时，家里人才明白"这个十年后预备给小丈夫生儿子续香火的萧萧肚子，已被另一个人抢先下了种"。出了这样的丑事，"一家人的平静生活，为这一件事全弄乱了。生气的生气，流泪的流泪，骂人的骂人，各按本分乱下去"。作为童养媳，萧萧不仅与人私通，还怀了孕，这在乡土社会是一件严重违背礼法道德的事情。该如何处理萧萧？照"规矩"来说，萧萧犯了这样的大错，应当"沉潭"或"发卖"。这样的决定权被祖父交给了萧萧的唯一监护人——她的伯父。萧萧的伯父没有读过"子曰"，不忍把萧萧沉潭，所以选择了"发卖"，即卖给别人做二路亲。

事情有了定性，萧萧不用被沉潭溺死，保住了性命。然则，萧萧毕竟是不能在夫家待下去了，但因为"一时没有相当的人家来要萧萧，送到远处去也得有人，因此暂时就仍然在丈夫家中住下。这件事既已说明白，照乡下规矩，倒又像不那么要紧，只等待处分，大家反而释然了"。此时，萧萧已经开始逐渐获得道德上的解禁，小丈夫知道了这件事，也并不惊疑，更加不愿意萧萧因为这件事要嫁到别处去。

在这一事件中，萧萧的小丈夫是最有决定权的人，因为上述法律第289条明确规定奸非及重婚罪须本夫告诉乃论，但本夫事前纵容或事后和解者告诉为无效，另有"童养媳与人通奸，未婚夫为告诉权，但可声请检查衙门指定代行告诉人"[2] 解释条文。也就是说，只有小丈夫一人的"告

---

① 艾晶：《民初惩罚女性性犯罪的法律问题》，《史学月刊》2008 年第 12 期。
② 艾晶：《民初惩罚女性性犯罪的法律问题》，《史学月刊》2008 年第 12 期。

诉"才具备法律效力。然而因其年轻，小丈夫在这一事件中处于"失语"的位置。法律上最有决定权的人物的态度已经十分明朗，小丈夫自然不会检举揭发萧萧，那么其他人的检举揭发也是无效的。至此，萧萧获得了法律上的豁免。然则，这样一件伤风败俗的事情该如何消除道德上的疤痕呢？萧萧在漫长的等待发卖的过程中生下一个儿子，"团头大眼，声响洪钟。大家把母子二人照料得好好的，照规矩吃蒸鸡同江米酒补血，烧纸谢神。一家人都欢喜那儿子"。事情在这里出现了重要的转折，再次改变了萧萧的命运，因为"生下的既是儿子，萧萧不嫁别处了"。在传统乡土社会，男尊女卑、母凭子贵的伦理观念早已根深蒂固。夫家之所以娶萧萧作童养媳，其根本目的也是生儿子延续香火，萧萧的命运转变只因她生下的是一个儿子，倘若生下的是女儿，其命运不知又会被如何改写。至此，萧萧获得了法律和道德的双重豁免。

在这样一个几乎逃无可逃的伦理困境里面，充斥着一个不可调和的矛盾，即私通生子与法律、"规矩"之间的矛盾。然而，沈从文轻易地以一种带有极大偶然性的笔触将萧萧置之死地而后生。萧萧命运的变化，由"因"到"果"再到"因"，形成了一个封闭的圆形结构，而她的一生也几乎没有走出这个圆。她的悲剧循环十多年后在为儿子娶的童养媳身上重新上演，而她在被人们重新接纳后，已然不自觉成了乡村伦理规范守护人中的一员，从伦理困境中逃出，又一脚踏入伦理道德的无形壁垒。

沈从文用一种相对"简单化"的方式拓展了乡土题材小说的伦理边界，夫家对萧萧的处理方式，固然守旧粗暴，但也不乏温情的一面。没有读过"子曰"的伯父的不忍，小丈夫的"宽容"与生下儿子后的"一视同仁"，即便萧萧铸成大错，终究是"情"胜了"法"和"理"，人性对抗制度获得胜利，这是沈从文构筑理想人性之外的一种特殊形式的人性探索。

三、情礼与法律之间的罅隙

法律作为上层建筑之一，起着约束行为、界定准则的作用。它是人们社会生活的规范、民众心态的反映以及社会组织的依据，它的发展和存在离不开不断变迁的社会生活和作为客体的广大民众。然而，实际的法律生活与法律文本往往有所出入。这是因为在传统的乡土社会，中国人的行为并非完全是由法律约束或者控制的，相反，长久植根于民族文化中的"风俗""人情""约定俗成的习惯"更能形成人们生活的秩序，规范日常行为，解决争端。因而在情礼与法律之间，存在着一条潜在的罅隙，以这条罅隙为界，人们可以做出两种完全不同的价值选择。

萧萧与人通奸，犯了伦理大忌，严重违反了乡土社会中的礼法规范，超出了"礼"与"法"的双重边界，按照"规矩"，即伦理正义的处理方式，她应被"沉潭"或"发卖"。这里的规矩即以血缘关系为基础的宗法人伦，更进一步说，它是在具体的以血缘家庭为组织形式的宗族和小农自然经济的支持及封建政权的庇护下，进一步演化为具体的三纲五常等社会观念。宗法伦理观念是支撑乡土世界的意识形态支柱，是人们潜在的精神信仰和价值判断准则。"规矩"对乡土社会秩序的维护作用是无可取代的，它在人们心中具有柔韧而持久的威慑力。在追求"无讼"、依靠"礼治"的乡土社会，法律似乎是高不可攀的，因它"是政体的一部分"，它始终是高高地超越农村日常生活水平表面上的东西的。因此，只有"规矩"可以决定萧萧的命运和去留。

可以说，本质上正是"规矩"对萧萧进行了道德上的审判并给予惩罚。但"规矩"作为一种不成形的民间法律，根植于人们内心深处，沾染了太多主观的感情色彩，带有极大的游移性。"规矩"不像法律那样具有强制性和不可违背性，从某种程度而言，它是由人制定和执行的，本质上是一种约定俗成的道德规范，这就决定了"规矩"具备可商榷的属性。"规矩"是情礼与法律之间的一个过渡物，可以向上顺从法律，也可以向下顺应人情。因此，在萧萧获得道德审判之后，人们反倒释然了。"大家全都莫名其妙，只是照规矩像逼到要这样做，不得不做。""规矩"在这里发生了悖谬，一方面它是维护人伦的内心秩序，另一方面它是基于人情的可变因素。在情礼与法律的罅隙之间，它充当了萧萧命运的指示牌，选择了向下的道路。

在情礼与法律的罅隙之间，人们对于"规矩"的定义是模糊不清的，虽然它源于宗法伦理，但却无明确标准。这肇因于人们生活的场域是封闭蒙昧的，无论是对童婚的司空见惯，对女学生行为方式的诸多好奇与取笑，还是对萧萧处理方式的大而化小、小而化了，人们心中的法律意识是尚未被开启的，意识不到何为违法及法律的边界究竟在何处，因此只能用潜意识中约定俗成的"规矩"来解决问题。

在这个偏僻封闭的湘西村落，代代相传的村规乡俗就是守卫村民行为规范的篱笆荆条，是触手可及的东西，而法律则由于太过遥远而被人们摒除在外。人们已经习惯了用这样一套思维模式与话语方式去生存和生活，并没有主动向外探求的渴望和意识，只是一味地顺从规矩，对周遭的环境麻木不觉。在作品的最后，大家欢天喜地再为萧萧的儿子娶童养媳，"唢呐吹到门前，新娘在轿中呜呜地哭着，忙坏了那个祖父曾祖父。这一天，萧萧抱了自己新生的月毛毛，却在屋前榆蜡树篱笆看热闹，同十年前抱丈夫一个样子"。萧萧的命运再次循环，如同一个连环索套，永远处在封闭的圆中。沈从文以这种圆形叙事圈套凸显了湘西底层女性悲剧命运的轮回与反抗命运的无奈，表现了人性深处暗藏的不自觉的麻木与顺从。

在礼与法的罅隙中，萧萧的命运得以突转。她获得了生存权与豁免权，却深陷无知麻木的命运循环中，一生都为外在力量所摆布，从来没有自觉主宰过自己的命运。萧萧的命运是偶然的幸运，这种幸运彰显出乡下人更有人性、更有人情，而这偶然的成分却包含着湘西底层人民蒙昧的思想意识和尚未开启的法律意识。传统伦理与现代法律交织对照，映射出复杂矛盾的人性。在沈从文着力构建的供奉人性的希腊小庙背后，还残留一些明暗之间的碎石砖块，《萧萧》温和叙事下隐伏的悲剧意识，暗含着沈从文对湘西底层人民生存方式的历史性反思。法律视角下的《萧萧》是一出命运悲喜剧，不仅呈现了童养媳萧萧的命运，也体现了沈从文对湘西世界最终该走向何处的深沉思考。

第五章

现代传媒与《小说月报》研究

自近代以来，传媒与文学的关系日渐紧密。从传媒角度来研究现代文学早就引起了研究者的关注，近十多年来更是蔚然成风。从现代文学机制的角度梳理二者之间的关系，既能发掘出之前被研究者忽略的历史细节，进而明确现代文学是如何一步步被传媒裹挟其中的并思考传媒与现代文学之间的张力，也能在"古代—近代—现代"的比照中追寻现代文学之所以"现代"的原因，从而带来新的学术增长点。

第一节　现代传媒与现代文学研究的"联姻"

一、现代传媒与现代文学研究

现代文学与近现代传媒的天然"联姻"，以及近现代传媒资料的丰富，让研究者很早就注意到了传媒与文学的关系。相较于其他社会因素与现代文学的关系研究，传媒与文学的关系研究可谓成果斐然，大致看来，这些成果主要集中在以下四个方面。

第一，相关文学传媒资料的搜集、整理和保存。从阿英的《晚清小说史》注意到众多的文学杂志，到方汉奇的《中国报学史》提到的文学期刊，文学领域中的史著与新闻领域里的史论相互参照印证。这种跨学科的相互渗透，既拓展了各自领域的研究视野，也为相关资料的搜集、整理及保存提供了便利。陈平原在《〈大众传媒与现代文学〉序》中指出，阿英是最早关注到文学与报刊关系的学人，对晚清以降的文艺报刊抱有极大的兴趣，并努力将这一兴趣落实到文学史著述中。最典型的莫过于阿英那本1937年初版、而后不断修订的《晚清小说史》。对相关资料的搜集、整理几乎变成了该领域研究的传统，至今依然还是一项未完成的工程，比如吴永贵的《民国出版史》为现代文学出版研究提供了丰富的线索，报人冯并先生的《中国文艺副刊史》完全按照传媒的发展逻辑来梳理。李楠的《晚清、民国时期上海小报研究》、李永东的《租界文化与30年代文学》，则均以资料翔实而为学界所赞誉。

第二，注意到近现代传媒对现代文学的极大影响。比如陈平原与山口守合编的论文集《大众传媒与现代文学》、陈霖的《文学空间的裂变与转型》和张邦卫的《媒介诗学》等著作，充分注意到传媒对中国现当代文学以及文艺理论新场域生成发挥的重要作用。特别是进入20世纪90年代，国内外日益关注晚清以降大众传媒与现代文学的紧密联系，出现了哈贝马斯"公共空间"理论、布迪厄"文学场"学说和麦克卢汉"理解媒介"等理论。陈平原在2004年2月发表于《书城》的论文《现代文学的生产机制及传播方式——以1890年代至1930年代的报章为中心》中讨论了报章——尤其是文学副刊、杂志在晚清以降的"文学革命"中发挥的巨大作用。吴福辉的《海派文学与现代媒体：先锋杂志、通俗画刊及小报》一文指出：报刊媒体可以说是中国现代文学的催生剂，而具有商业气息的海派文学总是经由报刊进入读书市场的。先锋性的同人海派杂志有助于推动新潮，但若不与流行结合便难以为继。海派画报的市民文学化以及海派文学杂志的画报化，是海派报刊兼顾通俗流行与品位的行销策略。郭群武在《现代传媒与中国文学的近代变革》一文中提出传媒催生了现代作家群，引发了文学观念的变化，产生了报载小说、报告文学等新文体，加速了中国文学现代化的进程。郭群武的《现代传媒与文学的完美结合——论民国报纸文艺副刊》一文指出：民国报纸文艺副刊成为发表名家名作、开展文学论争、发展和培养新生代作家、产生文学流派、介绍外国文学、传播文学信息的重要阵地。文艺副刊的出现也引发了创作主体、文学观念、文体等一系列变革。管宁、谭雪芳的《大众传媒视野下的现代文学——以现代通俗小说与散文文体变革为考察中心》一文则认为：现代报刊促进通俗小说的繁荣，而通俗小说则以商品的形式在现代文化市场中扮演了重要角色。报纸副刊因其开拓更为自由的舆论空间，促进了散文文体的变革。陈平原的《有声的中国："演说"与近现代中国文章变革》从近现代的"演说"入手，着重讨论作为"传播文明三利器"之一的"演说"如何与"报章""学校"结盟，促成了白话文运动的成功，并实现了近现代中国文章（包括述学文体）的变革。李怡的文章《大众传媒与中国新诗的生成》认为现代报章杂志对新诗的塑造作用主要体现在三个方面：使新诗的生成过程充满了张力和活力，新诗的阅读是新诗传播的重要环节，时效性要求对诗歌的塑造。这些研究大多都注意到了近现代传媒对现代文学所产生的积极影响，甚至颠覆了之前现代文学研究的结论。比如，周海波的博士论文《现代传媒视野中的中国现代文学》就认为现代传媒视野中的中国现代文学是原创性的文学，既不是古代文学的现代转型，也不是西方文学的简单移植，是现代传媒物质基础和文化基础上的新的文学创造，是"大文学"。[1] 单小曦的博士论文《现代传媒语境中的文学存在方式研究》认为从传播学、传媒研究的视角来看，文学是以生产、传播审美信息和以审美信息的物化形态为基本存在方式的。

　　也有学者的研究涉及了近现代传媒对现代文学的消极影响。比如吕红伟的论文《大众传媒的兴起与现代文学的发生》指出，近代大众传媒促进了新文学的萌芽，也带来了新文学的政治化与商品化，造成新文学审美价值的缺席。赵抗卫的论文《现代小说艺术的命运与大众文化和多种传播手段的挑战》考察了20世纪小说命运及其变迁，从而思考新的传媒时代的生存处境和文化环境中人们的精神和文化现实，提出文学艺术生存与发展的诸种可能性。

　　第三，研究具体的期刊、杂志对文学的影响。这方面的研究其实是当前成果中最丰富的。不少的研究成果从期刊本身的面貌、文化身份、文化品格、地位、对当世及后世文学运动和文学发展的影响等方面来进行梳理和把握，比如刘淑玲的《〈大公报〉与中国现代文学》、柳珊的《在历史

---

[1] 周海波：《现代传媒视野中的中国现代文学》，山东师范大学，2004年。

缝隙间挣扎——1910—1920 年间的〈小说月报〉研究》、巴彦的《三十年代的大型文学杂志——〈现代〉月刊》、王晓明的《一份杂志和一个"社团"——重识"五四"文学传统》、陈平原的《思想史视野中的文学〈新青年〉研究》等。此外，还有"非主流"阵营或者地方性文学杂志研究，比如郭晓鸿的《〈论语〉杂志的文化身份》、刘晓丽的《〈麒麟〉杂志看东北沦陷时期的通俗文学》、曾合存的《1948—1949：〈大众文艺丛刊〉》、李怡的《〈甲寅〉月刊：五四新文学运动的思想先声》、初清华的《关于期刊〈人间世〉的几点思考》、涂晓华的《上海沦陷时期〈女声〉杂志的历史考察》等一大批文学期刊研究。

第四，对传媒与文学研究的反思。比如孟繁华、黄发有在这方面有大量论述，他们认为传媒正在深刻影响研究者的学术思维和推动文学研究的转型。孟繁华看到了"现代传媒推动或支配了中国思想文化的发展动向""传媒甚至成了某一时代的象征，比如'五四'与《新青年》，延安与《解放日报》，新中国与《人民日报》，等等。因此，传媒被称为'一种新型的权力'"。[1] 黄发有则认为当下传媒与文学研究存在一些问题："其一，现有成果大多是一些零碎的个案研究，还有些著作是纯粹以现成资料为依据的材料汇编或印象式文字，缺乏必要的数据准备与系统研究……其二，在当代文学传媒研究的各个分支中，发展极不平衡。一些宏观研究论文显得大而无当，甚至多有错讹，在个案分析基础上具有整体视野的宏观研究较为少见。其三，缺少跨学科视野，文学和传媒成了相互游离的两张皮，忽视了文学与媒介之间的互动分析。"[2] 周海波的《传媒时代的文学》一书体现了历史记忆与理性把握的有机统一，企图提醒学人既不能仅仅把传媒当成一种物质形式来认识，又不能过分夸大传媒对文学的影响。

从总体上看，现代传媒与现代文学的研究几乎在每个方面都取得了相当的进展，这表明该领域逐渐成为学界关注的一个热点。研究的缺陷也同

---

① 孟繁华：《传媒与文化领导权》，山东教育出版社 2003 年版，第 1 页。

② 布莉莉：《文学传媒的开拓与深化——黄发有访谈录》，《创作与评论》2014 年第 11 期。

样明显，在已有的研究中，文学期刊、杂志等传媒往往被视为一种静态的物质存在，导致对相关期刊的研究要么是资料的罗列，要么成为思想史、文化史等其他相关结论的注解，并未真正勾画出现代传媒与文学之间的纠缠。研究的不均衡也值得重视，当下的现代传媒研究大多集中于著名的期刊，而对于特色不足的期刊研究不足，比如对戏剧期刊的研究明显滞后于其他类型的期刊。同时，研究者的主体性仍需进一步强化，唯有如此才能将静止的文学期刊变为"活"的文学研究。从纠正上述的研究缺陷出发，可以说，关于现代传媒与现代文学的研究才刚刚起步，还有相当多的空间值得开拓。

二、现代文学研究中的现代传媒视角之效度

通过对现代传媒与现代文学研究现状的梳理，我们不难发现这一研究领域所蕴含的学术潜力依然值得期待。事实上，现代文学有别于古代文学的地方之一就是现代文学的传媒生态与古代文学发生了极大的变化，大众传媒的出现，使文学从形式到内容、思想都发生了质的变化。从这个意义来说，现代传媒是现代文学研究不可或缺的一部分。具体而言，现代传媒对现代文学研究的效度可从以下三个层面展开讨论。

第一，现代传媒机制对现代文学的影响。这里所说的现代传媒机制可包括民国传媒的形态（文学期刊的具体存在），现代传媒运转的基本过程（文学期刊的组织、赢利、发行等诸多环节），现代传媒存在的基本生存空间（经济的、政治的、文化的等诸多影响因素）。现代文学就是在这种状况中与现代传媒发生关联的。现代传媒机制对现代文学的影响，大致可从以下三个方面展开。

（1）对具体文学文本的影响。已有学者注意到报刊形成的语境在研究文学作品时的方法论意义，比如同一文本在不同媒体下，可能会出现原有意义变异的情况，比如在报刊上发表的文本，一旦收入作家的单行本、文集或其他题本，由于其语境的变化往往会发生某些变化。同时，现代传媒对文本形式的影响已被许多学者关注，比如报刊连载的出现导致小说的繁

荣，以及短篇、长篇的此消彼长等。再如，现代大众传媒的繁荣，对文学创作的内容、题材和语言都带来了影响，情节的传奇性得到加强，语言要求更浅显易懂等。现代文学中的语言是以报刊中的语言为载体语言的。现代报刊主要关注的是读者是否能够读懂，而白话文的使用，使得这些文学作品更加通俗易懂。人们的阅读数量逐渐增多，也为白话文的发展奠定了基础。五四运动之后，现代文学语言出现了很大的发展与变化，也能够适应现代文学的需要。现代文学语言的出现，使现代文学形式更加多样，也逐渐使现代的中国文化逐渐趋于平民化，能够被更多的人接受和理解。总之，现代传媒为现代文学的发展提供了良好的发展空间。

（2）对作者的影响。现代报刊的重要媒介功能之一就是使知识分子有了互相联结的可能性，让他们在办刊的旗帜下共同实现理想。现代传媒也为作家之间的沟通与交流搭建起桥梁，使现代知识分子借助报刊，共同表达自己的意见与想法。开民智的《新青年》最初由陈独秀创办，后来李大钊、鲁迅等人共同参与编撰。陈独秀的编辑思想无疑是现代作家编辑刊物的目标："凡是一种杂志，必须是一个人一团体有一种主张不得不发表，才有发行的必要；若是没有一定的个人或团体负责任，东拉人做文章，西请人投稿，像这种'百衲'杂志，实在是没有办的必要，不如拿这人力财力办别的急于要办的事。"① 报刊使现代文学作家更加紧密地联系起来，逐渐形成了相应的团体，也使许多志同道合的作者走到了一起，例如沈从文利用《大公报》使自己获得了新的发展，成为"京派"的代表。

（3）对读者的影响。报刊对读者的选择大都有一个对象预设，也就是美国学者本尼迪克特·安德森所谓的"想象的共同体"。出版者通过报刊构筑了一个由创作主题、编辑出版主题和读者接受主题共同参加的社群。读者并非被动地接受文本，被动地在阅读中接受启蒙，当读者以自己的兴趣选择报刊和文本时，读者实际上参与了这个"共同体"的构造过程，并以自己的理解修改着这个"想象的共同体"。

---

① 陈独秀：《随感录·新出版物》，《新青年》1920年第2期。

第二，作家的传媒体验对创作的影响。很多中国现代作家都有过不同程度的传媒活动，如鲁迅、郭沫若、茅盾、郁达夫、周作人、郑振铎、王统照、徐志摩、老舍、沈从文、施蛰存、戴望舒、林语堂、胡风、丁玲等，编辑活动往往成为他们文学生涯中极为重要的一部分。现代作家的这种传媒活动，是现代文学发展的一种重要运行方式，其起到的促进作用不言而喻，对作家的创作观念、创作实践等方面都产生深刻影响。

（1）作家的传媒体验对文学创作观念的影响。一是传媒体验使作家的市场意识、读者意识增强。在传统语境下，文人创作，或是想传世流芳，或是冶情自娱，多数情况下并不考虑消费市场的需求。但是在近现代商品社会，这些寄身于报刊的作家，不得不首先考虑所写作品的市场需求。这是由报纸的商品属性决定的，价格低廉的报纸，收入主要靠广告，想赢得更多的广告，就必须扩大发行量，拥有更多读者，这就要求作家的作品要有卖点，能吸引更多的读者来买报纸。"受众即市场"是传播学界的一个基本观点。这种观点把大众传媒看作一种经营性组织，它们必须把自己的信息产品或服务以商品交换的形式在市场上销售出去。要做到这一点，大众传媒机构必须使自己的商品或服务具备一定的使用价值或交换价值，即能够满足消费者的各种需求。传媒活动既然是市场活动，拥有读者就意味着拥有更大的经济效益，这就促使作家们认真研究读者趣味和需求，自觉调整创作行为，以吸引读者。被誉为"副刊圣手"的张恨水，在北平，先后主编过《世界晚报》副刊《夜光》、《世界日报》副刊《明珠》和《新民报》副刊《北海》；在上海，主编《立报》副刊《花果山》；在南京，主编《南京人报》副刊《南华经》；在重庆，主编《新民报》副刊《最后关头》；等等。多年的传媒体验，使他知道读者的需求，特别善于制造离奇、曲折、富有戏剧性的情节，使故事悬念丛生，扣人心弦。张恨水一直在致力于连载小说的革新，技巧上不断翻新，他在《金粉世家》自序中说，"初尝作此想，以为吾作小说，如何使人愿看吾书"，他希望用技巧的变化来"稍稍一新阅者耳目"。这就表明，在这些有过传媒体验的作家的创作中，市场因素是一种重要的驱动力。张恨水的《春明外史》开始在《世界晚报》上连载，一天五六百字，刚见报几天就引起了许多人的关注。一两个月后，有些人看上了瘾，每天非读不可。当时的《世界晚报》下午四点左右出版，两三点钟就有人在报社门前等候。这些人并不是关心国事，而是要看张恨水的小说。这正是他对传媒体验加以利用的效果。

二是作家的传媒体验使其现实意识增强。密切关注时事是报纸、期刊的一个重要特征，新闻职业丰富了这些作家的社会阅历和人生经历，使他们保持了对现实社会变迁的敏感性，能够及时把握一些重大的社会问题和现实事件，并在他们的文学作品中予以呈现和进行思考。比如萧乾30年代初开始文学创作，然后从文学走向新闻，受聘于《大公报》，在那里开始他的记者生涯。"二战"期间，他被派驻欧洲7年，经历了伦敦轰炸、诺曼底登陆、挺进莱茵河、纽伦堡审判等传奇般的历史时刻。作为这场大战的战地记者，他凭借自己敏锐而细腻的眼光为读者奉献了一篇篇独特的、富有戏剧性的新闻特写。他在《〈人生探访〉前记》中解释了选择新闻职业的原因："我的最初目的是写小说。但因为生活经验太浅，我需要在所有职业中选定一个接触人生最广泛的，我选择了新闻事业，而且我特别看中了跑江湖的旅行记者生涯。"因为记者式的观察、敏感和亲身体验，萧乾所写的小说和散文，具有强烈的现实主义色彩。由于深厚的文学功底，他的作品具有较深的叙述性、哲理性和艺术性。

（2）作家的传媒体验对创作实践的影响。最明显的影响就是当过文学期刊的编辑所写的作品往往不走纯文学的路子，而是将目光瞄准市民文化，而市民文化具有一定的保守性，它接受新文化、新思想的周期比较长，理解的深度、接受的层次也都存在局限。在文化消费上，市民习惯于传统形式和风格，趋向于阅读那些思想意识挑战性不大的文本。像五四作家的那些新文学作品，在市民文化读者中间的影响力不是很大，主要集中在接受了启蒙教育或同情新文学的知识分子中间。对消费市场的关注，对当下读者的尊重和自觉追随，对现实社会的持续关注和深刻把握，决定了大多数有过传媒体验的作家不走纯文学或精英文学的路子，而是自觉适应读者需求，选择大众易于接受的文体。比如张恨水，其自觉继承中国传统小说的体式，绝大多数长篇作品都采取章回体小说形式。章回体小说早已深入人心，其特点是叙述时间单一，小说从开头到故事结束保持了简单流畅的线性时间：每一章节都有相对独立性和时空上的封闭自足性，每章回也常常拥有自身的局部高潮，情节曲折动人。当然，章回体小说作为报纸连载小说，弊病也很明显，比如笔法铺张敷衍、结构散漫等。作家对此不是不知道，他们也不是不善结构，而是出于适应读者需求的考虑，同时也是商业的需要。张恨水曾坦言："我之死抱住章回小说不放，自己是有一个想法的，我当年认为新派小说非普通民众所能接受。我愿为这班人工作。"[1] 在这里，我们看到了长期以来被研究者忽视的传媒体验对作家创作的影响。当然，传媒体验对作家的影响绝不是如此简单明了的，无疑蕴含着更多的张力，比如职业作家与职业编辑的分离、作家投稿路上的艰辛体验。又如，同是有着传媒体验的编辑，为什么有的成了新文学作家，而有些坚持旧式的文学样式？这些考虑，无疑显示出从这一角度打量现代文学的广阔空间。

第三，现代传媒与现代文学整体精神。当下对现代文学的整体把握，主要是来自政治维度和"现代性"维度，比如现代文学时限的划分、现代文学总体精神的归纳等。近年来，有不少学者从不同的角度阐述了中国现代文学发生、发展的诸多因素，据此将中国现代文学的上限划到19世纪中期甚至明末，但中国古典文学中存在的文学革新意识和人文精神，没有也不可能自动转型。无论是说中国古典文学发展到晚清时期已经气息奄奄，还是强调古典文学创作如旧体诗词、文章在晚清取得了重要的成就，它都与后起的现代文学分属于两个文学范畴。与西方文学是文学发展过程中的一次现代化必然进程不同，中国现代文学是社会和民族现代化对文学的要求。中国现代文学只有在外力的作用下，才有可能诞生出一种新质的文学。影响中国现代文学发生与发展的外力主要有三个方面：社会革命、西方影响、报刊传媒。现代传媒不仅担负了启蒙新民的思想功能，成为"群

---

① 张明明：《回忆我的父亲张恨水》，百花文艺出版社1984年版，第43页。

治"的政治机制的部分，而且承载并表现出现代知识分子的审美理想，将文学的审美功能寓于报刊的社会政治功能之中，从而让以西方某种"公民社会"为蓝图的政治设计借文学的外壳构筑为社会、民族现代化的乌托邦。因此，有研究者指出："在这里，现代传媒不仅仅是作为文学载体而存在，而且作为文学的本体而出现。它既是现代文学存在的物质和文化条件，又是作用于文学的社会革命和西方影响的媒介功能体现。更重要的是，现代传媒带来的是一种本源意义上的新质文学，是一个文学新纪元的开辟。"[①] 这种观点自然只是一部分学者的一家之言，但却无疑打开了我们从现代传媒来审视现代文学一个可资思考的维度。

以上是从现代传媒对现代文学的促进作用进行思考的一些层面，当然不是全部，但足以显示从现代传媒来思考现代文学依然有着较大的学术空间。

三、从现代传媒角度研究现代文学的限度

从现代传媒角度审视现代文学，学界既显示了长足的进步，也暴露出了庞杂的一面。对这一维度的研究，无疑既要看到其对现代文学研究的推动作用，也要警惕对其效用的过分夸大，产生一些不必要的阐释泛滥。总体而言，以下三个限度是作为研究者需要认真考虑的。

第一，强调返回历史现场。与其他研究现代文学以思辨性为主的维度相比，从现代传媒的角度研究现代文学更需强调史料的原始性，更需要具有直面历史真实的精神，因为建立在原始的传媒数据而不是各种解释之上的研究基础才是可靠的。

第二，以文学为主。尽管在现代文学的发展中，文学与传媒天然地扭结在一起，但二者依然有着较为清晰的界限，文学面向的是人的审美、情感，传媒更关注的是信息传播的有效性。从现代传媒的角度来审视文学，并不意味着抹平二者的界限，而是思考现代传媒是如何促进、制约文学发

---

① 周海波：《现代传媒视野中的中国现代文字》，博士学位论文，山东师范大学，2004年。

生和发展的。在这里，传媒是影响文学的一个重要因素，研究应以文学为主导。

第三，研究者的主体性。现代文学传媒研究的一个不足就在于很多研究都是重史料而少分析，甚至变成了资料的罗列。史料的搜集、整理自然是极为重要的，但如果缺乏相关的理论分析，没有研究者的主体性介入，研究就还是静态的，没有成为"活"的研究。强调研究者主体性的介入，是指研究者在史实的基础上展开研究者与资料之间各种丰富的联系，从而形成研究的多元性，这也是学术研究的生命力之所在。

第二节 现代传媒与《小说月报》研究的维度

一、作为"传媒"的《小说月报》研究

《小说月报》作为一份文学期刊，按理其传媒属性应该更多地得到关注，但长期以来，学界对《小说月报》的研究更多集中于它的思想性及文化性上，近年来又对其商品属性做了挖掘。而对于《小说月报》本身就具有的传媒性质，研究界却一直不够重视，论述大多还是零散的。归纳起来，作为"传媒"的《小说月报》研究主要集中在以下两方面。

第一，对《小说月报》本身的传媒属性进行关照。这类研究主要集中于对《小说月报》的编辑思想、传播形式等方面做出探讨。比如，谢晓霞的《编辑主张与改革前〈小说月报〉的风格》探讨了不同的编辑及其主张对改革前的《小说月报》风格的影响，主要表现为王蕴章和恽铁樵这两位编辑的主张对《小说月报》的封面和插图、栏目设置、杂志定位和内容取舍几个方面的影响，它们使改革前的《小说月报》风格也经历了由介于雅俗之间到以雅为主的变化。刘洋的《〈小说月报〉（1910—1931）编辑出版策略研究》认为《小说月报》的成功绝非偶然，而是由于采取了一系列行之有效且独具特色的编辑出版策略。《小说月报》的出版机构背景、编辑与作者群体、发行网络、营销技巧都对当下的期刊出版有着重要的启发意

义。黄剑平的《〈小说月报〉（1910—1932）封面设计研究》以装帧设计为指导，从美学的角度入手，从图形（插画）、色彩、字体变化等角度展开对《小说月报》的探究，力求深度把握这个时期的美学思潮，以及这个思潮对书籍装帧的影响。这些研究倾向于将《小说月报》视为传媒的静态"物质"来考察，关注的是传媒的形式。

第二，以《小说月报》为例，阐述媒介之于文学的作用。这方面的研究成果主要集中于学位论文，比如端传妹的《媒介生态与现代文学的发生——〈小说月报〉（1910—1931）》在对《小说月报》作为纯文学期刊的文学策略进行研究之后，认为语言问题是用以划分《小说月报》不同阶段的显在标志，翻译文学是其革新后的重点所在，《小说月报》与文学研究会的紧密关系是其成为文学史上最具影响力的杂志的重要原因。王彤的《媒介环境学视阈：1910—1920年间〈小说月报〉研究》立足于媒介环境学的理论与视角，通过对1910—1920年《小说月报》的个案分析，探究文学媒介与政治的互制互应，文学媒介与文化的互融共生，以及文学媒介与文学往来相生的一般性规律，力图改变文学研究对于媒介主体性认识的不足，认为其对于媒介主体性的确立将带来文学研究的新改变，进而拓展文学研究的研究视野。曾锦标的《小说文体嬗变与文学媒介——以〈小说月报〉（1910—1932）为中心》揭示了现代传媒对小说文体变化带来的影响。苏运生的《现代传媒与中国文学的现代化转型——以〈小说月报〉与文学研究会的关系为例》认为传播媒体不仅为现代文学提供了存在的物质基础，而且促进了中国现代文学的形成与发展，促使中国文学赖以存在的文化精神发生了根本改变。这些研究，应该说在一定程度上揭示了现代传媒对现代文学的深层影响，但它们大都着眼于现代传媒对整个现代文学影响的评价，具体的作为传媒的《小说月报》对现代文学的重要作用并未全部揭示出来，往往被淹没于更宏大的建构之中。

可以说，传媒与文学，既是我们较为容易想到的话题，也是研究中较为不透彻的存在，关于现代传媒与《小说月报》关系的探讨还远未结束。

二、现代传媒与《小说月报》研究的多个面向

《小说月报》作为一个历史文本，我们既可以将其看作一份文学期刊，也可以单纯地把它视为一份传媒期刊，在大多数情况下，我们往往是在双重意义上对其进行谈论。当我们讨论"现代传媒与《小说月报》"的时候，需要注意的是我们既在说现代传媒与作为文学形态的《小说月报》，亦在关注现代传媒与作为传媒介质的《小说月报》。从这个意义出发，关于现代传媒与《小说月报》，至少有以下话题可资思考。

首先，研究现代传媒生态与《小说月报》运行。作为一份文学期刊，《小说月报》从创刊到发展，都与当时的传媒生态密切相关。从清朝末年开始，中国开始进入使用近代印刷术的大众媒介时代，从而使得报纸和杂志在清末民初蓬勃发展。根据史和等人编写的《中国近代报刊名录》统计，从1815年第一份中文期刊《察世俗每月统计转》问世到《小说月报》创刊时的1911年，海内外累计出版的中文报刊即达1753种。其中，根据学者统计，从1892年第一份小说期刊《海上奇书》创刊到1919年，中国累计出版的小说杂志有60余种。[①] 这么多的小说杂志，一方面为《小说月报》的创刊打下了良好的读者基础，另一方面无疑也给《小说月报》办刊带来了压力。分析《小说月报》创刊和发展跟其他文学期刊的关系，无疑会使我们对《小说月报》的性质有更深入的了解。比如，将创刊时的《小说月报》跟鸳鸯蝴蝶派的期刊进行比较，我们会发现《小说月报》跟它们之间既竞争又超越的微妙关系；将五四时期的《小说月报》与《新青年》等对比，我们依然可以发现《新青年》跟《小说月报》之间既竞争又超越的关系；还有《小说月报》跟其他期刊之间的各种对立、竞争与合作的关系。这种文学杂志间的张力，反映出了现代时期传媒的基本动态，而这种动态也正是当时文学的基本走向。因此，研究《小说月报》与其他文学杂志的关系、《小说月报》与整个现代传媒的关系，为我们展示了现代文学发展的另外一条线索，对于丰富我们对现代文学的认识，也许是不可或缺的。

---

① 参见郭浩帆：《中国近代四大小说杂志研究》，博士学位论文，山东大学，2000年。

其次，研究《小说月报》的传播机制。《小说月报》的传播机制在当下依然少有研究者关注，其传播机制决定的是《小说月报》的传播力，直接影响着与《小说月报》相关的文学形式的传播力度及广度。思考《小说月报》的传播机制，至少需要重视以下这些因素：《小说月报》传播的经济、政治、文化、法律等因素，这是杂志发行的前提；《小说月报》传播、运行的基本形式，包括杂志采稿、编辑、发行等诸多环节，这是影响杂志传播的基本条件；《小说月报》的传播效果，包括读者的认可度、社会效应及在文学史上的基本评价等，这属于杂志的价值研究，也是研究《小说月报》的目的。

再次，研究作为传媒的《小说月报》。从《小说月报》当前的研究态势来看，研究者越来越把《小说月报》作为一个复杂的存在，既认识到了《小说月报》文化性的一面，也发掘出了《小说月报》商品性的一面。但显然，仅从这两方面来认识《小说月报》是不够的。作为一份文学期刊，《小说月报》首先是作为媒介存在的。根据加拿大学者麦克卢汉著名的"媒介即讯息"论断，对于社会来说，真正有意义、有价值的"讯息"不是各个时代的媒体所传播的内容，而是这个时代所使用的传播工具的性质及其所开创的可能性以及带来的社会变革。如果我们不在意麦克卢汉这一理论的片面性，而注意到其合理的一面，那么，我们研究《小说月报》作为传媒的一面就显得极为重要。这就意味着我们需要从更多的维度审视《小说月报》的传播方式及影响其传播方式的多种因素，比如《小说月报》推销、广告、与其他杂志交换信息及广告、作者群的增减变化，以及《小说月报》的这些传播方式为现代文学带来的具体影响等，这些都是以往研究遮蔽或忽略的，也是现代文学机制所需要关注的。

最后，研究作为"传媒"的《小说月报》与作为"文学"的《小说月报》。研究作为"传媒"的《小说月报》关注的是这份文学刊物的基本传播方式、传播机制及传播影响等，而关注作为"文学"的《小说月报》，则重点在于其所刊载作品的审美形态、作家的聚散离合及其在文学史上的地位等。从某种意义上说，现代文学与古代文学的区别就在于现代文学期刊的出现，而现代文学期刊恰好集传媒性与文学性于一体。研究《小说月报》的传媒性与文学性之间的关系，思考它们相互促进或相互制约的一面，对于我们理解《小说月报》甚至是现代文学的复杂性，具有重要的参考价值。

第三节　个案：《小说月报》的云南传播考

在大多数读者的印象中，云南因为偏僻、落后，似乎没有参与现代文学进程，现代文学似乎也没有影响到云南，至少在抗战以前是这样的。其实不然，作为中华文化共同体的一部分，国内文坛的动态都会或隐或显地影响到云南文学的发展态势，比如《小说月报》在云南的传播，就表明云南较早地融入了中国现代文学的进程。

一、与云南相关的两幅照片

《小说月报》与云南很早就有了联系，而且这种联系让人很诧异：1910 年《小说月报》第一期的封面后插入了一幅昆明龙泉观的照片，第二期则插入了昆明大观楼的照片。也就是说，《小说月报》创刊后的头两期就与云南发生了联系。考虑到这时《小说月报》才刚刚创刊，还是继承《绣像小说》的辉煌而来，那么第一、二期的图片肯定是经过精心选择的，编者选用与云南有关的图片就显得很有深意了。

刚刚创刊的《小说月报》，肯定是奔着读者效应去的，渴望能够较快、较好地占领读者市场，吸引读者的注意力就是重中之重。编者选择与云南相关的图片，大约是因为当时的云南地理位置偏僻。对于沿海一带的读者而言，云南是一片遥远的化外之地，欣赏与云南相关的图片，无疑就有一种猎奇的心态，能够留下较为深刻的印象。一句话，这种最初的联系跟《小说月报》刺激读者的心理息息相关，但也从侧面可以看出作者及编者较早地注意到了云南。

二、商务印书馆云南分馆的建立

《小说月报》什么时候开始在云南传播？不排除通过其他私人方式传播到云南的情况，但大规模的传播显然与商务印书馆在云南建立分馆密切相关。商务印书馆什么时候在云南建立分馆？学界有不同的观点。有人认为在1916年，比如"这些发行机构，大多是在清代坊刻的基础上发展起来的，一般分独资经营与集资经营两种，独资经营的规模基本是本地人士所创办，规模较小；集资经营和合股经营的规模比独资经营的要大得多，尤其突出的是现代初年上海几家书局在云南所建立的分支机构。其中影响力比较大的主要有商务印书馆云南分馆和中华书局昆明分局。1916年，商务印书馆开设于昆明光华街，主要发行上海总馆出版的教科书和其他各类图书，如中小学全套教科书、参考书、各种工具书和刊物等"①。然而，《小说月报》的一则广告，显示了商务印书馆云南分馆的建立时间早于1916年。在1915年《小说月报》第六卷第十二号"预订《小说月报》"简章里，商务印书馆的分馆联系处写着"云南隍城庙街"，也就是说，这个时候商务印书馆的云南分馆已经建立，并且开始代售《小说月报》了。由此可见，《小说月报》在云南已经开始正规传播了。

三、云南籍作家在《小说月报》的作品发表情况

在众多的文学研究会作家里，有三位云南籍作家：一位是入会号为26号的刘嘉镕；一位是入会号为62号的陈小航（小航），是云南凤庆人；一位是入会号为153号的徐嘉瑞（梦麟），是云南昆明人。与江浙一带人才济济相比，云南就显得凋零很多，但无论如何，也表明云南开始参与现代文学的进程。

在作品发表上，陈小航主要是在1922年1月10日第十三卷第一号《小说月报》上发表了《陀斯妥以夫斯基传略》、1922年5月10日第十三卷第五号《小说月报》上发表了《法郎士传》《布兰兑斯的法郎士论》《法郎士

① 滇梓：《云南印刷史话》，《印刷史话》1998年第10期。

著作编目》，1923 年 1 月 10 日第十四卷第一号《小说月报》上翻译了德国人恺撒著的《从清晨到夜半》（剧本）。而徐嘉瑞则在 1927 年 6 月第十七卷《小说月报》号外"中国文学研究（上）"发表了关于岑参的研究论文。从发表的作品情况来看，他们两人都不是偏重创作的作家，而是专注于研究，一个专注于外国文学研究，一个专注于中国文学研究。

四、《小说月报》上刊登的关于云南文学的消息

虽然云南地处偏远，但云南的文坛动态已纳入了《小说月报》视野。《小说月报》上刊登的关于云南文学动态的消息共有两则。一则是第十四卷第六号"国内文坛消息"栏披露：

新的杂志也有三种出现：一为《翠湖之友》，她是在云南府万钟街三十八号，达群工业社，定价每张二分；据我们所知道，她实在是云南唯一的文学杂志。

一则是第十六卷第三号"文坛杂讯"的通知：

（五）云南几个文学研究者出版的《澎湃》第九期已见到，通讯处：云南文明街新亚书社转。

从"她实在是云南唯一的文学杂志"，我们能非常明显地感受出《小说月报》对云南缺乏文学的一种叹息，但它又在发关于云南文学的消息，提携之意就很明显了。

从上面的归纳可以看出，《小说月报》与云南的联系尽管零碎，但也不少了，既有较早地采用云南图片去吸引读者，也有在云南建立分馆进行传播，更有云南籍作家的作品发表并不断关注云南文坛动态。如果我们对比一下其他边疆地区，云南与《小说月报》可谓是互动很多了。

第四节 个案：广告与《小说月报》的创刊、发展

一、广告与《小说月报》的创刊

《小说月报》在 1913 年左右形成了一个广泛的读者群，这个巨大的读者群覆盖了中小学学生、识字的妇女、关心时局者及各类专业学者，从一般的居民到懂英语的知识分子都有，这是一个跨度很大的群体。这一分析表明了《小说月报》在当时所具有的强大影响力，这一点在当时人的回忆中有了直接的证明，"一时作家，如琴南、指严、瘦鹃、瞻卢、卓呆、枕亚、瘿安、仲可、诗卢、洪深、宣樊等，珠玉纷投，在当时为杂志界的权威者"①。

从前文对《小说月报》读者群的分析和当时人的证明来看，《小说月报》在当时的确有很强的号召力。一份杂志的影响力应该是由多种因素构成的，既有杂志本身的原因，也有外部社会的原因。具体就《小说月报》而言，如同前文所分析的那样，它之所以能够吸引一大群读者，主要在于它秉持的文学观念与社会群体的社会观念是暗合的，它所刊载的作品符合当时人们的欣赏习惯。除了本身的原因，《小说月报》形成强大的影响力还有着其他社会外部的原因，特别是经济因素，本文重点考察在影响《小说月报》的诸多因素中，经济因素从哪些方面、多大程度上影响到了《小说月报》影响力的形成。

在考察早期《小说月报》的影响力的时候，有必要厘清《小说月报》创刊时的情况。《小说月报》创刊时，正值商务印书馆事业蒸蒸日上的时候。从资本上看，商务印书馆最初的资本为"三千七百五十元大洋，包括大股东天主教徒沈伯芬（电报总局人员）投资两股共一千元，张蟾芬（电报总局学堂电报兼英文教席）投资半股二百五十元，鲍咸恩一股五百元，夏瑞芳一股五百元，鲍咸昌一股五百元，徐桂生一股五百元，高翰卿半股

---

① 秋翁：《三十年前之期刊》，《万象》1944 年第 3 期。

二百五十元，郁厚坤半股二百五十元"①"资金凑齐后，开始购买机器。当时只买了三号摇架三部、脚踏架三部、自来墨手板架三部、手揿架一部和一些中英文子器具等，钱都花光了"②"夏瑞芳是一个能干的企业家。商务印书馆开办后，他广泛联络，招揽生意，热情接待顾客，营业额逐年上升。他又精打细算，管理得法，盈利成倍增长。如以1897年该馆资本额4000元为基数，到1901年变成5万元，增长11.5倍；1903年为20万元，增长49倍；1905年为100万元，增长249倍；1913年为150万元，增长374倍；1914年为200万元，增长499倍。十七年功夫，资本额平均每年增长二十九倍多。这样的高速度发展，实属罕见，因此被认为其历年进展之速，为国人经营事业中之最尖端者"③。

在商务印书馆的这种惊人发展过程中，其社会影响力、社会知名度也在不断地扩大。商务印书馆成立的第二年（1898年），编印了词典《华英初阶》，初版印了二千本，夏瑞芳亲自向各学校推销，上市二十天，全部售罄。这本书到1917年，便印了六十三版。江南商务总局还特地在1899年11月通令，禁止坊间翻印商务印书馆编辑出版的书，显然商务印书馆出版的书已经受到市场的注意并被翻印。④1902年，张元济加入商务印书馆，创办编译所，邀请了许多学者专家前来助阵，为商务印书馆编印了许多教科书、参考书、工具书和外版书，使商务印书馆成为当时全中国最大、最有影响力的出版社。学者名流纷纷加入编译所，到1910年《小说月报》创刊时，陆续加入编译所工作的有：

1902年蔡元培担任编译所所长，到次年6月，因"苏报案"离职，前往青岛，张元济亲自接任编译所所长。

---

① 王学哲、方鹏程：《商务印书馆百年经营史》，华中师范大学出版社2010年版，第9页。

② 王学哲、方鹏程：《商务印书馆百年经营史》，华中师范大学出版社2010年版，第9页。

③ 贾平安：《记商务印书馆创始人夏瑞芳》，载《商务印书馆九十五年》，商务印书馆1992年版，第543—544页。

④ 参见王学哲、方鹏程：《商务印书馆百年经营史》，华中师范大学出版社2010年版，第10页。

1902 年高凤岐进馆。

1903 年进馆的有：高凤谦、蒋维乔、庄俞。

1904 年进馆的有：杜亚泉、郁厚培。

1905 年进馆的有：陆尔奎。

1906 年蔡元培应聘到商务印书馆编译书籍。

1908 年进馆的有：邝富灼、孟森、陆费逵（后来另办中华书局）。

1909 年进馆的有：孙毓修、傅运森。

1910 年方毅进馆。①

当年参加商务印书馆编译所的人，大多是已有成就、贡献的著名学者，使得商务印书馆编译所成为学者贡献其力量的地方。比如，张元济编的《百衲本二十四史》至今仍是一项了不起的文化成就；杜亚泉是中国科学界的先驱，编著有《动物学大辞典》《植物学大辞典》等巨著；孙毓修是中国童话的创始人，同时是一位版本目录学家，是版本目录学家缪荃孙大师的弟子。有了这些人物加入，商务印书馆在学界的权威性及影响力自是非同一般。

同时，商务印书馆还广出杂志，在《小说月报》创刊时，出版的杂志包括：

1902 年张元济与蔡元培筹划出版《开先报》，后来改名为《外交报》，商务印书馆代印，共出版三百期，第二十九期以后由商务印书馆发行。

1903 年创办李伯元主编的半月刊《绣像小说》。

1904 年创刊杜亚泉等主编的《东方杂志》，到 1948 年才停刊，是中国杂志史上重要的一页。

1909 年《教育杂志》创刊。

1910 年《图书汇报》创刊。

商务印书馆发行的这些杂志，销量均不错，受到社会的普遍欢迎，《东

---

① 参见王学哲、方鹏程：《商务印书馆百年经营史》，华中师范大学出版社 2010 年版，第 21—22 页。

方杂志》的销量曾经达到一万五千份，为当时杂志销售之冠①。这些杂志的创办与可观的销量，无疑将商务印书馆的社会影响力大大提高，为商务印书馆赢得了良好的社会声望，为《小说月报》的创刊奠定了极为良好的社会基础。

虽然《绣像小说》让商务印书馆尝到了通过小说来赚取利润的甜头，但随着主编李伯元的逝去，《绣像小说》半途停刊。而在这期间，商务印书馆渐渐形成了两方面的角色：一种是作为出版企业追逐商业利润的角色，一种是作为文化传播者的角色。这样的双重角色，使得商务印书馆在《绣像小说》停刊后，希望另办一种杂志来延续《绣像小说》的光辉，《小说月报》应运而生。正如谢晓霞所说："1910 年阴历七月创刊的大型小说杂志——《小说月报》，它更是商务出于商业利润和文化追求双重考虑而创办杂志的一个典型的范例。"②

在这样一种期待中诞生的《小说月报》，不难想象商务印书馆最初对它的期望。而在《小说月报》创刊之时，商务印书馆经过之前的努力已经具备了雄厚的资产和相当的知名度，在这种背景下，商务印书馆对新创刊的《小说月报》给予的支持应该是足够的，从而使得《小说月报》创刊时不用担心拉不到广告而面临资金困难，避免了像许多杂志那样一创刊就面临着停刊的危险。同时，商务印书馆雄厚的资金支持还让《小说月报》从一开始就能重金聘请到名家，《小说月报》的作者正如它自己所说的那样：

本报各种小说，皆敦请名士，分门担任。材料丰富，趣味酿深。其体裁则长篇短篇，文言白话，著作翻译，无美不收。其内容则侦探言情，政治历史，科学社会，各种皆备。末更附以译丛、杂纂、笔记、文苑、新智识、传奇、改良新剧诸门类，广说部之范围，助报余之采撷。每期限于篇

---

① 参见李欧梵：《上海摩登》，毛尖译，浙江大学出版社 2000 年版，第 48 页。
② 谢晓霞：《商业与文化的同构——〈小说月报〉创刊的前前后后》，《中国现代文学研究丛刊》2002 年第 4 期。

幅，虽不能一一登载，至少必在八种以上。①

很难想象，没有商务印书馆的全力支持，《小说月报》能从一开始就聘请到当时的著名作家。何况，凭借着创刊时商务印书馆的声望，人们对商务印书馆旗下的杂志原本就有一份期待，可以说《小说月报》还没有创刊，人们就对其充满了想象。商务印书馆的社会知名度、雄厚的资金支持及著名作家的加入，让《小说月报》从创刊开始就具备了一定的影响力。

商务印书馆雄厚的资金，不仅为《小说月报》的创刊提供强大的支持，也为《小说月报》的发行奠定了良好的基础。从商务印书馆的发展来看，随着其资本越来越雄厚，其发行的网店、分馆也越来越多：

1897 年商务印书馆创馆于上海宝山路。

1903 年设汉口分馆。

1905 年设北京分馆。

1906 年设沈阳、福州、开封、潮州、重庆、安庆等分馆。

1907 年设广州、长沙、成都、济南、太原等分馆。

1909 年设杭州、芜湖、南昌、黑龙江等分馆。

1910 年设西安分馆。

这些分馆的建立，扩大了商务印书馆的经营范围，也让《小说月报》创刊后的发行途径有了充分的保障。

在每一期的《小说月报》封底上，几乎都有着这样的说明：

THE SHORT STORY MAGAZINE

（Issued Monthly）

不许转载

宣统三年正 / 八月二十五日三 / 出版

编辑者　无锡王蕴章

发行者　小说月报社

---

① 《小说月报》第一卷第一号。

印刷所 上海北河南路北首宝山路商务印书馆

总发行所 上海四马路中市商务印书馆 京师 奉天 龙江 天津 济南 开封 太原 西安 成都 重庆

分售处 商务印书馆分馆 泸州 长沙 常德 汉口 南昌 芜湖 杭州 福州 广州 潮州

除了日期和编辑者有变动，其余的几乎相同。从上面的说明我们不难看出：《小说月报》的总发行所有 11 处，分售处有 10 处，这些总发行所和分售处北到黑龙江、南至广东、东至上海、西至成都，覆盖了中国当时交通便利的绝大部分地区。加上还在日本等国发行，《小说月报》的发行地域是相当宽广的。到了 1917 年左右，《小说月报》发行的地域更有所扩大，在第八卷第九号封底刊登出来的发行点有：

总发行所：上海棋盘街中市商务印书馆 北京 天津 保定 奉天 吉林 长春 龙江 济南 东昌 太原 开封 洛阳 西安 南京 杭州 兰溪 吴兴 安庆 芜湖 南昌 袁州 九江 汉口 武昌

分售处：商务印书馆分馆 长沙 宝庆 常德 衡州 成都 重庆 福州 厦门 广州 潮州 韶州 汕头 澳门 香港 桂林 梧州 云南 贵阳 石家庄 哈尔滨 新嘉坡

总发行所有 25 处，分售处达到 21 处，北边已到哈尔滨，西边达到西安，连偏远的云南都有了分售处，中国的香港和澳门甚至新嘉（加）坡等地都有了分售处。发行的地域之广，在当时国内是独一无二的。

上文分析到，《小说月报》的读者群是一个从小学生、初识字的妇女，到精通英语的、拥有深厚古文基础者这样跨度很大的群体，这一读者群体跟《小说月报》极为宽广的发行地域相结合，形成了《小说月报》极为庞大的立体的受众网络。这样一个网络保证了《小说月报》不断提高的销售量和极强的影响力。

如果说发行地域之广依靠的是商务印书馆雄厚资金支撑起来的发行点，那么，读者之众除了《小说月报》本身的因素，还有一个重要的因素就是读者自身的因素，影响《小说月报》销量的因素除了读者本身的欣赏口味，读者的经济因素也应该考虑在内。

基于《小说月报》读者群跨度甚大，读者群的经济因素可参照当时的收入状况进行考虑。

上海市 1911—1919 年基本的物价为：

米价恒定为每旧石（177.7 市斤）6 银元，也就是每斤米 3.4 分钱，一银元可买 30 斤上等大米。

猪肉每斤平均 1 角 2 分 ~ 1 角 3 分，1 银元可以买 8 斤猪肉。

棉布每市尺 1 角钱，1 银元可以买 10 尺棉布。

白糖每斤六分钱。

植物油每斤 7 ~ 9 分钱。

食盐每斤 1 ~ 2 分钱。[1]

而《小说月报》每期的定价为一角五分到两角，比猪肉的单价稍高，这样的价格是大多数市民可以承担得起的。在《小说月报》的读者群中，学生、小市民阶层的妇女和学者是主力。这也符合恽铁樵当时的记述："弟思一小说出版，读者为何种人乎？如来教所谓林下诸公，其一也；世家子女之通文理者，其二也；男女学校青年，其三也。商界、农界读者，必非新小说，藉曰其然恐今犹非其时。是故《月报》文稍艰深，则阅者为上三种人之少数。《月报》而稍浅易，则阅者为三种人多数。"[2] 在这些人当中，多半为有闲阶层或者学生，每月负担一本《小说月报》的价钱应该是足够的。

对于学校的学生来说，他们通过现代图书馆也能够读到《小说月报》。除了新式学校，对《小说月报》新型读者的培养作用最大的就是现代图书馆。大量的学生和逐渐兴起的市民读者对《小说月报》的接受渠道除了订

---

① 陈明远：《文化人的经济生活》，陕西人民出版社 2010 年版，第 304 页。

② 《本社函件最录》，《小说月报》第七卷第二号。

购，主要是通过新兴的公共图书馆完成的。在 20 世纪初的中国，随着经济和文化的发展，藏书机构由以前的私人或官方藏书楼转化为公共图书馆，使得一大批市民和学生能够通过图书馆这个渠道了解到文化知识，从而成为许多正在发行中的图书、杂志和报纸的读者。《小说月报》创办之时，全国 18 个行省之中，除了江西、四川、新疆，其他各省都建立了图书馆。上海、北京和江苏等地还建立了许多所学院图书馆。这些图书馆"多储经史，以培根本，广置图书，以拓心胸，旁及各报，以广见闻"[①]。这些图书馆的建立加上商务印书馆遍及全国的发行网，不仅使全国订购者可以读到《小说月报》，而且为大量没有经济实力的读者提供了阅读的机会。各地纷纷建立图书馆，间接为扩大《小说月报》的影响力发挥了作用。

《小说月报》这些"硬件"的设立，对于早期《小说月报》影响力的形成是必不可少的。在这些经济因素的影响下，《小说月报》的文学观念适应了社会观念，《小说月报》在当时成了"权威"就不难理解了。

二、广告与《小说月报》的赢利

对于一份文学杂志来说，赢利的途径主要依靠销量和广告。通常这两者是互动的，好的销量往往能够吸引来更多的广告，而众多的广告能为杂志带来丰厚的资金，为再次扩大销量奠定基础。许多文学杂志就因为缺乏广告投入而难以为继，往往只能办短短的几期甚至是一期都办不下去。《小说月报》作为商务印书馆旗下的一份杂志，存在时间长达 22 年之久，而商务印书馆作为一家企业，赢利是其存在的基础。如果《小说月报》只发行不赢利，商务印书馆肯定会让其停刊。作为一份文学杂志，《小说月报》是如何赢利的呢？这里试着做一简要分析。

对于一般的杂志，广告为其主要的收入来源，我们可以先来考察一下早期《小说月报》广告刊登的情况（见表 5-1），看广告对早期《小说月报》的赢利起到了多大的作用。

---

① 苏玉娜：《接受视野中的〈小说月报〉》，硕士学位论文，山东师范大学文学院，2010 年。

表 5-1 《小说月报》第一卷第一号的全部广告

广告商	广告内容	广告性质	其他
《小说月报》	蝶恋花	图画	封面
商务印书馆	《南洋劝业会游记》	书籍	封面后，正文前
	原版《大清会典》《会典事例》《会典图》	书籍	
	《汉译日本法规大全》	书籍	
	五彩精图方字、看图识字、九九指数牌	文化用品	
	《儿童教育书》《童话》（孙毓修编）《少年丛书》	书籍	
	《涵芬楼古今文钞》	书籍	
	世界新舆图、大清帝国全图、大清帝国总图各省折图、各省挂图	书籍	
	师范讲习社开办广告	启事	封面后，正文前
	《师范学校用讲义》	书籍	
《小说月报》	编辑大意	启事	
	征文通告	启事	
商务印书馆	庚戌年《外交报》大加改良增刊二则	杂志	插入《钻石案》之后，4 页
	中国风景画、西湖风景画、学校游艺画、美术明信片、怀中记事册、交通必携	书籍	
	林纾小说（该页共计 47 种）	书籍	
	《说部丛书》	书籍	
商务印书馆	《教育杂志》第二年第七期目录	书籍	封底前广告
	《东方杂志》第七年第六期目录	书籍	
	《大清光绪新法令》《大清宣统新法令》《资政院院章》《咨议局章程》《宪法大纲》《府厅州县地方自治章程》《城镇乡地方自治章程》	书籍	封底前广告
	《大清教育新法令》《日本教育法令》	书籍	
	美术明信片、怀中记事册、交通必携、广告、价位表等	书籍	
	邮政票购书章程	章程	封底

　　该期《小说月报》正文共 70 页，广告刊登了 22 页，足见《小说月报》对广告的重视。该期封底里的广告价目表标明了当时广告的价目（见表 5-2）。

表 5-2　《小说月报》第一卷第一号广告价目表

广告					邮费			定价			
普通		上等	特等	等第地位	外国	日本	本国	邮政票以一、二分及一角者为限	现款及兑票	项目	定价表费须先惠逢闰照加
半面	一面	一面	一面								
七元	十二元	二十元	三十元	一期	六分	三分	三分	一角六分	一角五分	一册	
三十五元	六十元	一百元	一百五十元	半年	三角六分	一角八分	一角八分	八角四分	八角	半年六册	
六十元	一百元	一百六十元	二百五十元	全年	七角二分	三角六分	三角六分	一元五角七分	一元五角	全年十二册	

　　从表 5-2 我们不难看出，商务印书馆当时不仅认识到了广告的重要性，而且知道哪些广告对读者更具有吸引力，更容易产生宣传效果。该表详细列出了广告的等级，不同版面的广告给予不同的待遇，所收取的费用也各不相同。这一切表明当时的广告业已经很成熟了，也表明当时的广告业已经形成了一定的常规。

　　但是，纵观《小说月报》第一年第一期的所有广告，我们不难发现，该期刊登的所有广告几乎都是与商务印书馆自己相关的广告，没有刊登一则其他广告商的广告。也就是说，该期的《小说月报》并没有从广告上获得赢利。作为商务印书馆主办的一份杂志，《小说月报》刊登商务印书馆的广告自是理所当然的，第二期、第三期的广告也同样如此。

　　第一年的《小说月报》没有从其他广告商那里赚到钱，这种状况一直持续到了第二年，比如第二年第四期的广告共有 34 页，对并不算太厚的《小说月报》而言，这几乎是达到广告投放量的极限了。这么多的广告里面，与商务印书馆无关的广告仅有一则，即《刍言报》广告。按照《小说月报》的广告价目表，该期《刍言报》在《小说月报》上刊登广告应属于一面普通广告，支付十二元，这对于整个《小说月报》运行的成本而言，仅仅是个很小的数字。

其他广告商在前期《小说月报》上刊登广告最多的应该是在 1914 年左右，比如第五卷第五号的所有广告（见表 5-3）。

表 5-3 《小说月报》第五卷第五号广告情况

广告商	广告内容	广告性质	其他
利华英行	利华日光肥皂	日用品	
中国图书公司和记	《国学扶轮社原版香艳丛书》十八册	书籍	
亚东公司	中将汤	药品	
上海亨达利有限公司	亨达利手表	奢侈品	一页
商务印书馆	《学校游戏书》、学校成绩写真	文化用品	
	《单级教授讲义》	书籍	
	《东方杂志》十一卷一号二号目录	杂志	
	《政法杂志》第四卷一号二号目录	杂志	
	《教育杂志》第六卷第六号目录	杂志	
	《学生杂志》第一卷第二号目录	杂志	
	《新字典》《英华大辞典》	书籍	
	商务印书馆自制信笺信封发行（1）	文化用品	
	商务印书馆自制信笺信封发行（2）	文化用品	
	商务印书馆自制信笺信封发行（3）	文化用品	
	商务印书馆自制信笺信封发行（4）	文化用品	
	商务印书馆发行日用须知等	须知	
	《师范学校新教科书》	书籍	

（续表）

广告商	广告内容	广告性质	其他
和盛外国金银首饰号	和盛外国金银首饰号广告	首饰	
商务印书馆	《世界大事年表》	书籍	
	《关系战事图书》	书籍	
	五彩地图	地图	
	《英文会话》；翻译、文牍丛书	书籍	
葵丑涂月缄三庄蕴宽	代定：介绍书画家	人物	
商务印书馆	最为新奇最有趣味之小本小说	书籍	
	商务印书馆印刷广告	启事	
	商务印书馆发行：体操用书体操用具	文化用品	
	商务印书馆发行：《公文程序举例》《司法公文式例解》	书籍	
	上海商务印书馆谨启：林译小说丛书	书籍	
	上海商务印书馆谨启：旧小说	书籍	
	《小说月报》社投稿通告、广告价目表等	简章	
威廉士医生药局	威廉士红色补丸	药品	封底

在本期 33 页的广告中，共有 7 则非商务印书馆的广告，仍然只占了小小的比例。按照《小说月报》提供的广告价目表，我们不难算出这些广告应该支付的费用。在以后几年的广告价目表里面，编者都明确了什么样的广告算是上等的广告，什么样的广告算是普通等级的广告。比如编者在第八卷第九号的广告价位表特别注明：

注意特等（底面外）上等（封面里底封面里征文前及图画前图画中）其余均为普通地位

　　按照这则提示，在上述 7 则非商务印书馆的广告里，利华英行的利华日光肥皂广告属于上等一面广告，该期应支付 20 元；中国图书公司和记发售《国学扶轮社原版香艳丛书》十八册的广告属于上等一面广告，该期应该支付 20 元；亚东公司的中将汤广告属于上等一面广告，支付 20 元；上海亨达利有限公司的亨达利手表广告属于上等半面，支付 10 元左右；和盛外国金银首饰号广告属于普通半面广告，支付 7 元；葵丑涂月缄三庄蕴宽代定的介绍书画家广告属于普通一面广告，支付 12 元；威廉士医生药局的威廉士红色补丸广告属于特等一面广告，支付 30 元。按照这样的算法，该期 7 则非商务印书馆的广告应该向《小说月报》支付 119 元。前文说过，《小说月报》的主编月薪大抵不低于 150 元，119 元对于《小说月报》的开支来说，肯定是远远不够的。也就是说，该时期的《小说月报》主要不是靠广告来赢利的。当然，《小说月报》为商务印书馆打广告，其有形或无形的价值又另算。

　　该时期的《小说月报》不靠广告来赢利，那么要赢得利润，它便只有通过销量来实现了。《小说月报》前期的销量如何呢？《小说月报》自己给自己做的广告给我们提供了某些线索。

　　宣统三年二月二十六日（1911 年 3 月 28 日）《时报》刊载《小说月报》第二年第一期出版广告：

　　本报宗旨正大，材料丰富，趣味渊永，定价低廉，久为各界所欢迎。出版以来，甫及半年，销数已达六千以上，其价值可知。本年第一期更增彩色图三幅，美丽悦目。长篇短篇，均力求新颖。短篇若《香囊记》之侠气挚情，《狱卒泪》之哀惨动人，长篇若林译《薄幸郎》之情文并美，皆小说中无上上品。其他无不选择精当，足以解颐，家庭新智识尤切日用，为居家者所必读。价目：每册洋一角五分，外埠加邮费二分，半年六册洋八角，全年十二册洋一元五角，邮费在外，遇闰照加。上海商务印书馆发行。①

---

① 《时报》，1911 年 3 月 28 日。

宣统闰六月初三日（1911 年 9 月 24 日）《神州日报》刊载《小说月报》临时增刊广告：

本报宗旨正大，材料丰富，趣味渊永，定价低廉，久为各界所欢迎。出版以来，未及一年，销数已达八千以上，其价值可知。本年每期又增加彩色图三、四幅，美丽悦目。闰月更出临时增刊一册，所载各篇，皆当期登完。文言则情文并美，白话则诙谐入妙。页数增多，图画精美，仍售大洋一角五分，外埠加邮费四分。订阅者一律照加，不惠报价，恕不寄上。上海商务印书馆发行。①

《小说月报》第三卷第十二号（1912 年）的广告：

本社特别广告：本社所出小说月报，已阅三载，发行以来，颇蒙各界欢迎，迩来销数日增，每期达一万以上，同人欣幸之余，益加奋勉，兹从四卷一号起，凡长篇小说，每四期作一结束，短篇每期四篇以上，情节则择其最离奇而最有趣味者，材料则特别丰富，文字力求妩媚，文言白话兼擅其长，读者鉴之。

本社谨启②

《小说月报》第四卷第三号（1913 年）的广告：

本社广告

购阅小说月报诸君公鉴，本社发行小说月报已历三年而自第一年第一号起至第二年第十二号止，陆续售缺不特诸君无从补购，即本社亦多缺而不全，计第一年（一至六）六册，第二年（一至十二）十二册共十八册，诸君倘有多余，仰愿割爱者，或由本社照定价收回，或交换价值相当之小说（以

---

① 《神州日报》，1911 年 9 月 24 日。
② 《小说月报》第三卷第十二号。

商务印书馆出版者为限)，或以商务印书馆赠书券相酬，悉从尊便，倘蒙惠寄以阳历九月底截止，特此奉告

小说月报社恽铁樵谨启 [①]

　　这些信息都表明，《小说月报》前期的销量是不错的，至少在王蕴章第二次接任主编时《小说月报》的销量都是不错的，并且在 1913 年左右达到了一万份。如果《小说月报》销量达到一万份的话，按照广告价目表里所提供的价格，假定所有读者都在国内，那么《小说月报》单价现款为1 角 5 分，一万份当为 1500 元。付给主编 150 元左右，付给作者的稿酬最高像林纾每期可达 120 元左右，这样估算的话，《小说月报》每期的支出应该不会超过 750 元，也就是至少有一半的利润。这对一个杂志社来说，应该是个很好的状况了。《小说月报》靠销量来赚钱，也就弥补了它刊登其他广告不足的一面，靠销量就可以很好地生存下去，广告可以刊登，也可以不刊登了。

　　商务印书馆作为一家企业，完全可以刊登相当数量的广告来实现利润最大化。为什么它旗下的刊物《小说月报》刊登其他广告商的广告如此之少呢？《小说月报》的销量如此之大，刚出版时就名噪一时，"为杂志界的权威"，这样的一份杂志，吸引广告商应该不是很难的事。我们再回过头去看看在《小说月报》上刊登广告的那几家广告商吧。

　　利华英行是英国和荷兰最大的公司，同时也是世界上最大的食品和日化产品公司之一，早在 20 世纪 20 年代初就以制皂业为先驱开拓其在中国的事业。利华英行于 1910 年成立中国肥皂有限公司后，又于 1920 年在黄浦江畔购买土地建大型工厂生产洗衣皂。1925 年工厂建成后开始生产肥皂，利华英行当时最著名的品牌是"日光"牌。1926 年，中国肥皂有限公司在南京设立专职销售肥皂的办事处，1927 年在天津建立分公司，经销样茂等牌号的洗衣皂。公司一直发展到现在，成了现在的联合利华，联合利

---

① 《小说月报》第四卷第三号。

华在中国总投资额现已超过8亿美元，是欧洲在华投资最多的企业之一。[①]

中国图书公司和记原为中国图书公司。中国图书公司是清末废除科举后由张容牵头集资开办的最大出版社，出版课本品种仅次于商务印书馆。这家公司虽然以取代商务为目的，其资本超过商务，但最终失败，被商务并吞。[②]"戊申间（1908年），席子佩、傅子滚等发起创办完全中国人资本经营的中国图书公司。邀请张季直、曾少卿领衔招股百万元，先招五十万开办。选举结果，张季直一派人物如林康侯、叶鸿英等四人负责总务、编辑、印刷、发行职务。设办事处于南京路，发行所于河南路商务印书馆对门，建印刷厂于小南门陆家洪，铅、石、彩色等印机齐备，惜负责人一派官僚作风，致营业不振，发行所收歇印刷厂改组为民立图书公司，后盘并给中华书局。"[③]中国图书公司于1913年全部以八万元盘给商务印书馆，改名"中国图书公司和记"。[④]中国图书公司和记其实已并入商务印书馆，即便不视为商务印书馆的机构，其在当初的实力也相当可观。

亚东公司则为一家日资企业，资本雄厚，专卖日产妇科药品"中将汤"。

亨达利公司为一家钟表公司。清同治三年（1864年），法国人霍普在洋泾浜三茅阁桥（今延安东路江西中路口）设一店，英文名称为霍普兄弟公司（Hope Brother's & Co），中文招牌为"亨达利"，含义是亨通、发达、盈利，以经营钟表为主，兼营欧美侨民的日用生活必需品。19世纪末，"亨达利"易主，由德商礼和洋行经营，迁到英租界繁华的南京路抛球场（今南京东路河南路口）营业。1914年，商店又转让给礼和洋行买办虞乡山等经营，改名为"亨达利钟表总公司"。1917年，虞乡山再将"亨达利"转让给"美华利"的孙梅堂。孙梅堂买进后将业务并入"美华利"，对外仍沿用"亨达利"的店名，取消洋酒杂货，专营高级钟表。亨达利与洋商关系密切，货源充足，生意十分兴隆。第一次世界大战结束时，德国

---

① 参见联合利华官网：www.unilever.com.cn。
② 子治：关于中国图书公司的材料（三），《出版史料》2002年第4期。
③ 子治：关于中国图书公司的材料（三），《出版史料》2002年第4期。
④ 子治：关于中国图书公司的材料（三），《出版史料》2002年第4期。

马克和法国法郎贬值，亨达利趁机低价购进手表数十万只，在上海销售，获利数倍，资本实力更加雄厚。以后亨达利又在全国各地开设 23 家分店，成为首屈一指的"钟表大王"。①

从和盛号的广告来看：

金银珠宝制为首饰礼品，最为世界所欢迎，本号精制各种，均仿照西国，新奇特别，久已驰名，各埠如蒙定造奖品银杯银牌等件，自必格外克己，并备各色样本，以便惠顾诸君阅看，特此广告。

和盛号启

和盛外国金银首饰号仿制欧美首饰，定制奖杯银牌，其经济实力定然雄厚。

庄蕴宽，曾用名惜抱，字缄三。1914 年袁世凯召开约法会议，炮制新约法，庄蕴宽为议员②，为一时名人。其推荐的作品，自有分量。

清光绪三十四年（1908 年），加拿大威廉士药局富尔福公司在上海江西路 451 号开设威廉士医生药局上海分公司，经营新药制造。威廉士公司是加商在上海最早的投资企业，也是中华人民共和国成立前最大的加商企业，从表 5-4 就可以看出该公司的实力。

表 5-4　1908—1949 年加拿大商投资企业一览表③

企业名称	创建年份	经营范围	投资方式	职工数	企业地址
威廉士医生药局 上海分公司	1908	制药	公司	54	江西路 451 号
基督福音书局	1924	售书	独资	4	北京西路 1381 号

① 文新传媒—长三角城市群，http://www.news365.com.cn。

② 庄小虎：《新编庄蕴宽先生年谱——纪念辛亥革命一百周年》，http://blog.sina.com.cn/xhzhuanghttp://blog.sina.com.cn/xhzhuang。

③ 《上海经济贸易志·第九卷外国投资》，上海市地方志办公室网站。

（续表）

企业名称	创建年份	经营范围	投资方式	职工数	企业地址
铝业有限公司	1928	进口	公司	8	福州路 30 号
亚洲电器公司	1929	工业	公司		
美康公司	1933	戏院	公司	16	复兴中路 323 号

　　上述均为在当时有一定实力或者名望的广告商，而且多为外资企业。《小说月报》选择这样的广告商，一方面表明自己当时确有很大的影响力，能够吸引来资金较为雄厚的广告商；另一方面是借刊登这样的广告来表明自己的品位，扩大自己的影响。此举同时也反映了《小说月报》在刊登广告时是有所选择的，并不完全是以营利为目的。《小说月报》刊登的商务印书馆的广告主要是各类教科书、翻译和创作的著作及其相关的文化用品，放弃能够带来更大利润的广告而刊登此类广告，恰好表明了当时《小说月报》甚至是商务印书馆发展的基本思路：在保证利益的前提下，努力地进行文化传播。关于这一点，众多的研究者已经多有论述，本书就不再赘述。

　　早期的《小说月报》主要不是靠广告收入来赢利，而是靠销量来赢利，这样，销量对《小说月报》的生存就显得极为重要。而一个基本的情况是，当王蕴章第二次做《小说月报》的主编时，其销量就在减少了，到了茅盾革新《小说月报》时，每期的销量已经降至两千到三千份了，"销数步步下降，到第十号时，只印两千册"①。两千份，只有一万份的五分之一，如果收入也只有五分之一的话，就只有三百元左右。而主编每月的月薪即在 150 元左右，林纾等人的稿酬在 120 元左右，仅此两项，就差不多占据了《小说月报》靠销量带来的总收入，《小说月报》自然是入不敷出了。面对销量下降的趋势，《小说月报》有着怎样的对策呢？

---

① 茅盾：《革新〈小说月报〉的前后》，《茅盾全集》第 34 卷，人民文学出版社 1997 年版，第 179 页。

　　《小说月报》第十一卷第一号登过一则广告：

商务印书馆广告

论登书籍及杂志广告的利益（梅）

　　现在经营商业一天难似一天了，因为从前营业的范围小，目前营业的范围大，从前营业只要货真价实，隔了数年数十年自然声名日大，生意日旺，目前善于经商的利用种种方法不过一年半载，他的声名及生意竟可胜过数百年老店，唉，这是什么缘故？老实说，他们大半得力在广告的势力罢了，然而广告种类很多，传单招贴街上发的贴的，太觉杂乱，实在有些惹厌，注意的人甚少，日报效力较大，可惜是一时的，不是永久的，要等效力确实最能永久的广告，莫如书籍及杂志，即如敝馆的店名，虽不敢说全国皆知，但是全国识字的人，总有大半数知道商务印书馆，并承各界不弃，常常赐顾，一半是出于各界见爱，一半却是敝馆常登书籍杂志广告，有效的确实证据。此种广告利益真是一言难尽，就敝馆出版书籍而论，有宜登广告的，有不宜登广告的，那些国民小学教科书，销路虽大，各界倘要来登载广告，敝馆不敢奉命，因小学生识字不多，非但广告不能发生效力，而且敝馆反蹈了欺谎的过失，这是同人所深恶的，所以敝馆出版书籍虽有三千余种，却只选了历次试验，销路最畅极有效力的书籍杂志二十种为登载广告无上利器，扩充营业第一要籍，各界要知道详细情形，请写信到上海棋盘街商务印书馆营业部，立即回复。书名列下：

　　上海指南　北京指南　西湖游览指南　中国旅行指南　上海商业名录
　　日用百科全书　新旧对照历本　袖珍日记 现代日记　学校日记
　　东方杂志　教育杂志　妇女杂志　学生杂志　少年杂志
　　英文杂志　英语周刊　小说月报　农学杂志　留美学生季刊

　　相同的广告出现在《小说月报》好几期上，通过刊登广告来寻求广告商，这是《小说月报》之前从来没有过的。我们再看《小说月报》那一时期所刊登的一些广告（见表5-5）。

表 5-5　《小说月报》第十一卷第十二号主要刊登的广告

广告商	广告内容	广告性质	其他
《小说月报》社	本月刊特别启事一	启事	占 2 页
	本月刊特别启事二	启事	
	本月刊特别启事三	启事	
	本月刊特别启事四	启事	
	本月刊特别启事五	启事	
商务印书馆	商务印书馆出版　新体写生水彩画	绘画	
万国储蓄会	能力者金钱也　万国储蓄会启	储蓄	占 1 页
英国圣海冷丕联氏补丸驻华总经理处	上海江西路七号丕联氏大药行披露	药品	
北京中华储蓄银行	特别奖励储蓄	储蓄	
上海华罗公司	威古龙丸	药品	
商务印书馆	商务印书馆发行：言情小说《玫瑰花》	书籍	占半页
上海商务印书馆	上海商务印书馆发行　小楷心经十四种	书籍	
国货马玉山糖果饼干公司	国货马玉山糖果饼干公司广告	食品	占 1 页
上海贸勒洋行	美国芝加哥斯台恩总公司中国经理上海贸勒洋行　巴黎吊袜带　威廉修面皂	衣物、装饰	
贸勒洋行	固龄玉牙膏	日用品	占 1 页
	博士登补品	药品	
美国芝加哥高罗仑氏公司	鸡眼之消除法　加斯血药水独一无二	药品	
贸勒洋行	Lavolho 赖和罔眼药水	药品	占 1 页
商务印书馆	商务印书馆发行　张子祥花卉镜屏	家居用品	
	商务印书馆发行《然脂余韵》	书籍	

（续表）

广告商	广告内容	广告性质	其他
贸勒洋行	Lavolho 挂福录医治皮痒诸症	药品	占1页
商务印书馆	世界最新地图、精制信笺信封	文化用品	
	《教育杂志》《学生杂志》《少年杂志》《英语周刊》目录	杂志	
	《东方杂志》《学艺杂志》要目	杂志	
	《世界丛书》	书籍	
《小说月报》社	《小说月报》自第十二卷第一号起刷新内容	杂志	
《妇女杂志》	现代十年《妇女杂志》刷新内容减少定价广告	杂志	
《英文杂志》	《英文杂志》七卷一号大刷新	杂志	
商务印书馆	商务印书馆发售：新到大批美国照相器具	文化器材	
	上海商务印书馆中国独家经理美国斯宾塞芯片公司	文化器材	
唐拾义	专门治咳大医生唐拾义发明久咳丸哮喘丸	药品	
商务印书馆	商务印书馆发行：新法教科书	书籍	
	商务印书馆精印：各种贺年卡片	文化用品	封底

从上表广告不难看出来，在该期的《小说月报》中，非商务印书馆的广告明显增多，达到13则之多。联想前面提到的《小说月报》通过刊登广告来寻求广告商，我们不难看出在销量日益下降的情况下，《小说月报》要继续赢利，就得转变赢利方式，由以前的靠销量来获取利润转变为依靠广告收入来获取利润。尽管《小说月报》也试图这样做，但媒体吸引广告商的能力往往是与杂志的销量相连的，《小说月报》要想长期吸引广告商，就必须想办法扩大销量，而要扩大销量，就必须对其内容进行改革。从《小说月报》刊登的广告中，我们已经看到了改革的信号。就在该期的上述广告中，《小说月报》发出了启事：

《小说月报》启事

小说月报自第十二卷第一号起刷新内容，减少定价，并特约新文学名家多人任长期撰者。已见本杂志第十一卷十二号特别启事中。今特约言其内容则有：[一] 论评 [二] 创作 [三] 译丛 [四] 特载 [五] 杂载，五大门，除介绍西洋最新名家文学，发表国人创作佳篇外，兼讨论同人对于革新文学之意见及研究西洋文学之材料，每期并附精印西洋名家画多幅，特请对于绘画艺术极有研究之人拣选材料详加说明，以为详细介绍西洋美术之初步。出版期提前为每月十号，定价减为二角，页数仍旧，材料加多，以副爱读本刊诸君惠顾之雅意。

上海商务印书馆编译所《小说月报》社谨启 [①]

就在该期广告，商务印书馆透露出内容革新的杂志还有：

《妇女杂志》刷新内容、减少定价广告

本杂志出版已届七年，销行之数日益增多，第六卷改良以后，尤蒙当世贤淑交相称许，同人愧感之余，益自奋励，爰自第七卷第一号起，更将门类酌量增删，多收趣味浓郁简明切要之文字，务使读之者只觉新颖可喜，既足增进智识，而无普通书报沉闷枯燥之弊，又为减轻读者负担起见，特将定价大加减削，并改用五号字排印，每期字数较前益加增多，兹将定价及邮费列表如左（下）：

册数	定价		邮费	
	原定	现改	本国及日本	外国
每月一册	三角	二角	一分半	六分
半年六册	一元六角	一元一角	九分	三角六分
全年十二册	三元	二元	一角八分	七角二分

上海商务印书馆《妇女杂志》社谨启 [②]

---

① 《小说月报》第十一卷第十二号。

② 《小说月报》第十一卷第十二号。

英文杂志七卷一号大刷新　教员参考　学生自修　必备之书

本杂志自明年第一号起，一切大加改良，小号字都改用大号，以省读者诸君目力，且多插图画，多添注解，使初学者读之如得良师亲授，至于内容，本社更新添多种，都请名人编述，兹将要目列左：

（一）成功者小传　邝富灼博士编　叙述一切世界上出身微贱而刻苦自励终成大事业之人。

（二）中国名人英文实验谈　谢福生编　叙述中国名人深通英文者学英文之经验。

（三）谦屈拉　吴康硕士译　此为印度诗家泰戈尔所著名剧之一。

（四）近代短篇小说　刘颐年学士译　译述各种名人小说，如毛柏霜乞呵甫皮龙生开泼林等。

（五）美风谈屑　李骏惠博士编　叙述一切美国之服式及用于日常会话之俗语，可为有志留美者之准备。

（六）通信　登载一切与本社之通信，或为学英文之心得，或为教授英文之方法。或为有兴味之记载。

其余如冠词之用法、文学谈丛、广告文之研究、应用化学、新书介绍、西笑林以及旧时所有各门，名目繁多，不及备载。

定价　每册二角　半年一元一角　全年二元

上海商务印书馆《英文杂志》社谨启 ①

在同一份杂志的同一期广告上，商务印书馆旗下的三大杂志同时宣告了内容革新的宣言，颇有点"山雨欲来风满楼"的气势，这表明不仅仅是哪一份杂志出问题了，而是到整个社会大变动、社会思想观念发生改变的时候了。而《小说月报》也到了要么停刊、要么改革的关头，要继续赢利生存下去，就必须改革。不久，茅盾接任主编职位，《小说月报》的改革正式拉开了序幕。

---

① 《小说月报》第十一卷第十二号。

三、广告与《小说月报》的革新

茅盾革新《小说月报》通常被看作新文学战胜旧文学的一个例证。这种较量首先表现在销量的起伏之中，据说王编辑的最后几期《小说月报》的销量创下了两千份的新低，而茅盾革新后不久销量就达到了一万份。在这场此消彼长的争夺读者市场的较量中，除了不同文学观的较量，其他外部的因素经常被忽略。《小说月报》最早透露出要革新是 1917 年 10 月张元济在日记里提到的"不适宜，应变通"，而败象则是在 1918 年之后才渐渐显露出来的。[①] 衰败的原因自然是新文学的崛起带来的冲击，但一度达到万余份销量的《小说月报》在两三年内就只能卖出两千份，"衰败"的速度还是令人颇为吃惊的。如果我们考虑到文学观念的改变是一个漫长的过程，新文学战胜旧文学也绝非一朝一夕的事情，那么，促使《小说月报》销量快速下降的就应该还有一些因素。仔细考察，隐形或显性的广告宣传无疑在其中起到推波助澜的作用，这里，我们将各种论争也视为广告活动之一，有许多论争，本来就是为了起到广而告之的效果而展开的。

对于一份刊物来说，想要迅速被读者接受，广告是必不可少的，但是，广告的手法众多，并不是所有的广告都能见效。特别是在大众媒体单一的时代，信息传播很大程度上还在依赖人力的时候，广告的效果依然是长期才能见效的。何况对于业内的行家来说，要获得业内的认可，一般的广告宣传是难以一时奏效的，对文学期刊这类带有文化性质的宣传来说更是如此。似乎从文学期刊诞生开始，文学活动家们就找到了一个能让文学期刊宣传快速奏效的方法，那就是与已经成名的其他期刊或名家论争。闻一多就曾在给友人的信中描述了一个社团或一份杂志如何崛起的一系列策略：

---

① 柳珊：《在历史缝隙间挣扎——1910—1920 年间的〈小说月报〉研究》，百花洲文艺出版社 2004 年版，第 48 页。

我们若有创办杂志之胆量，即当亲身赤手空拳打出招牌来。要打出招牌，非挑衅不可。故你的"批评之批评"非做不可。用意在将国内之文艺批评一笔抹杀而代之一正当之观念与标准。……要想一鸣惊人则当挑战，否则包罗各派人物亦足轰动一时。①

"挑衅"或"挑战"无疑可以看作一种广告宣传，其主要目的是在自己还没有成名之前引起读者的注意，特别是对名家或具有权威性的报刊的挑战，其起到的作用就不仅仅是迅速提高在读者中的知名度了，往往还能在专业领域奠定相当的影响力，获得成名人士的关注。《新青年》崛起于文坛的时候，正是有着这样的考虑在里面。

当《新青年》刚刚创刊还没有引起文坛注意的时候，寻找卖点来扩大刊物在读者中的知名度无疑是至关重要的。《新青年》的编辑陈独秀最后找到的卖点就是对白话文的提倡，并大加宣传，其效果从《新青年》发表《文学改良刍议》之际的销量就可以看出。在《新青年》提倡白话文的时候，其销量仅为两三千份，如此不尽如人意的销量差点让这份刊物难以维持下去。面对此般困境，要提高刊物的销量，引入新的观点、新的见解将是其必然之路。如果还是按照一般刊物的做法，仍然用文言办刊，仍旧一点一滴地提倡国学和西方译介，那么可以想象，就算《新青年》后来能成为一份有影响力的期刊，成名也绝不会那样迅速。为了在当时的众多杂志中突围而出，《新青年》采取了在现在看来较为符合宣传之道的手法：一是改文言文为白话文；二是提倡新的观念，举起"科学""民主"的大旗；三是利用胡适等具有特殊身份的人来为他们呐喊。这三个方面，放在当时的社会环境之下，无疑都是标新立异之举，从视角到思想上都能刺激到古老中国已显阅读疲惫的读者了。

按照陈独秀等人的心理预期，上述这些含有广告意味的宣传手法应该能将《新青年》的销量提升上去，但没想到的是读者的反应却很平淡，《新

---

① 孙党伯，袁謇正主编：《闻一多全集》（第12卷），湖北人民出版社1993年，第215页。

青年》的销售情况依然如常。《新青年》的编辑与作者需要的是快速提高影响力，宣传手法为选取名家并挑战其观念。选取一个已经成名的大家进行一番论战，将名家痛批一番，借名家来抬高自己的身价成了《新青年》提升影响力的一个重要的广告宣传策略。那么，选取什么人做对手呢？林纾出现在了《新青年》编辑和作者的视野里。林纾无疑有着提升影响力、扩大刊物知名度的条件：一是林纾已经对他们有所反应，就在胡适发表《文学改良刍议》不久，林纾已经注意到了《新青年》并发表了《论古文之不当废》来反驳胡适；二是林纾此时已经成名，是古文界的大家了。林纾通过 1899 年翻译的《茶花女遗事》获得了极大的成功，严复曾经评价说"可怜一卷《茶花女》，断尽支那荡子肠"。随着林译小说在全国引起极大反响，林纾不啻成了当时文坛的文化名人。林纾的名望之高，市场号召力之大，就连当时号称"杂志界权威"的《小说月报》也不得不借助他来进行宣传。林纾在当时是《小说月报》的一块"金字招牌"，翻开《小说月报》当年的广告，只要是提及林纾的，都是将其重点突出：

社会小说　金陵秋　冷红生著　定价四角

闽林琴南先生以小说得名。即自称冷洪生者也，先生著作等身，惟小说以译述为多，此书乃其自撰，以燃犀之笔，描写近时社会，述两军战争，则慷慨激昂，叙才士美人，则风情旖旎，尤为情文兼茂之作。①

"林译小说""名家小说"之类的广告在当时的《小说月报》上随处可见，可见林纾在当时读者中的影响力。

有了这两个条件，林纾无疑成了《新青年》下一步因广告宣传而要挑战的最佳人选。于是，《新青年》的同人紧紧抓住林纾回复他们的时机，不断向林纾抛出"炸弹"。《新青年》之后刊出的几篇论文，包括陈独秀的《文学革命论》、钱玄同的《寄陈独秀》、刘半农的《我之文学改良观》及胡适的《建设的文学革命论》等，都含有批评林纾的影子。尽管有着指

---

① 《小说月报》第五卷第十号。

名不指名的批评，但是《新青年》对林纾的这番"轰炸"并没有起到多少效果，因为林纾居然没有回应。但是，林纾越是不回应，越是显示出了林纾可利用为宣传资源的价值之大，正因为双方之间地位的悬殊，更显示出《新青年》借助林纾来抬高自己的必要。于是，为了让林纾出来回应他们，就有了钱玄同和刘半农一对一答所演的双簧戏，将林纾作为古文大家的代表进行了一番"狗血淋头"的批评。

这种打上门的做法，对于已经成名多年的林纾来说无疑是不可容忍的。忍无可忍之际，林纾终于出面回应了，很快便有了《荆生》和《妖梦》两篇讽刺小说的出现。新文学提倡者的一顿猛批，终于引来了林纾以小说来发泄他与新文化运动不共戴天的激愤之情。从广告宣传方面来说，林纾的回应正中新文学提倡者们的下怀，新文学提倡者们正盼望着林纾这样强烈的反响。林纾的反应还不仅如此，他接着特地给北大校长蔡元培致信《致蔡鹤卿太史书》。这封公开信在北京、上海两地刊发出来之后，其影响波及全国，新文学提倡者们又抓住林纾的这两篇小说和公开信一阵猛批，直到林纾写信给各报馆承认有"过激之言"为止。在这番骂战中，曾有人说林纾"斯文扫地"。林纾虽然"斯文扫地"，但《新青年》借着林纾这股东风，销量却一路直上，达到了之前希望达到的效果。

与林纾同时受到新文化运动的先行者们猛烈攻击的还有鸳鸯蝴蝶派的旧文学。从文学观的对立来看，鸳鸯蝴蝶派将文学视为娱乐、消遣的享乐主义文学观，自然与新文学提倡者视文学为启蒙大众、为人生的文学观大相径庭，两种对立的文学观发生冲撞是在所难免的。但是，从新旧文学在读者中的影响力来看，却是鸳鸯蝴蝶派的影响要远大于刚处于萌芽状态的新文学。在《新青年》的销量只有两三千册的时候，《礼拜六》等鸳鸯蝴蝶派的杂志销量已达万余册。这种销量的巨大差异，自然让《新青年》这种后来者分外眼红。面对这样的文学市场，《新青年》要扩大影响力，通过批驳鸳鸯蝴蝶派这类阅读面极广的通俗文学来扩大自己的知名度、树立自己的新形象无疑是十分必要的。于是，鸳鸯蝴蝶派这类通俗文学就成了新文学提倡者口诛笔伐的对象，先后有钱玄同的《"黑幕"书》、鲁迅的《有无相通》、周作人的《论"黑幕"》和《再论"黑幕"》等。新文学提倡者对通俗文学的批驳，一方面逼迫鸳鸯蝴蝶派等文学向"俗"定位，趁势抬高自己，将自己定位为"雅"文学；另一方面打击了这一派文学在读者中的良好形象，从而提升了新文学自身的影响力。《新潮》《新青年》这类新文学期刊兴起时，攻击旧文学及其刊物就是其大造声势的一种做法。在这种广告宣传策略的影响下，受之影响的青年学子们转移阅读阵地就是十分自然的事了。

　　新文学提倡者们对林纾、鸳鸯蝴蝶派的大肆攻击，一方面借助当时文坛的主流派别和名人扩大了新文学的影响力，另一方面必然使林纾、鸳鸯蝴蝶派在读者心目中的影响力下降。这一时期的林译小说魅力远不如从前，如明日黄花般令读者提不起兴趣，甚至还令某些受新文学运动熏陶的青年读者产生反感。[1] 新文学的攻击对鸳鸯蝴蝶派的影响则是明显的：周瘦鹃主编的《礼拜六》1916 年停刊，徐枕亚主编的《小说丛报》1919 年停刊，李定夷主编的《小说新报》1920 年停刊一年。于是，我们看到，就在《新青年》等刊物的销量节节攀升的时候，老牌期刊《小说月报》的销量则不断下滑。《新青年》的销量由 1915 年的 2000 多份上升到了 1917 年的 10000 多份，而《小说月报》则在 1917 年后销量不断下降，到 1920 年就只有 2000 份了。在这一升一降的背后，虽然说起决定作用的主要是各自文学观念的不同，但是，通过广告宣传炒作的手法，新文学作家对林纾、鸳鸯蝴蝶派的大肆攻击不能不对其作品的主要发表阵地《小说月报》产生影响。新文学阵营对林纾和鸳鸯蝴蝶派的批驳，既降低了他们在读者群体中的影响力，无疑也降低了《小说月报》在读者群体中的影响力。这种影响力下降最直接的表现就是《小说月报》销量的下降，而正是销量下降促使商务印书馆最终决定对《小说月报》进行革新。

　　在革新之前，茅盾就已对革新后的《小说月报》做了大量的宣传，比如在第十一卷第十二号的《小说月报》上，连续刊登广告让读者感受到了

---

① 柳珊：《在历史缝隙间挣扎——1910—1920 年间的〈小说月报〉研究》，百花洲文艺出版社 2004 年版，第 50 页。

革新《小说月报》的声势：

本月刊特别启事一

爱读本月刊诸君子！本月刊自与诸君子相见，凡十一年矣；此十一年中，国内思想界屡呈变换，本月刊亦常顺应环境，步步改革，冀为我国文学界尽一分之力，此固常读本刊诸君子所稔知者也。

近年以来，新思想东渐，新文学已过其建设之第一幕而方谋充量发展，本月刊鉴于时机之既至，亦原本介绍介绍西洋文学之素志，勉为新文学前途尽提倡鼓吹之一分天职。自明年十二卷第一期起，本月刊将尽其能力，介绍西洋之新文学，并输进研究新文学应有之常识；面目既已一新，精神当亦不同，旧有门类，略有更改，兹分条具举如下：

（甲）论评　发表个人对于新文学之主张。

（乙）研究　介绍西洋文学思潮，输进文学常识。

（丙）译丛　本刊前此所译，以西洋名家小说居多，今年已译剧本，自明年起，拟加译诗，三者皆选西洋最新派之名著迻译。

（丁）创作　国人自作之新文学作品，不论长篇短着，择尤汇集于此栏。

（戊）特载　此门所收，皆最新之文艺思想及文艺作品，从此可以窥见西洋文艺将来之趋势。

（己）史传　文学家传及西洋各国文学史均入此门，读者从此可以上窥西洋文艺发达之来源。

（庚）杂载　此栏又分为三：

（子）文艺丛谈　此为小品。

（丑）海外文坛消息。

（寅）书报评论。

以上各门之中，将来仍拟多载（丙）（丁）两门材料，而以渐输进文学常识，以避过形枯索之感。尚祈海内研究文学之君子有以教之。

本月刊特别启事二

本月刊自明年起加大刷新，改变体例，增加材料，已见特别启事一，兹本刊本年所登各长篇尚有不能遽完者，均已于此期内登完，以作一结束。

本月刊特别启事三

本月刊自明年起改变体例，增多材料，添立门类，参用五号字印，以期多容材料，并为增加读者购买力起见，减定报价为二角。

本月刊特别启事四

本月刊明年起更改体例，(请查照启事一所开各门)，并改定报酬为：

一、撰稿　每篇送酬自五元至三十元

二、译稿　每千字送酬自二元至五元

三、小品　文艺丛谭内小品酌送报酬

如蒙海内君子，惠以佳篇，不胜欢迎。

本月刊特别启事五

本刊明年起更改体例，文学研究会诸先生允担任撰着，敬列诸先生之台名如下：

周作人　瞿世英　叶绍钧

耿济之　蒋百里　郭梦良

许地山　郭绍虞　冰心女士

郑振铎　明心　卢隐女士

孙伏园　王统照　沈雁冰①

　　连续五则启事，可谓为《小说月报》的革新做足了宣传造势，这些广告宣传无疑是为了扭转《小说月报》前期的形象，期望为革新《小说月报》奠定良好的基础。但由于之前新文学阵营对林纾和鸳鸯蝴蝶派的批驳大大降低了《小说月报》在读者群中的影响力，茅盾的这番广告宣传显然在短时间内难以奏效。要恢复《小说月报》在读者心中的良好印象需要更

---

① 《小说月报》第十一卷第十二号。

长的时间，这也是茅盾革新《小说月报》初期销量并没有一下子上去的原因之一。

　　从这个意义上看，《小说月报》的革新，其实也是各个阵营之间广告宣传博弈的结果。当然，支撑起这场博弈的，还是各方面文学观念的较量。

第六章
现代教育与《小说月报》研究

现代教育与现代文学的关系，似乎是一个不证自明的问题，但深入思考，却又是一个切入难度较大的历久弥新的问题。作家、编辑、读者似乎都在不断地接受教育，但要具体切入，由于个体差异、时代差异、与其他社会因素千丝万缕的关系等因素，个体所受的教育又难以完全量化，将教育与文学联系起来往往差强人意。借助现代文学机制，本章希望搭建起从现代教育角度来研究《小说月报》的可行途径，以期为从该角度来研究现代文学尽可能地提供启示。

第一节　现代文学研究的现代教育维度

一、现代教育视野下的现代文学研究学术史梳理

早在五四时期，胡适作为新文学运动的领军人物，就在他的《建设的文学革命论》一文中用"国语的文学，文学的国语"论述现代文学的建构和教育改革的关系，"真正有功效有势力的国语教科书，便是国语的文学；便是国语的小说，诗文，剧本。国语的小说，诗文，剧本通行之日，便是中国国语成立之时"[1]。尽管这里胡适是为了突出白话文对学校国语改革的作用，但无疑使现代文学与教育之间彼此依仗的关系一开始便突显出来了。不少学者也注意到，大学是现代文学的发源地，比如钱理群就指出："从某种意义上可以说，创始时期的现代文学就是一种校园文化：不仅它的发源地是北京大学，它的早期主要作者与读者大都是大、中学的教师与

---

① 胡适：《建设的文学革命论》，《新青年》1918年第4卷第4号。

学生。"① 现代教育与现代文学的这种血肉般的紧密联系，理应成为现代文学研究题中之义，然而，在现代文学研究相当长的时间里，这一研究领域却鲜有学者提及。

直到 20 世纪 90 年代，在现代文学研究的路子越来越狭窄的情况下，学者们开始将文学与文化联系起来考察，现代教育与现代文学的关系才又重新回到了学者的视野。钱理群因此提出了"大学文化与二十世纪中国文学"的研究课题，并于 2000 年出版了"二十世纪中国文学与大学文化"丛书。通过解读新文化运动时期的北京大学、二十年代的东南大学、二三十年代的清华大学、抗战时期的西南联合大学、抗战敌后根据地的延安鲁迅艺术学院、七十年代末八十年代初的北京大学，九十年代京沪地区的大学等，该套丛书试图"探讨特定时期的集中在大学空间里的时代精英知识分子的学术思想、文化追求、精神风貌等对文学发展的影响与作用，其中既包括了对学院培养的作家的直接影响，也包括通过各种途径（特别是现代传播媒介）对社会文化、文学的间接影响，以及大学文学教育在文学发展中的特殊作用"②。很明显，丛书偏向于在大学文化与现代文学之间寻找精神的契合点。

与钱理群的切入角度不同，陈平原以新文化运动为例对教育体制与文学的关系做了较为深入的认证。"蔡元培、陈独秀、胡适之等人提倡新文化的巨大成功，很大程度上得益于其强大的学术背景——北京大学。不只是因为北大作为其时唯一的国立大学，有可能'登高一呼，应者云集'；更因其代表的现代教育体制，本身便与'德先生''赛先生'同属于西方文化体系。十九世纪下半叶开始的'西学东渐'，进展最为神速、影响最为深远的，在我看来，当属教育体制——尤其是百年中国的大学教育。谈论

---

① 钱理群：《现当代文学与大学教育关系的历史考察——"二十世纪中国文学与大学文化"丛书序》，《现代文学研究丛刊》1999 年第 1 期。

② 钱理群：《现当代文学与大学教育关系的历史考察——"二十世纪中国文学与大学文化"丛书序》，《现代文学研究丛刊》1999 年第 1 期。

'文学革命'，无论如何不该绕过此等重要课题。"①陈平原的一系列研究成果，如《老北大的故事》《北大精神及其他》《中国大学十讲》《大学何为》《文学如何教育》等，也都是围绕着大学的教育制度而展开的。现代教育制度与现代文学的关系是研究者较为关注的一个问题，比如高群的博士论文《清末民初教育制度的改革与现代文学的建构》也是围绕该话题展开的。

由于北京大学在中国大学史上特殊的历史地位，北京大学与现代文学的关系较早也较多地引起了学者们的关注，除了上述所提及的，相当多的论著从不同的侧面论述了北大之于新文化、现代文学的意义，比如萧超然的《北京大学与五四运动》、陈万雄的《五四新文化的源流》都论述了北京大学从建立到五四时期的发展历史，详细分析了北京大学与五四新文化学者之间密不可分的关系。美国学者魏定熙的《北京大学与中国政治文化》分析了北京大学如何成为新文化的摇篮，进而在中国的政治文化交叉点上占有独一无二的显著地位。美国著名学者周策纵的《五四运动史》则以全景式描写再现了五四运动时期北大及国内外知识分子的活动过程。这两部论著都涉及了五四新文学运动和北京大学，但它们更多关注的是北京大学在五四时期对中国政治文化的影响。陈芳竞在《多重对话：中国新文学的发生》中仔细辨析了陈独秀及其创办的《新青年》与蔡元培及其开创的北京大学之异同，而且发现在"五四"话语中心存在着"S会馆"的独异之声，进而提出"S会馆"本身即呈三角张力，存在着鲁迅与钱玄同，尤其是与周作人之间的"异"中之同及同中之"异"，而这"异"又是一种根本之"异"。由此展示出"道德主义""科学主义"等不同层面上的"多重对话"，中国新文学便在这一基础上发生。此著比较深入地探讨了北京大学学术氛围的开创对新文学产生的作用，因而成为研究北京大学与现代文学关系的力作。

20世纪90年代后半期，中国学术界开始重新检讨所谓"文化保守主义"的价值问题。依托早期东南大学而形成的学衡派作为20世纪初的保

---

① 陈平原：《中国大学十讲》，复旦大学出版社2002年版，第103页。

守主义代表，对这一流派再认识与再评价的问题也就自然而然地被提了出来。从沈卫威的《回眸"学衡派"》开始，郑师渠的《在欧化与国粹之间：学衡派文化思想研究》从文化、文学、史学、教育、道德五个方面论述"学衡派"，成为重新研究和评价学衡派文化思想的"翻案"之作。在重估的基础之上，高恒文的《东南大学与"学衡派"》较为详细地论述了学衡派与东南大学的关系，通过史实的钩沉，廓清了东南大学及依附于该校的学衡派之间的来龙去脉，尤其考辨出以前的著作很少关注的柳诒徵及其"柳门"弟子对学衡派的意义和贡献，开拓了我们认识五四新文化的视野。

　　除了上述两校，西南联大亦是研究者关注较多的大学。在此方面，李光荣先生成就斐然，其《西南联大文学教育与新文学传统》一文重点回顾了新文学在西南联大的教学活动中"站稳脚跟"、登上讲坛和蔚成风气的过程；夏强的文章《学院空间与西南联大诗人群的知性追求》认为西南联大诸因素的形成及它们相互结合、相互作用，直接影响和生成了联大诗人群的知性追求；邓拓的《"文学场域"视阈下的西南联大诗人群再考察》借助"场域"的概念，认为"西南联大在严峻的现实环境中保持了一个独立、自足的学院空间，以及一种自由的学院文化，西南联大诗人群正是凭着丰厚的学院文化资源，占据着文学场域中的有利位置，从而发展出自己独立的文学活动策略"①。这些研究既涉及大学教育与现代文学创作的关联，也看到了大学教育与现代文学学科形成之间的关系，应该说，开掘面是相当广的。

　　相当多的研究者梳理了现代文学学科确立的历史，发现了现代大学教育与现代文学学科形成之间的紧密联系。比如罗岗的《现代"文学"在中国的确立——以文学教育为线索的考察》一文重点讨论了文学教育与现代文学在中国的"确立"之间形成的关联。又如沈卫威的《新文学进课堂与中国现代文学学科的确立》一文认为："以'新文学'为基本特质的中

---

① 邓拓：《"文学场域"视阈下的西南联大诗人群再考察》，《广西社会科学》2015年第 4 期。

国现代文学进入大学体制，并逐步发展成为一个独立的学科，是大学体制内的创新。新文学作家进入大学中文系、外文系执教，现代大学中文系的师资结构发生了变化，那么，其办学的功能也就相应的有了培养作家的可能。"[1]

海外留学的教育背景在现代文学中占有浓墨重彩的一笔。在《中国新文学大系 1917—1927·史料索引》列有"小传"的 142 位作家中，到国外留过学或工作、考察过的有 87 位，占了 60% 以上[2]。这一视角也自然较多地引起了学者的关注，比如郑春的《留学背景与中国现代文学》一书主要"研究具有留学背景的现代作家对中国现代文学的重要作用、价值和贡献，力图从一个新的视角去发掘制约新文学形成发展的内外因素"[3]。方长安的《选择·接受·转化——晚清至 20 世纪 30 年代初中国文学流变与日本文学关系》、叶隽的《另一种西学——中国现代留德学人及其对德国文化的接受》、李怡的《日本体验与中国现代文学的发生》，以及一些专题性论文如陈山的《前驱与中坚："五四"时期的留学生作家群》、贾植芳的《中国留学生与中国现代文学》、周晓明的《留学族群视域中的新月派》、严家炎的《论五四作家的文化背景与知识结构》、郑春的《论现代海归作家群体对中国新文学重建的主导作用》等，从不同的角度对留学教育对中国现代文学的发生、发展的影响做出了新的解读，从总体上看仍然隶属于教育和文学关系这一大的范畴。

就现代教育与现代文学当前的研究现状来看，探讨已经达到了一定的深度，不仅对现代文学发生、发展影响深远的几所大学有了较为详尽的透视，而且对大学文化、教育制度对现代文学发展的作用进行了梳理；同时，学界不仅注意到了五四时期至 1949 年作家的创作与现代教育的深层次联系，也注意到了在"现代文学"发展成为一门独立学科

---

[1] 沈威卫:《新文学进课堂与中国现代文学学科的确立》,《山东社会科学》2005 年第 7 期。

[2] 参见高群:《清末民初教育制度的变革与现代文学的建构》,博士学位论文,苏州大学,2007 年。

[3] 郑春:《留学背景与中国现代文学》,山东教育出版社 2002 年版,第 1 页。

的过程中，文学教育机制所发挥的重要作用。现代教育制度是"现代文学"发生、发展及成为一个研究学科存在的重要基础，并且在相当重要的层面预设和规约了现代文学知识的结构体系与叙述路径，这一观念在学界已形成共识。然而，尽管现代教育与现代文学的关系得到了相当程度的研究，但是盲点依然存在。（1）当前探讨现代教育与现代文学关系的成果大多集中于大学对现代文学的影响，而大学又主要集中于北京大学、清华大学、东南大学、西南联合大学等几所有限的高校，对其他高校对现代文学的影响却有意无意地忽略了。诚然，北京大学、清华大学等对现代文学的影响之大有目共睹，但其他大学特别是像教会大学、女子大学等具有特色的高校或其他地方大学对现代文学的影响也不可低估。（2）现代教育是一个内涵极广的概念，除了大学，还有小学、中学等，甚至函授学校、夜大等都是现代教育系统的组成部分，它们对现代文学的影响还远远未被揭示出来。（3）除了学校教育，其他形式的教育如家庭教育、私塾教育或他人教育等对现代文学的影响很少进入研究者的视野，而这些形式的教育对现代文学的影响很难说是忽略不计的。（4）当前研究现代教育对现代文学的影响，更多地集中在大学文化（主要是大学精神）、教育制度对现代文学的制约或促进作用上，而在诸如具体的教学环节、教学方式等其他方面对文学的影响着墨不多。（5）学校的存在本身就给作家提供了一种物质保证，进入学校就是对作家的一种身份确认，当前研究学校给予作家物质及精神保障进而影响文学的论著并不多。（6）当前从大学文化、教育制度视角来研究现代文学大多属于在整体上粗线条地论述教育与文学的关系，具体的个案研究还并不多见。（7）现有的研究现代教育与现代文学的成果大多还属于一种外部研究，关于现代教育对作家深层次的情感影响之研究并不多见。（8）研究者的关注点主要集中于现代教育对作者的影响，而现代教育对现代文学读者的培养鲜有人涉及。

可以说，就现代教育与现代文学关系的研究而言，现有的研究无论在广度还是深度上，都还有待提高，亦可以说现代教育与现代文学的研究向我们敞开了较为广阔的研究空间。

二、现代教育与现代文学研究的可开拓空间

从现代教育的角度介入现代文学的研究方兴未艾，虽然成果颇多，但回到"现代文学机制"，仔细考察影响现代文学的诸多教育细节，依然有许多值得开拓的空间，至少在如下两个方面是值得研究者去深思的。

第一，在研究广度上的拓展。（1）研究不同的教育形式对现代文学发生、发展的影响，比如传统教育与现代教育对作家的影响，正规的学校教育与业余、自学及零散教育对作家的影响，作家的国内教育与国外教育的不同体验。在我们的惯常认识里，现代文学就是在现代教育（特别是五四）中诞生的，然而也有作家对现代教育的"悖反"，比如沈从文就会论述自己在新式学堂，"那学校照例也就什么都不曾学到。每天上课时照例上上，下课时就遵照大的学生指挥，找寻大小相等的人，到操坪中去打架"[1]，于是"逃向"社会更广关的天地，"学校环境使我们在校外所学的实在比校内课堂上多十倍"[2]，进而怀念起一种旧式的教育，"我们永达是枯燥的，把人弄呆板起来，对生命不流动的。他们却自始至终使人活泼而有趣味，学习本身同游戏就无法分开"[3]。在这样一种情境下，如何认识现代教育带给现代文学发生、发展的影响就显得特别有意义。（2）当前审视现代教育与现代文学关系的研究多集中于几所主要的大学，是分散的一个个的点，需要全面审视现代学校教育对现代文学的促进作用，以点带面，拓宽研究的视野。现代的学校教育是一个庞大而复杂的系统，小学、中学、大学等不同层次的教育带给作家的体验是完全不同的，加之现代教育的地域性极强，不同区域内的教育，培育出来的作家精神气质不一。这些，都需要研究者一一梳理。（3）现代教育制度对现代文学的影响是当下学者关注较多的一个领域，然而这不是现代教育与现代文学发生关系的唯一领域。

---

① 沈从文：《从文自传》，北京十月文艺出版社2009年版，第26页。

② 沈从文：《从文自传》，北京十月文艺出版社2009年版，第26页。

③ 沈从文：《从文自传》，北京十月文艺出版社2009年版，第9页。

除了教育制度，作家所受到的教育文化的方方面面都与文学发生着或隐或显的关系，具体的教学环节、教学方式、校园内各种关系、组织的联结与分合带给作家的情感体验甚至是灵感的刹那迸发，这些相对于宏观的教育制度与文学之关系显然是具体而微的，但也是对文学更为直接、具体的影响，是研究中所不能忽视的。（4）在已有的研究成果中，关注现代教育对于作家的影响较为突出，在现代的文学研究视野里，读者越来越成为不可忽视的存在，研究读者群体所受到的教育亦是一个值得开拓的空间。探究读者群体文学素养的提升与转变及其背后的因素，从更隐秘的层次揭示现代文学的开展对我们重新审视现代文学是不无裨益的。（5）不少学者梳理了新文学在大学课堂上立足、确立的过程，也分析了新文学能在大学课堂立足的原因，但这些原因多从社会政治、教育制度、个人努力等方面去挖掘，却忽视了新文学本身即是对其进入大学并成为一个学科最重要的因素。这也需要研究者不断拓宽自身的视野，从一个较为开阔的角度来理解文学教育。

第二，在研究深度上的细化。从研究现状来看，关于现代教育与现代文学的研究已在多个面向上展开，但大多数研究还处于整体勾勒的地步，许多层面的研究还只是粗略地提及，只是描述外部因素对文学的影响，而没有深入到现代文学深处，有待研究的进一步细化。比如现代教育对具体作家的影响，由于作家自身气质的不同，即使面对同样的教育、同样的知识体系，作家的体验往往也会大相径庭。典型的例子莫如鲁迅与周作人了，两人生长在同一个家庭里，受相同的教育，在青少年时代，他们携手走过一段路，他们都上新学堂（当时为人所看不起的），都到日本留学，共同翻译《域外小说集》，五四时期都投入新文化运动，但二人所走的道路，所具备的文学精神气质却如此的不同。思考相同教育带给二人不同的生命体验，无疑是极富意义的。即使是同一个作家，不同阶段所接触的教育不同，精神气质也会发生极大的转变，朱自清前后期散文发生的风格变化就是个典型例子。抗战前后朱自清散文风格发生较大的变化已成为研究者的共识。细细分析其中的原因，不难发现，跟其所处的校园文化氛围密切相关。抗战前的朱自清身处清华校园，清华校园平静安宁，象牙塔的生活让朱自清感到"宁静和称心"[①]。这个时候的他早已成为文坛名人，《睡吧，小小的人》给他带来诗名，《匆匆》《桨声灯影里的秦淮河》《绿》《背影》《荷塘月色》等脍炙人口的作品都已经问世，并且赢得了极高的评价；同时他也于1932年成为清华大学中国文学系主任。在清华的优越地位让朱自清与社会政治形势保持一定的距离，在国学研究上开始发力。到了"七七事变"，朱自清依然在构思《文选序〈事出于沉思义归乎翰藻〉说》，依然沉浸在个人构建的"安全避难所"里。然而，抗战爆发，清华大学内迁，给予了朱自清真正走向内地的机会，使他不但深入到内地，而且来到了南疆。这种抗战几千里跋涉的体验带来的现实教育对朱自清的影响是极为深远的。这一路上，朱自清感受到了底层民众的银辛，感受到了亡国及日本侵略的危机，也看到了民众的力量。经过了抗战这种"教育"，朱自清的视野逐渐从"小我"走向了"大我"。尽管到了西南联大，依旧还是在宁静的校园之中，但朱自清的写作风格再也不是精雕细琢的缜密了，而是走向了明朗但又充满了力量的创作之路。审视这些，我们才能从广义或狭义的教育上更深入地理解中国文学本身的特质。

三、现代教育介入现代文学研究的限度

从现代教育介入现代文学研究为我们展示了较为宽广的研究空间，然而这并不意味着这一视角的阐释力是无限的。在关注这一研究视角带给我们新的想象的同时，其阐释的边界与限度依然是需要警惕的。

从现代教育的维度来审视现代文学，要求研究者以史实分析为主，切忌生搬硬套。现代文学机制主张回到历史现场，通过研究者的历史体验与史实发生联系从而形成自身的感受。这里摒弃了各种先入为主的概念和定义，不再是从理论到理论、从定义到定义的推断，而是建立在史实之上的感知，以避免过度阐释的发生。现代教育是一个宏大的论题，当下关于教

---

① 陈孝全：《朱自清传》，北京航空航天大学出版社2008年版，第262页。

育的理论也层出不穷，如果研究不是建立在教育与文学的具体史实细节上，那么它很容易就会陷入某种理论预设陷阱或导致研究的虚无性，这对研究本身并无裨益。

从现代教育的维度来审视现代文学，应当梳理教育与文学的关系。作为研究现代文学的一种维度，这一视角要求研究应以文学为主，梳理影响文学发生、发展的现代教育因素，勾画文学与教育之间的关联。我们着力探讨的是在现代文学的发生、发展过程中，现代教育起到了何种作用，而不是用教育来印证文学的发展甚至将文学变成教育理论的某种注解，如若不是这样一种理路，就偏离了文学研究的航道。

第二节《小说月报》研究中的现代教育视角

一、现代教育与《小说月报》研究

在当前的研究中，专门就现代教育与《小说月报》关系进行探讨的论述并未出现，相关的表述多半散落于作家研究和对《小说月报》读者的论述中。比如关于《小说月报》编辑和作者群的研究，现有的研究指出前期《小说月报》的作者大多接受的是旧式教育，而后期的作者受五四新文化的影响较多。有研究者注意到了《小说月报》的第一任编辑王蕴章"有着深厚的家学渊源""应试中副榜举人""通英文，曾任学校英文教师"[1]。王蕴章这种新旧夹杂的教育背景，让研究者将其与编辑的《小说月报》的风格紧密联系起来，"半新半旧，既有译自外国的作品，特别是对现代话剧的重视，也有传统的诗词游记序跋，而且译品也稍落后于西方的时代"[2]。对恽铁樵的看法也与此相同。恽铁樵"有着阳湖派的家学渊源。阳湖派的风

---

[1] 邱培成：《描绘近代上海都市的一种方法——〈小说月报〉（1910—1920）与清末民初上海都市文化研究》，凤凰出版社 2011 年版，第 49 页。

[2] 潘文正：《〈小说月报〉（1910—1931）与中国文学的现代进程》，人民出版社 2013 年版，第 18 页。

格对他主编《小说月报》的影响较大"①。这些研究都是将作者的教育背景呈现出来，并非专门探讨其教育背景与创作风格或编辑风格的关系。也有研究者关注到《小说月报》对作家的培养方式，比如明飞龙的《现代文学期刊"塑造"作家方式的发生——从〈小说月报〉"塑造"冰心说起》就认为《小说月报》对冰心的"塑造"开创了五四以来作家、作品、读者（批评家）、文学期刊紧密结合的传统，对作家而言，这是一把双刃剑，而这样一把双刃剑的形成，为其后现代文学场域中出现的国家权力或市场权力渗透导致的"伤害"提供了资以借鉴的反思路径。这也是一种广义上的现代教育对现代文学的影响。

比如对《小说月报》读者群的研究，很多研究都关注到了他们的受教育水平：早期《小说月报》的读者是"如来教所谓林下诸公其一也；世家子女通文理者其二也；男女学校青年其三也。商界农界读者必非新小说籍，日其然，恐今犹非其时。是故月报，文稍艰深，则阅者为上三种人之少数；月报而稍浅议，则阅者为三种人之多数"②；而革新后的《小说月报》读者，"随着1916年新式学堂的兴起，男女学生的数量激增，其在社会上的影响力也与日俱增，逐渐成为期刊阅读群的主流"③。两相对照之下，教育与文学接受的关系便很明显地呈现出来。也有研究者注意到了《小说月报》对读者群体的培养，比如端传妹的《论〈小说月报〉（1910—1931）对读者群体的培养》就从杂志读者群体的构成、互动栏目的设置和读者创作类栏目的分析，将《小说月报》对读者群体的培养所起到的历史作用进行了全面阐述。

以上论述现代教育与《小说月报》的研究，都还处于一种零散状态，并未形成系统性的研究，这并不说明从现代教育来研究《小说月报》是毫

---

① 潘文正：《〈小说月报〉（1910—1931）与中国文学的现代进程》，人民出版社2013年版，第21页。

② 恽铁樵：《答某君书》，《小说月报》第七卷第二号。

③ 董丽敏：《想象现代性——革新时期的〈小说月报〉研究》，广西师范大学出版社2006年版，第19页。

无意义的，而是显示了这一研究视角所具有的深度与广度，也正好显示了现代机制对于现代文学研究的必要性。

二、现代教育与《小说月报》研究的可能性

从现代教育的角度来研究《小说月报》几乎是研究上的一块空白，如何有效地切入这个领域是研究者势必需要关注的。现代教育如何与《小说月报》发生关联？以下五个层面可能是潜在的切入点。

第一，研究《小说月报》作者群的教育背景与《小说月报》风格的关联。在每一任编辑主持工作期间，《小说月报》都呈现出较为稳定的办刊风格，比如王蕴章时期的雅俗共赏，恽铁樵时期的旧中有新、茅盾的革新、郑振铎对新文学自身的规范、叶圣陶的宽容等。这些风格的形成，跟《小说月报》上刊载的作品密不可分，而具体的作品又是由作家一篇篇创作的结晶，作家身上包括教育背景在内的各种社会因素深刻影响着他们的创作。在作家精神气质的形成中，后天的教育占据了重要地位。因此，研究作家所接受的教育与其创作之间的关系理应为研究者所关注。比如前期的《小说月报》通常被视为旧文学的代表，理所当然地，在其上刊载小说的作者接受的也是旧式的教育。同样是接受旧式教育，为什么作家写作在某种共通的基础上依然表现出了极强的差异性？教育是如何与其他社会因素扭结在一起影响作家的文学创作的？在作家那里，教育因素多大程度上影响文学创作？而集聚在《小说月报》周围的作家们带有差异性的创作又是如何表现出共性的？这些思考，对于打开《小说月报》研究的视野，不失为一条可行的路径。

第二，研究作为"教育"文本的《小说月报》。自梁启超的"小说界革命"起，将小说作为开启民智的利器逐渐成为启蒙者的共识，其社会影响之一就是出于对当时社会现实的不满，中国许多的现代文学期刊都抱有启蒙的目的。不用说茅盾革新《小说月报》带有强烈的启蒙意识，就是被视为"旧文学"代表的王蕴章主编时期的《小说月报》，在第一卷第一号的"编辑大意"中也说道："本报以多译名作，缀述旧闻，灌输新理，增

进常识为宗旨。"灌输新理,增进常识"无疑也是带有启蒙、教育大众的目的的。作为启蒙、教育大众的文本,为什么前后期的《小说月报》取得的效果不一?这不仅仅关系到启蒙、教育的手段与内容等,更牵涉到前后期《小说月报》整体的思想文化等,需要对《小说月报》进行透彻的关照才能得出结论。

第三,研究《小说月报》所反映出来的现代教育状况。教育问题其实是中国近现代社会的重大问题,尤其是随着科举制度的废除,新式教育应该如何进行、学什么、教什么?在社会思想激烈变动的年代,对教育的思考已经超出了教育的范畴,成为社会政治、思想文化的晴雨表。而反映社会现实的文学必然要在其作品中表现这一内容。关于教育的讨论如此热切,以至于出现了"教育小说"这一类别的题材。《小说月报》上自然刊登了许多关于现代教育状况的作品,这些作品反映的教育状况形形色色,既有描写同学间真诚友谊的《七十五里路》,也有赞赏新式教育的《檇杌鉴》,甚至还有提倡教育救国的《美人剑新剧》,更有对教育进行批判的作品,比如程瞻庐的《奢》就批判了新学堂异常的奢靡:"某校崇尚华靡,殊难为讳,吾前往参观,才入校门,而麝兰气已刺鼻观,入过香粉之肆……一游园,五日宴客,任意挥霍,无所顾忌。"[1] 兴办女学,本是令人赞赏之事,但追求奢靡,却把学生引向了歧途,作者对这种教育异化进行了赤裸裸的刻画与批判。对文学作品中关于现代教育问题的分析,既可以从侧面了解现代教育的状况,更重要的是由于中国现代文学作品中反映教育问题的作品偏少,发掘此类题材的作品,可填补现代文学的一些空白。

第四,研究《小说月报》对作者的培养。围绕着每一份文学刊物,通常都会形成一个相对稳定的作者群,这个作者群往往也不是无意的聚合,而是有意为之,甚至是刻意培养的。梳理《小说月报》培育作家的机制,毫无疑问更能明确《小说月报》之于中国现代文学的贡献。且不说恽铁樵对鲁迅《怀旧》小说的赞赏,茅盾革新《小说月报》之后,将"启蒙"作

---

[1] 程瞻庐:《奢》,《小说月报》第八卷第九号。

为办刊的出发点，或许在茅盾那里，"启蒙"对象不仅是读者，还有作者。这从《小说月报》的《改革宣言》就可以看出：

西洋文艺之兴盖与文学上之批评主义（Criticism）相辅而进，批评主义在文艺上有极大之权威，能左右一时代之文艺思想。新进文家初发表其创作，老批评家持批评主义以相绳，初无丝毫之容情，一言之毁誉，与论翕然从之；如是，故能相互激励而不至于至善。我国素无所谓批评主义，月旦既无不易之标准，故好恶多成于一人之私见；"必先有批评家，然后有真文学家"，此亦属同人坚信之一端；同人不敏，将先介绍西洋之批评主义以为之导。①

上述宣言显然是有将批评视为创作之先的意思，用文学批评来指导文学创作。茅盾主编的《小说月报》不仅在文学创作观念上引导作者，还通过具体行动切切实实地培养作者，比如对冰心的培养，在革新后的第一期的封面上刊有：

本号要目：
圣书与中国文学周作人
创作：
笑冰心女士
命命鸟许地山
荷瓣瞿世英
译丛：
疯人日记耿济之
乡愁周作人
熊猎孙伏园
农夫王统照

---

① 《小说月报》第十二卷第一号。

　　新结婚的一对（剧本）冬芬

　　译太戈儿诗郑振铎

　　脑威写实主义前驱般生沈雁冰

　　海外文坛消息沈雁冰

　　十月一日发行

　　将登上文坛不久的冰心与周作人等人同列为主要作者并且放在封面的醒目位置上，很显然出自编者对冰心的认可。在之后的创作中，编者更是让冰心的作品保持着高频率的上版率：从1921年《小说月报》第十二卷第一号发表她的小说《笑》开始，到1930年的第二十一卷第一号上的《三年》，冰心在《小说月报》上共发表了20多篇小说、散文和杂谈。同时，编者还不断地通过各种方法让冰心及其作品引起读者关注，比如在"最后一页"中进行重点介绍。"最后一页"篇幅虽短，但在《小说月报》中却具有独特的地位，被它选中加以介绍的都是比较重要的创作。"最后一页"的介绍在读者中具有一定的权威性，对读者的接受心理能够产生一定的舆论导向作用。在冰心作品发表的前一期"最后一页"上，往往将其冠以"重点篇目"或"值得注意"的字眼向读者预先告知，如第十二卷第三号、六号、十号"最后一页"对《超人》《爱的实现》《最后的实现》都有预告。第十四卷第七号"最后一页"说：

　　上月出版的文学作品，比较重要的只有冰心女士的小说集《超人》（文学研究会丛书）和她的诗集《春水》（北京大学新潮社）。

　　这种突出性的介绍，很明显地凸显了编者的用意。除了这种介绍，还出现了对冰心作品的讨论征稿：

　　本社第一次特别微文

　　题目：

（一）对于本刊创作《超人》(本刊第四号)、《命命鸟》(本刊第一号)、《低能儿》(本刊第二号) 的批评 (字数限二千至三千)。[①]

这种频频出现在读者视野中的特别介绍，使得冰心的知名度远远超过了同期的其他作家，指出了《小说月报》所认为的新文学优秀作品，为写作者树立了典范，对读者起到启蒙的作用。《小说月报》正是通过各种培养新人的机制，使新文学优秀作家迅速成长，从而为现代文坛贡献了大批重量级作家，对现代文学做出了不可磨灭的贡献。

第五，研究《小说月报》对读者的培养。茅盾在致梁绳祎的信中明确表达了他的启蒙读者立场：

我以为最大的困难尚不在"新式白话文"看了不能懂，而在"新式白话文"内的意思看了不能懂……民众对于艺术鉴赏的能力太低弱……鉴赏能力是要靠教育的力量来提高，不能使艺术本身降低了去适应。[②]

基于这种为着启蒙大众的办刊立场，我们发现茅盾主编时期的《小说月报》，基本上都是围绕着"启蒙"来办刊的。基于启蒙的立场，我们看到《小说月报》译介外国文学作品明显出现了偏好。在革新后的《小说月报》上刊登的翻译作品，主要译自俄语、英语和法语创作，翻译最多的原作者是：托尔斯泰，25 种；泰戈尔，19 种；屠格涅夫，19 种；莫泊桑 17 种；安德莱耶夫，16 种；契诃夫，15 种；雨果，14 种；王尔德，13 种；易卜生，12 种；莎士比亚，11 种。与创作社热衷于浪漫主义作家不同，在文学研究会主编下的《小说月报》更倾向于具有现实主义精神的作家，特别是俄国文学专号和"被损害民族文学"专号，显然更注重所译介文学作品的社会文化启蒙功效。与这种文化启蒙相关的是茅盾通过各种栏目的设置和更新来突出启蒙者的声音。

① 《小说月报》第十二卷第三号。

② 《小说月报》第十三卷第一号。

在革新后的《小说月报》中，读者随时能听到来自作者或编者的声音，其中既有对创作的评价、对插画的评价、跟读者的书信往来交流，也有编者通过各种特设的形式对读者的引导。茅盾革新后的《小说月报》，在第一期里就出现了对作家创作的评价，比如在叶圣陶《母》之后插入的点评：

叶圣陶兄这篇创作何等地动人，那是不用我来多说，读者自能看得出。我现在是要介绍圣陶兄的另一篇小说，名为《伊和他》的（登在《新潮》），请读者参看。从这两篇很可以看见圣陶兄的著作都有他的个性存在着。

雁冰注

这些点评，与其说是作家之间的相互欣赏，不如说是为引导读者进行的解读。对于介绍的外国作家，编者更是从最基本的作家生平介绍开始：

这一篇《邻人之爱》是安德列夫一九一一年的作品；一九一一年安德列夫发表剧本四篇，一是《海》：二是《标谂的萨宾女子》；三是《容名》；四就是这篇《邻人之爱》了。①

作者无疑是认为读者对安德列夫缺乏相当了解，并在此基础上引导读者一步步地去欣赏他的作品。《小说月报》培养读者群的机制，向来被研究者一笔带过或忽略。我们发现读者其实远远不是被动地接受"启蒙"，而是主动参与甚至是推动《小说月报》的发展。这种发现表明我们还需对二者的关系进行重新审视。

以上大致是从现代教育来研究《小说月报》的一些可能性，尽管没有全部罗列完，但亦预示了从该角度来研究《小说月报》广阔的空间和极富潜力的学术增长，而这也正是现代文学机制之于现代文学的魅力所在。

---

① 《小说月报》第十二卷第一号。

第三节　个案：教育与文学读者的培养——以商务印书馆的小学教科书为例

　　《小说月报》前后期作者与读者的转变，与他们的知识结构的转变有相当大的关系。这种大范围内的知识结构的变动，又与教育的转变息息相关，特别是不同教育体系下培养出来的不同读者，对文学市场有着决定性的作用。"'文学教育'作为一种知识生产途径，或直接或间接地影响了一时代的文学走向。教育理念变了，知识体系不能不变；知识体系变了，文学史图景也不可能依然故我。学校里的课堂讲授，与社会上的文学潮流，并非互不相干：对文学史的叙述与建构，往往直接介入当下的文学创作。从一代人'文学常识'的改变，到一次'文学革命'的诞生，其间有许多值得大书特书的曲折与艰难。"① 要分析不同教育对读者的培养，从教材入手无疑是一个有效的角度。在《小说月报》各类教科书广告中，国文教科书的广告占了相当的比重，而这些教科书无疑对学生的审美思维及阅读口味产生着极大的影响。本节通过各个时期不同小学教科书的内容分析，考察这些教科书给当时的读者带来了怎样的阅读口味。

　　对于传统四书五经教育给读者带来的消极影响，很早就有人意识到了。这种对传统教育的反思，首先就从蒙学教育开始。1897 年，接受过传统私塾教育又游历西方的梁启超发表了《论幼学》，直批"近世通行之书，若《三字经》《千字文》，事物不备，义理亦少"，所以要编写一种"歌诀书"："多为歌诀，易于上口也。多为俗语，易于索解也"。② 戊戌政变之后，随着民族危机的加深，八股取士的缺陷越来越明显，传统教育的弊端愈加显现，改革教育的呼声越来越多。1901 年，一位名叫"黄海锋郎"的作者在《论今日最重要的两种教育》中对传统启蒙学教材提出了批评："现在所读的《三字经》《百家姓》《千字文》，究竟何用？究竟能够增进知识

---

① 陈平原：《中国大学十讲》，复旦大学出版社 2008 年版，第 102 页。

② 汤志钧等：《中国近代教育史资料汇编》，上海教育出版社 2007 年版，第 90—91 页。

吗？……儿童终日呆读，也不晓得书中所讲的是什么东西，积久生厌，哪能够提起他读书的乐趣呢？"他还主张改变学校课程的内容："今日儿童教育，第一要输进普通智识。输进普通智识，要改良学科。儿童教育的学科，大约六种：一修身；二历史；三舆地；四博物；五国文；六算学。其余还有习字诗歌图画体操，都是儿童教授的材料。"① 这大概代表了早期一些民间人士对废除传统蒙学读物、改进儿童教育的呼声。

1897 年，盛宣怀奏请并获准在上海创办南洋公学。南洋公学创办当年，学生陈懋治、杜嗣程、沈庆鸿等人编写了《蒙学课本》，这被认为是"我国人自编教科书之始"。根据舒新城编的《近代中国教育史料》可知该教科书第一编第一课为：

燕，雀，鸡，鹅之属曰禽。牛，羊，犬，豕之属曰兽。禽善飞，兽善走。禽有两翼，故善飞。兽有四足，故善走。②

其第二编第一课《四季及二分二至说》内容如下：

一岁十二月，平分四季，春夏秋冬是也。每季每三月，分为孟仲季，如正月为孟春，二月为仲春，三月为季春。春季风和日暖，鸟语花香，景物之佳，为四时之冠。夏季日光直射地面，溽暑逼人，以农夫为最苦，然非此麦不能熟，稷稻亦不能发生。秋季多风雨，草木黄落，气象愁惨，远逊春季，惟获稻则在此时，即葡萄苹果等果，亦此时成熟。冬季冰雪凛冽，百虫蜇藏，气象尤为愁惨，然植物以秋季下种者，其萌芽正在此时；且寒气之烈，可以杀害物之虫，而灭空气中流行之毒气，则冬季之益也。春分、秋分、夏至、冬至为二分二至四节，以日照地面之时刻长短而分。春分恒在仲春之某一日，此时昼夜各十二小时，过此则昼渐长。至仲夏之某一日，

---

① 张心科：《清末现代儿童文学教育发展史论》，北京师范大学出版社 2011 年版，第 27—28 页。

② 舒新城：《近代中国教育史料》（中），人民教育出版社 1979 年版，第 250 页。

昼十四小时三刻有奇，为极长之日，即夏至也。过夏至则昼渐短，至仲秋之某一日为秋分，昼夜又各十二小时与春分同日，过秋分则昼又渐短。至仲冬之某一日，昼仅九小时有奇，为极短之日，即冬至也。过冬至则昼渐长，至春分而昼夜均平矣。西国一岁，亦分四季，唯彼则以春分至夏至为春，夏至至秋分为夏，秋分至冬至为秋，冬至至春分为冬，此其异于中国也。①

这与传统的同为蒙字读物的《三字经》《百家姓》《千字文》大不相同。《三字经》的开头：

人之初　性本善　性相近　习相远　苟不教　性乃迁　教之道　贵以专　昔孟母　择邻处　子不学　断机杼　窦燕山　有义方　教五子　名俱扬　养不教　父之过　教不严　师之惰　子不学　非所宜　幼不学　老何为……

《百家姓》的开头：

赵　钱　孙　李　周　吴　郑　王　冯　陈　褚　卫　蒋　沈　韩　杨　朱　秦　尤　许　何　吕　施　张　孔　曹　严　华　金　魏　陶　姜　戚　谢　邹　喻　柏　水　窦　章　云　苏　潘　葛　奚　范　彭　郎　鲁　韦　昌　马　苗……

《千字文》的开头：

天地玄黄　宇宙洪荒　日月盈昃　辰宿列张　寒来暑往　秋收冬藏　闰馀成岁　律吕调阳　云腾致雨　露结为霜　金生丽水　玉出昆冈　剑号巨阙　珠称夜光　果珍李柰　菜重芥姜　海咸河淡……

---

① 舒新城：《近代中国教育史料》（中），人民教育出版社1979年版，第251页。

　　两相对照之下，传统的蒙学读物主要以识字为主，认字简繁杂处，并没有体现出一个渐进的过程，而且内容之间并无多少逻辑联系，其中更多地隐含着当时的伦理思想。而《蒙学课本》的两篇课文一是写家禽家畜，一是写四季及二分二至，隐含在传统蒙学读物中的那种封建伦理关系不见了，当时各种启蒙的思想在书中亦难以看到，内容都是日常生活中所见之物或需要掌握的日用常识，而不再是传统空洞的姓氏等内容。由此看来，这本教科书标志着教材的内容已从古人的生活转向今人的生活，从空洞转向了实用。

　　教育改革的步伐在清朝末年最后的十年开始加速，禁八股（1901年）、兴学堂（1901年）、建学制（1902—1904年）和停科举（1905年）等一系列重大改革措施不断推进。随着新学制的建立和相应教科书的编订，现代"语文"学科逐渐从旧时的蒙学状态中独立出来。1902年、1904年，《钦定学堂章程》和《奏定学堂章程》相继颁布，以国家法律的形式规定了各级学堂的课程目的、学科门类、学业年限、课程内容以及实施方法等。其中《奏定学堂章程》明确了开设文学课程的目的、内容：

　　外国中小学堂皆有唱歌音乐一门功课，本固人弦歌学道之意；唯中国雅乐久微，势难仿照。然考王文成《训蒙教约》，以歌诗为涵养之方，学中每日轮班歌诗；吕新吾《社学要略》，每日遇童子倦怠之时歌诗一章，择浅近能感发者令歌之；今师其义，以读有益风化之古诗歌，列入功课。

　　初等小学堂读古诗歌，须择古歌谣及古人五言绝句之理正词婉能感发人者；惟只可读三四五言，句法万不可长，每首字数尤不可多。遇闲暇放学时，即令其吟诵以养其性情，舒其肺气，但万不可读律诗。

　　高等小学堂中学堂读古诗歌，五七言均可。高等小学仍宜短篇，中学篇幅长短不拘，宜须择词旨雅正而音节谐和者，其有益于学生与小学同，但万不可读律诗。学堂内万不宜作诗，以免多占时刻，诵读既多，必然能作，遇之不可，不待教也。

　　小学中学所读之诗歌，可相学生之年齿，选取通行之《古诗源》《古谚谣》两书，并郭茂倩《乐府诗集》中之雅正铿锵者（其轻佻不庄者勿读），及李白、孟郊、白居易、张籍、杨维桢、李东阳、尤侗诸人之乐府，暨其他名家集中之乐府有益风化者读之。又如唐宋人之绝句词义兼美者，皆谐律可歌，亦可受读，皆合于古人诗言志律和声之旨，即可通于外国学堂歌唱作乐、和性忘劳之用。①

小学教育的目的是"养其性情""舒其肺气""和性忘劳"，据此可知，小学语文教育不再是为了政治教化服务，而主要是为了培养儿童的审美情趣。这两份课程文件的颁布一般被视为近现代语文学科从综合科目中独立成科的标志。语文学科的出现，本身也意味着对传统教育中的综合知识进行了分类，开始了独立的中小学文学教育，这对系统培养儿童的审美能力来说是至关重要的。

1904 年 2 月，商务印书馆就已经编成并出版了《最新初等小学国文教科书》，在"编辑缘起"中编者谈到了对内容的选择：

自初等小学堂到高等小学堂，计九年，为书十八册。（以供七八岁至十五六岁之用），凡关于立身（如私德、公德，及饮食衣服、言语动作、卫生体操等）、居家（如孝亲、敬长、慈幼及洒扫应对等）、处世（如交友、待人接物及爱国等）以至事物浅近之理由（如天文、地理、地文、动物、植物、矿物、生理、化学及历史、政法、武备等）与治生不可缺者（如农业、工业、商业及书信、账簿、契约、钱币等）皆萃于此书。②

从上述的"编辑缘起"即可看出，这套教科书涉及内容极广，与之前的各种蒙学读物相比，更贴近现代人的生活，做到了"杂采各种材料"，但"以有兴味之文字记述之"。我们选取第二册的篇目及其体裁来进行对

---

① 课程教材研究所编：《20 世纪中国中小学课程标准》（语文卷），人民教育出版社 2001 年版，第 8 页。

② 《最新初等小说国文教科书》，商务印书馆 1904 年版，"编辑缘起"。

比分析（见表 6-1）。

表 6-1 《最新初等小学国文教科书》第二册篇目及体裁

第 1—15 课		第 16—30 课		第 31—45 课		第 46—50 课	
课题	体裁	课题	体裁	课题	体裁	课题	体裁
学堂	记叙文	牛	说明文	菊花	说明文	归家遇雨	记叙文
笔	说明文	口	说明文	米	说明文	职业	说明文
荷	说明文	猫斗	记叙文	日时	说明文	父母之恩	议论文
孔融	故事	体操歌	儿歌	洗衣	记叙文	雪	写景文
孝子	故事	公园	写景文	钱	说明文	方位	记叙文
晓日	写景文	杨布	故事	鸭与鸦	寓言	姊妹	记叙文
衣服	说明文	蚁	说明文	文彦博	故事	卫生	记叙文
蜻蜓	写景文	勿贪多	记叙文	枭	说明文	年月	记叙文
采菱歌	儿歌	训犬	记叙文	兵队之戏	记叙文	冬季	说明文
灯花	记叙文	猴戏	记叙文	犬衔肉	寓言	烹饪	说明文
读书	记叙文	中秋	记叙文	守株待兔	寓言	松竹海	说明文
司马温公	故事	鸡	说明文	居室	说明文	冰	说明文
谚语	记叙文	器具	说明文	火	记叙文	不倒翁	故事
食瓜	记叙文	洁净	记叙文	朋友相助	记叙文	考试	记叙文
游戏	记叙文	蟋蟀	记叙文	狮	说明文	放假歌	儿歌

资料来源：张心科，《清末现代儿童教育发展史论》，北京师范大学出版社 2011 年版，第 44 页。

从上表来看，课文的体裁多为记叙文、议论文、说明文和应用文等文体，内容依然以实用知识为主，描写的多为日常生活中的所见所闻。在每一个时期，语文教科书都要求迅速反映时代特征，社会的变迁也要求语文教科书引进新鲜内容。《最新初等小学国文教科书》在一定程度上摒弃了封建的纲常礼教，从居家、处世、治事等方面取材，注重农业、工业、商业等实用知识及尺牍、账册、契约等日常应用知识①。与之前的传统蒙学读物、《蒙学课本》相比，新教材显然更贴近生活。

陈荣衮曾主张，仿效国外教科书应"只仿其大纲而已，至于物理制度，则又当变通为之"②。但是，南洋公学的《蒙学课本》不但在形式上直接照搬了西方教科书，而且内容也多直接译自西方教科书，在其课文中就出现了许多西方现代器物，如"时钟""留声器"等，课文虽不取古代的事、物，但其内容远离了中国人的现实生活，所以编者在《最新初等小学国文教科书》的"编辑大意"中特别标明"本编不采古事及外国事"。后来曾有人说："从前有一种叫《蒙学课本》的国文读本，内容完全是各种科学常识，读起来。儿童不易感到兴味。"③与《蒙学课本》相比，《最新初等小学国文教科书》的文学色彩大为加强。比如作为识字之用的第 1 册有：庭外海棠，窗前牡丹，先后开花；雨初晴，池水清；游鱼逐水，时上时下；荷花初开，乘小舟入湖中，晚风吹来，四面清香；等等。到了第 2 册，这类文学色彩越来越浓厚的课文多了起来，如《采菱歌》：

青菱小，红菱老，不问红与青，直觉菱儿好。好哥哥，去采菱，菱塘浅，坐小盆。哥哥采盈盆，弟弟妹妹共欢欣。④

这首儿歌描写的是江南水乡儿童采菱的欢乐场景，杂用歌词体例，便于儿童唱和，富有生活情致，不但跟传统的蒙学读物产生了断裂，而且

---

① 参见李良品：《论中国语文教科书的近代化》，《学术论坛》2005 第 3 期。

② 陈子褒：《论训蒙宜用浅白读本》，载《教育遗训》，台北文海出版社 1973 年版，第 39 页。

③ 朱聂晹、俞子夷：《新小学教材研究》，儿童书局 1935 年版，第 136 页。

④ 《最新初等小学国文教科书》，商务印书馆 1904 年版，第 35 页。

与之前的《蒙学课本》相比，没有了生硬的科学知识灌输，更贴近现实生活，易于接受，并无传统蒙学中常有的"劝诫之意"。

商务印书馆的这套《最新初等小学国文教科书》确立了 20 世纪 20 年代白话文教科书出现之前国文教科书的基本体例。蒋维乔认为，"教科书之形式内容，渐臻完善者，当推商务印书馆之《最新教科书》"①，所以，"此书第一册出版，不及两周，销出五千余册，可知当时之需要矣"②。吴研因、翁之达称："在初兴学堂以后，白话教科书未出世以前，此书固盛行十余年，行销至数百万册。此书出版之后，其他书局之儿童读本，即渐渐不复流行，如南洋之《蒙学课本》、文明书局发行之涑实学堂《蒙学读本》，渐渐淘汰。"③ 由此可见，《最新初等小学国文教科书》在当时的影响之巨。

不难看出，晚清的教科书的内容与传统蒙学发生了某种断裂，这种断裂沿着两个维度进行：一方面是少了传统的道德劝诫，多了对生活情趣、审美初步感受的教育；另一方面是少了传统空洞的知识论说，更多的是对实用知识的介绍。这种从小学起步就建立起来的教育体系，与传统的蒙学教育相比，无疑是一种全新的思维模式，更易为学生接受，也更接近现代文学。更重要的是，这种教科书熏陶出来的读者，一方面避免陷入传统伦理的窠臼，不再为伦理教条所束缚，另一方面将视线投向现实，有了更多的现实关照，思维有了更多发展的可能性。

1912 年，清政府被推翻，新的教育思想随之改变。南京临时政府刚一成立，即通令各地各学校所用的教科书，内容应该符合民主共和的宗旨，前面清朝所颁行的各类教科书，一律停止使用。但在实际上，由于新的教科书尚未来得及编印，各地仍多用旧式教科书。直到 1912 年 9 月，《审定教科用图书规程》开始实行，允许中小学和师范学校可以使用民间自行编印的教科书，但必须申请教育部的审定。在这种宽松的环境中，各大书

---

① 王丽平：《商务版近代中小学语文教科书探究（1904—1937 年）》，硕士学位论文，河北师范大学，2009 年。

② 蒋维乔：《编辑小学教科书之回忆》，《商务印书馆出版周刊》1935 年版，第 10—11 页。

③ 《最近三十五年之中国教育》（上），商务印书馆 1931 年版，第 2 页。

馆、出版企业纷纷编印教科书，商务印书馆、中华书局、中国图书公司、神州图书局、会文堂书局等纷纷编写起了新的教科书。这时候的教科书编写都沿着"民主共和"的大方针进行，具有强烈的时代特色。

在《最新初等小学国文教科书》的基础上，商务印书馆根据共和国新的时代要求重新编著了《共和国教科书新国文》（小学用书）。这套教材最显著的特点就是紧贴时代，加入了大量反映民主、共和、自由、平等的新思想，将之前教科书中含有的歌颂清廷和封建时代的忠君观念一一删除。商务印书馆旗下的《教育杂志》曾经刊登过《编辑共和国小学教科书的缘起》："注意于实际上之改革，非仅仅更张面目，以求适合于政体而已……注重国体、政体及一切政治常识，以普及参政之能力。"[1] 从这种编辑方针出发，《共和国教科书新国文》在课文中大量引入西方的自由民主思想，政治内容大幅增加，既有自由、民主、专制、共和、博爱、平等等属于现代社会的理念，也有政府、政党、国会、议院、议员、竞选、选举、否决等属于政治范畴的概念，还有一些现代社会应具备的属于基本常识的东西：国债、合同、银行、金融等。这些新名词、新观念被编入教材之中，让人目不暇接，既反映了那个时代观念的急遽变化，也让人感受到了那是一个充满活力、革新除旧的时代，比如：

第十三课　爱国

国以民立，民以国存。无民则国何由成？无国则民何所庇？故国民必国。

身行大海中，卒遇风涛，则举舟之人，不问种族，不问职业，其相救也，如左右手，何者？身为众人所托命，死生共之也。

国者，载民之舟也。国之厉害，即民之休戚。若人人各顾其私，不以国事为重。或且从而破坏之，其国鲜有能幸存者。西谚曰："叛祖国者，犹

舟人自穴其舟也"，可不戒哉？ ①

第十五课 选举权

国家有国会，地方有议会。其议员皆由人民选举。

有普通选举有制限选举。普通选举之制，全国人民俱有选举权；制限选举之制，则以地望资力之殊，选举权从而异之。

有直接选举有间接选举。由普通人民迳选议员，曰直接选举；由普通人民先举选举人，由选举人更举议员，曰间接选举。

人贵自主，故财产我自理。职业我自择。选举权亦然。欲举何人，惟意所欲，不受人干涉者也。②

第二十八课 通商

一地之物产，不能无赢绌，彼此交易，以有余补不足，两利之术也。

我国地在东亚，昔时以为四邻小邦，文化皆不及我。故守闭关之策，而谓外人为夷狄。自外交失败，始订通商条约，出入口税，则既为彼所限制，各国领事又庇护其商民及其雇佣之华人。论者遂以权利丧失，谓为通商之害。虽然外人所不服我法律者，亦借口政俗之不同耳。我苟改良政治，增进民德，护以海陆军实力。安见通商之危害乎？③

第四十五课 法律

凡众人集合之团体，必预定规则，以为行事之范，乃可保秩序而增利益。

---

① 《共和国教科书新国文》第八册，载邓康延：《老课本 新阅读》，[香港]天地图书 2012 年版，第 104 页。

② 《共和国教科书新国文》第八册，载邓康延：《老课本 新阅读》，[香港]天地图书 2012 年版，第 105 页。

③ 《共和国教科书新国文》第八册，载邓康延：《老课本 新阅读》，[香港]天地图书 2012 年版，第 111 页。

故学校有学校之规则，商肆有商肆之规则。至于国家，其人益众，则关系益大，其规则自必益详。所谓国家之规则，法律是也。

太古人民，未成社会，争夺贼杀，所恃者，强权而已。后世社会成立，渐演进而为国家，于是法律亦渐备。

共和国之法律，由国会制定之。国会议员，为人民之代表。故国会之所定，无异人民之自定。吾人民对于自定之法律，必不可不护守之也。①

第十七课　自由

所谓自由者，即天赋之人权是耳。凡人之身体，财产，名誉，信教，言论，著作，出版，集会，结社，营业，家宅，书信等，苟非依法律，皆不得干涉其自由。此人民固有之权利也。

虽然自由者，以不侵犯他人自由为原则，若任情放恣，借口自由，非特有损道德，抑亦违背法律。人苟以自由为贵，宜知自处之道矣。②

上述五课内容，涉及爱国、选举、通商、法律、自由等各方面，这些内容都是当时中国人甚至是当下中国人所追求的目标，正是当时社会风气的体现。如果仔细考察的话，我们不难发现民主共和的知识主要集中在小学高年级的课程里。现代初年进入学校学习的小学生，大多出生于19世纪的最后十年或者20世纪最初的十年，在清政府还没有被推翻前，这批学生大多接受过传统的私塾教育，有过一段时期传统的文化教育，进入高小的时候，已经具备了一定的运用语言文字和进行新的文化学习的能力。正值十几岁的他们，世界观和思想意识正处于初步形成过程中，这时候他们不仅易于接受民主共和的思想，而且接受之后有可能根深蒂固。此外，他们对传统文化有一定的了解，更加深了对民主自由的对比感受。在20世纪前半期的中国历史舞台上，这群人无疑扮演着社会中坚力量的角色，他们中

---

① 《共和国教科书新国文》第八册，载邓康延：《老课本　新阅读》，[香港]天地图书2012年版，第111页。

② 《共和国教科书新修身》第八册，载邓康延：《老课本　新阅读》，[香港]天地图书2012年版，第147页。

间的许多人，就是此时在这些教科书的浸染下成长起来的。这些思想观念的灌入，使他们与上一辈的知识结构和思想观念相比有了明显的更新。如果说他们的上一辈代表的是已经远去了的清朝背影，那么这批人代表的无疑就是新生共和国的未来。教育在构建民主共和上的作用在当时已广为人知，比如《小说月报》上的广告：

今日维护共和　当注重共和教育　采用共和国教科书

全国教育界诸君公鉴　现代建设六年，帝制发生两次，共和不能巩固，由于真理未明焉，根本计全赖教育家握其枢机，立其基础，敝馆于现代成立之初，特编适合共和宗旨之教科书，分国民学校、高等小学校、中学校、师范学校四种学生用书及教师用书均全。一律呈经现代教育部审定公布，并将书名特定共和国教科书及现代新教科书等，名实相符，庶几耳濡目染，收效无形，今日教育家欲同心协力，盖此维护共和之责，则采用此种教科书最为相宜。各书目录均详载图书汇报谨布区区惟希公鉴。

商务印书馆谨启[①]

这则广告在宣传教科书的同时，将民主共和与教育紧密联系在一起。在教材拥有大量读者的基础上，民主共和通过教材宣传，其广泛程度可想而知。中国现代文学发端之初的许多作者，就是在这种教科书的熏陶下成长起来的。这些作者后来走出了一条反叛传统的现代文学道路，商务印书馆发行的一系列教材的作用不可低估。

在北洋军阀政府统治时期，1915年颁布的《特定教育纲要》公开提出："各学校均应崇奉古圣贤以为法师；宜尊孔以端其基，尚孟以致其用。"[②]之后虽然删去"读经"一项，但国文教学内容以传统内容为主的局面没有发生变化。在这种历史空气中，1915年商务印书馆出版的《实用国

---

① 《小说月报》第八卷第九号。

② 胡虹丽：《坚守与创新：百年中小学文言诗文教学研究》，博士学位论文，湖南师范大学，2010年。

文教科书》以及中华书局出版发行的《新制单级国文教科书》等教科书均再也找不到"民主""共和"等新思想的踪影，这些教科书都受制于当时的政治背景，被打上了特殊的时代烙印。

1917 年，以胡适的《文学改良刍议》和陈独秀的《文学革命论》的发表为开端，一场彻底的文学革命开始了。出于启蒙国民的现实需要和吸取清末文学革命的经验，文学革命的倡导者们意识到文学革命与白话文运动相互促进的关系。胡适在 1918 年发表的《建设的文学革命论》一文中认为："我们所提倡的文学革命，只是要替中国创造一种国语的文学。有了国语的文学，方才可有文学的国语。有了文学的国语，我们的国语才可算真正的国语。"①而无论要实现这种"文学的国语"还是"国语的文学"，教育都是重中之重，因此，1919 年刘半农、周作人、胡适等人在国语统一筹备会第一次大会上提出了《国语统一进行方案》，其中提道：

统一国语既然要从小学校入手，就应当把小学校所用的各种课本看作传布国语的大本营；其中国文一项，尤为重要。如今打算把"国文读本"改作"国语读本"，国民学校全用国语，不杂文言；高等小学酌加文言，仍以国语为主体，"国语科"以外，别种科目的课文，也该一致用国语编辑。②

大会通过了这份提案，1920 年 1 月教育部批准了该方案。同时，教育部训令全国国民学校（初等小学）"一二年级先改国文为语体文"，已审定的小学一、二年级文言教科书作废，三、四年级的逐年废止。教育部在修正的《国民学校令》《国民学校令实施细则》中将"国文"都改成了"国语"。所以，黎锦熙认为正其科目名称为"国语"，就在民九（1920 年）完

① 《新青年》，1918 年 4 月。
② 张心科、郑国民：《20 世纪二三十年代儿童文学教育兴起的原因探析》，《河北师范大学学报（教育科学版）》2010 年第 3 期。

全定局了。[①] 改文言为白话文，让中国文化发展史揭开了新的一页，其中影响最大的恐怕要数教科书的编写了。

在白话文成为教科书用语的政策支持下，商务印书馆 1923 年出版了《新学制国语教科书》（初级小学用），1924 年出版了《新学制国语教科书》（高级小学用）。跟以往的教科书相比，这两套教科书呈现出不同的风貌（见表 6-2）。

表 6-2　初小和高小国语教材第三册篇目与体裁

课数	初小国语第三册		高小国语第三册	
	篇名	体裁	篇名	体裁
1	爱群的喇叭	故事	游恒山记	游记
2	喇叭歌	儿歌	希望	诗歌
3	老虎捉虾	物话	墨子止楚攻宋（一）	传记
4	小蟹生气	故事诗	墨子止楚攻宋（二）	传记
5	老蚌和水鸟	故事诗	鲁仲连（一）	传记
6	青蛙的肚皮破了	寓言	鲁仲连（二）	传记
7	兔儿躲在山沿里	物语	义怜	传记
8	不做工的没得吃	物语	八力士和狮子角力（一）	小说
9	果园里的大红楼	儿歌	八力士和狮子角力（二）	小说
10	人到底聪明	物话	鸟	诗歌
11	金蛋	寓言	诸葛亮	传记
12	聪明的小麻雀	故事诗	草船借箭（一）	小说
13	换	故事	草船借箭（二）	小说
14	记好	故事	四时田家乐	诗歌

---

① 参见张心科、郑国民：《20 世纪二三十年代儿童文学教育兴起的原因探析》，《河北师范大学学报（教育科学版）》2010 年第 3 期。

（续表）

课数	初小国语第三册		高小国语第三册	
	篇名	体裁	篇名	体裁
15	时辰钟	会话	淝水之战（一）	小说
16	十六耳朵没有睡	笑语	淝水之战（二）	小说
17	戴眼镜	笑语	空城计（一）（文言）	小说
18	跛子和瞎子	寓言	空城计（二）（文言）	小说
19	月亮白光光	儿歌	别弟（一）	戏剧
20	风是那里来的	笑话	别弟（二）	戏剧
21	风呀（一）	新诗	别弟（三）	戏剧
22	风呀（二）	新诗	大明湖（一）	小说
23	雨是那里来的	笑话	大明湖（二）	小说
24	雨	对唱歌	晚霞	诗歌
25	乌鸦洗澡	寓言	游吴淞望江海记	游记
26	打破水缸	传记	铁达尼邮船遇险	小说
27	司马光剥胡桃	传记	最得意的人（一）	小说
28	替姐姐吃药	笑话	最得意的人（二）	小说
29	肚子痛	会话	陶潜	传记
30	母鸡孵蛋	寓言	陶渊明杂诗	诗歌
31	蛋和石子	寓言	急流拯溺（一）	小说
32	分成两段	寓言	急流拯溺（二）	小说
33	黑羊和白羊	物话	急流拯溺（三）	小说
34	草儿	儿歌	古山歌六首	山歌
35	独角牛	童话	姚崇灭蝗（一）	传记
36	蛇吞象	寓言	姚崇灭蝗（二）	传记
37	狼跳下井去	寓言	救沉船将身补漏洞	小说

（续表）

课数	初小国语第三册		高小国语第三册	
	篇名	体裁	篇名	体裁
38	四种动物	谜语	天象四咏	诗歌
39	老鼠变老鼠	寓言	李愬雪夜下蔡州（一）	传记
40	老鼠的尾巴（一）	童话	李愬雪夜下蔡州（二）	传记
41	老鼠的尾巴（二）	童话	塞翁之得失（文言）	寓言
42	拉大萝卜	童话	保太监下西洋	传记
43	小松树	物话	黄石公园	游记
44	昨天去	儿歌	自由的责任	散文诗
45	葡萄和篱笆	寓言	陈际泰的好学	传记
46	不认识	会话	苏秦求官（一）	戏剧
47	妙妙妙	儿歌	苏秦求官（二）	戏剧
48	为了一块肉	物话	苏秦求官（三）	戏剧
49	树林里一壶酒	儿歌	蔡锷护国（一）	传记
50	小孩和麻雀	对唱歌	蔡锷护国（二）	传记

　　从上表所列的课文题目就可以看出，这些课文中白话文占了大部分，高年级的文言成分增多。从文言文改为白话文，转变的不仅仅是语言形式，更影响到语言使用者思维方式的变化。已经被运用了几千年、进入僵化阶段的文言文，在表达现代观念、现代思想和现代新生事物方面的局限是相当明显的。相比较之下，文言文更不利于发散性思维的培养，而白话文由于其简洁易懂的特点，在加快人们信息交流的同时，也培养了人们新的思维方式。而从体裁来看，这些课文几乎没有一篇是实用文章，课文内容不再是突出知识、暗含成人劝谕了，而是充满了儿童的情趣，培养他们自然的审美能力。比如初小国语教科书的第六课：

雨停了，天还没有晴。许多青蛙，都跳出来游戏。大家在池边乱叫。一只小青蛙，要胜过别的青蛙，挺起肚皮，越叫越响，不想用力太过，把肚皮挺破了。

其语言生动活泼、情节简单，但饶有趣味，跟现代的白话文已经没有什么区别了。

高小国语的课文则还文白兼有。1923年，张东荪致信李石岑称：文言难以也不可能完全被白话所取代，"至于白话诗，完全在尝试时代，是一个未确定的东西。若目的在教学生以韵文，陶冶情绪，则宜先选读旧诗……新诗尚未成熟，不宜取作教本"①。特别值得一提的是，被认为"不宜取作教本"的新诗却被编者大胆地收入教科书作为课文，比如陈衡哲的《鸟》和胡适的《希望》。不过可能编者觉得新诗还不成熟，所以在将其选入教科书时做了改编，比如胡适的《希望》原文为：

我从山中来／带着兰花草／种在小园中／希望开花好／一日望三回／望到花时过／急坏看花人／苞也无一个／眼见秋天到／移花供在家／明年春风回／祝汝满盆花

改编后的课文《希望》：

我从山中来，带得山中草；其名曰蕙兰，叶叶常倒垂。移兰入小园，掬土栽培好。日夕往视之，希望花开早。一日望三回，望望花时过：桃李绿成阴，南风忽时播；兰草独依然，苞也无一个。徒令看花人，汲汲如饥饿。眼见秋风到，移兰入暖房。朝朝仍顾惜，夜夜不相忘。但愿春风发，能将素愿偿。满盆花簇簇，添得许多香。

---

① 胡虹丽：《坚持与创新：百年中小学文言诗文教学研究》，博士学位论文，湖南师范大学，2010年。

改编之后，尽管诗中夹杂了个别文言词语，但并不影响其为白话诗的特色，反而增添了典雅的韵味。

白话新诗进入教科书，标志着国文教育进入了一个全新的阶段。无论是受教育者思维的培养，还是其阅读的口味，相较于传统都产生了巨大的变化。由于教科书受众广的特殊性，它对塑造学生的重要性不言而喻。据有关资料记载，1902 年全国小学生仅有 6493 人，到 1912 年全国小学生已达 2795475 人，1931 年达到 11683826 人，占入学儿童的 36.53%。[①] 可以想象，这么多的学生接受了新式教育之后，随着他们逐渐成长并走向社会舞台而形成的思维方式、世界观和审美情趣足可以改变一个社会的风气，旧式的思维习惯、世界观和审美情趣逐渐淡化了。白话文运动促进了教育的普及，而教育的普及，又推动了近代语文教科书变革的进程；近代语体文教科书的出版与发行，又积极推动了义务教育的发展。其直接效用正如吴研因所言："小学教科书改用白话的结果，小学儿童读书的能力，确实增进了许多，低年级六七岁的小孩也居然会自动地看起各种补充读物来，高小毕业生虽然没有读过文言，可是用浅近文字写作的书报，他们也粗枝大叶能够阅读了。"[②] 这种转变，可以从他们当时的习作中看出来：

专制政治将见绝于二十世纪中说

潘焕奎（兴化县立第一高等小学校三年级生）

今何时乎？非二十世纪开幕之时乎？一开幕而已有数共和国现，则此幕中所演出之共和国，殆不可思议，意将使世界所有之国尽趋于共和，以臻于大同之盛轨。吾虽不敢谓其必然，夫固有不得不然之势矣。闲尝就其已然之迹以测将来，大同虽未可预期，专制政治必将见绝于二十世纪中已无可疑。不见我中国乎？在二十世纪之十一年前固专制国也，今则改为共和矣。不见俄罗斯乎？在二十世纪十六年前，亦专制国也，今则变为共和矣。是何也？天赋人权之说兴，人皆知有所谓平等，有所谓自由。在上者

---

① 李良品：《论中国语文教科书的近代化》，《学术论坛》2005 年第 3 期。

② 李良品：《论中国语文教科书的近代化》，《学术论坛》2005 年第 3 期。

虽欲遏抑之、壅塞之，势必有不能。譬如防川，川壅而溃，伤人必多。远而征诸法兰西之革命，美利坚之独立，及意大利与墨西哥等国，故无不然。近而征诸我中国及俄罗斯亦犹是耳。且夫我中国为亚洲最大之国，自秦始皇专制迄清末已两千余年。俄罗斯为欧洲最大之国，自大彼得专制迄往岁亦数百十年，积威不可谓不厚，压力不可谓不强，一旦人民反抗，如拉朽摧枯，会不中朝而飘零殆尽矣。专制政治不见容于此十余年中也如是，况此后八十余年之间哉？犹可惊者，德意志本位欧洲强国，其陆军之强冠于全球，其政体非君主专制，乃君主立宪耳。今与协约国战败，国人亦起而逐其君，以组织民主政治，甚矣哉，民权之发达可畏也。

　　[原评]洞达时事，故能畅所欲言。①

蚁掠螳螂

李芳春（辽阳县高等第十二级学生）

　　庭前有梧桐一株，雨初霁，树下殒蝉一，觅食之蚁，共携之返。中途遇螳螂，羡此美食，恃己之勇，逐前相夺。而争端启矣。时螳螂沾沾自喜，意谓功可立成，不知蚁之特性，奋不顾身，不胜不已。惟时蚁少力弱，螳螂一兴则蚁之仆者，如玑珠之落。再兴，则蚁之殒者不可数计。然蚁虽遭此残暴，并无败态，更有一蚁急驰返穴召集救兵。益蚁数次弗济，最后乃起倾穴之众，出如潮涌，奔往战地。时前所益者，已杀害几尽。群蚁复拥而上，或噬其胸或刺其目，或撕其肢或登其背，但见地表皆蚁，而弗能辩螳螂之所在矣。少顷视之则螳螂奄奄一息，若胸若目若肢若背无一完者，遂与蝉并为蚁之物入穴，而争事乃终。嗟乎，以蚁之弱而卒能败螳螂之强者，蚁能用其众也，蚁能用其众则螳螂无所施其勇，诚哉众怒难犯也。然则世之掷众而不用者，闻蚁之胜能无惭乎。

　　[原评]叙述有情有景有声有势，写生之妙笔也，论也精警。②

---

① 《共和国教科书新修身》第八册，载邓康延：《老课本　新阅读》，[香港]天地图书2012年版，第239页。

② 《共和国教科书新修身》第八册，载邓康延：《老课本　新阅读》，[香港]天地图书2012年版，第245页。

上述两篇习作，一篇是论专制，一篇是叙动物场景，无论是议论当时政治，还是描写场景，显然都与传统习作完全不同。在传统的教育熏陶下，人们是不可能发出对专制的非议的；同样，传统的习俗已不能激起人们对习以为常的生活场景的新奇刺激了。两篇习作都表明，新式教育在培养读者思维、世界观与阅读口味上产生着显著的作用。随着这种接受新式教育的读者日益增多，整体社会的阅读风气自然发生了转变，对读物的选择自然产生了变化，《小说月报》前后期销量的不同正是这种选择的明证。

第四节　个案：现代文学期刊的作家培养机制考察——以《小说月报》与徐玉诺的关系为例

作家与文学期刊的紧密联系，是现代文学有别于古代文学的显著特征之一，不仅改变了作家发表作品的方式，而且使得文学期刊培养作家成为可能，尤其是像《小说月报》这样作为第一家具有全国影响力的纯文学期刊，其培养作家的机制深远地影响着后来的文学期刊与作者之间的关系。目前有关文学期刊对作家培养的研究相对较少，明飞龙的《现代文学期刊"塑造"作家方式的发生——从〈小说月报〉"塑造"冰心说起》较为详尽地论述了《小说月报》对冰心的"塑造"方式，但对文学期刊的作家培养过程的论述还不够全面，尤其是作家对这种培养机制的反应尚未被深刻地揭示出来。徐玉诺在现代文学史上属于昙花一现的人物，其从文学素养欠缺的状态迅速成长为遍获名家赞誉的作家，又忽然消失于文坛，这一切都与文学期刊有紧密联系，为我们考察文学期刊与作家的关系提供了较好的范例。因此，本文以《小说月报》与徐玉诺的关系为例，全面考察现代文学期刊对作家的培养机制。

一、《小说月报》"发现"徐玉诺

徐玉诺出生于贫困的农民家庭，1921 年从河南第一师范毕业。就是这样一个出身贫寒、既无较高学历也不身处现代文学中心的青年，却自 1921 年春夏间经郑振铎介绍加入文学研究会（入会号 56 号）^① 后，便频频在当时的权威期刊《小说月报》上发表作品。可以说，他刚步入文坛，便获得了极高的起点。

尽管徐玉诺 1920 年春已开始跟叶圣陶、郭绍虞等人有通信往来^②，并且第一篇小说《良心》就是经郭绍虞于 1920 年 12 月介绍发表在《晨报·副刊》上的，但是这些交际都还不足以让徐玉诺顺利在《小说月报》上发表作品。对于作者发表作品，《小说月报》曾经表明过自己的态度：

> 最近有许多人写信来问，投稿要不要人介绍；又有许多人写信来问，我们的登载稿件，是否以熟人及朋友为限。我们现在在此慎重地告诉大家：本报是绝对的公开的，投稿并不要什么人的介绍。我们极愿意在我们相识的人以外，尽量地优先的发表未知名的新进作家的文学。如果有伟大的作家出来，我们是十二分的欢迎，十二分的希望他们能在本报上发表他们的处女作的。^③

也就是说，有相关熟人的介绍，你并不一定就能在《小说月报》上发表作品。《小说月报》刊登作品的条件在期刊中也有说明：

> 我们这几个月来，接到的投稿异常的多。大家肯这样热情的帮助，真使我们十分的高兴，十分的感谢！除了短诗以外，我们于接到一稿时，都已先有一明片奉覆了。但我们的篇幅实在太少，要把这许多的稿件完全发表，是绝不可能的事。所以只好略略的选择比较得合于我们的趣味，及艺术与内容较足引人注意的几篇登载出来，其余的只好割爱了……^④

---

① 秦方奇：《徐玉诺年谱简编》，《新文学史料》2008 年第 1 期。
② 秦方奇：《徐玉诺年谱简编》，《新文学史料》2008 年第 1 期。
③ 《小说月报》第十四卷第四号最后一页。
④ 《小说月报》第十四卷第四号最后一页。

　　这里直接说明了《小说月报》刊登的是那些比较合于其"趣味"的作品。那么,《小说月报》的"趣味"是什么？茅盾在革新《小说月报》时即旗帜鲜明地提出"就国内文学界情形言之,则写实主义之真精神与写实主义之真杰作实为尝有一二,故同人以为写实主义在今日尚有切实介绍之必要",并且"同人等深信一国之文艺为一国国民性之反映,亦惟能表现国民性之文艺能有真价值,能在世界的文学中占一席地。对于此点,亦甚愿尽提倡之责任"①。也就是说,《小说月报》不仅需要写实主义,而且是反映国民性的写实主义。

　　然而,尽管文学研究会及《小说月报》极力提倡写实主义,但当时文坛的"写实"却不尽如人意。1921 年 8 月《小说月报》上发表的郎损的《评四五六月的创作》将 1921 年四五六月份的小说创作一百二十多篇、剧本八篇分成了描写男女恋爱的、描写农民生活的、描写城市劳动者生活的、描写家庭生活的、描写学校生活的、描写一般社会生活的六类,结果"可知描写男女恋爱的创作独多,竟占了全数过半有强！最少的却是描写城市劳动者生活的创作,只有三篇,描写农民生活的创作也只有八篇……"②。作者进而推断出"知识阶级中人和城市劳动者,还是隔膜得厉害,智识界人不但没有自身经历劳动者的生活,连见闻也有限,接触也很少""描写农民生活的作品,也显出'不是个中人自道'的缺点来""至于把农民生活的全体做创作的背景,把他们的思想强烈地表现出来,如鲁迅去年发表的《风波》,在这三个月里是寻不出了""只见'自然美',不见农家苦,我就不相信文学的使命是在赞美自然美"。因此,作者发出"我对于现今创作坛的条陈是'到民间去',到民间去经验了,先造出中国的自然主义文学来,否则,现在的'新文学'创作要回到'旧路'"③的呼吁。这似乎不仅仅是茅盾一个人的判断,鲁迅也指出当时的写作者"究竟

---

① 《小说月报》第十二卷第八号。

② 《小说月报》第十二卷第八号。

③ 郎损：《评四五六月的创作》,《小说月报》第十二卷第八号。

因为是上层的智识者，所以笔墨总不免伸缩于描写身边琐事和小民生活之间"。[①] 这足以表明当时写作者的民间体验不足，普通没有触及文学创作更广阔的天地，而真正能将农民的真实情感写出来的作品更少。而徐玉诺带着土生土长的农民体验，写自己所熟知的乡村世界，他的出现似乎刚好弥补了当时文坛上存在的不足。

徐玉诺的创作固然有写"自然美"，比如写"温柔而且甜美"的"云里的故乡"（《故乡》），但更多的是反映"农家苦"的写作，比如刻画因为春荒和东洋车逼迫而落湖死去的推小土车的老人（《小土车》），批判因为山羊吃谷苗引起争斗的村民国民性（《因为山羊的一段故事》），批判因赌"不得不变卖了他的一切，妻子，小孩子……赏还他的伴侣所定为它的输项"的赌棍（《失败的赌棍底门》），还有写乡村的惨景："一天我偶然找到我的故乡，呀！／什么都没有了。没有一个人，或是他种生物还活在世上；在那荒凉的旷野里，只剩些垒垒的坟墓，和碎瓦片了……"（《燃烧的眼泪》）。可以说，写农村的灾难是徐玉诺作品的底色。更重要的是，在这种农村灾难的题材里，他突出表现了鲁山农村日益严重的匪祸兵灾现象。据粗略统计，徐玉诺在《小说月报》上发表作品之前，涉及匪祸兵灾的作品就有《一个可怕的梦》《遗民》《末日》《锅腰老公》《行路》等篇。在这些作品里，徐玉诺写了兵匪横冲直撞，让人做噩梦的场景（《一个可怕的梦》）；写了官兵围堵村庄，抓人游马，逼迫送钱放人，兵匪不分的场景（《锅腰老公》）；写了在兵匪的影响下，人人自危，人与人之间失去了善良，失去了信任，往昔的农村美好的淳朴善良一去不复返（独幕短剧《末日》）。他的这些作品，在一定程度上填补了这个时期小说创作题材领域的空白。《小说月报》的编辑茅盾对此类创作是极为赞赏的，"那时有满身泥土气息的乡村走来的人写着匪祸兵灾的剪影（如徐玉诺），……创作实在

---

① 鲁迅：《中国新文学大系·小说二集·序》，载《鲁迅文集全编》，国际文化出版公司 1995 年版，第 1136 页。

向多方面发展了。题材的范围是扩大得多了"①。进一步地，徐玉诺作为农民的背景身份，加之其写作"我这样写，还恨我的手指不中用。仔细一点写，那些东西便逃脱了"②，这种写作完全是内心真性情的流露，与"智识阶层"那种写农民生活"不是个中人自道"判然有别。当茅盾还在呼吁作家"到民间去"的时候，徐玉诺已经是"但是我们的兄弟，却都是'从民间来'"③了。这样一种与民间无"隔膜"的写作，恰好是包括《小说月报》在内的文坛所急切需求的。

因此，尽管徐玉诺没有身处新文学运动的中心，也不具备文学写作的良好素养，但根据自身所目睹写出的反映乡土生活的作品正与《小说月报》的办刊方向"契合"，这种"契合"，让《小说月报》"发现"了徐玉诺，也让《小说月报》进一步"塑造"徐玉诺成了可能。

二、《小说月报》对徐玉诺的培养

在徐玉诺加入文学研究会后，《小说月报》并没有立刻大量刊登其作品。1921 年仅刊登一篇徐玉诺的小说，1922 年也只有两首诗，他这两年的作品主要发表在《晨报·副刊》和《时事新报·学灯》上。从 1923 年起，《小说月报》大量刊登徐玉诺的作品（见表 6-3），似乎显示出 1921 年至 1922 年《小说月报》对徐玉诺的观望、考察。

表 6-3　徐玉诺作品在《小说月报》上的发表情况（1921—1924 年）

作品	体裁	发表时间、刊号
《一个不重要的伴侣》	小说	1921 年 9 月第十二卷第九号
《丐者》	诗歌	1922 年 3 月第十三卷第三号
《蝶》	诗歌	1922 年 6 月第十三卷第六号

---

① 茅盾：《中国新文学大系·小说一集》，上海良友图书印刷公司 1935 年版，第 12 页。
② 叶绍均：《玉诺的诗》，《文学旬刊》1992 年第 39 期。
③ 徐玉诺：《小诗一》，《小说月报》1923 年第 6 期。

（续表）

作品	体裁	发表时间、刊号
《火灾》	诗歌	1923 年 1 月第十四卷第一号
《恨与憎》	小说	1923 年 4 月第十四卷第四号
《假如我不是一个弱者》	诗歌	1923 年 5 月第十四卷第五号
《在摇篮里》（其一）	小说	1923 年 5 月第十四卷第五号
《我的诗歌》	诗歌	1923 年 5 月第十四卷第五号
《一只破鞋》	小说	1923 年 6 月第十四卷第六号
《灰色人》	散文	1923 年 6 月第十四卷第六号
《寂寞》	散文诗	1923 年 6 月第十四卷第六号
《别后》	诗歌	1923 年 6 月第十四卷第六号
《小诗》（二首）	诗歌	1923 年 6 月第十四卷第六号
《在摇篮里》（其十）	小说	1923 年 7 月第十四卷第七号
《永在的真实》	诗歌	1923 年 7 月第十四卷第七号
《为什么》	诗歌	1923 年 7 月第十四卷第七号
《小诗》（三首）	诗歌	1923 年 7 月第十四卷第七号
《到何处去》（《在摇篮里》之三）	小说	1923 年 8 月第十四卷第八号
《认清我们的敌人》	小说	1923 年 9 月第十四卷第九号
《小诗》	诗歌	1923 年 9 月第十四卷第九号
《恶花》	散文诗	1923 年 11 月第十四卷第十一号
《祖父的故事》（《在摇篮里》之二）	小说	1923 年 12 月第十四卷第十二号
《往事一闪》	小说	1924 年 1 月第十五卷第一号
《她》	诗歌	1924 年 10 月第十五卷第十号
《我怎样告诉她》	散文诗	1924 年 11 月第十五卷第十一号

从上表可以看出，《小说月报》对徐玉诺作品的大量刊发主要集中在 1923 年、1924 年，特别是 1923 年，几乎出现了"井喷"。这意味着《小说月报》对徐玉诺的"塑造"的开始。"塑造"方式主要有如下五个方面。

第一，凸显写作特点的"塑造"。稍微细读一下徐玉诺发表在《小说月报》上的作品，我们不难发现在这些作品中，描写农村下层、兵灾匪祸的占了大多数，在所发表的 25 篇作品中，《丐者》《火灾》《假如我不是一个弱者》《一只破鞋》《灰色人》《永在的真实》《到何处去》《认清我们的敌人》《祖父的故事》《往事一闪》《我怎样告诉她》等都与农村的下层生活相关，其中又以写兵灾匪祸为重点。如果对照一下徐玉诺同期发表在其他期刊上的作品，《小说月报》对徐玉诺作品的选择无疑显得主题精炼集中，凸显出徐玉诺写作的特点。而编辑在对徐玉诺的介绍或导读中，也在强化徐玉诺的这些写作特点，"惨状有类于《扬州十日记》""叙写河南匪乱惨状，极为真切动人""颤懔不禁要颤懔起来"等"导读"语将读者引向了徐玉诺作品的特质。

第二，全面、密集、长期的作品推送。《小说月报》对徐玉诺作品的推送并不仅仅限于小说，还涵盖了诗歌、散文、散文诗多种文体，是对其作品的整体推送。通过这些作品，读者能够全面、深入地了解徐玉诺的创作情况。在 1923 年，《小说月报》对徐玉诺的作品进行了密集推送，第十四卷除了二、三、十号，每一期的《小说月报》都有徐玉诺的作品发表。更引人注目的是，仅第五号就有 3 篇作品出现，第六号更是达到了 5 篇，第七号有 4 篇，第九号有 2 篇。同一期的《小说月报》刊登同一个作家如此多的作品，而且是连续多期，这在文学期刊上是罕见的，几乎达到了徐玉诺有作品就发的地步。

第三，在广告上重点宣传。除了对徐玉诺作品全面、密集、长期的推送，《小说月报》在对徐玉诺作品的广告宣传上也是颇费心力。

首先，为了突出徐玉诺作品的重要性，编辑在进行作品编排时往往将其作品放在前列。比如第十四卷第五号刊发的《在摇篮里》（其一），紧随在西谛、徐志摩的作品之后；第十四卷第七号刊发的《在摇篮里》（其十）紧接在卷头语、鲁迅所译的《红的花》之后，排在王统照的《技艺》之前，在目录中用大字号字体醒目标出；《一只破鞋》被列为第十四卷第六号第一篇，在目录中用大字号字体标出；《到何处去》被列为第十四卷第八号第一篇，在目录中也是用大字号字体标出。徐玉诺的这些作品在《小说月报》编排中要么与名家排在一起，要么排在第一篇，可见《小说月报》对徐玉诺的重视。

其次，在预告下一期的作品时，徐玉诺的作品往往位居重点介绍之列。比如第十三卷第五号预告的"次号要目"，将徐玉诺的《蝶诗》列入其中，尤其是在《小说月报》开辟的对下一期刊发作品进行简介的"最后一页"，徐玉诺的作品经常被重点推介。比如第十四卷第四号的"最后一页"：

创作有徐玉诺的《在摇篮里》，我们读了他，几如身历其境，觉其惨状有类于《扬州十日记》……①

第五号的"最后一页"：

六月号的稿件，大部分都已定好。徐玉诺君有一篇《一双破鞋》，叙写河南匪乱惨状，极为真切动人。即我们没有身经其境的人读了，也不禁要颤懔起来……②

第六号的"最后一页"：

七月号的稿件，有许多篇是很重要的，爱罗先珂君的《红的花》，尤

① 《小说月报》第十四卷第四号。
② 《小说月报》第十四卷第五号。

要请诸君仔细地读。此外创作有王统照君的《技艺》，徐玉诺的《在摇篮里》……①

连续三期的作品预告都提到徐玉诺的作品，并且用"几如身历其境""极为真切动人"等描述了阅读感受，简直就是用一篇篇短小的评价文字引导读者去欣赏。有时候，编者生怕读者对这些新作家不重视，还"苦口婆心"劝导读者：

新进作家的作品是我们所最愿意刊登的；我们极热切的希望有较伟大的作家出来，我们很愿意以我们的篇幅刊登他们的处女作……但在一般的读者方面，却常有一种惰性，他们常不注意新的作家，而崇拜已成名者的作品……希望读者方面，稍稍注意于新的作家的作品。我们觉得本志所刊的那些新的作品，都不是什么因袭的或太平凡的作品，无论是在情思上或在艺术上。

讲到这个地方，我们愿意将本志下月号（十二月号）贡献给读者诸君；在那一号里，刊有许多篇的创作，而且大多数是新的作家的作品。我们觉得他们都是可以一读，而且很能感人的。希望读者能注意一下；如张维祺君的《赌博》，王思坫君的《瘟疫》，曹元杰君的《引弟》，顾仲起君的《风波之一片》，王任叔君的《侄儿》以及徐玉诺君的《祖父的故事》，庐隐女士的《沦落》等等，都是很好的……②

这种连续的、重点的、引导读者的作家宣传，对于进入文坛不久的作家而言，无疑是极为必要的。

最后，在徐玉诺作品结集出版或含有徐玉诺作品的书籍出版时，《小说月报》也刊登广告进行宣传。比如徐玉诺诗集《将来之花园》的广告：

---

① 《小说月报》第十四卷第六号。

② 《小说月报》第十四卷第十一号。

文学研究会丛书介绍：……《将来之花园》(新诗集) 徐玉诺著……以上已出版。①

含有徐玉诺作品的新书广告：

新的文艺书籍的出版有：(一) 文学研究会的《星海》(上)，此书为文学研究会的会刊之一。每册定价七角五分，各省商务印书馆均有出售。内容有：文艺之力 (朱自清) ……暮栈上 (徐玉诺) ……②

这些都反映了《小说月报》在宣传徐玉诺时的"不遗余力"。

第四，及时组织对徐玉诺作品的文学评论。及时刊登对发表作品的文学评论是《小说月报》提升读者鉴赏水平，提高作品知名度的惯常做法。《小说月报》刊登对徐玉诺作品的文学评论一共有三次，一次是第十四卷第八号刊登的施讷的《徐玉诺君的〈一只破鞋〉》，一次是第十四卷第十号刊登的植三的《徐玉诺君的〈到何处去〉》，还有一次是第十四卷第十一号刊登的国章的《徐玉诺君的〈到何处去〉》。

这三篇文学评论从时间上看是极为及时的。《一只破鞋》发表于第十四卷第六号，其评论文章第八号已经刊出，《到何处去》发表于第十四卷第八号，相关的评论文章在第十号、十一号便刊出，显示了《小说月报》对徐玉诺的重视。更引人注意的是，相较施讷的《徐玉诺君的〈一只破鞋〉》仅仅是一种阅读感想，是一种感性的印象，植三和国章分别写下的《徐玉诺君的〈到何处去〉》则是较为理性的学理批评。这是两篇观点完全相反的批评文章：植三认为徐玉诺的《到何处去》"算不得好的作品"，因为"全篇只是平铺直陈的叙述，不是有声有色的描写"③；而国章认为"玉诺君是河南人，是久居匪巢的人，是目击过匪徒做过的许多罪恶的人"，因

---

① 《小说月报》第十四卷第四号。

② 《小说月报》第十五卷第十号。

③ 《小说月报》第十四卷第十号。

此《到何处去》写得"教读者如同身临匪巢，亲眼见到那匪巢情形一样，真可算得有声有色的作品了。也可算得含血泪的作品了"①。两篇观点完全相反的评论在相距一月的时间先后刊发出来，显然是《小说月报》刻意为之，有意造成对徐玉诺作品的争论，加强其作品在读者心目中的影响力。

第五，促成徐玉诺作品的结集出版。徐玉诺作品的几部结集，都是在商务印书馆出版的，其中《将来之花园》（1922 年 8 月）是个人作品集，《雪朝》（1922 年 6 月）和《眷顾》（1925 年 4 月）则是与文学研究会诸作家的合集，《将来之花园》《雪朝》被列入"文学研究会丛书"。《雪朝》共收录朱自清、周作人、俞平伯、徐玉诺、郭绍虞、叶圣陶、刘彦陵、郑振铎八人创作的诗歌 187 首，而其中徐玉诺的诗歌有 48 首。《眷顾》被列为"小说月报丛刊"第 58 种，里面有徐玉诺的诗 9 题 11 首。从这些数字可见当时徐玉诺在文学研究会的分量。

在《小说月报》等现代文学期刊的精心"培养"下，徐玉诺在 20 世纪 20 年代成了文坛黑马，拥有了相当的影响力。在文学批评家那里，徐玉诺赢得了诸如"绝大的'天才'"②"现代的有真性情的诗人"③"文学研究会里的第一个诗人"④等赞誉，认为其"一方面是热情的，带点原始性的粗犷，另一方面却是个 Diana 型的梦想者"⑤。鲁迅也在 1923 年让《晨报》编辑孙伏园带信给徐玉诺，让他把发表的小说结集出版，并自愿为之作序，朱自清在选编《中国新文学大系·诗集》时收录徐玉诺诗歌 10 首，而在此集中胡适的诗歌有 9 首、刘半农的诗歌有 8 首、田汉的诗歌有 5 首、鲁迅的诗歌有 3 首、沈尹默的诗歌有 1 首，足见徐玉诺在专业批评家中的影响力。

---

① 《小说月报》第十四卷第十一号。

② 王任叔：《对于一个散文诗作者表一些敬意！》，《文学旬刊》1922 年第 37 期。

③ 徐玉诺：《将来之花园·卷头语》，商务印书馆 1922 年版。

④ 闻一多：《致闻家驷》，《闻一多全集》，湖北人民出版社 1993 年版，第 436 页。

⑤ 茅盾：《中国新文学大系·小说一集·导言》，上海良友图书印刷公司 1935 年版，第 26 页。

就是在普通读者那里，徐玉诺也获得了较大的影响力。《小说月报》与读者之间建立起了良好的互动，从读者的来信可以看出，徐玉诺在当时读者的心里是极为深切的，比如一位读者的来信：

振铎先生：

今年出版的《小说月报》，我已看到第五期了。创作方面：每期虽不免有一两篇幼稚的作品掺杂其间；但是描写很能动人而可以算得是成功的作品，如叶绍钧君的《小铜匠》……徐玉诺君的《在摇篮里》……也就不少了，长此以往，我敢说中国的文学作品，能够在世界文学水平线上占有甚高之位置……①

在这位读者心里，徐玉诺的作品足以代表中国水平，能够在世界文学上占有较高位置，评价之高是罕见的。

还有读者来信要求徐玉诺的地址及作家传略，以方便与作家直接通信：

记者先生：

……（二）投稿者小史——因为要了解一个人的作品，当了解一个人的环境，如徐玉诺君，因为他的家乡闹匪患，所以他的作品，很多的描写匪乱的惨状。可见创作与环境，有很大的关系。这不过是个极显明而浅近的例。②

《小说月报》也及时做出了反应，刊登了徐玉诺的地址：

本报本期撰稿者住址及其他

……徐玉诺君——现在吉林毓文中学，但最近他来信说，河南鲁山的

① 《小说月报》第十四卷第九号，"通信"。
② 《小说月报》第十四卷第十二号，"通信"。

徐家营又被土匪攻破，家人不知消息，立刻要动身回去。[1]

再如上面所提到的《小说月报》组织的关于徐玉诺作品的讨论，无疑都是普通读者对徐玉诺作品的积极反应。这些都反映出了在《小说月报》的精心"塑造"下，徐玉诺在当时读者心目中占有较高的位置。

三、徐玉诺与文学期刊的微妙关系

20 世纪 20 年代，徐玉诺以其独特的题材及写作方式，不仅在文坛站稳了脚跟，还赢得了评论家的极大赞誉，在读者群中获得了较大的影响力。可是，就在徐玉诺的文学创作如日中天的时候，读者期待着他向更高阶段发展的时候，他却在 1926 年前后写作数量急遽下降，忽然从文坛上消失了。关于徐玉诺在文坛上短暂出现并消失且未在文学创作的道路上走得更远，学者们的普遍意见是"社会思想、文艺思想都缺乏相对稳定的求索方向，缺乏开放式的多方面吸收营养的素质"[2]"对自我的太过执迷则使他始终囿于自己的那点经验，少有开放的眼光和胸怀，所以尽管他可以名噪一时，'有向更高阶段发展的美质'，但却终未跨进更高阶段的门槛，成为大家"[3]。将徐玉诺的沉寂归因于其思想、经验的欠缺，自然有其合理处，连徐玉诺自己也感觉到"此后就一直沉湎在苦难与没落的生活里与知友绝缘，更不写作了"[4]。这里意味深长的是，当徐玉诺在咀嚼生活的苦难时，为什么就与知友绝缘了？这里的知友，当是指围绕在他身边的文人朋友，当然也包括为其提供发表机会的《小说月报》之类的文学期刊，甚至是相关的普通读者。

徐玉诺在《小说月报》上发表作品始于 1921 年，终于 1924 年，最多的是在 1923 年，这个时候正是徐玉诺取得期刊、评论家、读者一致认可

---

[1] 《小说月报》第十四卷第八号，"本报本期撰稿者住址及其他"。

[2] 刘济献：《论徐玉诺乡土小说的特色》，《郑州大学学报》1985 年第 3 期。

[3] 秦方奇：《徐玉诺诗文辑存》，河南大学出版社 2008 年版，前言。

[4] 徐玉诺：《怎样学习鲁迅先生》，《河南日报》1950 年 10 月 20 日。

的时候，但徐玉诺在达到高峰之后就急遽滑落了，真可谓是昙花一现。从其仅 1923 年就在《小说月报》发表 19 篇作品来看，这一时期他发表作品应该是相对容易的，很难说是《小说月报》对其拒稿形成的。其实，1924 年之后，徐玉诺也有过向《小说月报》投稿的念头，比如 1927 年他给友人的信中写道"于影（红）蠮君近作在摇篮里续集一种略见一斑，或见于下月小说月报"①，但该篇作品最终还是没有在《小说月报》刊登出来，之后也没有原因说明。就在这封信中，徐玉诺还提及：

> 所寄文为遗真记事本中之一段，而书将在商务出版。此段曾经友人拿去卖稿，终以不肯贱卖存在书包中，归结还是不指望阿堵物吃饭，就在我那矫友毓文周刊发表吧。②

这里很明显地透露出徐玉诺对作品发表的态度，不是从经济利益出发，而是要投缘地"矫友"。

同时，考察徐玉诺的文学活动，1924 年以后，他的作品尽管没有出现在《小说月报》上，但依然出现在其他期刊上，主要是在其编辑的《豫报·副刊》上。相对于《小说月报》而言，《豫报·副刊》只是一份区域性的报刊，而且才创办不久，其影响力不可同日而语，但徐玉诺却另起炉灶。从一定程度上说，徐玉诺是放弃了对更大文学影响力的追求，那么，徐玉诺对文学期刊的态度就很值得玩味了。

《小说月报》通过各种方式精心"塑造"徐玉诺，突出其兵灾匪祸的写作，获得了极大的成功。然而，这样一种培养，是徐玉诺本人希望看到的吗？就《小说月报》而言，其培养徐玉诺是出于当时文坛对底层农民描写不足，智识阶层对农民生活的隔膜，因而需要真正了解农民生活的作品。徐玉诺也看出了文坛的缺陷，"近七八年来，新诗坛上——读者与作

---

① 徐玉诺：《玉诺的赠与》，《毓文周刊》1927 年第 215 期。
② 徐玉诺：《玉诺的赠与》，《毓文周刊》1927 年第 215 期。

者——都对于空疏清浅的作品感觉不满而有求丰富的趣向"[1]，但对于如何丰富，徐玉诺认为"要知道所谓丰富不在有典故而在真；真了没有不丰富的"[2]。因此，在徐玉诺看来，好的作品不是源于典故，而是源于真的生活，他的那些作品都是建立在"于悲哀深有阅历的"[3]基础上，"是赤裸裸地由真的感情中流注出来的声音"[4]。但是，在《小说月报》等期刊突出徐玉诺写作中的兵灾匪祸的特点时，徐玉诺却对此产生了怀疑。在他的一些作品中，我们能感受到他这种深刻的诘问。其在散文诗《梦片》中写道：

> 台板子不知何时都抽完了；我骑在前场的大梁上高唱起来——没有一个人帮场，——上来替打锣鼓的，就是天天逼着要账的杂货商人。[5]

自己在高唱，但无人理解，感兴趣的只是有经济利益的人。而在《唔哇开刀——自己的诗歌之五》中，表现这种状况的象征意味更浓，诗中写一个"赤体大汉，凶猛的叫花子"在集市上通过用刀砍向自己的头颅为表演向路人讨钱的状况，"一个头上开了八道刀口；鲜血淋了一身，还流了半盆"[6]，但依然扎着丁字步，高叫着"唔哇开刀"。作者总结道："鲜血是他底货物；同情的怜悯和死的恐怖是他底保障；世上有多少这样的生意哟！他高叫着'唔哇——开刀'横行会上。"[7]如果将其视为对自身文学创作的总结，那么在诗中流着血还在高叫着"唔哇开刀"求别人赏钱的人不正是作者自己吗？徐玉诺写农民状况，写兵灾匪祸，其意本是作为一种生命的表达，但通过文学期刊有意的"塑造"，"自己在写作中竟不自觉地成了一

---

① 徐玉诺：《"霓裳续谱"一脔》，《明天》1929年第2期。
② 徐玉诺：《"霓裳续谱"一脔》，《明天》1929年第2期。
③ 周作人：《寻路的人——赠玉诺君》，《文学旬刊》1923年8月11日。
④ 西谛：《编者按》，《文学旬刊》1922年5月11日。
⑤ 徐玉诺：《梦片》，《明天》1929年第7期。
⑥ 徐玉诺：《唔哇开刀——自己的诗歌之五》，《骆驼草》1930年第13期。
⑦ 徐玉诺：《唔哇开刀——自己的诗歌之五》，《骆驼草》1930年第13期。

个专职表演、兜售底层苦难与鲜血的乞丐或戏子"①。这些蛛丝马迹，似乎无意中透露了徐玉诺 1926 年之后沉寂于文坛的原因，同时也暗含了其对现代文学期刊作家培养机制的一种主动反应。

---

① 李丹梦：《"唯真"的偏至——再论徐玉诺》，《中国现代文学研究丛刊》2017 年第 11 期。

结　语

未完成的搭建与作为研究方法的
"文学机制"

　　通过对《小说月报》前后期的透视，我不仅感慨良多，在文学发展的每一步道路中，制约与反制约的因素是如此之多，文学的发展真可谓是步履维艰。中国古代文学向近现代文学的转换是由多重因素决定的，经济从最基本的层面决定着整个文学市场的基本动向，而文学市场的形成无疑是古代文学转向近现代文学的标志之一。不仅出版者围绕着经济利益而出现，作家为着商业利益倾向于市场还是坚守文学自身的立场在很大程度上也成为雅俗文学之间的分界线；政治与法律不仅仅成为制约文学发展的因素，很多时候也培养了现代文学关注现实的品格，培养起作家独立的品格；教育的熏陶改变了作者与读者的知识结构，学校教育制度从古代向现代的整体转型，文学教材的变动，内容的更新，与传统完全不同的文学教育预示着新文学新面貌的即将来临。可以说，中国传统文学向现代文学的转变，是多种社会因素因缘际会的"合力"结果。而这种合力，都被《小说月报》生动地反映出来。

　　这种既有经济政治因素的制约，也有各种文化氛围营造的相互纠缠的局面，既影响作家的精神气质，也影响传播者、读者的各种状况。这些合力是如此地丰富并且动态地影响着文学的转换，这些文学机制错综复杂地交织在一起，又因缘际会地促使着中国文学的前进。每一种文学机制并不是单一地在起作用，在同一时期里，众多的文学机制相互影响甚至相互交叉，往往你中有我我中有你，经济与政治相互勾连又有形无形地决定着文学的走向。这并不是简单的"决定"与"反映"，我们看到这些作家、编辑家、出版家、读者在文学活动中与"历史时空"发生着丰富的联系。每处一个关头，这些文学活动家们总能灵活地运用这种机制或者在受每一种文学机制制约的时候，他们都发挥出了自身独有的"主体性"，甚至表现出了对每一种文学机制局限的突破与抗争。《小说月报》上的广告反映出来的，不仅仅是作家、出版家、读者被动地被这些社会力量"决定"着，更多的时候，我们看到的是作家、出版家甚至是读者都在努力地挣脱这种约束作用，通过各种努力去达到自己的目标。在这种摆脱制约的过程中，我们看到了作家、出版家甚至是读者一副副充满着个性的面孔，而正是这些迥异的个性，推动着古代文学向近现代文学转型，更丰富着现代文学的面貌。也许正是因为这些独特的个性存在，现代文学才展示出其独具特色的魅力。

参考文献

一、基本史料

《小说月报》（1910—1932）

《新青年》（1915—1926）

《绣像小说》（1903—1906）

《妇女杂志》（1915—1930）

《新潮》（1919—1922）

《申报》（1872—1930）

二、论著

1. 阿英：《晚清文艺报刊述略》，古典文学出版社 1958 年版。

2. 陈明远：《文化人的经济生活》，陕西人民出版社 2010 年版。

3. 陈培爱：《中外广告史》，中国物价出版社 1997 年版。

4. 陈平原：《中国大学十讲》，复旦大学出版社 2008 年版。

5. 程丽红：《清代报人研究》，社会科学文献出版社 2008 年版。

6. [美]D.布迪、C.莫里斯：《中华帝国的法律》，朱勇译，江苏人民出版社 1995 年版。

7. 邓康延：《老课本新阅读》，[香港]天地图书 2012 年版。

8. 丁淦林：《中国新闻事业史》，高等教育出版社 2002 年版。

9. 董丽敏：《想象现代性——革新时期的〈小说月报〉研究》，广西师范大学出版社 2006 年版。

10. 范烟桥：《中国小说史》，台北汉京文化事业有限公司 1983 年版。

11. 范用：《爱看书的广告》，生活·读书·新知三联书店 2004 年版。

12. 范志国：《中外广告比较研究》，中国社会科学出版社 2008 年版。

13. 方汉奇：《中国近代报刊史》，山西人民出版社 1981 年版。

14. 费孝通：《乡土中国与生育制度》，北京大学出版社 1998 年版。

15. 戈公振：《中国报学史（插图整理书）》，上海古籍出版社 2003 年版。

16. 何勤华、贺卫方、田涛：《法律文化三人谈》，北京大学出版社 2010 年版。

17. 何修猛：《现代广告学》，复旦大学出版社 2002 年版。

18. 瞿同祖：《中国法律与中国社会》，中华书局 1998 年版。

19. 孔庆茂：《林纾传》，团结出版社 1998 年版。

20. 李家驹：《商务印书馆与近代知识文化的传播》，中文大学出版社 2007 年版。

21. 李秀萍：《文学研究会与中国现代文学制度》，中国传媒大学出版社 2010 年版。

22. 李雨峰：《权利是如何实现的》，法律出版社 2009 年版。

23. 梁启超：《二十世纪之巨灵托辣斯》，《饮冰室合集》第二册，中华书局 1989 年版。

24. 刘泓：《广告社会学》，武汉大学出版社 2006 年版。

25. 柳姗：《在历史缝隙间挣扎——1910—1920 年间的〈小说月报〉研究》，百花洲文艺出版社 2004 年版。

26. 路善全：《中国传媒与文学互动研究》，中国社会科学出版社 2007 年版。

27. 栾梅健：《二十世纪中国文学发生论》，广西师范大学出版社 2006 年版。

28. 钱理群等：《中国现代文学三十年》，北京大学出版社 1999 年版。

29. 秦其文：《中国近代企业广告研究》，知识产权出版社 2010 年版。

30. 芮和师、范伯群等编：《鸳鸯蝴蝶派文学资料》，福建人民出版社 1984 年版。

31. 桑兵：《晚清现代的学人与学术》，中华书局 2008 年版。

32. 商务印书馆：《商务印书馆九十年》，商务印书馆 1987 年版。

33. 商务印书馆：《商务印书馆九十五年》，商务印书馆 1992 年版。

34. 邵伯周：《中国现代文学思潮研究》，学林出版社 1993 年版。

35. 苏士梅：《中国近代商业广告史》，河南大学出版社 2006 年版。

36. 孙文清：《广告张爱玲》，中国传媒大学出版社 2009 年版。

37. 孙中田、查国华编：《茅盾研究资料》，中国社会科学出版社 1983 年版。

38. 汤志钧等编：《中国近代教育史资料汇编·戊戌时期教育》，上海教育出版社 2007 年版。

39. 唐弢主编：《中国现代文学史》，人民文学出版社 1979 年版。

40. 王儒年：《欲望的想像——1920—1930 年代〈申报〉广告的文化史研究》，上海人民出版社 2007 年版。

41. 吴景平，陈雁主编：《近代中国的经济与社会》，上海古籍出版社 2002 年版。

42. 谢晓霞：《〈小说月报〉1910—1920：商业、文化与未完成的现代性》，上海三联书店 2006 年版。

43. 谢菊曾：《十里洋场的侧影》，花城出版社 1983 年版。

44. 徐建生：《民族工业发展史话》，社会科学文献出版社 2011 年版。

45. 徐松荣：《维新派与近代报刊》，山西古籍出版社 1998 年版。

46. 虞宝棠：《国民政府与现代经济》，华东师范大学出版社 1998 年版。

47. 张功臣：《民国报人——新闻史上的隐秘一页》，山东画报出版社 2010 年版。

48. 张晋潘：《中国法律的传统与近代转型》，法律出版社 1997 年版。

49. 张静庐辑注：《中国现代出版史料》（甲乙丙丁编），中华书局 1957

年版。

50. 张心科：《清末民国儿童文学教育发展史论》，北京师范大学出版社 2011 年版。

51. 赵琛：《中国广告史》，高等教育出版社 2005 年版。

52. 赵琛：《中国近代广告文化》，吉林科学技术出版社 2001 年版。

53. 《中国广告年鉴》编辑部：《中国广告年鉴 1988》，新华出版社 1988 年版。

54. 周海波、杨庆东：《传媒与现代文学之间》，中国社会科学出版社 2004 年版。

55. 周林、李明山主编：《中国版权史研究文献》，中国方正出版社 1999 年版。

56. 周伟主编：《工商侧影——一个世纪的广告经典》，光明日报出版社 2003 年版。

57. 朱汉国、杨群等：《中华民国史》第五册，四川人民出版社 2006 年版。

三、论文

1. 曹小娟：《〈小说月报〉与中国现代文学批评》，《山西师范大学学报》（社会科学版）2006 年第 4 期。

2. 查国华：《谈谈"五四"前后的〈小说月报〉》，《山东师院学报》（哲学社会科学版）1979 年第 3 期。

3. 戴景素：《商务印书馆前期的推广和宣传》，《出版史料》1987 年第 4 期。

4. 丁帆：《关于建构百年文学史的几点意见和设想》，《文学评论》2010 年第 1 期。

5. 丁文：《〈小说月报〉的"国故"研究与新文学刊物的重心转移》，《学术探索》2006 年第 4 期。

6. 丁文：《新文学读者眼中的"〈小说月报〉革新"》，《云梦学刊》

2006 年第 3 期。

7. 董瑾:《沈雁冰改革〈小说月报〉的编辑思想与编辑实践》,《编辑之友》2006 年第 4 期。

8. 董丽敏:《〈小说月报〉1923:被遮蔽的另一种现代性建构——重识沈雁冰被郑振铎取代事件》,《当代作家评论》2002 年第 6 期。

9. 陈福康:《郑振铎与〈小说月报〉》,《编辑学刊》1989 年第 2 期。

10. 董丽敏:《〈小说月报〉革新:断裂还是拼合?——重识商务印书馆和〈小说月报〉的关系》,《社会科学》2003 年第 10 期。

11. 董丽敏:《翻译现代性:剔除、强化与妥协——对革新时期〈小说月报〉英、法文学译介的跨文化解读》,《学术月刊》2006 年第 6 期。

12. 董丽敏:《翻译现代性:在悬置与聚焦之间——论革新时期〈小说月报〉对于俄国及弱小民族文学的译介》,《文艺争鸣》2006 年第 3 期。

13. 徐柏容:《回眸〈小说月报〉的创刊》,《中国编辑》2006 年第 5 期。

14. 段从学:《〈小说月报〉改版旁证》,《新文学史料》2005 年第 3 期。

15. 顾智敏:《〈小说月报〉不是"文学研究会"的机关刊》,《上海师范大学学报》(哲学社会科学版)1983 年第 2 期。

16. 郭瑾:《近二十年现代广告研究述评》,《广告大观》2007 年第 2 期。

17. 郭彩侠、刘成才:《观念、限度与认识性装置——从"知识考古学"角度看现当代文学研究的范式转换》,《东方论坛》2010 年第 6 期。

18. 寒冰:《中国近代民法原则研究》,博士学位论文,中国政法大学,2007 年。

19. 甲鲁平:《从文学广告看中国现代文学期刊》,《山东师范大学学报》(人文社会科学版)2003 年第 2 期。

20. 林贤治:《一种文学告白》,《当代作家评论》2004 年第 2 期。

21. 彭林祥:《论新文学广告对文学传播的作用》,《湖南文理学院学报》(社会科学版)2008 年第 3 期。

22. 彭林祥、金宏宇：《新文学广告的价值》，《北京社会科学》2009 年第 3 期。

23. 彭林祥：《新文学广告作为版本研究的资源》，《郧阳师范高等专科学校学报》2008 年第 2 期。

24. 彭林祥：《新文学广告与作家佚文》，《读书》2007 年第 1 期。

25. 彭林祥：《新文学广告与文学传播》，《书城》2007 年第 11 期。

26. 孙文清：《中国现代作家的广告实践》，《新闻界》2008 年第 6 期。

27. 姜振昌、王良海：《文学广告与广告文学——中国现代文学作品广告一瞥》，《山东师大学报》（社会科学版）1992 年第 2 期。

28. 李辉：《现代文学广告录》，《中国现代文学研究丛刊》1986 年第 1 期。

29. 王泽庆：《多媒介的文学传播与互文阅读》，《内蒙古社会科学》（汉文版）2011 年第 2 期。

30. 金宏宇、彭林祥：《新文学广告的史料价值——以 30 年代的三个广告事件为例》，《中国现代文学研究丛刊》2007 年第 4 期。

31. 黄林非：《2002—2003 年中国现代文学报刊研究述评》，《湖南大众传媒职业技术学院学报》2011 年第 2 期。

32. 张天星：《晚清报载小说广告和小说界革命的兴起与发展》，《华南农业大学学报》（社会科学版）2010 年第 4 期。

33. 郑惠生：《"经济"是"文学的品格"吗？——对曹路先生〈文学的经济品格〉》的学术批评》，《汕头大学学报》2003 年第 1 期。

34. 韩彬：《二十世纪九十年代以来中国现代文学期刊杂志研究综述》，《德州学院学报》（哲学社会科学版）2004 年第 5 期。

35. 钱理群、国家玮：《生命意识烛照下的文学史书写——北京大学教授、博士生导师钱理群先生访谈》，《东岳论丛》2008 年第 5 期。

36. 白巧燕：《谈广告修辞中的语境意识》，《双语学习》2007 年第 9 期。

37. 蒋文琴：《张爱玲作品中的广告艺术》，《市场观察》2010 年第 9 期。

38. 金宏宇：《中国现代文学的副文本》，《中国社会科学》2012 年第

6 期。

39. 金美福:《编辑大师茅盾与〈小说月报〉改革》,《锦州师院学报》
（哲学社会科学版）1992 年第 3 期。

40. 金石:《"广告"一词考略》,《文史杂志》1993 年第 3 期。

41. 李红秀:《〈小说月报〉的改革与五四新文学的发展》,《重庆交通
大学学报》（社会科学版）2007 年第 3 期。

42. 李曙豪:《现代稿酬制度的建立与对发表权的保护》,《出版发行研
究》2003 年第 5 期。

43. 李文权:《告白学》,《中国实业杂志》1912 年第 2 期。

44. 李怡:《"五四"与现代文学"现代机制"的形成》,《郑州大学学
报》2009 年 4 期。

45. 李怡:《从历史命名的辨正到文化机制的发掘——我们怎样讨论中
国现代文学的"现代"意义》,《文艺争鸣》2011 年第 7 期。

46. 李怡:《谁的五四？——论"五四文化圈"》,《中国现代文学研究
丛刊》2009 年第 3 期。

47. 李子干:《红杏出墙赖春风——〈小说月报〉漫议》,《编辑之友》
1992 年第 2 期。

48. 刘庆元:《〈小说月报〉（1921—1931）翻译小说的现代性研究》,
博士学位论文, 华东师范大学, 2009 年。

49. 刘增杰:《中国现代文学期刊研究的综合考察》,《河北学刊》2011
年第 6 期。

50. 柳珊:《1910—1920 年的〈小说月报〉是"鸳鸯蝴蝶派"的刊物
吗？》,《中国现代文学研究丛刊》2000 年第 3 期。

51. 马林靖:《沈雁冰与〈小说月报〉》,《新闻爱好者》2007 年第 8 期。

52. 马寿:《一个不懂外文的小说翻译家》,《福建师范大学学报》（哲
学社会科学版）1989 年第 4 期。

53. 茅盾:《影印本〈小说月报〉序》,《文献》1981 年第 1 期。

54. 钱理群:《重视史料的"独立准备"》,《中国现代文学研究丛刊》

2004 年第 3 期。

55. 邱焕星：《中国现代文学研究范式的内在统一性及其问题》，《文艺争鸣》2007 年第 9 期。

56. 邱培成：《前期〈小说月报〉与清末民初上海都市文化》，博士学位论文，复旦大学，2004 年。

57. 石晓岩：《现代文学期刊研究的新思路》，《中国图书评论》2007 年第 5 期。

58. 苏玉娜：《接受视野中的〈小说月报〉》，硕士学位论文，山东师范大学文学院，2007 年。

59. 孙国钰、于春生：《叶圣陶主编〈小说月报〉的编辑宗旨》，《编辑之友》2008 年第 1 期。

60. 孙文清：《张爱玲作品中的广告解读》，《新闻界》2009 年第 1 期。

61. 孙中田：《茅盾着译年表》，《吉林师范大学学报》1978 年第 1 期。

62. 王萍：《从〈小说月报〉的改革看茅盾的办刊宗旨》，《时代文学》（双月版）2007 年第 4 期。

63. 汪家熔：《茅盾在商务印书馆》，《出版史料》2006 年第 2 期。

64. 王醒：《编辑大师茅盾（一）》，《编辑之友》1990 年第 5 期。

65. 文春英、李世琳、刘小晔、周杨、温晓薇：《"广告"一词在近代中国的流变》，《当代传播》2011 年第 2 期。

66. 谢晓霞：《"林译"与〈小说月报〉》，《广西社会科学》2003 年第 8 期。

67. 谢晓霞：《编辑主张与改革前〈小说月报〉的风格》，《东方论坛》2004 年第 3 期。

68. 谢晓霞：《过渡时期的杂志：1910—1920 年的〈小说月报〉》，《宁夏大学学报》2002 年第 4 期。

69. 谢泳：《建立中国现代文学史料学的构想》，《文艺争鸣》2008 年第 7 期。

70. 杨庆东：《〈小说月报〉与中国小说现代化的转型》，硕士学位论文，山东师范大学，2001 年。

71. 杨扬：《持重中的流变——1921 年后〈小说月报〉研究》，硕士学位论文，华东师范大学，2007 年。

72. 杨义：《流派研究的方法论及其当代价值》，《海南师范学院学报》2001 年第 5 期。

73. 殷克勤：《简论〈小说月报〉在中国现代文学史上的地位和作用》，《扬州师院学报》（社会科学版）1994 年第 4 期。

74. 张旭东：《直面现实人生的文学精神——论茅盾主编时期的〈小说月报〉》，《文艺理论与批评》2007 年第 6 期。

75. 赵毅衡：《文化批判是知识分子的职责》，《中国教育报》，2007 年5 月 28 日。

76. 朱荣：《〈小说月报〉（1923—1931）对中国古典戏曲的整理与传播》，《苏州教育学院学报》2010 年第 1 期。

四、翻译文献

1. [美] 埃弗里特·E.丹尼斯等：《图书出版面面观》，张志强等译，河北教育出版社 2003 年版。

2. [美] 本尼迪克特·安德森：《想象的共同体——民族主义的起源与散布》，吴叡人译，上海人民出版社 2003 年版。

3. [法] 布尔迪厄：《艺术的法则——文学场的生成与结构》，刘晖译，中央编译出版社 2001 年版。

4. [美] 费正清主编：《剑桥中华民国史》，杨品泉等译，中国社会科学出版社 1994 年版。

5. [美] 格里德：《胡适与中国的文艺复兴——中国革命中的自由主义（1917—1937）》，鲁奇译，江苏人民出版社 1993 年版。

6. [美] 郭颖颐：《中国现代思想中的唯科学主义（1900—1950）》，雷颐译，江苏人民出版社 1990 年版。

7. [德] 尤尔根·哈贝马斯：《公共领域的结构转型》，曹卫东等译，学林出版社 1999 年版。

8. [美] 海登·怀特：《后现代历史叙事学》，陈永图、张万娟译，中国科学出版社 2003 年版。

9. [美] 柯文：《在传统与现代性之间——王韬与晚清改革》，雷颐、罗检秋译，江苏人民出版社 2003 年版。

10. [英] 埃里克·霍布斯鲍姆：《民族与民族主义》，李金梅译，上海人民出版社 2000 年版。

11. [美] 李欧梵：《现代性的追求——李欧梵文化评论精选集》，三联书店 2000 年版。

12. [美] 李欧梵：《上海摩登——一种新都市文化在中国》，毛尖译，北京大学出版社 2001 年版。

13. [美] 李普曼：《公众舆论》，阎克文译，上海人民出版社 2002 年版。

14. [美] 刘易斯·科塞：《理念人——一项社会学的考察》，郭方等译，中央编译出版社 2001 年版。

15. [加] 马歇尔·麦克卢汉：《理解媒介》，何道宽译，商务印书馆 2000 年版。

16. [美] 沃纳·赛佛林、[美] 小詹姆斯·坦卡德：《传播理论：起源、方法与应用》，郭镇之、孟颖等译，华夏出版社 2000 年版。

17. [日] 清水英夫：《现代出版学》，沈洵澧译，中国书籍出版社 1991 年版。

18. [英] 汤林森：《文化帝国主义》，冯建三译，上海人民出版社 1999 年版。

19. [美] 韦尔伯·斯拉姆等：《报刊的四种理论》，新华出版社 1980 年版。

20. [美] 微拉·施瓦支：《中国的启蒙运动——知识分子与五四遗产》，李国英、陈琼译，山西人民出版社 1989 年版。

21. [日] 佐藤卓己：《现代传媒史》，诸葛蔚东译，北京大学出版社 2004 年版。

22. [英]尼克·史蒂文森:《认识媒介文化——社会理论与大众传播》,王文斌译,商务印书馆2001年版。

23. [法]加布里埃尔·塔尔德、[美]特里·N.克拉克编:《传播与社会影响》,何道宽译,中国人民大学出版社2005年版。

24. [法]让·波德里亚:《消费社会》,刘成富、全志钢译,南京大学出版社2001年版。

25. [美]约翰·费斯克:《理解大众文化》,王晓珏、宋伟杰译,中央编译出版社2001年版。

26. [美]斯蒂文·小约翰:《传播理论》,陈德民、叶晓辉译,中国社会科学出版社1999年版。

27. [美]张灏:《梁启超与中国思想的过渡(1890～1907)》,崔志海、葛夫平译,江苏人民出版社1995年版。

28. [美]黛安娜·克兰:《文化生产:媒体与都市艺术》,赵国新译,译林出版社2001年版。

29. [英]迈克·费瑟斯通:《消费文化与后现代主义》,刘精明译,译林出版社2000年版。

30. [英]多米尼克·斯特里纳蒂:《通俗文化理论导论》,阎嘉译,商务印书馆2001年版。

31. [加]埃里克·麦克卢汉、[加]弗兰克·秦格龙编:《麦克卢汉精粹》,南京大学出版社2000年版。

32. [美]马克·波斯特:《第二媒介时代》,范静哗译,南京大学出版社2000年版。

33. [美]约翰·菲斯克:《解读大众文化》,杨全强译,南京大学出版社2001年版。

34. [美]阿瑟·阿萨·伯格:《通俗文化、媒介和日常生活中的叙事》,姚媛译,南京大学出版社2000年版。

35. [德]E.卡西勒:《启蒙哲学》,顾伟铭、杨光仲等译,山东人民出版社1996年版。

36. [法]托多罗夫：《巴赫金、对话理论及其他》，蒋子华、张萍译，百花文艺出版社 2001 年版。

37. [美]爱德华·W.萨义德：《知识分子论》，单德兴译，生活·读书·新知三联书店 2002 年版。

38. [美]丹尼斯·K.姆贝：《组织中的传播和权力：话语、意识形态和统治》，陈德民、陶庆等译，中国社会科学出版社 2000 年版。

39. [德]本雅明：《发达资本主义时代的抒情诗人》，张旭东译，三联书店 1989 年版。

40. [美]丹尼尔·贝尔：《资本主义文化矛盾》，赵一凡等译，三联书店 1989 年版。

41. [美]韦勒克·沃伦：《文学理论》，刘象愚等译，生活·读书·新知三联书店 1984 年版。

42. [美]周策纵：《五四运动史》，陈永明等译，岳麓书社 1999 年版。

43. [美]周策纵：《五四运动——现代中国的思想革命》，周子平等译，江苏人民出版社 1999 年版。

后　记

　　本书是国家社科基金青年项目"社会体制视野下的《小说月报》研究（1910—1931）"（项目号：17CZW054）成果的一部分。《小说月报》卷帙浩繁，通常给研究者带来难以下笔之感，因此现有的研究往往将其割裂成前后两个时期，但是从社会机制的角度来看，前后两个时期未必泾渭分明，而且这种人为的割裂也产生了一系列的问题。恰逢我的博士生导师李怡先生提出"民国文学机制"的概念，我便萌发了从民国文学机制来看《小说月报》的念头。"民国文学"本是学界近几年来热用的一个概念，但本书考虑到这一概念尚未获得学界一致认可，依照现代文学延续的传统，运用了"现代文学机制"这一概念，其内涵与"民国文学机制"一样。

　　想起来简单做起来难。纵然学界不乏从社会机制的角度来分析《小说月报》的论著，但要进行系统的梳理，无异于攀爬一座横亘在眼前的高峰，从查找资料到融汇他人观点，再到提出自己的设想。经历其中，我才发现社会机制的每一方面，诸如政治、法律、教育、传媒等，都与《小说月报》有着复杂的联系，每一方面都值得进行深度思考，何况是从整体上进行把握。鉴于此，我便有了先搭建一个阐述框架，为之后的研究奠定基础的想法。因此，拙作只是一次粗略的搭建，谈不上什么细致的研究，但总算开了个头。

　　本书的写作得到了各方面人员的帮助和支持。课题开题的时候，我的博士生导师李怡先生及博士后合作导师张志平先生亲临现场，给予了我很多有益的建议；同门布小继教授多次拨冗指点，百忙之中作序，经常给予我鼓励；还有东方出版社的朱兆瑞编辑，他认真细致地挑出了书稿中的诸多毛病及疏漏，其严谨精神让我受益匪浅；同时承蒙云南师范大学社科处给予出版资助，本书得以顺利出版，这里一并致谢。

2022 年 5 月于云南师大